LE CONCILE DE PIERRE

Né en 1961, Jean-Christophe Grangé vit à Paris. Grand reporter, il collabore à de nombreux journaux, en France (*Paris-Match, Le Figaro Magazine, Géo...*) et à l'étranger. Il est également scénariste pour le cinéma. On lui doit un autre thriller magistral : *Le Vol des cigognes*.

JEAN-CHRISTOPHE GRANGÉ

Le Concile de pierre

ROMAN

ALBIN MICHEL

Pour Virginie Luc.

I

LES PREMIERS SIGNES

1

En tout et pour tout, Diane Thiberge disposait de quarante-huit heures.

Depuis l'aéroport de Bangkok, elle devait rejoindre Phuket par un vol intérieur, puis tailler la route plein nord pour atteindre Takua-Pa, en bordure de la mer d'Andaman. Là, elle devait passer une brève nuit à l'hôtel et réattaquer à cinq heures du matin, en maintenant son cap. A midi, elle serait à Ra-Nong, sur la frontière birmane, où elle s'enfoncerait dans la mangrove pour recueillir l'objet de son voyage. Après ça, elle n'aurait plus qu'à effectuer le même chemin en sens inverse, et à attraper le vol international pour Paris le lendemain soir. Le décalage horaire jouerait en sa faveur — elle gagnerait cinq heures sur le temps parisien. Elle pourrait se présenter à son boulot lundi matin, 6 septembre 1999. Comme une fleur.

Mais voilà que le vol de Phuket n'arrivait pas.

Voilà que rien ne se passait comme prévu.

Diane se rua dans les toilettes, l'estomac noué comme une corde. Elle sentit la nausée la submerger et pensa : « C'est le décalage horaire. Ça n'a rien à voir avec le projet. » L'instant suivant, elle vomit, jusqu'à ce que ses entrailles flambent dans sa gorge. Le sang cognait dans ses artères, son front était glacé, son cœur palpitait, quelque part, partout, dans son torse. Elle se contempla dans les miroirs. Elle était livide. Ses mèches claires et ondulées lui semblaient plus que jamais incongrues dans ce pays de petites brunes lisses, et sa taille — cette taille immense qui la complexait depuis l'adolescence — plus dingue encore.

Diane s'humecta la figure, nettoya la boucle d'or qui lui perçait la narine droite puis réajusta ses petites lunettes de baba cool. Elle retourna dans la salle des transits, flottant dans son tee-shirt comme un fantôme. La climatisation lui parut de glace.

Elle scruta encore l'écran des vols au départ. Aucune annonce pour Phuket. Elle esquissa quelques pas. Son regard s'arrêta sur les panneaux d'avertissement placardés partout dans la salle, rédigés en thaï et en anglais : toute personne arrêtée en possession de drogues dures sur le territoire de la Thaïlande serait condamnée à mort, par fusillade. Au même instant, deux flics passèrent derrière elle. Uniformes kaki. Flingues à crosses quadrillées. Elle se mordit les lèvres : tout lui paraissait hostile dans ce foutu aéroport.

Elle s'assit et tenta de maîtriser ses tremblements. Pour la millième fois de la matinée, elle se repassa le périple en détail. Il fallait qu'elle réussisse. C'était son choix. Sa vie. Il n'y aurait pas de retour à Paris les mains vides.

Enfin, à quatorze heures, la navette pour Phuket décolla. Diane avait perdu cinq heures et demie.

C'est là-bas qu'elle retrouva, réellement, les tropiques. Ce fut un soulagement. Des nuages bleuâtres s'étiraient au loin, des foyers d'argent irradiaient le ciel. Au bord de la piste, des arbres pâles oscillaient alors que la poussière tourbillonnait en vrilles d'inquiétude. Surtout, il y avait l'odeur. L'odeur de la mousson, brûlante, suffocante, saturée de fruits, de pluie, de pourriture. L'ivresse de la vie lorsqu'elle dépasse son propre seuil et devient décomposition. Diane ferma les yeux de ravissement et manqua de s'étaler sur la passerelle accolée à l'avion.

Seize heures.

Elle courut à l'agence de location de voitures, arracha les clés des mains de l'hôtesse puis rejoignit son véhicule. Sur la route, la pluie commença. Quelques gouttes d'abord, puis de véritables trombes. Leur martèlement sur le capot formait un vacarme assourdissant. Les essuie-glaces n'étaient pas de taille contre cette boue rougeâtre. Diane conduisait visage collé au pare-brise, doigts verrouillés au volant.

Dix-huit heures. Juste avant la nuit, l'averse se calma. Dans le crépuscule, le paysage devint étincelant. Des rizières brillantes, des maisons brunes, dressées sur pilotis, des buffles d'or aux cornes effilées. Parfois, aussi, des temples ciselés, aux toits retroussés... Et toujours, le ciel, strié d'éclairs, marbré de noir, qui s'épanchait maintenant, à droite, en une rougeur languissante.

Elle atteignit Takua Pa à vingt heures. Alors seulement elle se détendit. Malgré le retard, malgré la panique, elle était dans les temps.

Elle trouva un hôtel au centre de la ville, près d'un haut réservoir d'eau, et dîna sous un auvent. Elle se sentait beaucoup mieux. La pluie qui avait repris revêtait tout son être d'un halo de fraîcheur bienfaisant.

C'est alors qu'elles arrivèrent. Des fillettes trop maquillées, serrées dans des minijupes de skaï, affublées de débardeurs minuscules. Diane les observa. Dix-douze ans, pas plus. Elles ressemblaient à des outrages sur hauts talons. A l'autre bout de la salle, des colosses blonds se poussaient déjà du coude. Des Allemands, ou des Australiens, épais comme des quartiers de bœuf. Tout à coup, Diane perçut une sorte d'hostilité à son égard, comme si sa présence gênait les enjeux qui liaient tout ce petit monde.

Elle sentit la bile lui brûler la gorge. Encore aujourd'hui, à près de trente ans, elle ne pouvait envisager l'idée même du sexe sans être étouffée par un malaise, une nausée radicale. Elle s'enfuit dans sa chambre, sans se retourner, sans éprouver la moindre compassion pour ces mômes livrées à l'avidité des mâles.

Allongée sous la moustiquaire, elle songea une fois de plus à son objectif. Juste avant de s'endormir, elle revit le panneau menaçant de l'aéroport, les uniformes des flics, les crosses de leurs armes. Il lui semblait entendre des claquements de verrou lointains, des bourdonnements d'hélicoptère, plus lointains encore...

A cinq heures du matin, elle était debout. Son trouble avait disparu. Le soleil était là. La fenêtre débordait de luxuriance, comme le hublot d'un navire ouvert sur une tempête végétale. Diane se sentait d'humeur à retourner la jungle, s'il le fallait.

Elle reprit la route et parvint à Ra-Nong en fin de matinée. Exactement comme elle l'avait prévu. Elle découvrit la mer : plutôt une longue hésitation de marécages s'insinuant parmi des entrelacs d'arbres à fleur d'eau. Quelque part au fond de ce labyrinthe aquatique se perdait la frontière birmane. Un pêcheur, sans un mot, accepta de l'emmener. Ils glissèrent aussitôt sur les flots noirs. La chaleur, la lumière, les murailles vertes qui filaient : Diane encaissait chaque sensation, stoïque, la gorge sèche, la peau chauffée à blanc.

Une heure plus tard, ils rejoignirent une langue de sable sur laquelle se dressaient des bâtiments de ciment. Elle posa le pied sur le sable et éprouva le sentiment de triomphe d'une petite fille : elle y était arrivée. Nulle part sur la planète n'existait un endroit qu'elle n'aurait pu atteindre...

Devant le dispensaire des enfants chahutaient, indifférents à la fournaise de midi. Diane observa

14

leurs tignasses noires, leurs yeux sombres sous les palmes légères des cils. Elle pénétra dans le bâtiment principal et demanda Térésa Maxwell. Elle était trempée de sueur. Il lui semblait qu'elle franchissait un miroir. Un miroir qu'elle avait usé à force de le rêver.

Une vieille femme arriva, vêtue d'un chandail bleu marine d'où dépassait un large col blanc. Le modèle pelle à tarte. Sous des cheveux courts et gris, le visage, large et débonnaire, paraissait fixé par une constante expression de méfiance. Diane se présenta. Mme Maxwell l'emmena au bout d'une galerie ajourée, dans un bureau dénué de mobilier à l'exception d'une table bancale et de deux chaises.

Diane sortit son dossier, réduit à l'essentiel. Térésa demanda, d'un ton de suspicion :

— Vous n'êtes pas venue avec votre mari ?

— Je ne suis pas mariée.

Le visage se tendit. La femme observait la boucle d'or dans la narine.

— Quel âge avez-vous ?

— Je vais avoir trente ans.

— Vous êtes stérile ?

— Je ne pense pas.

Térésa feuilleta le dossier. Elle grommela : « Je ne sais pas ce qu'ils foutent à Paris... » Puis elle dit plus fortement, en plantant son regard dans celui de Diane :

— Vous n'avez vraiment pas le profil, mademoiselle. Vous êtes jeune, belle, célibataire. Qu'est-ce que vous faites ici ?

Diane se redressa, électrique. Sa voix était enrouée — elle n'avait pas parlé depuis deux jours :

— Madame, pour arriver jusqu'à vous, ça m'a pris presque deux ans. J'ai dû remplir un tas de paperasses, subir des interrogatoires. On a fouillé mon passé, mes revenus, ma vie intime. J'ai dû subir des examens médicaux, des tests psychologiques. J'ai dû prendre de nouvelles assurances, venir déjà deux fois à Bangkok, dépenser des fortunes. Aujourd'hui, mon dossier est parfaitement en règle, parfaitement légal. Je viens de parcourir douze mille bornes et je reprends mon boulot après-demain. Alors, s'il vous plaît, est-ce qu'on peut aller à l'essentiel ?

Le silence s'étira, brûlant, dans la pièce de ciment brut. Soudain, un bref sourire brisa les rides de la vieille femme :

— Suivez-moi.

Elles traversèrent une salle surplombée de ventilateurs. Des voilages oscillaient le long des fenêtres et une odeur de phénol planait, comme portée par des ondes de fièvre. Parmi les allées de lits aux montants métalliques, des enfants de tous âges criaient, jouaient, couraient, pendant que des surveillantes tentaient de maîtriser la situation. L'énergie de l'enfance semblait lutter contre une atmosphère doucereuse de convalescence. Bientôt surgirent des détails effrayants. Des infirmités. Des atrophies. Des cicatrices. Le regard de Diane se heurta à un bébé sans pieds ni mains. Térésa Maxwell commenta :

— Il vient d'Inde du Sud, de l'autre côté des Andamans. Des fanatiques hindouistes l'ont mutilé, après avoir tué ses parents. Des musulmans.

Diane sentait sa nausée revenir. En même temps, une pensée absurde la traversa : comment cette femme pouvait-elle supporter un pull par cette chaleur ? Térésa reprit sa marche. Elles pénétrèrent dans une seconde salle. Des lits, toujours. Et aussi des ballons colorés qui traversaient l'espace. La femme désigna une grappe de jeunes filles, prostrées sur un seul lit :

— Des Karens. Leurs parents ont brûlé vifs, dans un camp de réfugiés, l'année dernière. Ils...

Diane lui serra le bras à se blanchir les jointures.

16

— Madame, souffla-t-elle, je veux le voir. Maintenant.

La directrice sourit, sans aucune gaieté :

— Mais il est là.

Diane tourna la tête et découvrit, dans un recoin de la salle, le combat de toute sa vie : un petit garçon isolé qui jouait avec des rubans de papier crépon. Elle le reconnut aussitôt — on lui avait envoyé des Polaroïd. Ses épaules étaient si fluettes qu'on eût dit que le vent l'aidait à porter son tee-shirt. Son visage, beaucoup plus pâle que celui des autres, exprimait une concentration intense, tendue — presque trop nerveuse.

Térésa Maxwell croisa les bras.

— Il doit avoir environ six ou sept ans. Comment savoir ? On ignore tout de lui : son origine, son histoire. Sans doute le rescapé d'un camp. Ou le rejeton d'une prostituée. On l'a trouvé à Ra-Nong, parmi la horde ordinaire des mendiants. Il baragouine un charabia que personne ne comprend ici. On a fini par attraper deux syllabes, toujours les mêmes, « Lu » et « Sian ». On l'a surnommé « Lu-Sian ».

Diane tenta de sourire, mais ses lèvres restèrent pétrifiées. Elle avait oublié la chaleur, les ventilateurs, ses nausées. Elle écarta les ballons qui voletaient toujours, s'agenouilla près de l'enfant et demeura là, à l'admirer. Elle murmura :

— Lu-Sian, hein ? Alors on t'appellera Lucien.

2

Diane Thibergé avait été une petite fille comme les autres.

Une enfant passionnée qui, à toute chose, s'appliquait, se concentrait, s'adonnait avec ferveur. Lorsqu'elle jouait, le front penché, c'était avec un tel air de gravité que les adultes hésitaient à la déranger. Lorsqu'elle regardait la télévision, c'était avec une telle concentration qu'on eût dit qu'elle cherchait à s'enfoncer les images au fond des yeux. Même son sommeil ressemblait à un acte de volonté, à un engagement de toute sa personne, comme si elle s'était juré de jaillir au matin, des replis de sa couette, plus vive et étincelante que jamais.

Diane grandissait avec confiance. Elle se laissait bercer par les histoires qu'on murmure aux enfants quand vient le soir. Elle regardait son avenir à travers les filtres, colorés et trompeurs, des dessins animés, des livres pastel, des théâtres de marionnettes. Son cœur était empli de plumes et ses pensées cristallisaient, à la manière d'une neige d'avril, autour de certitudes heureuses. Elle savait qu'il y aurait toujours un prince pour l'emporter, une marraine pour la revêtir de lumière lorsque sonnerait l'heure du bal. Tout était écrit, quelque part. Il suffisait d'attendre.

Alors Diane attendit.

Mais ce furent d'autres forces qui vinrent la ravir.

A douze ans, elle sentit monter en elle des désirs étranges. Elle éprouva l'impression que son corps se dilatait, s'emplissait de confusion. Elle n'éprouvait plus d'aspirations légères, mais des pulsions sombres, angoissantes, qui creusaient dans sa poitrine une douleur mystérieuse. Elle en parla à ses amies. Les filles ricanèrent, haussèrent les épaules, mais Diane comprit qu'elles éprouvaient exactement les mêmes sensations. Simplement, elles avaient choisi de se planquer derrière leurs tentatives incertaines de maquillage ou la fumée de leurs premières cigarettes. De telles stratégies ne convenaient pas à Diane.

18

L'adolescente voulait regarder la réalité en face, quelle qu'elle fût.

D'ailleurs, une lucidité implacable s'emparait d'elle. Elle se sentait maintenant capable de démasquer, instantanément, les mensonges, les compromis des personnes qui l'entouraient. L'univers des adultes s'écroulait de son piédestal. Les hommes et les femmes qu'on lui avait toujours désignés comme des modèles lui apparaissaient comme des êtres de compromis, veules, hypocrites, insidieux.

A commencer par sa mère.

Un matin, Diane décréta que la femme avec qui elle vivait seule depuis sa naissance ne l'aimait pas, ne l'avait jamais aimée. Sybille Thiberge avait beau dire, beau faire, l'adolescente ne croyait plus en son manège de mère modèle. Au contraire : elle s'en méfiait de plus en plus. Trop blonde. Trop belle. Trop sensuelle. Diane se repassait les petits détails qui constituaient à ses yeux les indices de sa nature artificielle, totalement tournée sur elle-même et ses pouvoirs de séduction. Cette façon de minauder dès qu'un homme la flattait d'un peu trop près. Cette manière de rire extravagante dès qu'un mâle rôdait aux alentours. Tout était bidon, calculé, affecté chez sa mère. Elle n'était qu'un bloc de mensonge — et leur vie commune, une imposture.

Elle en eut la preuve quand survint l'accident, en juin 1983, alors que Diane rentrait, seule, du mariage d'Isabelle Ybert, sa marraine. Sybille avait préféré partir de son côté, au bras d'un nouvel amant. « L'accident ». Le terme ne convenait pas, mais c'était ainsi que Diane désignait mentalement ce qui lui était arrivé dans les ruelles de Nogent-sur-Marne. Même aujourd'hui, elle refusait de s'en souvenir. C'était juste un éclat de temps où brillaient des feuillages de saules, des lumières lointaines, et où on entendait, tout proche, le souffle d'une cagoule... Et lorsqu'elle finissait par douter de la réalité même de l'événement, il lui suffisait de palper les fines cicatrices qui gonflaient sa peau sous ses poils pubiens.

L'adolescente ignorait comment un tel cauchemar avait pu devenir réel. Mais elle était convaincue d'une vérité : tout était arrivé à cause de sa mère. A cause de son égoïsme, de son indifférence radicale à l'égard de tout ce qui n'était pas ses fesses musclées et l'âpre désir de ses amants, qui constituait autour d'elle comme un cercle maléfique. Ne l'avait-elle pas laissée rentrer seule pour cette unique raison ? Ne l'avait-elle pas simplement oubliée ? Cette agression, c'était sa pièce à conviction. Sa preuve définitive.

Diane allait avoir quatorze ans. Elle ne raconta rien à Sybille. Sa vengeance lui semblait plus parfaite, plus aboutie, si elle laissait sa mère dans l'ignorance du drame. Elle se soigna, seule, et scella son chagrin sur ce secret. En revanche, elle exigea, dès la rentrée suivante, d'entrer au pensionnat. Sybille discuta un peu, pour la forme, mais accéda à sa demande, trop heureuse, sans doute, de se débarrasser de cette grande bringue taciturne, qui commençait à lui faire de l'ombre sur le plan de la séduction.

Taciturne, c'est exact, Diane l'était. C'était parce qu'elle réfléchissait. Elle tirait les leçons de son expérience. Le monde, le vrai, n'était donc que violence, trahison, maléfice. L'existence se fondait sur cette force irrépressible, ce noyau dur de haine, qui ne demandait qu'à s'embraser à la moindre occasion, à l'intérieur de chaque être humain. Diane décida d'étudier cette puissance. D'appréhender la violence structurelle du monde, de l'observer, de l'analyser.

Elle prit deux résolutions.

La première : se consacrer, après son bac, à la biologie et à l'éthologie — la science du comportement animal. Elle avait déjà choisi son domaine de spécialisation : les prédateurs. Et, plus particulièrement, les

20

techniques de chasse et de combat qui permettaient aux fauves, aux reptiles, aux insectes même, de régner sur leur territoire et de survivre grâce à la destruction. C'était une façon pour elle de se plonger dans l'essence même de la violence. Une violence naturelle, débarrassée de toute conscience, de toute motivation extérieure à la simple logique de la vie. C'était aussi, peut-être, une manière de légitimer son propre accident, d'en atténuer l'horreur, en l'insérant dans une logique plus vaste, plus universelle.

Voilà pour la tête.

Pour le corps, Diane choisit le wing-chun.

Littéralement : le « printemps éternel ». Le wing-chun était la plus rapide, la plus efficace des écoles de boxe shaolin. Une technique qui privilégiait le combat rapproché, et qui, disait-on, avait été initiée par une nonne bouddhiste. Dès la rentrée scolaire de 1983, Diane s'inscrivit dans une salle spécialisée, près de son internat, dans la région de Fontainebleau. En une année, elle manifesta des aptitudes hors du commun. A ce moment, elle mesurait déjà plus d'un mètre soixante-quinze et pesait à peine cinquante kilos. Malgré sa silhouette d'échassier, elle faisait preuve d'une souplesse d'acrobate et d'une force musculaire exceptionnelle.

Repérant le phénomène, ses enseignants proposèrent de lui prodiguer une formation plus approfondie, incluant une initiation au « wou-te » (la vertu, la discipline martiale). Diane refusa. Elle ne voulait pas entendre parler de philosophie ni d'énergie cosmique. Elle voulait simplement forger son corps comme une arme, afin de ne plus être, jamais, la jeune fille qu'on pouvait surprendre.

Les maîtres — sages et roides Asiatiques — furent déconcertés par ces réponses agressives. Mais ils tenaient là une championne, ils le savaient, et, philosophie ou pas, ces occasions étaient trop rares.

L'entraînement s'intensifia. Les compétitions se succédèrent. En 1986, l'élève Thiberge remporta le championnat de France, catégorie juniors. En 87, elle obtint la ceinture d'argent aux championnats d'Europe, puis, en 88, la ceinture d'or. Ses victoires étaient fulgurantes. Les arbitres en restaient pantois et le public légèrement déçu. Toujours proche, toujours inclinée, Diane, le regard rivé sur leurs mains, ne lâchait pas ses adversaires. Les filles en étaient encore à chercher une ouverture qu'elles se retrouvaient plaquées, épaules au sol.

Rien ne semblait pouvoir stopper l'ascension de la jeune athlète. Pourtant, en 1989, Diane renonça à la compétition. Elle était près d'avoir vingt ans et, par une sorte de miracle, son visage n'avait jamais été touché ni son corps atteint gravement. Tôt ou tard, cette chance finirait par tourner et, d'ailleurs, elle avait atteint son but.

Elle était devenue ce qu'elle avait résolu de devenir.

Une jeune fille dangereuse sous tous rapports, qu'il valait mieux ne plus approcher.

3

Diane Thiberge écoutait alors Frankie Goes to Hollywood sur un walkman minuscule saturé de basses. Elle adorait ce groupe. Parce qu'il était à la croisée de plusieurs tendances, apparemment contradictoires et pourtant conjuguées ici en une magie unique.

D'abord, Frankie était un groupe de durs, de voyous, directement issus de Liverpool. C'était aussi un groupe post-disco, qui avait mûri un sens du rythme, du groove, à envoûter n'importe quel arpenteur de piste de danse. Enfin, Frankie était un groupe gay. Et c'était le plus cinglé : cette déferlante de hurlements, de pulsations barbares, de slogans véhéments émanait d'une bande de folles qui semblaient sorties droit de la cour de Louis XIII. Cette caractéristique donnait à ces musiciens une légèreté, une mobilité, une agilité hallucinantes. Ainsi, le cinquième membre du groupe ne jouait d'aucun instrument. Tout juste chantait-il... Il dansait simplement, il était « l'homme en mouvement », à l'arrière de la scène, roulant des clavicules dans son blouson de cuir. Diane en frissonnait : oui, vraiment, Frankie était un groupe enchanté.

La folie des nuits de l'étudiante s'arrêtait à son walkman. Elle ne sortait pas, ne dansait pas, ne rencontrait personne. Elle se concentrait sur ses ouvrages d'éthologie, révisant chaque soir les œuvres de Lorenz ou de Von Uexküll et consommant des Macdo à la file, dans son studio du quartier de Cardinal-Lemoine.

Pourtant, ce soir-là, Diane avait décidé de se lancer.

Nathalie — la petite peste des TP de biologie qui savait attirer entre ses griffes tout ce que l'UER comptait de plus craquant — organisait une soirée et elle avait décidé de s'y rendre.

C'était le moment ou jamais d'agir.

Le moment de savoir.

Plus tard, Diane se remémorerait souvent cette nuit cruciale. L'arrivée dans l'immeuble de pierre de taille, boulevard Saint-Michel, le silence du vaste escalier tapissé de velours. Puis la pulsation profonde, comme hantée par les graves, qui descendait des étages supérieurs. Elle tentait de réprimer les battements de son cœur, qui frappait le rythme à contretemps, et serrait ses doigts sur la bouteille glacée de champagne, achetée exprès. Derrière la grande porte de bois verni, les battements étaient si violents qu'ils paraissaient pousser la paroi hors de ses gonds. « Ils vont jamais m'entendre », se dit-elle en appuyant sur la sonnette.

Presque aussitôt, la porte s'ouvrit sur des torrents de musique. Elle reconnut instantanément la voix d'Holly Johnson, le chanteur de Frankie, qui hurlait : « RELAX ! DON'T DO IT ! » C'était un bon présage : son groupe fétiche l'accompagnait dans l'épreuve. Une brune aux traits osseux, brillants d'un maquillage outré, se trémoussait sur le pas de porte. Nathalie la Gorgone, telle qu'en elle-même.

— Diane ? hurla-t-elle. Ça m'fait super-plaisir que tu sois venue...

Elle sourit au mensonge pendant que la fille la détaillait des pieds à la tête. Diane portait un gilet noir aux boutons de nacre et un caleçon long de molleton sombre — cette matière régnait alors en maître sur le corps des jeunes filles. Pour le reste, elle était drapée dans un immense manteau matelassé, noir aussi.

— T'es venue avec ton pyjama et ta couette ? ricana Nathalie.

Diane pinça de deux doigts la robe en taffetas noir de la fille.

— C'est bien déguisé, ce soir, non ?

Nathalie éclata de rire. Elle lui prit des mains la bouteille de champagne et hurla :

— Entre. Mets tes trucs dans la pièce du fond.

A l'intérieur, la fête battait son plein. Après avoir déposé son manteau, Diane se posta près du buffet, point d'ancrage de ceux qui ne connaissaient personne. Elle s'était juré de ne pas toucher un verre d'alcool afin de conserver, quoi qu'il arrive, toute sa lucidité. Pourtant, après une heure d'ennui, elle en était déjà à sa troisième coupe. Elle buvait à petites lampées, en lançant de brefs coups d'œil vers la piste de danse.

Le travail d'horloge avait commencé.

Si Diane ne possédait pas une grande expérience des soirées, elle n'en connaissait pas moins les cycles rituels. Minuit ouvrait les préliminaires. Les filles dansaient, virevoltaient, cabotinaient, accentuant leurs effets de chevelure et leurs déhanchements, tandis que les mecs, au contraire, restaient en retrait : regards en douce, sourires brefs, plaisanteries d'approche...

A deux heures du matin, s'ouvrait une période d'effervescence. La musique montait en régime. L'alcool balayait les inhibitions. Tous les espoirs étaient permis. Les garçons passaient aux actes, vociférant au-dessus de la mêlée, piquant sur leurs proies. Ce fut encore Frankie qui propulsa l'assistance jusqu'au délire. *Two Tribes*. Un chant de révolte contre la guerre, soutenu par une rythmique sauvage, dont Diane connaissait la moindre note, le moindre riff.

Cette fois, elle s'abandonna à la musique. Elle se lança parmi les autres, garant du mieux qu'elle pouvait ses pattes de sauterelle. Elle remarqua quelques regards dans sa direction. Diane y croyait à peine. Timide entre toutes, elle savait qu'elle intimidait plus encore. La plupart du temps, sa beauté, sa tignasse ondulée et sa taille démesurée tenaient les prétendants à bonne distance. Mais ce soir, aucun doute : quelques téméraires lui adressaient la parole.

Elle sentait maintenant son corps se résoudre en volutes légères, planer au-dessus du rythme, circuler entre les autres. C'est alors qu'un type saisit sa main pour danser un rock. Sur toutes les pistes du monde, il y a toujours un mec pour s'obstiner à enfiler des passes compliquées sur n'importe quelle pulsation. Diane recula aussitôt. Le partenaire insista. Elle leva les deux paumes, menaçante. Non. Elle ne dansait pas le rock. Non. On ne lui prenait pas la main. Personne ne lui prenait quoi que ce soit. Le jeune type éclata de rire et disparut dans la foule.

Elle resta un instant pétrifiée, regardant sa main comme si elle venait d'être brûlée par le contact. Elle chancela, recula, puis se laissa glisser le long du mur. A tâtons, elle trouva une coupe à demi vide posée à terre. Elle la but d'un trait et s'y cramponna, sans plus bouger. La tristesse la submergeait. Cette scène venait de lui rappeler la cruelle vérité : elle ne supportait pas le moindre attouchement de peau. Pas la moindre caresse, le moindre effleurement. Elle souffrait d'une phobie de la chair.

A trois heures du matin, la musique prit un tour plus ésotérique : *O Superman*, de Laurie Anderson. Une berceuse étrange, ponctuée de soupirs incantatoires. C'était l'heure de la dernière chance. Dans la pénombre, il ne restait plus que quelques fantômes esseulés, qui chaviraient au rythme de la mélopée. Des chasseurs entêtés. Et de pauvres filles qui refusaient de s'avouer vaincues.

Diane scrutait les visages défaits, les silhouettes vacillantes. Elle avait l'impression de contempler un champ de bataille, couvert de blessés et de moribonds. Elle partit chercher son manteau, puis longea discrètement le buffet jonché de bouteilles vides. Son esprit était déjà dehors. Elle imaginait l'air glacé qui la dégriserait et lui permettrait d'envisager pleinement son échec.

C'est à cet instant qu'elle sentit des mains lui enserrer la taille.

Elle pivota, appuyée au buffet, cambrée comme un arc.

Trois types l'entouraient, l'haleine chargée d'alcool.

— Hé, les mecs : la soirée a pas encore donné tout son jus...

L'un des agresseurs tendait de nouveau les mains. Diane esquiva le geste d'un déhanchement et se retourna vers la table. Elle lâcha son manteau, trouva une nouvelle coupe et fit mine de boire. Durant un moment elle pensa qu'ils étaient partis, mais un souffle alcoolisé effleura sa nuque. La coupe éclata entre ses doigts. Un tesson portait des marques de rouge à lèvres. Elle plaqua sa paume dessus et sentit le verre lui entailler la chair.

— Foutez-moi la paix, murmura-t-elle.

Dans son dos, les types gloussèrent :

— Oh, oh, oh, on joue sa difficile ?

Des larmes brûlantes franchirent les frontières d'écaille de ses lunettes. Distinctement, elle pensa : « Ne le fais pas. » Mais un des soûlards produisait maintenant des bruits de succion tout près de son oreille, marmonnant des histoires de moules, de barbu, de chattes. « Ne le fais pas », se répéta-t-elle. Pourtant elle venait d'ôter ses lunettes et nouait déjà sa tignasse en chignon. Le temps qu'elle achevât son geste, un des mecs avait glissé ses mains sous son gilet. Elle sentit la chaleur des doigts frôler ses seins alors que la voix susurrait dans un ricanement :

— Me tente pas, cocotte, tu...

Le fracas de la mâchoire couvrit la musique d'*Art Of Noise*.

Le garçon fut catapulté contre la cheminée, s'entaillant le visage sur une arête de marbre. Diane avait décoché une attaque du coude — jang tow. Elle pensa encore une fois : « NON », mais sa main partit en mâchoire de bœuf, droit dans les côtes du second adversaire, les broyant en un seul craquement. Il alla s'écraser dans le buffet qui ploya en mille cliquetis et drapures de nappe.

Diane ne bougeait plus. Le wing-chun est fondé sur l'économie absolue du geste et du souffle. Le dernier salaud avait disparu. Alors seulement elle prit conscience des visages effarés, des murmures gênés qui l'encerclaient. Elle remit ses lunettes. Elle était stupéfiée — non par la violence de la scène ni par le scandale. Mais par son calme, à elle.

Sur sa droite, la voix de Nathalie dérailla :

— T'es... t'es... t'es malade ou quoi ?

Diane se tourna lentement vers la brune et déclara :

— Je suis désolée.

Elle traversa la pièce, puis hurla encore, par-dessus son épaule :

— Je suis désolée !

Le boulevard Saint-Michel était exactement comme elle l'avait espéré.

Désert. Glacé. Lumineux.

Diane marchait à travers ses larmes, à la fois morti-fiée et libérée. Elle avait obtenu la preuve qu'elle attendait. La preuve que son existence s'écoulerait toujours ainsi : hors du cercle, hors des autres. Et elle songea encore une fois à l'événement fondateur. Cette scène atroce qui avait brisé en elle la pulsion la plus naturelle et dressé autour de son corps une prison transparente, incompréhensible — et inviolable.

Elle revit les saules, les lumières.

Elle sentit les herbes dans sa bouche, le souffle de la cagoule.

Elle vit surgir aussi, en un réflexe de haine, le visage de sa mère. Un sourire de lassitude joua sur ses lèvres : ce soir, elle n'avait plus assez de force pour détester qui que ce soit. Elle parvint sur la place Edmond-Rostand dont la fontaine ruisselait de lumières, avec, sur la gauche, les frondaisons bien-veillantes du jardin du Luxembourg. Sur une impul-sion, elle s'élança et toucha de ses doigts les feuilles des arbres qui dépassaient des grilles noir et or.

Elle se sentait si légère qu'il lui sembla qu'elle ne retomberait jamais.

Tout cela se passait le samedi 18 novembre 1989.

Diane Thiberge venait d'avoir vingt ans, mais elle le savait : elle enterrait à jamais sa vie de jeune fille.

4

— Vous n'avez besoin de rien ?

— Non, merci.

— Sûr ?

Diane leva les yeux. L'hôtesse de l'air, costume bleu et sourire pourpre, l'enveloppait d'un regard compatissant. Un regard qui acheva de la mettre en rogne. Elle s'échinait à découper les beignets du « menu junior » qu'on avait proposé au garçonnet peu après le décollage de Bangkok. Elle sentait les couverts en plastique se tordre sous ses doigts, la nourriture s'écraser sous ses gestes trop brusques. Il lui semblait que tout le monde l'observait, remarquait sa maladresse, sa nervosité.

L'hôtesse s'éclipsa. Diane proposa une nouvelle bouchée à l'enfant. Il refusait d'ouvrir la bouche. Elle piqua un fard, totalement désemparée. Une nouvelle fois, elle songea au spectacle qu'elle offrait avec son visage en feu, ses mèches en bataille et son petit garçon aux yeux noirs. Combien de fois les hôtesses avaient-elles contemplé cette même scène ? Des Occidentales déboussolées, tremblantes, rapportant leur destin dans leurs bagages ?

La silhouette bleue revint à la charge. « Des bonbons peut-être ? » Diane s'efforça de sourire. « Non, vraiment : tout va bien. » Elle tenta encore une ou deux cuillerées, en vain. Les yeux de l'enfant étaient rivés à l'écran qui diffusait des dessins animés. Elle se convainquit qu'un repas raté, ce n'était pas une affaire d'Etat. Elle écarta le plateau, plaça les écouteurs sur les oreilles de Lucien puis hésita. Devait-elle les régler sur l'anglais ? Le français ? Ou simplement sur la musique ? Chaque détail la plongeait dans l'incertitude. Elle opta pour le menu musical et régla le volume avec précaution.

L'atmosphère s'apaisa dans l'avion. On emporta les plateaux-repas, les lumières baissèrent. Lucien somnolait déjà. Diane l'allongea sur les deux sièges libres, à sa droite, et s'installa à son tour, se glissant sous le plaid réglementaire. D'habitude, durant les vols longue distance, c'était l'heure qu'elle préférait : la cabine plongée dans l'obscurité, l'écran lumineux brillant au loin, les passagers immobiles, froissés comme des cocons sous leur couverture et leur casque d'écoute... Tout semblait alors flotter, planer entre sommeil et altitude, quelque part au-dessus des nuages.

Diane appuya sa tête sur le dossier et s'efforça de demeurer immobile. Peu à peu, ses muscles se détendirent, ses épaules s'affaissèrent. Elle sentit le calme affluer de nouveau dans ses veines. Les yeux fermés, elle laissa défiler, sur la toile noire de ses paupières, les différentes étapes qui l'avaient menée jusqu'ici — à ce tournant capital de son existence.

Ses succès sportifs et ses prouesses mondaines étaient loin. Diane avait obtenu son doctorat d'éthologie avec les honneurs, en 1992 : « Les stratégies de chasse et l'organisation des aires de prédation chez les grands carnivores du parc national masai Mara, au Kenya ». Elle avait travaillé aussitôt pour plusieurs fondations privées, qui consacraient des fonds importants à l'étude et à la protection de la nature. Diane avait voyagé en Afrique subsaharienne, en Asie du Sud-Est et en Inde, au Bengale notamment, dans le cadre d'un programme de sauvegarde du tigre des Sundarbands. Elle s'était également distinguée par une étude d'une année sur les mœurs des loups canadiens, qu'elle avait suivis et observés, seule, jusqu'aux confins des Territoires du Nord-Ouest, partie la plus septentrionale du pays.

Elle menait désormais une existence d'étude et de voyages à la fois nomade et solitaire, au plus près de la nature, et finalement assez conforme à ses espérances d'enfant. Envers et contre tout, malgré ses traumatismes, malgré ses tares secrètes, Diane s'était construit une sorte de bonheur bien à elle et s'était constituée en force d'indépendance.

Pourtant, en cette année 1997, elle voyait surgir une nouvelle échéance.

Elle aurait bientôt trente ans.

Cela ne signifiait rien en soi. Surtout pour une fille comme Diane : son physique de grande tige et sa vie en plein air la préservaient mieux que toute autre des corruptions du temps. Mais, du point de vue biologique, le chiffre 3 marquait un cap. En tant que spécialiste des sciences de la vie, elle savait que c'est à cet âge que la matrice féminine commençait, imperceptiblement, à dégénérer. En vérité, malgré les mœurs en cours dans les pays industrialisés, les organes génitaux de la femme étaient conçus pour fonctionner très tôt — à la manière de ces petites mamans africaines, à peine âgées de quinze ans, que Diane avait si souvent croisées. Ce passage à la trentaine lui rappelait, symboliquement, une de ses plus profondes vérités : jamais elle n'aurait d'enfant. Pour la simple et évidente raison qu'elle n'aurait jamais d'amant.

Elle n'était pas prête à ce nouveau renoncement. Elle se mit en quête de solutions. Elle acheta des livres spécialisés et plongea, la gorge serrée, dans la nuit rouge des techniques de procréation assistée. Il y avait d'abord l'insémination artificielle. Dans son cas, il faudrait envisager la formule IAD (insémination avec donneur). Les paillettes de sperme viendraient d'une banque spécialisée et seraient injectées soit au niveau de l'orifice interne du col, soit dans la cavité utérine, durant la période du cycle menstruel la plus favorable à la fécondation. Les médecins allaient donc pénétrer en elle avec leurs instruments pointus, crochetés, glacés. La substance d'un inconnu allait s'insinuer dans son ventre, se fondre au sein de ses mécanismes physiologiques. Elle imaginait ses organes — cavité utérine, trompes de Fallope, ovaires... — réagir, s'activer au contact de « l'autre ». Non. Jamais. A ses yeux, ç'aurait été une sorte de viol clinique.

Elle s'enquit de la seconde technique : la fécondation *in vitro*. Il s'agissait cette fois de prélever les ovules par ponction et de les féconder artificiellement en laboratoire. L'idée de cette opération à distance, dans les brumes glacées d'une salle stérile, la séduisait. Elle poursuivit sa lecture : on replaçait alors un ou plusieurs embryons dans l'utérus de la femme, par voie vaginale. Diane s'arrêta et comprit, une nouvelle fois, sa stupidité. Que s'était-elle imaginé : que sa grossesse se déroulerait en éprouvette, derrière une vitre étoilée de givre ? Qu'elle regarderait l'embryon se former peu à peu, en une mutation désincarnée ?

Ses phobies tenaces élevaient un mur, une paroi indestructible entre elle et tout projet d'enfantement. Son corps, son utérus resteraient toujours étrangers à ces enjeux, à ces développements merveilleux. Diane entra dans une période de dépression profonde. Elle passa un séjour en clinique de repos, puis partit se réfugier dans la villa que possédait Charles Helikian, le mari de sa mère, sur les coteaux du mont Ventoux, dans le Lubéron.

C'est là-bas, dans cette douce étuve de soleil et de grillons, qu'elle prit une nouvelle résolution. Quitte à s'exclure de toute tentative organique, autant choisir une autre voie : celle de l'adoption. En définitive, Diane préférait cette orientation, qui était un vrai engagement moral et non plus une tentative tordue d'imiter la nature. Dans sa situation, c'était la décision la plus cohérente et la plus sincère. Vis-à-vis d'elle-même. Vis-à-vis de l'enfant qui partagerait sa vie.

A l'automne 1997, elle effectua ses premières démarches. On chercha d'abord, par tous les moyens, à l'en dissuader. Sur le papier, l'adoption plénière était ouverte aux célibataires. Dans les faits, il était très difficile d'obtenir l'aval de la DDASS dans une telle situation, qui pouvait suggérer des mœurs homo-sexuelles. Diane refusa de se décourager et rédigea son dossier de demande d'agrément. Commencèrent alors de longs mois de rendez-vous, de requêtes, d'examens qui semblaient tourner en boucle et devoir ne jamais aboutir.

Près d'un an et demi après sa première requête, rien ne s'était éclairci. Son beau-père lui proposa d'intervenir en sa faveur. Il pouvait, disait-il, donner un coup de pouce à son dossier. Diane refusa tout net. Cette intervention aurait constitué une ingérence, même indirecte, de sa mère dans son propre destin. Puis elle se ravisa. Ses hantises et ses colères ne devaient pas interférer dans un projet aussi important. Elle ne sut jamais ce que fit Charles Helikian mais, un mois plus tard, elle décrochait l'assentiment de la DDASS.

Restait à trouver l'orphelinat qui lui proposerait l'enfant — Diane avait toujours imaginé qu'il s'agi-rait d'un petit garçon et qu'il viendrait d'un pays lointain. Elle consulta de multiples organisations, qui parrainaient des lieux d'accueil aux quatre coins du monde, et se sentit, encore une fois, perdue. De nouveau, Charles joua l'intercesseur. Mécène à ses heures, il allouait chaque année des fonds substantiels à la fondation Boria-Mundi, qui finançait plusieurs orphelinats en Asie du Sud-Est. Si Diane acceptait de s'orienter vers cette fondation, les dernières démarches pourraient aller très vite.

Trois mois plus tard, elle se rendait à l'orphelinat de Ra-Nong, après deux voyages successifs à Bangkok pour régler les procédures administratives. Charles avait supervisé le choix du pupille et tenu compte du fait que, contrairement à la plupart des mères adoptives, Diane souhaitait recueillir un enfant âgé de plus de cinq ans. En général, les femmes optaient pour un nouveau-né parce qu'elles supposaient que l'adaptation de ce dernier serait plus aisée. Cette tendance rebutait Diane — elle la révoltait même : l'idée que certains orphelins, privés de tout, avaient eu de surcroît la malchance de trop grandir ou d'être abandonnés trop tard l'amenait naturellement à s'intéresser à ces laissés-pour-compte...

Tout à coup, le petit garçon sursauta à ses côtés. Diane ouvrit les yeux et découvrit la cabine de l'avion ensoleillée. Elle comprit qu'ils étaient en train d'atterrir. Paniquée, elle serra contre elle son enfant et sentit le contact des trains d'atterrissage sur le tarmac. Ce n'étaient pas les pneus qui brûlaient la piste, c'étaient ses propres rêves, à elle, qui se frottaient maintenant à la réalité.

5

Parmi beaucoup d'autres résolutions, Diane avait décidé de respecter, dès le premier jour, ses horaires de travail. Elle voulait habituer au plus vite Lucien au rythme de leur vie quotidienne. Or, à ce moment, elle était plongée dans la rédaction d'un rapport sur le « rythme circadien des grands carnassiers, dans le parc national de Hwange, au Zimbabwe ». Elle devait achever en urgence le document afin de requérir de nouveaux fonds auprès du WWF International, qui avait déjà cofinancé la mission en Afrique australe. Voilà pourquoi elle se rendait chaque matin au laboratoire d'éthologie de la faculté d'Orsay, où on lui avait alloué un petit bureau près de la bibliothèque, afin qu'elle puisse vérifier chacune de ses références scientifiques.

Pour prendre soin de son enfant, Diane avait engagé une jeune Thaïlandaise, étudiante à la Sorbonne, qui parlait un français impeccable et semblait ciselée pour la douceur et la tendresse. La première semaine, elle respecta sa promesse. Elle partait à neuf heures du matin, revenait à dix-huit heures. Mais, dès le lundi suivant, elle commença à craquer. Chaque matin, elle décollait un peu plus tard. Chaque soir, elle rentrait un peu plus tôt. Elle ne cessait, malgré sa résolution, de prolonger sa présence à la maison — telle une saison d'amour, qui aurait accru ses heures de lumière.

C'était un bonheur absolu.

Ses angoisses de mère adoptive reculaient à mesure que les sourires du garçon se multipliaient, que sa vivacité enfantine prenait le dessus sur ses craintes premières. A coups de gestes expressifs, de rires, de grimaces, il parvenait à se faire comprendre et semblait se glisser sans difficulté dans sa peau nouvelle de citadin. Diane acquiesçait, lui répondait en français et tentait, du mieux qu'elle pouvait, de dissimuler sa propre stupeur.

Elle avait tant de fois imaginé ce petit être qu'elle avait fini par le forger selon ses propres rêves. Mais aujourd'hui l'enfant était là, et tout était différent. C'était un garçon réel, au visage réel, au tempérament réel. Elle voyait chacune de ses suppositions voler en éclats face à cette présence. Tout se passait comme si Lucien s'arrachait sans peine de la gangue imaginaire qu'elle avait sculptée et lui offrait en retour toute l'amplitude, toute la diversité de son être, inattendu, surprenant, et toujours infiniment juste — parce que infiniment vrai.

L'heure du bain était un enchantement. Diane ne se lassait pas d'observer ce torse si menu, ce dos si blanc, cette ossature d'oiseau tendue d'énergie et de délicatesse. Elle admirait cette peau de lait, confinant à la perfection, si différente des autres enfants qu'elle avait croisés à l'orphelinat, sous laquelle palpitaient des veinules bleues et des organes légers. Elle songeait à un poussin, dont la silhouette gorgée de vie aurait affleuré sous la mince coquille.

Un autre moment de pure contemplation était l'heure du coucher, lorsque Diane racontait une histoire dans la pénombre de sa chambre. Lucien ne tardait jamais à s'endormir et c'était son tour, à elle, de se laisser bercer par les sensations ténues qui couraient sous ses doigts. Cette chaleur subtile de la peau. Cette oscillation imperceptible de la respiration. Et ces cheveux si fins, si déliés qu'ils paraissaient requérir une attention particulière de la part des doigts — une aptitude secrète du toucher. D'où pouvaient provenir de tels cheveux ? De quelle forêt de gènes ? Ailleurs. C'était toujours ce mot qui lui venait aux lèvres dans l'obscurité. Ailleurs. Chaque trait, chaque détail de ce corps lui rappelait les origines lointaines de l'enfant et semblait pourtant le rapprocher d'elle, l'unir à sa solitude parisienne.

La personnalité de Lucien se dressait à la manière d'un édifice de verre, qui révélait au fil des jours ses architectures, ses détours, ses sommets. Elle s'était toujours imaginé que Lucien serait un être turbulent, agité, imprévisible. Il était au contraire d'une douceur, d'une grâce déconcertantes. Malgré ses manières de sauvage — il mangeait avec ses doigts, renâclait à se laver, courait se cacher au moindre visiteur —, il faisait toujours preuve, en profondeur, d'une sensibilité, d'une intuition qui ravissaient la jeune femme. Pourquoi le nier ? Lucien ressemblait, trait pour trait, au garçon qu'elle aurait voulu elle-même enfanter.

Tous ses sujets d'émerveillement, Diane les trouvait réunis en une activité particulière, qu'elle sollicitait aussi souvent que possible : les séances de danse et de chant de Lucien. Son fils adoptif, par goût, par jeu, par don naturel, s'exprimait ainsi à la moindre occasion. Découvrant cette passion, elle lui avait acheté un lecteur-enregistreur de cassettes rouge vif, relié à un micro de plastique jaune citron. L'enfant s'enregistrait à chaque fois, frappant à l'occasion sur des tambours improvisés. Le clou de la performance était un ballet original. Soudain sa jambe se dressait en équerre, ses doigts tâtonnaient sur un voile imaginaire, puis toute la silhouette tournoyait pour mieux reprendre sur un autre registre. Blotti, voûté, arc-bouté, le petit corps s'ouvrait comme les ailes d'un scarabée, pour onduler aussitôt au fil du rythme.

C'est durant l'un de ces numéros échevelés que Diane osa se féliciter. Jamais elle n'aurait imaginé un plus complet bonheur. En trois semaines, elle était parvenue à une sérénité, un équilibre, qu'elle avait planifié en années. Pour la première fois de son existence, elle était en train de réussir un acte qui concernait sa vie personnelle.

A cet instant, elle découvrit les chiffres rouges de la date sur son réveil à quartz.

Lundi 20 septembre.

Tout allait peut-être pour le mieux, mais il devenait impossible de reculer la terrible échéance.

Le dîner chez sa mère.

6

La porte blindée s'ouvrit sur sa silhouette gracile.

Les lumières du vestibule dessinaient autour de son chignon un halo mordoré, juste au-dessus de sa nuque. Face à elle, Diane demeurait sur le seuil, raide comme une chandelle. Elle tenait Lucien endormi dans ses bras. Sybille Thiberge chuchota :

— Il dort ? Entre. Montre-le-moi.

Diane esquissa un pas vers l'intérieur, mais s'arrêta aussitôt. Elle venait de percevoir des rumeurs de voix, dans le salon.

— Tu n'es pas seule avec Charles ?

Sa mère prit une expression confuse :

— Charles avait prévu un dîner important ce soir et...

Diane tourna les talons vers l'escalier. Sybille l'attrapa par le bras, avec ce mélange d'autorité et de douceur qu'elle affectionnait.

— Qu'est-ce que tu fais ? Tu es folle ?

— Tu avais dit : un dîner intime.

— Il y a des contraintes qu'on ne peut remettre. Ne fais pas l'idiote, entre.

Malgré la pénombre, Diane distinguait la silhouette de sa mère avec précision. Cinquante-cinq ans, et toujours ces traits de poupée slave, ces sourcils blonds, ces cheveux d'or voletant comme sur une affiche de propagande soviétique. Elle portait une robe chinoise — oiseaux moirés sur fond noir — qui cajolait sa taille fine et ronde. Une chatière s'ouvrait sur des seins irréprochables. Non retouchés : Diane le savait. Cinquante-cinq ans, et la créature ne cédait pas un pouce sur le territoire de la sensualité. Diane éprouva soudain le sentiment d'être plus maigre, plus déglinguée que jamais.

Les épaules lasses, elle se laissa guider mais murmura, en désignant Lucien :

— Tu parles de lui à table : je t'assomme.

Sa mère acquiesça, ne relevant même pas la violence de langage de sa fille. Diane la suivit au fil d'un très long couloir. Elle croisa, sans y prendre garde, les vastes pièces qu'elle connaissait par cœur. Les meubles exotiques qui découpaient leurs ombres sur les kilims, déployés comme des versants de ciel. Les toiles contemporaines zébrant de leurs audaces colorées les murs parfaitement blancs. Et, au détour des encoignures et des tables basses, les petites lampes feutrées et discrètes qui ressemblaient à de pures sentinelles de luxe.

Sybille avait préparé un lit de bois peint dans une chambre claire, emplie de soie et de tulle. Diane redouta tout à coup que sa mère ne se toquât de son rôle de grand-mère. Pourtant elle opta pour une trêve. Elle la félicita pour la décoration et déposa avec précaution Lucien dans le lit. Un bref instant, les deux femmes s'unirent dans sa contemplation.

En repartant, Sybille attaqua aussitôt ses jacasseries ordinaires : mondanités et mises en garde en vue du dîner. Diane n'écoutait pas. Sur le seuil du salon, la petite femme se retourna et toisa les vêtements de sa fille. Son visage exprimait la consternation.

— Quoi ? demanda Diane.

Elle portait un chandail très court, un pantalon de

toile immense, posé en équilibre sur ses hanches, un blouson de plumes synthétiques noires.

— Quoi ? répéta-t-elle. Qu'est-ce qu'il y a ?

— Rien. Je te disais simplement que je t'ai placée en face d'un ministre. En fonction.

Diane haussa les épaules :

— La politique, je m'en fous.

Sybille consentit un sourire en ouvrant la porte du salon :

— Sois provocante, drôle, stupide. Sois ce que tu veux. Mais pas de scandale.

Les invités sirotaient des alcools aux reflets ocre roux dans des fauteuils de même teinte. Les hommes étaient gris, âgés, bruyants. En retrait, leurs épouses se livraient à une joute silencieuse, évaluant leurs différences d'âge comme autant de fossés remplis de crocodiles. Diane soupira : cela s'annonçait mortel.

Pourtant, elle retrouvait aussi les petites manies de sa mère, plutôt marrantes. Ainsi, la musique de Led Zeppelin ronronnait en sourdine quelque part — sa mère, depuis sa jeunesse débridée, n'écoutait que du hard rock et du free-jazz. Elle apercevait aussi, sur la table mise, les étranges couverts en fibre de verre — Sybille était allergique au métal. Quant au menu, elle savait qu'il serait composé essentiellement d'un plat salé-sucré au miel, substance dont sa mère agrémentait tous ses plats.

— Mon bébé ! Viens me dire bonjour !

Elle s'avança, sourire aux lèvres, vers son beau-père qui lui tendait les mains. Petit, râblé, Charles Helikian ressemblait à un roi perse. Il avait le teint mat et portait la barbe en collier. Ses cheveux crépus auréolaient son crâne et ressemblaient à des nuages d'orage avec lesquels ses yeux sombres s'harmonisaient étrangement. « Mon bébé » : l'homme s'obstinait à l'appeler ainsi. Pourquoi « bébé », alors que Diane était âgée de trente ans ? Et pourquoi le sien, puisque, lorsque Charles l'avait connue, elle était déjà une adolescente de quatorze ans ? Mystère. Elle renonça à déchiffrer ces coquetteries de langage et lui adressa un signe amical de la main, sans se pencher. L'homme n'insista pas : il savait que sa belle-fille ne goûtait pas les effusions.

On passa à table. Comme toujours, Charles menait la conversation avec éloquence. Diane avait tout de suite adoré ce énième compagnon de sa mère, rapidement devenu son beau-père officiel. Dans sa vie professionnelle, l'homme était une éminence. Il avait ouvert des cabinets de psychologie d'entreprise puis s'était orienté vers des missions de conseil, beaucoup plus discrètes, auprès de grands patrons et de personnalités politiques. Quels conseils ? Quelles missions ? Diane n'avait jamais rien compris à ce boulot. Elle ignorait si Charles se contentait de choisir la couleur des costumes de ses clients ou s'il dirigeait leur entreprise à leur place.

En vérité, elle se moquait de ce métier, de cette réussite. Elle admirait Charles pour ses qualités humaines : sa générosité, ses convictions humanistes. Ancien gauchiste, il se jouait de ses propres contradictions, liées à sa fortune et à sa position sociale. Tout en vivant dans cet appartement flamboyant, il continuait à tenir des discours altruistes, à défendre le pouvoir du peuple et l'égalité sociale. Il ne craignait pas de glorifier encore une « société sans classes » ou la « dictature du prolétariat », qui avaient pourtant provoqué la plupart des génocides et des oppressions du XXᵉ siècle. Quand Charles Helikian utilisait ces mots honnis, ils retrouvaient toute leur puissance. Sans doute parce que l'homme avait l'art et la manière — et qu'il conservait, au fond de son cœur, une foi, une sincérité, une aurore toujours intactes.

Diane éprouvait une nostalgie secrète pour ces

idéaux qu'elle n'avait pas connus et qui avaient fait vibrer la génération de sa mère. Elle ressemblait à quelqu'un qui n'a jamais touché une cigarette mais apprécie le parfum raffiné du tabac. Malgré les massacres, les oppressions, les injustices, elle n'avait jamais réussi à se départir d'une étrange fascination pour l'utopie révolutionnaire. Et lorsque Charles comparait le socialisme rouge à l'Inquisition, lorsqu'il lui expliquait que les hommes s'étaient emparés de la plus belle des espérances et l'avaient transformée en un culte de l'effroi, elle l'écoutait en ouvrant les yeux, telle la petite fille si sérieuse qu'elle avait été jadis.

Ce soir, la conversation roulait sur les perspectives immenses, lumineuses, infinies du système de communication Internet. Charles n'était pas d'accord : il voyait, sous le clinquant de la technologie, un nouveau mode d'aliénation destiné à pousser chacun à consommer davantage, à perdre un peu plus le contact avec la réalité et les valeurs humaines.

Autour de la table, les convives acquiesçaient. Diane les observait : ces patrons et ces figures politiques, tout comme Charles, se moquaient sans doute d'Internet et de son éventuel pouvoir d'aliénation. Ils étaient là pour le plaisir — celui d'écouter des opinions inhabituelles déclamées avec ferveur, celui de se laisser enjôler par ce fumeur de cigares qui leur rappelait leur jeunesse et des colères qu'ils feignaient d'éprouver encore.

Tout à coup le ministre s'adressa directement à elle :

— Votre mère m'a dit que vous étiez éthologue.

L'homme avait un sourire de travers, un nez busqué, des yeux mouvants comme des algues japonaises. Elle souffla :

— C'est exact.

Le politique sourit aux autres convives, comme pour s'attirer leur indulgence.

— Je dois avouer que je ne sais pas ce que c'est, dit-il.

Diane baissa les paupières. Elle se sentait rougir. Son bras était tendu à l'oblique, contre l'angle de la table. Elle expliqua d'un ton neutre :

— L'éthologie est la science du comportement des animaux.

— Quels animaux étudiez-vous ?

— Les fauves. Les reptiles. Les rapaces. Les prédateurs, essentiellement.

— Ce n'est pas très... féminin, comme univers.

Elle releva les yeux. Tous les regards étaient posés sur elle.

— Cela dépend. Chez les lions, seule la femelle chasse. Le mâle reste auprès des petits pour les protéger contre les attaques des autres clans. La lionne est sans aucun doute la créature la plus meurtrière de la brousse.

— Tout cela est bien lugubre...

Diane but une lampée de champagne.

— Au contraire. Il s'agit d'un des versants de la vie.

Le ministre rit dans sa gorge :

— Le sempiternel cliché de la vie qui se nourrit de la mort...

— Un cliché comme les autres : qui n'attend qu'une occasion pour se confirmer.

Un silence succéda à ces paroles. Paniquée, Sybille partit d'un éclat de rire :

— Ça ne doit pas vous empêcher de goûter à mon dessert !

Diane lui lança un coup d'œil narquois et perçut un tic nerveux sur le visage de sa mère. On fit passer les assiettes, les petites cuillères. Mais le politique leva la main :

— Juste une question.

Instantanément, la tablée s'immobilisa. Diane comprit que l'homme n'avait jamais cessé, durant le dîner, d'être pour les autres un ministre. Il reprit, en la fixant intensément :

— La boucle d'or dans la narine, pourquoi ?

Diane ouvrit ses mains en signe d'évidence. Ses bagues d'argent frappé accrochaient les flammes des bougies.

— Pour me fondre dans la masse, je suppose.

L'épouse du ministre, à sa droite, se pencha entre deux chandelles pour dire :

— Nous ne devons pas appartenir à la même masse !

Diane vida sa coupe. Elle comprit seulement à ce moment qu'elle avait trop bu. Elle articula à l'intention de l'homme politique :

— De toutes les espèces de zèbres, seules quelques-unes sont encore très répandues. Vous savez lesquelles ?

— Non, bien sûr.

— Les zèbres dont le corps est entièrement revêtu de rayures. Les autres ont disparu : leur camouflage n'était pas suffisant pour provoquer un effet stroboscopique lorsqu'ils couraient dans les herbes.

Le ministre marqua son étonnement :

— Quel rapport avec votre boucle ? Que voulez-vous dire ?

— Je veux dire que, pour que ça marche, un camouflage doit être complet.

Elle se mit debout, découvrant son nombril percé, lui aussi, d'une tige d'or latérale, à laquelle était suspendue une boucle scintillante. L'homme sourit en s'agitant sur son siège. Son épouse se recula dans l'ombre, le visage fermé. Un murmure gêné s'amplifia au-dessus de la table.

Diane se tenait maintenant dans le vestibule. Lucien dormait toujours dans ses bras, enroulé dans une couverture de laine polaire.

— Tu es folle. Tout simplement folle.

Sa mère parlait à voix basse. Diane ouvrit la porte.

— Qu'est-ce que j'ai dit ?

— Ce sont des gens importants. Ils te tolèrent à leur table et...

— Tu te goures, maman. C'est moi qui les ai tolérés. Tu m'avais promis un dîner intime, non ?

Sybille déniait de la tête, consternée. Diane reprit :

— De toute façon, je me demande bien ce qu'on se serait dit...

La mère tripotait ses mèches blondes.

— Il faut qu'on parle. Qu'on déjeune.

— C'est ça. On déjeune. Salut.

Sur le palier, elle s'appuya contre le mur et demeura quelques secondes dans l'obscurité. Elle respirait enfin. Elle sentait le corps tiède de son enfant et ce seul contact la rassurait. Elle prit une nouvelle résolution. Elle devait absolument maintenir Lucien à distance de cet univers factice. Et, plus encore, de ses propres colères, plus absurdes encore que ces dîners mondains.

— Je peux le voir ?

Charles se tenait dans l'embrasure éclairée de la porte. Il s'approcha pour observer le visage assoupi.

— Il est très beau.

Elle sentait l'odeur de l'homme — mélange de parfum raffiné et d'effluves de cigare. Le malaise commençait à se glisser en elle.

Charles passa sa main dans les cheveux de Lucien.

— Il finira par te ressembler.

Elle s'engagea dans l'escalier en marmonnant :

— Bon. Je descends à pied. Les ascenseurs, je supporte pas.

— Attends.

Charles la retint brusquement par le bras et attira son visage vers sa bouche. Elle eut un recul mais trop tard : les lèvres de l'homme avaient frôlé les siennes. En un éclair, une répulsion incoercible la saisit.

Elle descendit quelques marches à reculons, les yeux exorbités. Sur le palier, Charles demeurait immobile. Sa voix n'était plus qu'un souffle :

— Je te souhaite bonne chance, mon bébé.

Diane s'enfuit dans l'escalier, plus légère qu'une araignée.

7

Les lumières du tunnel défilaient à la vitesse d'une cataracte.

Diane songeait à des films de science-fiction. Des poursuites dans des souterrains luminescents. Des armes qui lancent des faisceaux aveuglants. Sur la dernière voie de gauche du boulevard périphérique, elle roulait pied au plancher. Les vapeurs d'alcool brouillaient encore ses pensées.

Son seul lien avec la réalité lui semblait ce volant entre ses mains. Elle conduisait une Toyota Landcruiser. Un 4 × 4 tout-terrain, énorme, qu'elle avait récupéré au terme d'une mission africaine. Un vieux moulin, surmonté de carénages grillagés, qui ne parvenait pas à dépasser les cent vingt kilomètres à l'heure mais auquel Diane était attachée.

Elle jaillit du tunnel et retrouva la pluie battante dans un bruissement métallique. Par réflexe, elle jeta un regard à Lucien dans le rétroviseur — elle avait réglé le miroir dans son axe. L'enfant dormait sans bouger, au creux de son siège surélevé.

Elle se concentra sur la route. Comme d'habitude, elle avait emprunté le périphérique à la porte d'Auteuil et se dirigeait maintenant vers la porte Maillot. Cet itinéraire constituait un détour mais Diane évitait toujours les méandres du seizième arrondissement. Mille fois, son beau-père avait tenté de lui expliquer le chemin exact. Mille fois, elle avait renoncé à comprendre ces circonvolutions. Charles abandonnait alors en éclatant d'un rire tonitruant.

Charles.

Qu'était-ce que cette histoire de baiser ? Elle chassa ce souvenir comme elle aurait craché et se pencha pour mieux voir le boulevard lacéré de pluie. Pourquoi lui avait-il fait cela ? Etait-ce encore une de ses attitudes excentriques ? Une de ses poses empruntées ? Non : ce baiser n'appartenait pas à ses coquetteries habituelles. Ce geste possédait une autre signification. D'ailleurs, c'était la première fois qu'il l'enlaçait ainsi.

Les vagues de l'averse cinglaient violemment le pare-brise. La visibilité était quasi nulle. Diane tenta d'augmenter le régime des essuie-glaces. En vain. Elle lança un coup d'œil dans son rétroviseur. Lucien dormait toujours. Les lueurs orangées des lampes à sodium striaient son visage. Cette image la rassura. Ce petit garçon scellait son destin. Il lui conférait une force insoupçonnée. Rien d'autre ne comptait plus désormais dans sa vie.

Quand son regard revint se fixer sur la route, la terreur l'envahit.

Un poids lourd franchissait les vrilles immenses de l'averse, chavirant à travers les quatre voies, comme livré à lui-même.

Diane freina. Le camion frappa les rails de sécurité centraux, arrachant les lames de métal dans un raclement aigu. La cabine rebondit avec violence alors que sa remorque se déployait sur les autres voies. La tête de l'engin se tourna aux trois quarts pour accrocher les glissières, cette fois avec son flanc droit. Des crissements métalliques s'élevèrent sous la pluie, mêlés à des gerbes d'étincelles, alors que les phares du monstre balayaient la tourmente.

Elle voulut hurler, mais le cri se bloqua dans sa gorge. Elle freina encore, mais le ralentissement se transforma brutalement en une accélération sans retenue. Diane était tétanisée. Sa voiture glissait à pleine vitesse, roues bloquées, ayant perdu toute adhérence à la chaussée. Le poids lourd dérapait en un gigantesque tête-à-queue.

Sa Toyota n'était plus qu'à quelques mètres du monstre. Elle freina encore. Tentant de briser, à coups de brèves secousses, le phénomène d'aquaplaning. Rien à faire : sa vitesse augmentait toujours. Pourtant ce fragment d'instant semblait n'avoir plus de fin.

Elle se vit tout à coup frapper la paroi de ferraille. Elle se vit, pour ainsi dire, franchir le choc. Traverser le métal et s'encastrer dans les structures du camion. Elle se vit morte, écrasée, fragmentée dans une boue de sang, de chair et de fer.

Un hurlement jaillit enfin de sa gorge. Elle donna un coup de volant brutal sur sa gauche.

La voiture se planta dans les rails fracassés. Le choc lui coupa le souffle. Sa tête s'écorcha contre le rétroviseur. Tout se voila de noir, alors qu'au même instant, à l'intérieur d'elle-même, une lueur explosait. Un temps encore. Un point d'orgue, sans contour ni succession. Diane toussa, hoqueta, cracha des glaires sanglantes. Confusément elle comprit — son corps le comprit : elle était toujours vivante.

Elle ouvrit les paupières. La forme transparente qui s'avançait vers elle n'était autre que son pare-brise compressé par la distorsion de l'habitacle. Elle tenta de bouger la tête et déclencha un ruissellement de verre. Sa nuque était coincée par le hayon du coffre qui, arraché, avait atterri sur ses épaules, à la façon d'un carcan. A travers la douleur, Diane sentait monter une nouvelle angoisse. Quelque chose ne cadrait pas : son pare-brise n'avait pas éclaté. D'où venaient les débris de verre ?

Sa première pensée consciente fut pour Lucien. Elle se retourna et demeura interdite : le siège surélevé était vide.

A sa place, des milliers de particules translucides et des traces de sang maculaient la banquette. L'averse s'engouffrait par la vitre brisée et trempait le tissu du fauteuil imprimé de petits ours. De ses mains écorchées, à tâtons, Diane trouva ses lunettes. Elles étaient étoilées de chocs mais elles lui confirmèrent l'horreur : l'enfant n'était plus dans la voiture. La collision l'avait catapulté à travers la vitre passager.

Diane parvint à détacher sa ceinture. Elle joua de l'épaule contre sa portière et s'extirpa dehors. Elle s'étala aussitôt dans une flaque, déchirant son blouson contre l'arête de la glissière. Malgré la confusion, elle capta la sensation du gazon humide, les odeurs de graisse brûlée. Elle se releva et marcha en boitant vers la chaussée. Des phares lacéraient la nuit. Les klaxons s'élevaient en une clameur vociférante. Elle ne voyait rien de précis. Excepté les flaques d'essence, sur la route, qui s'irisaient sous les luminaires comme des fragments d'arc-en-ciel.

Elle tituba encore, accrochant çà et là des détails d'apocalypse. Le poids lourd, déployé en V inversé sur toute la largeur du boulevard. Le logo criard de sa compagnie, le long de la bâche claquant dans l'averse. Le chauffeur, dégringolant de sa cabine, la tête dans les mains, les bras ruisselants de sang. Mais elle ne voyait pas Lucien. Pas la moindre trace du corps.

Elle s'approcha encore du semi-remorque. Soudain elle s'arrêta. Elle venait de repérer l'une des chaussures de l'enfant — une tennis rouge — puis, quelques mètres plus loin, l'ombre fatidique. Il était là. A la charnière du convoi, encastré sous le système d'arrimage de la remorque, englouti sous les câbles arrachés et les jets de vapeur. Elle discernait maintenant chaque détail. Le petit crâne reposant dans une flaque sombre, le corps enfoncé jusqu'à mi-torse sous la ferraille, le blouson de laine polaire, imprégné d'essence et de pluie... Diane noua ses dernières forces et avança.

— N'y allez pas...

Une main la retenait.

— N'y allez pas. Vous devez pas voir ça.

Diane regardait l'homme, sans comprendre. Une autre voix retentit sur sa gauche :

— Vous pouvez plus rien, madame...

Chaque timbre se diluait dans les froissements de l'averse. Elle ne saisissait pas la signification des mots. Une voix encore :

— J'ai tout vu... Bon sang... C'est incroyable que vous ayez rien... C'est votre ceinture qu'a dû vous sauver...

Cette fois, Diane saisit le sens implicite de ces paroles. Elle se libéra des mains qui la retenaient et revint jusqu'à sa voiture. Elle contourna le véhicule, s'appuyant sur la carrosserie brûlante, puis atteignit la portière arrière droite de la Toyota. Tirant de toutes ses forces, elle parvint à l'ouvrir. Elle observa avec attention le siège élévateur, saupoudré de verre pilé.

La sangle de polycarbone reposait, intacte, à côté du siège.

Diane n'avait pas bouclé la ceinture de Lucien.

Par inadvertance, elle avait tué son enfant.

Dans son ventre il y eut un craquement d'orage. Des éclairs. Un gouffre d'électricité.

Le sol se souleva : c'était elle qui tombait à genoux.

Elle n'avait plus de pensées, plus de conscience, plus rien. Elle ne sentait plus que le martèlement de ses bagues se mêlant au sang et à la pluie à mesure qu'elle se frappait le visage de ses deux poings serrés.

8

La chambre de réanimation était constituée de trois murs vitrés ouvrant sur le couloir, lui-même strié par les parois translucides des autres chambres. Diane était assise dans l'obscurité. Vêtue d'une blouse, portant bonnet et masque en papier, elle se tenait parfaitement immobile face au lit chromé. Comme maîtrisée par lui. Maîtrisée par ce cintre de métal quadrillé de câbles et d'appareillages, au fond duquel reposait Lucien.

Une sonde d'intubation, reliée à un respirateur artificiel, s'enfonçait dans la bouche de l'enfant. Le long de sa main droite, le tuyau d'une perfusion conduisait à des seringues électriques qui permettaient, lui avait-on expliqué, d'injecter un traitement dosé au millilitre et à la minute près, vingt-quatre heures sur vingt-quatre. Dans son bras gauche un cathéter captait sa tension, alors qu'une pince, brillant dans l'obscurité comme un rubis, enserrait l'un de ses doigts et évaluait sa réponse à la « saturation d'oxygène ».

Diane savait qu'il y avait aussi des électrodes, quelque part sous les draps, qui surveillaient le battement de son cœur. Elle ne voyait pas non plus — et c'était tant mieux — les deux drains enfoncés sous le gros pansement du crâne. Ses yeux se posèrent, comme par réflexe, sur l'écran suspendu à la gauche du lit. Des ondes et des chiffres s'y détachaient, vert luminescent, ne cessant de rendre compte de l'activité physiologique de l'enfant dans le coma.

En les contemplant, Diane songeait toujours à une chapelle. Un lieu de recueillement et de ferveur, où brilleraient faiblement des enluminures d'icônes, des ciboires, des cierges... Ces courbes scintillantes, ces chiffres à quartz, c'étaient ses cierges à elle. Des flammèches votives dans lesquelles elle avait placé ses espoirs, ses prières.

Elle vivait presque en permanence dans cette chambre du service de neurochirurgie pédiatrique de l'hôpital Necker. Depuis l'accident, elle n'avait pratiquement pas dormi ni mangé quoi que ce soit. Pas plus qu'elle n'avait absorbé le moindre calmant. Elle se contentait de ressasser, encore et toujours, le moindre de ses souvenirs — chaque minute, chaque détail qui avait succédé à la collision.

L'arrivée du premier véhicule de secours interrompit sa crise de désespoir.

A cet instant seulement, elle arrêta de se frapper et scruta le camion qui franchissait, sirènes hurlantes, le chaos des voitures stoppées. Rouge. Chromé. Flanqué d'instruments de ferraille. Les pompiers sortirent en tenue de feu, alors qu'un autre véhicule apparaissait déjà, le long de la voie d'urgence, marquée du logo de la police urbaine. Les agents se concentrèrent sur la circulation. Vêtus de cirés orange fluorescent, ils balisèrent la chaussée et canalisèrent le flot des voitures sur l'extrême file de droite — la seule que la remorque du camion ne bloquait pas.

Diane s'était remise debout, près de la Toyota. Les pompiers l'écartèrent sans ménagement et arrosèrent aussitôt sa voiture de mousse carbonique. Hagarde, elle se sentait entourée d'automobilistes de plus en plus nombreux, de murmures, de bruissements de pluie. Mais elle n'entendait rien d'autre que ses propres mots, qui martelaient sa conscience : « J'ai tué mon enfant. J'ai tué mon enfant... »

Elle pivota vers le camion et remarqua, parmi les silhouettes encapuchonnées qui traversaient les lueurs du tunnel, un homme en cuir qui s'échappait de la zone précise où son enfant était encastré. D'instinct, elle marcha dans sa direction. Le pompier plongea dans l'habitacle de son véhicule pour saisir un émetteur radio. Lorsque Diane parvint à quelques mètres de lui, ce fut pour l'entendre crier, VHF en main :

— L'AVP de l'intérieur, ici, porte de Passy... Qu'est-ce qu'elle fout, l'unité médicale ?

Elle franchit les fines aiguilles de pluie. L'homme hurlait :

— Y a une victime. Un gosse. Ouais... Il respire mais...

Le pompier n'acheva pas sa phrase. Il balança sa radio et courut vers le fourgon qui venait de surgir sous les colonnes d'eau. Diane discerna les lettres qui brillaient sur la carrosserie : SAMU de Paris, SMUR, Necker 01. Tous les circuits de son être s'inversèrent. Une seconde auparavant elle flottait, pétrifiée, vidée, comme morte. Elle suivait maintenant chaque détail, le cœur bondissant, voyant les hommes du SAMU, armés de gros sacs à dos, accourir. Un espoir. Il y avait un espoir.

Leur emboîtant le pas, elle parvint à contourner la ligne des flics. Elle se blottit au plus près de la cabine du poids lourd. Une large nappe d'huile et d'essence s'était répandue sur l'asphalte, refusant de se mélanger aux eaux de pluie. Les vapeurs orangées des luminaires lézardaient sa surface. Les hommes étaient tous penchés au-dessus de la même zone. Diane ne voyait plus son enfant.

Elle s'approcha et se força à mieux regarder. Son

corps tremblait, mais une vigueur en elle contrôlait son être, l'obligeait à observer encore. Enfin elle aperçut la frêle silhouette. Ses jambes cédèrent lorsqu'elle repéra le crâne blessé, baignant dans une flaque noire. Parmi les cheveux arrachés, elle distingua un croissant de chairs rouges, nues, à vif. Elle tomba sur un genou et surprit, une fois au sol, un homme recroquevillé sous le châssis du camion, près de Lucien. Il vociférait dans une VHF :

— Okay. J'ai une contusion cérébrale. Sans doute bilatérale. Ouais. Il me faut de toute urgence un pédiatre. De toute urgence. Vous notez, là ?

Diane serrait les lèvres. Les mots s'imprimaient dans sa chair. Le médecin ressortit de l'antre d'acier. Une blouse blanche dépassait de sa parka.

— Coma, ouais... Score de Glasgow...

A une vitesse de foudre, il ouvrit les yeux de l'enfant, tâta son cou, palpa ses poignets :

— ... à quatre.

Il entrouvrit une nouvelle fois les yeux de l'enfant.

— Je confirme : score de Glasgow à quatre. Il est parti, le pédiatre ?

Il ajouta, scrutant rapidement le bras droit de Lucien :

— J'ai aussi une fracture ouverte au coude droit. (Il manipula les cheveux ensanglantés.) Une plaie au scalp. Sans gravité. Suite du bilan dans dix minutes.

A ses côtés, un infirmier arrachait les velcros d'un sac à dos, tandis qu'un autre glissait des couvertures repliées entre l'enfant et les tôles tordues. Des pompiers tendaient des bâches plastique pour les protéger de la pluie. Personne ne semblait remarquer Diane.

Le médecin massait maintenant les mâchoires de Lucien tout en dénudant, avec une extrême précaution, son cou. L'un des infirmiers glissa une minerve sous sa nuque. Le docteur la verrouilla en un seul geste.

54

— Okay. On intube.

Dans sa main, un tuyau translucide se matérialisa, qu'il glissa aussitôt dans la bouche entrouverte. Le deuxième infirmier plantait déjà un cathéter dans la main gauche de Lucien. Ces hommes semblaient gouvernés par les réflexes conditionnés de l'urgence et de l'expérience.

— Qu'est-ce que vous foutez là, vous ?

Diane leva les yeux. Le toubib ne lui laissa pas le temps de répondre, comme s'il avait deviné, à travers la pluie, la réponse dans son regard — lu sa détresse dans les copeaux d'or de ses iris.

— Quel âge a-t-il ? demanda-t-il.

Elle balbutia une phrase inintelligible, puis reprit plus fort, couvrant le martèlement de la pluie sur la bâche :

— Six ou sept ans.

— Six ou sept ans ? hurla le médecin. Vous vous foutez de ma gueule ?

— C'est un enfant adopté. Je... je viens de l'adopter. Il y a quelques semaines.

L'homme ouvrit encore la bouche, hésita, puis s'abstint de répondre. Il dégrafa le blouson de Lucien, releva son pull. Diane reçut un choc au ventre. Le torse était noir. Elle mit quelques secondes à comprendre que ce n'était pas du sang : seulement de l'huile. A l'aide d'une compresse, le praticien nettoya le thorax. Sans relever le regard, il demanda :

— Il a des antécédents ?

— Quoi ?

Il plaçait des pastilles adhésives sur la poitrine nue. Il grogna :

— Des maladies ? Des problèmes de santé ?

— Non.

Il pinça les pastilles avec des électrodes.

— Vous l'avez vacciné contre le tétanos ?

— Oui. Il y a deux semaines.

Il tendit les fils au second infirmier, qui les brancha aussitôt à l'arrière d'une boîte revêtue de toile noire. Le médecin enserrait déjà le biceps du petit garçon dans le brassard d'un tensiomètre. Un bip résonna. L'homme donna de nouveaux câbles à l'infirmier, qui les connecta à un autre bloc.

Un pompier surgit sous la bâche. Il portait d'énormes gants de toile et une parka caparaçonnée. Derrière lui, un camion approchait lentement, en marche arrière. Sur son flanc était inscrit : DÉSINCARCÉRATION. D'autres silhouettes avançaient, tenant des outils barbares reliés à des câbles pneumatiques, poussant des vérins hydrauliques sur des chariots, alors que d'autres, en équipements de feu, se postaient en arc de cercle, lances et extincteurs à la main. Une attaque en règle se préparait.

— On y va ?

Le médecin, les traits striés de sueur, ne répondit pas. De nouveaux déchirements de velcro retentirent. Un écran apparut entre les mains d'un infirmier. Des lumières vertes jaillirent : des sillons, des chiffres. Pour Diane, ce fut comme si l'impossible survenait. Le langage de la vie oscillait sur ce moniteur.

La vie de Lucien.

Le pompier hurla :

— On y va, oui ou merde ?

Le docteur dressa le regard vers le pompier matelassé :

— Non, on n'y va pas. On attend le pédiatre.

— Impossible. (Il désigna le sol luisant d'essence.) Dans une minute on va tous...

— Je suis là.

Un nouveau personnage venait de se glisser sous la bâche. Hirsute, livide, plus mal fagoté encore que le premier médecin. Les deux toubibs échangèrent un discours abscons d'abréviations et d'initiales. Le pédiatre se pencha sur Lucien et entrouvrit ses paupières :

— Merde.

— Quoi ?

— La mydriase. La pupille est dilatée.

Un bref silence s'imposa entre les hommes. Le pompier tourna les talons. Les engins mécaniques approchaient inexorablement.

— Okay, prononça enfin le nouveau docteur. Sédation générale. Un PentoCelo. Où est la VHF ?

Tandis que le premier médecin et les infirmiers s'affairaient, il s'empara de l'émetteur et prit le relais des vociférations radio :

— Nouveau bilan sur l'AVP. Préparez le bloc à la neuro. Nous avons une forte suspicion d'hématome extradural. Je répète : un HED dans l'un des deux hémisphères ! (Un temps.) Nous avons une lésion neurochirurgicale *et* une contusion cérébrale... (Un temps encore.) Mais j'en sais rien, moi ! La mydriase est déjà là, c'est tout. Merde : c'est un môme. Il n'a pas sept ans. Daguerre. Il nous faut Daguerre au bloc ! Personne d'autre !

Le pompier réapparut. L'urgentiste lui décocha un bref signe d'assentiment. En quelques secondes, une nouvelle organisation se mit en place. Les infirmiers entourèrent l'enfant de couvertures de feutre, de coussins de toile. Plus loin, les lames des vérins glissaient sous le châssis du camion.

— Il faut sortir de là, souffla le premier médecin à Diane.

Elle regarda l'homme, l'esprit vide, puis acquiesça, abasourdie. La dernière vision qu'elle eut de Lucien fut celle d'une silhouette encadrée de planches et de couvertures, portant des lunettes de tissu rembourré sur les yeux.

Un sifflement perçant retentit dans la chambre. Diane sursauta. Presque aussitôt, une infirmière apparut. Sans un regard pour la jeune femme, elle suspendit une nouvelle poche de chlorure de sodium au portique métallique et la fixa à la perfusion.

— Quelle heure est-il ?

L'infirmière se retourna. Diane répéta :

— Quelle heure est-il ?

— Vingt et une heures. Je vous croyais partie, madame Thiberge.

Elle répondit d'un vague signe de la tête, puis ferma les yeux. Aussitôt ses paupières lui brûlèrent, comme si le moindre repos lui était interdit. Lorsqu'elle les rouvrit, la femme avait disparu.

Une nouvelle fois, ses souvenirs l'arrachèrent au présent.

— Vous êtes sûre que vous ne voulez pas aller dans mon bureau ?

Diane regardait le docteur Eric Daguerre, debout près de la paroi du négastoscope. Sur le panneau de lumière se déployaient les radiographies et les scanners du crâne de Lucien. Les images se reflétaient sur le visage du chirurgien.

Elle fit non de la tête et prononça d'une voix blanche :

— Comment ça s'est passé ?

L'intervention avait duré plus de trois heures. Le médecin carra ses mains dans les poches de sa blouse.

— On a fait ce qu'on a pu.

— S'il vous plaît, docteur. Donnez-moi une réponse précise.

Daguerre ne la quittait pas des yeux. Tout le monde l'avait prévenue : il était le meilleur neurochirurgien de l'hôpital Necker. Un virtuose qui avait déjà ramené des dizaines d'enfants des rives sans retour du coma. Il attaqua :

— Votre enfant souffrait d'un hématome extradural. Une poche de sang située dans l'hémisphère droit. (Il désignait la zone sur l'une des radiographies.) Nous avons ouvert la tempe afin d'accéder à l'hématome. Nous avons aspiré le sang caillé et coagulé toute cette région. C'est ce qu'on appelle l'hémostase. Nous avons refermé, en laissant un drain aspiratif par lequel vont s'évacuer les résidus de sang. De ce point de vue, tout s'est parfaitement passé.

— De ce point de vue ?

Daguerre s'approcha de la vitre éclairée. Il était impossible de lui donner un âge précis — entre trente et cinquante ans. Ses traits acérés étaient d'une extrême pâleur mais ce teint n'évoquait pas la maladie. Au contraire : c'était une sorte de lumière. Une clarté décisive, qui jaillissait de tout le visage. Il tapota de l'index des coupes du cerveau.

— Lucien souffre d'un autre traumatisme. Une contusion bilatérale, contre laquelle nous ne pouvons pas grand-chose.

— Des zones de son cerveau ont été endommagées ?

Le chirurgien esquissa un geste vague.

— Impossible à dire. Pour l'instant, notre problème est d'un autre ordre. Le cerveau, comme n'importe quelle autre partie du corps, a tendance à gonfler sous l'effet d'un choc. Or la boîte crânienne est close : elle ne permet pas la moindre dilatation. Si l'organe se comprime trop fortement contre les parois osseuses, il ne pourra plus jouer son rôle vital. Ce sera la mort cérébrale.

Diane s'appuya contre le bureau. Les reflets bleutés des clichés vacillaient sur les traits du médecin. La chaleur de cette salle, accentuée par le rayonnement des néons, était insupportable.

— Vous... vous ne pouvez rien faire ?

— Nous avons implanté sous le crâne un second drain, qui nous permet de sonder en permanence la pression du cerveau. Si celle-ci augmente encore, nous ouvrirons le conduit et évacuerons quelques millilitres de liquide céphalorachidien. C'est la seule façon de soulager l'organe.

— Mais le cerveau ne va pas se dilater indéfiniment ?

— Non. Ces crises vont s'atténuer, puis disparaître. A nous de les gérer, jusqu'au moment où les choses reprendront leur cours normal.

— Docteur, soyez franc : Lucien... enfin... il peut s'en sortir ? Reprendre conscience ?

Nouveau geste vague.

— Si la pression intracrânienne diminue rapidement, ce sera gagné. Mais si les dilatations se répètent trop souvent, nous ne pourrons plus rien faire. La mort cérébrale sera inévitable.

Il y eut un silence. Daguerre conclut :

— Il faut attendre.

Depuis neuf jours, Diane attendait.

Depuis neuf jours, chaque soir, elle finissait par rentrer chez elle, quittant une solitude pour une autre, dans son appartement de la rue Valette, près de la place du Panthéon, dont le désordre ne lui renvoyait plus que l'image de son propre abandon.

Elle traversa la cour principale de l'hôpital. Le campus formait une véritable ville, avec ses bâtiments, ses boutiques, sa chapelle. Le jour, il régnait dans ces lieux une agitation trompeuse, qui faisait presque oublier la raison d'être des bâtiments — les soins, la maladie, la lutte contre la mort. Mais la nuit, lorsque l'espace s'abandonnait au silence et à la solitude, les édifices retrouvaient leur morgue funèbre et semblaient cernés au plus près par l'inquiétude, les maladies, l'anéantissement. Elle emprunta la dernière allée qui menait au grand portail.

— Diane.

Elle s'arrêta et plissa les yeux.

Sur les globes de lumière de la pelouse, l'ombre de sa mère se détachait.

9

— Comment va-t-il ? demanda Sybille Thiberge. Je peux monter le voir ?

— Tu fais ce que tu veux.

La petite silhouette, toujours auréolée de son chignon trop pâle, reprit doucement :

— Qu'est-ce qu'il y a ? Je suis en retard ? Tu m'attendais plus tôt ?

Diane fixait un point vague, très loin, au-delà de Sybille. Elle finit par dire, en toisant son interlocutrice de toute sa hauteur — elle la dépassait de vingt bons centimètres :

— Je sais ce que tu penses.

— Qu'est-ce que je pense ?

Imperceptiblement, la voix de Sybille était montée d'un cran. Diane déclara :

— Tu penses que je n'aurais jamais dû adopter cet enfant.

— C'est moi qui t'ai conseillé cette solution !

— C'est Charles.

— Nous en avions parlé ensemble.

— Peu importe. Tu penses que non seulement

j'aurais été incapable de l'élever, de le rendre heureux, mais que je l'ai carrément tué.

— Ne parle pas comme ça.

Diane hurla tout à coup :

— C'est pas la vérité, peut-être ? C'est pas moi qui n'ai pas bouclé sa ceinture ? Qui me suis foutue dans la glissière ?

— Le chauffeur du camion s'est endormi. Il l'a admis lui-même. Tu n'y es pour rien.

— Et l'alcool ? Si Charles n'avait pas été là pour étouffer les résultats de l'alcootest, je serais peut-être en taule !

— Bon sang, parle plus bas.

Diane inclina la tête et palpa les pansements qui lui barraient le front, les tempes. Elle se sentait défaillir. La faim, la fatigue rompaient les assises de son équilibre. Elle prenait la direction du grand portail sans même saluer sa mère quand, brusquement, elle revint sur ses pas et dit :

— Je veux que tu saches un truc.

— Quoi ?

Deux infirmières passèrent en poussant un lit. On distinguait vaguement un corps, sous un plaid, relié à une perfusion.

— Je veux que tu saches que tout ça, c'est ta faute.

Sybille croisa les bras, prête pour l'affrontement.

— Comme c'est facile, dit-elle.

Diane haussa de nouveau le ton :

— Tu ne t'es jamais demandé pourquoi j'étais dans cet état-là ? Pourquoi ma vie était un tel naufrage ?

Sybille prit un ton ironique :

— Non, bien sûr. Je vois ma fille sombrer depuis quinze ans, mais je m'en moque totalement. Je l'emmène voir tous les psychologues de Paris, mais c'est pour sauver les apparences. Je m'évertue à lui parler, à la sortir de son mutisme, mais c'est pour me donner bonne conscience. (Elle criait maintenant.) Je cherche depuis des années ce qui ne va pas chez toi ! Comment peux-tu dire ça ?

Diane ricana :

— C'est l'histoire de la poutre dans l'œil de l'autre.

— Que dis-tu ?

— C'est dans ton jardin que se trouve la pierre.

Il y eut un nouveau silence. Les feuillages bruissaient dans l'obscurité. Sybille ne cessait de tripoter son chignon, signe manifeste de son trouble.

— Tu en as trop dit, ma chérie, trancha-t-elle. Explique-toi.

Diane fut prise d'un vertige. Le passé allait enfin jaillir à la lumière.

— Je suis dans cet état-là à cause de toi, souffla-t-elle. A cause de ton égoïsme, de ton mépris radical pour tout ce qui n'est pas toi...

— Comment peux-tu me balancer ça ? Je t'ai élevée seule et...

— Je te parle de ta vérité profonde. Pas du rôle que tu joues en surface.

— Que connais-tu de ma vérité profonde ?

Diane avait l'impression de suivre un fil brûlant — elle continua :

— J'ai la preuve de ce que j'avance...

Un temps d'arrêt. Un temps d'alerte. La voix de Sybille frémit :

— La... preuve ? Quelle preuve ?

Diane s'efforça de parler lentement : elle voulait que chaque syllabe porte.

— Le mariage de Nathalie Ybert, en juin 1983. C'est là que tout s'est joué.

— Je ne comprends rien. De quoi parles-tu ?

— Tu ne t'en souviens pas ? Ça ne m'étonne pas. Pendant un mois nous nous étions préparées, nous ne parlions que de ça. Et puis, à peine arrivée là-bas, tu te casses je ne sais où. Tu me plantes là, avec ma robe, mes petites chaussures, mes illusions de jeune fille...

Sybille paraissait incrédule :

— Je me souviens à peine de cette histoire...

Quelque chose se brisa dans le corps de Diane. Elle sentit monter en elle des larmes qu'elle réfréna aussitôt.

— Tu m'as laissée tomber, maman. Tu es partie avec je ne sais quel mec...

— Avec Charles. Je l'ai rencontré ce soir-là. (La voix monta de nouveau.) Il aurait donc fallu que je te sacrifie toujours ma vie personnelle ?

Diane répétait, avec obstination :

— Tu m'as laissée tomber. Tu-m'as-purement-et-simplement-laissée-tomber !

Sybille parut hésiter, puis elle s'approcha en ouvrant les bras.

— Ecoute, dit-elle en changeant de ton. Si cette histoire t'a blessée, je te demande pardon. Je...

Diane fit un bond en arrière :

— Ne me touche pas. Personne ne me touche.

A cet instant, elle comprit qu'elle ne lui raconterait pas l'accident. Cette vérité-là ne franchirait pas la frontière de ses lèvres. Elle ordonna :

— Oublie tout ça.

Elle se sentait plus dure que l'acier, entourée de particules de force. C'était le seul bénéfice de son épreuve de jadis : un chagrin, une angoisse qui s'étaient peu à peu transmués en colère froide, en maîtrise de soi. D'un signe de tête, elle désigna le bloc de chirurgie infantile — les fenêtres faiblement allumées du service de réanimation.

— Si tu as encore des larmes, garde-les pour lui.

Quand elle tourna les talons, il lui sembla que le bruissement des arbres l'enveloppait d'un manteau maléfique.

64

10

Il y eut encore d'autres jours, d'autres nuits.

Diane ne les comptait plus. Seules les alertes de la chambre de réanimation scandaient son quotidien. Depuis la dernière dispute avec sa mère, quatre nouvelles mydriases étaient survenues. Quatre fois les pupilles de l'enfant s'étaient fixées, marquant l'imminence de la fin. A chaque crise, les médecins avaient libéré, grâce aux drains, quelques millilitres du liquide céphalorachidien et soulagé l'organe. Ils étaient parvenus ainsi à éviter le pire.

Elle vivait suspendue aux lèvres des docteurs. Elle interprétait la moindre de leurs paroles, la moindre de leurs inflexions de voix et elle s'en voulait âprement de cette dépendance. Seules ces interrogations habitaient son esprit et revenaient constamment le tarauder, à la manière d'une torture lancinante. Elle dormait par fragments, inconsciente au point de ne plus savoir, parfois, si elle vivait ou si elle rêvait. Sa santé était en chute libre — et elle refusait toujours de prendre le moindre médicament. En réalité, cette mortification finissait par la griser, l'étourdir, à la manière d'une transe religieuse, et lui permettait de ne pas regarder la vérité en face : il n'y avait plus d'espoir. La vie de Lucien ne reposait plus que sur une cohorte de machines et une technologie insensible.

Pour en finir, il aurait suffi d'appuyer sur l'interrupteur électrique.

Ce jour-là, aux environs de quinze heures, ce fut son propre corps qui lâcha prise. Diane perdit connaissance dans les escaliers de l'unité pédiatrique et dévala un étage sur le dos. Eric Daguerre lui injecta une dose de glucose par intraveineuse et lui ordonna de rentrer dormir chez elle. Sans discussion possible.

Le soir même, pourtant, aux environs de vingt-deux heures, Diane poussait la porte de l'unité médicale, obstinée, enragée, malade — mais présente. Un obscur pressentiment l'envahissait : les dernières heures avaient sonné. Il lui semblait que chaque détail lui confirmait cette vérité. La touffeur de l'atmosphère, au sein du bâtiment. Les néons défaillants du rez-de-chaussée. Le regard lointain d'un infirmier qu'elle croisa et trouva ambigu. Autant de signes, autant de présages : la mort était là, toute proche, à ses côtés.

Quand elle pénétra dans le hall du deuxième étage, elle aperçut Daguerre et comprit que son intuition était juste. Le médecin s'avança. Diane s'arrêta.

— Qu'est-ce qui se passe ?

Sans répondre, le chirurgien lui prit le bras et l'orienta vers une rangée de sièges fixés au mur.

— Asseyez-vous.

Elle s'écroula, marmonnant entre ses lèvres :

— Qu'est-ce qui se passe ? Ce... ce n'est pas fini, non ?

Eric Daguerre s'accroupit afin d'être à sa hauteur.

— Calmez-vous.

Diane conservait les yeux ouverts, mais elle ne le voyait pas. Elle ne voyait rien, excepté le néant. Ce n'était pas même une vision, c'était l'absence de toute vision, de toute perspective. Pour la première fois de sa vie, Diane ne parvenait plus à se projeter jusqu'à l'instant suivant, à envisager la seconde qui succéderait à la précédente. Elle appartenait déjà, par défaut, à la mort.

— Diane, regardez-moi.

Elle se concentra sur le visage osseux du chirurgien. Elle ne voyait toujours rien. Sa conscience n'analysait plus les images captées par ses rétines. Le médecin lui saisit les poignets. Elle les lui abandonna

— elle n'avait plus la force de ses phobies. L'homme murmura :

— Pendant votre absence, cet après-midi, Lucien a fait deux nouvelles mydriases. En moins de quatre heures.

Diane était tétanisée. Ses membres étaient ligotés, fixés par l'effroi. Le chirurgien ajouta, après une minute de silence :

— Je suis désolé.

Cette fois, elle braqua son regard sur le praticien et le dévisagea à travers sa colère.

— Il n'est pas encore mort, non ?

— Vous ne comprenez pas. Six fois, Lucien a présenté les symptômes d'une mort cérébrale. Il ne peut plus revenir à un état de conscience. Et même si on imaginait un miracle, qu'il manifeste des signes de réveil, les séquelles seraient trop importantes. Son cerveau est forcément endommagé, vous comprenez ? On ne peut souhaiter ça : ce serait un légume.

Diane fixa Daguerre quelques secondes. La beauté du toubib la frappa tout à coup. Sa voix roula de rage :

— Vous voulez qu'il meure, c'est ça ?

Le médecin se releva. Il tremblait.

— Vous ne pouvez pas me dire ça, Diane. Pas à moi. Je me bats chaque jour, chaque nuit, pour les sortir de là. J'appartiens à la vie. (Il désigna le couloir de verre, derrière la porte vitrée.) Nous appartenons à la vie, nous tous ! Ne demandez pas à la mort d'exister parmi nous.

Elle bascula sa tête en arrière et ferma les yeux. Son crâne cogna le mur. Une fois, deux fois, trois fois. La chaleur la suffoquait. La blancheur des tubes fluorescents, à travers ses paupières, lui brûlait les iris. Elle sentait son corps s'effondrer, s'ouvrir en un trou noir, aspirer sa conscience dans cette faillite.

Pourtant, en un ultime effort, elle parvint à se lever.

Sans un mot, elle saisit son sac et marcha jusqu'au service de réanimation.

Le service des petits corps immobiles.

Au-delà de la porte, tout était désert.

Diane se glissa dans la chambre de Lucien, arracha ses lunettes et tomba à genoux. La tête dans les draps, à l'extrémité du lit, elle éclata en larmes. Avec une violence inespérée. C'était la première fois, depuis l'accident, que son corps lui accordait cette libération. Ses muscles se dénouèrent, ses nerfs se relâchèrent. Les sanglots la suffoquaient, le chagrin l'asphyxiait, mais elle sentait aussi s'ouvrir en elle un soulagement, une sourde jouissance, comme une fleur néfaste qui annonçait l'ultime apaisement.

Elle savait qu'elle ne survivrait pas à la mort de Lucien. Cet enfant avait été sa dernière chance. S'il disparaissait, Diane renoncerait à survivre. Ou ce serait sa raison qui volerait en éclats. D'une manière ou d'une autre, elle sauterait le pas.

Tout à coup elle ressentit une présence. Elle dressa son regard rongé par le sel de ses larmes. Sans lunettes, elle ne voyait rien, mais elle en était sûre : dans l'obscurité, il y avait quelqu'un.

Alors, doucement, mystérieusement, une voix s'éleva :

— Je peux quelque chose pour vous.

11

D'un revers de manche, Diane s'essuya les yeux et attrapa ses lunettes. Un homme se tenait debout, à quelques mètres. Elle comprit qu'il était déjà dans la pièce lorsqu'elle était entrée. Elle tenta de retrouver ses esprits.

L'homme s'approcha. C'était un vrai colosse, avoisinant les deux mètres, vêtu d'une blouse blanche. Son cou énorme était surmonté d'une tête tout aussi large, coiffée d'une tignasse blanche. La faible lumière du couloir éclaira brièvement son visage. Il avait la peau rouge, les traits vagues d'un buste érodé. Une certaine mansuétude émanait de ce faciès. Diane remarqua ses cils longs et retroussés. Il répéta :

— Je peux quelque chose pour vous. (Il se tourna vers l'enfant.) Pour lui.

La voix était calme, en harmonie avec les traits, et possédait un léger accent. Quelques secondes encore et Diane maîtrisait sa surprise. Elle aperçut son badge, épinglé sur sa blouse.

— Vous... vous êtes du service ? interrogea-t-elle.

Il avança d'un pas. Malgré sa masse, ses mouvements ne provoquaient aucun bruit.

— Je m'appelle Rolf van Kaen. Je suis chef anesthésiste. Je viens de Berlin. Hôpital pédiatrique Die Charité. Nous développons un programme franco-allemand avec le docteur Daguerre.

Son français était fluide, poli comme un galet qu'il aurait tenu longtemps dans sa poche. Diane se releva et s'empara de l'unique siège. Elle s'y cala maladroitement. Aucune infirmière ne passait dans le couloir. Elle reprit :

— Qu'est-ce... qu'est-ce que vous faites ici ? Je veux dire : dans cette chambre ?

Le médecin parut réfléchir, peser le moindre de ses mots.

— On vous a informée ce soir de l'évolution de l'état de santé de votre enfant. J'ai lu moi-même ces résultats. (Il s'arrêta, puis :) Je pense qu'on vous a prévenue. Du point de vue de la médecine occidentale, il n'y a plus d'espoir.

— Du point de vue de la médecine occidentale ?

Diane regretta immédiatement sa question. Elle s'était jetée sur la réflexion de l'homme avec trop d'empressement. L'Allemand poursuivit :

— Nous pouvons tenter une autre technique.

— Quelle technique ?

— L'acupuncture.

Diane siffla entre ses lèvres :

— Tirez-vous. Je ne suis pas si crédule. Bon Dieu : tirez-vous avant que je vous vire moi-même.

L'anesthésiste restait immobile. Sa carrure de dolmen se découpait sur les reflets de verre. Il murmura :

— Ma position est difficile, madame. Je n'ai pas le temps de vous convaincre. Mais votre fils dispose de moins de temps encore...

Diane surprit dans l'intonation une inflexion naturelle, spontanée, qui la toucha. C'était la première fois qu'une voix évoquait sans gêne ni condescendance sa relation mère-fils avec Lucien. Le docteur enchaîna :

— Vous savez de quoi souffre votre enfant, n'est-ce pas ?

Elle baissa la tête et balbutia :

— Des afflux de sang qui...

— Viennent asphyxier son cerveau, oui. Mais savez-vous d'où proviennent ces afflux ?

— C'est le choc. Le choc de l'accident. L'hématome provoque ce phénomène et...

— Certes. Mais plus profondément ? Savez-vous ce qui motive ce courant de sang ? Quelle est la force qui propulse l'hémoglobine vers le cerveau ?

Elle conservait le silence. Le médecin se pencha.

— Si je vous disais que je peux agir sur ce mouvement même ? Que je peux apaiser cette impulsion ?

Diane s'efforça de s'exprimer avec calme, mais c'était pour mieux en finir :

— Ecoutez. Vous êtes sans doute animé de bonnes

70

intentions, mais mon fils a été soigné ici par les meilleurs médecins. Je ne vois pas ce que...

— Eric Daguerre travaille sur les phénomènes mécaniques de la vie. Je peux agir, moi, sur l'autre versant, sur l'énergie qui active ces mécanismes. Je peux atténuer la force qui draine le sang de votre fils et qui le tue progressivement.

— Vous racontez n'importe quoi.

— Ecoutez-moi !

Diane sursauta. Le médecin avait presque crié. Elle lança un regard vers le couloir : personne. L'étage ne lui avait jamais semblé aussi désert, aussi silencieux. Elle commençait à éprouver une peur confuse. L'Allemand poursuivit, plus bas :

— Lorsque vous regardez une rivière, vous voyez l'eau, l'écume, les herbes qui s'agitent parmi les flots, mais vous ne voyez pas le principal : le courant, le mouvement, la vie du cours d'eau... Qui oserait prétendre que le corps humain ne fonctionne pas de la même façon ? Qui oserait dire que, sous la complexité de la circulation sanguine, des pulsations cardiaques, des sécrétions chimiques, il n'existe pas un seul courant qui anime tout cela : l'énergie vitale ?

Elle niait encore de la tête. L'homme n'était plus qu'à quelques centimètres. Leur dialogue prenait une résonance de confessionnal :

— Les rivières ont leur source, leurs réseaux souterrains, invisibles au regard. La vie humaine possède elle aussi ses origines secrètes, ses nappes phréatiques. Toute une géographie profonde qui échappe à la science moderne mais qui s'organise à l'intérieur de notre corps.

Diane demeurait immobile, le visage plongé dans l'ombre. Ce que l'homme ignorait, c'est qu'elle connaissait ce discours : combien de fois avait-elle entendu ses maîtres de wing-chun déblatérer sur le *chi*, l'énergie vitale, le yin et le yang et tous ces trucs ! Mais elle n'était pas cliente. Au contraire, son triomphe, sur les tatamis, démontrait à ses yeux la vacuité de ces thèses : on pouvait être une championne de boxe shaolin et se moquer totalement de ces valeurs. Pourtant la voix s'instillait dans sa conscience :

— L'acupuncture appartient à la médecine traditionnelle chinoise. Une médecine plusieurs fois millénaire, qui ne repose pas sur des croyances, mais sur des résultats. C'est sans doute la médecine la plus empirique de toutes, car personne n'a jamais pu expliquer le pourquoi de son efficacité. L'acupuncture agit directement sur les réseaux de notre source vitale — ce que nous appelons les méridiens. Madame, je vous conjure de me faire confiance : je peux enrayer le processus de contusion chez votre enfant. Je peux limiter le déchaînement de sang qui est en train de le tuer !

Diane regarda le corps de Lucien. Minuscule silhouette enserrée de bandages, de plâtre et de câbles, il paraissait maintenant écrasé, contrôlé par une machinerie hostile — inhumé, déjà, dans un sarcophage complexe et futuriste. Van Kaen chuchotait toujours :

— Le temps presse ! Si vous ne me faites pas confiance, faites confiance au corps humain. (Il se redressa et se tourna vers Lucien.) Donnez-lui tout ce qu'il est possible. Qui sait comment il réagira ?

Diane agrippa ses mèches — elles étaient trempées de sueur. Ses repères, ses certitudes éclataient sous son crâne, comme des coupes de cristal sous l'effet d'une onde insidieuse.

Un raclement sourd s'éleva dans la salle. Diane mit un dixième de seconde pour saisir qu'il s'agissait de sa propre voix :

— Bon sang, allez-y. Essayez votre truc. Faites-le revenir !

12

A la première sonnerie du téléphone, Diane comprit qu'elle était en train de rêver. Elle voyait le médecin allemand qui écartait les draps puis déroulait les pansements de Lucien. Il ôtait les fils, les électrodes, extirpait le bras de la coudière de plâtre. L'enfant était maintenant nu. Seuls son pansement à la tête et la perfusion le reliaient encore à la médecine occidentale.

A la seconde sonnerie, elle se réveilla.

Dans le silence qui suivit le trille électronique, elle fut prise d'un éclair de lucidité. Son rêve n'était pas un rêve. Ou, du moins, il se nourrissait d'un fait réel. Elle revoyait distinctement la silhouette de Rolf van Kaen, qui palpait, massait, lissait chacun des membres de Lucien. Son visage était incliné, attentif. Diane, à cet instant, avait éprouvé cette sensation : l'acupuncteur « lisait » le corps menu et pâle. Il le déchiffrait, comme s'il eût connu un code ignoré des autres médecines. Un dialogue silencieux s'instaurait entre ce géant aux cheveux blancs et le petit garçon inconscient, quasi mort, mais qui semblait encore pouvoir murmurer quelques secrets à un initié.

Van Kaen avait sorti ses aiguilles et les avait disséminées sur l'épiderme de Lucien. A mesure qu'il les piquait dans le torse, les bras, les jambes de l'enfant, ces pointes paraissaient s'allumer, s'enduire de la lueur verte de l'écran de surveillance, qui surplombait la scène. A l'extrémité du lit, Diane était subjuguée. Ce corps si chétif, clair comme de la craie, hérissé d'aiguilles qui brillaient comme des lucioles dans l'obscurité de verre...

Troisième sonnerie.

Dans la pénombre, Diane aperçut les reproductions de tableaux qui décoraient sa chambre : des carrés pastel de Paul Klee, des symétries plus vives de Piet Mondrian. Elle baissa les yeux vers sa table de nuit. Le réveil marquait 03 : 44. Sa certitude revint en force. Cinq heures auparavant, un mystérieux médecin avait pratiqué une séance d'acupuncture sur son fils. Avant de disparaître, il avait simplement dit : « C'est une première étape. Je reviendrai. Cet enfant doit vivre, vous comprenez ? »

Quatrième sonnerie.

Diane trouva le combiné et décrocha.

— Allô ?

— Madame Thiberge ?

Elle reconnut la voix d'une des infirmières, Mme Ferrer :

— Le professeur Daguerre m'a demandé de vous prévenir.

Le ton était d'une neutralité absolue, mais Diane percevait l'hésitation de l'infirmière. Elle gémit :

— C'est fini, c'est ça ?

Il y eut un bref silence, puis :

— Au contraire, madame. Nous avons un signe de rémission.

Diane sentit affluer en elle une indicible force d'amour.

— Un signe de réveil, poursuivit l'infirmière.

— Quand ?

— Il y a environ trois heures. C'est moi qui ai remarqué que ses doigts bougeaient. J'ai appelé les internes de garde afin qu'ils le constatent eux-mêmes. Ils sont catégoriques : Lucien montre des signes de retour à la conscience. Nous avons appelé le professeur Daguerre. Il m'a autorisée à vous prévenir.

Diane demanda :

— Vous l'avez dit au docteur van Kaen ?

— Qui ?

— Rolf van Kaen. Le médecin allemand qui travaille avec Daguerre.

— Je ne vois pas de qui vous parlez.
— C'est pas grave. J'arrive.

Dans la chambre de Lucien, l'atmosphère rappelait une veillée funèbre, mais comme inversée. Autour du corps on parlait à voix basse, mais les murmures étaient enjoués. Et si la pénombre régnait toujours, une vraie ferveur éclairait les visages. Il y avait cinq médecins et trois infirmières. Personne ne portait de masque et c'était à peine si, dans la fébrilité de l'instant, les internes avaient songé à endosser leur blouse.

Pourtant, Diane était déçue. Son enfant était toujours dans la même position, inerte, enfoncé au creux du lit. Dans son excitation, elle s'était presque attendue à le voir assis, les yeux ouverts. Mais les médecins la rassurèrent. Face aux signes déjà notés, ils s'enthousiasmaient, ne retenaient plus leurs propres espérances.

Elle regardait son fils et songeait au mystérieux colosse. Elle remarqua que les bandages étaient de nouveau en place, ainsi que la coudière, les électrodes et les capteurs. Nul n'aurait pu soupçonner que l'Allemand s'était livré à cette mise à nu, ce dialogue intérieur avec le petit corps. Elle revit les pointes vertes qui oscillaient au fil de la respiration de Lucien, les doigts puissants faisant tourner les aiguilles dans la chair.

— Il faut que je le voie, dit-elle.
— Qui ?
— L'anesthésiste de Berlin qui travaille avec vous.

Il y eut des regards interloqués, un silence gêné parmi les médecins. L'un d'eux s'approcha et lui murmura, sourire aux lèvres :

— C'est Daguerre qui aimerait vous voir.

— Souvenez-vous de ce que je vous ai dit, Diane. Pas de faux espoirs. Lucien peut tout à fait sortir du coma mais avoir subi des dommages cérébraux irréversibles...

Le bureau du chirurgien était uniformément blanc, comme irradié de lumière. Même les ombres semblaient plus claires, plus légères qu'ailleurs. Assise face au médecin, Diane rétorqua :

— C'est un miracle. Un miracle incroyable.

Daguerre ne cessait de jouer avec un crayon, en un mouvement qui paraissait canaliser toute sa nervosité. Il reprit :

— Diane, je suis très heureux pour votre enfant. Ce qui se passe est proprement... extraordinaire, c'est vrai. Mais, encore une fois, il ne faut pas se réjouir trop vite. Le retour à la conscience peut révéler aussi des traumatismes graves. Et ce retour n'est pas une certitude.

— Un miracle. Van Kaen a sauvé Lucien.

Daguerre soupira :

— Parlez-moi de cet homme. Qu'est-ce qu'il vous a dit exactement ?

— Qu'il venait de Berlin et qu'il travaillait avec vous, ici.

— Jamais entendu parler de lui. (Il s'énervait.) Comment les infirmières ont-elles pu laisser pénétrer un tel énergumène dans le service de réanimation ?

— Il n'y avait pas d'infirmières.

Le chirurgien semblait de plus en plus tracassé. Le tapotement de la gomme résonnait avec régularité.

— Et qu'a-t-il fait au juste à Lucien ? Une séance classique d'acupuncture ?

— Je ne peux pas vous dire : c'était la première fois que j'assistais à ce genre de manipulation. Il lui a ôté ses bandages et a planté des aiguilles dans différentes parties de son corps.

Malgré lui, le chirurgien laissa échapper un ricanement. Diane braqua son regard :

— Vous avez tort de rire. Je vous le répète : cet homme a sauvé mon enfant.

Le sourire s'éclipsa. Le médecin attaqua sur un ton mi-calme, mi-grondeur — celui qu'on utilise pour raisonner un enfant :

— Diane, vous savez qui je suis. Je connais le cerveau humain, d'un point neurobiologique, comme une dizaine de spécialistes au monde.

— Je ne remets pas en cause votre expérience.

— Ecoutez-moi : le système cérébral est d'une incroyable complexité. Vous savez combien il abrite de cellules nerveuses ?

Il poursuivit, sans attendre de réponse :

— Cent milliards, reliées entre elles par des myriades de connexions. Si une telle machine s'est remise en route, croyez-moi, c'est qu'elle devait fonctionner de nouveau. C'est l'organisme de votre enfant qui a décidé pour lui, vous comprenez ?

— C'est facile de dire ça maintenant.

— Vous oubliez que j'ai opéré votre enfant.

— Excusez-moi.

Diane reprit, plus doucement :

— Docteur, je vous en prie : pardonnez-moi. Mais je suis convaincue que ce médecin a joué un rôle dans la rémission de Lucien.

Daguerre lâcha enfin son crayon pour joindre les mains. Il ajusta sa voix sur le ton de son interlocutrice :

— Ecoutez. Je ne suis pas un médecin obtus. J'ai même exercé au Viêt-nam.

Il eut un sourire comme tourné vers l'intérieur — vers son passé, ses rêves anciens.

— Après l'internat, j'ai fait un peu d'humanitaire. Là-bas, j'ai étudié l'acupuncture. Savez-vous sur quoi s'appuie cette technique ? En quoi consistent les fameux points à solliciter ?

— L'homme m'a parlé des méridiens...

— Ces méridiens, savez-vous à quoi ils correspondent, physiquement ?

Elle se tut. Elle cherchait à se souvenir des paroles de l'Allemand. Daguerre répondit pour elle :

— A rien. Physiologiquement, ces méridiens n'existent pas. Des analyses, des radiographies, des scanners ont été tentés. Il n'est jamais sorti aucun résultat de ces travaux. Les points d'acupuncture ne correspondent pas même à des zones d'épiderme particulières, contrairement à ce qu'on raconte. Du point de vue de la physiologie moderne, l'acupuncteur pique n'importe où. C'est du vent. Du flan.

Le discours de van Kaen lui revenait en tête. Elle intervint :

— Le médecin m'a parlé de l'énergie vitale qui circule dans notre corps et...

— Et cette énergie serait accessible comme ça (il claqua dans ses doigts), à la surface de la peau ? Et seule la médecine chinoise aurait trouvé la géographie de ce réseau ? C'est grotesque.

On frappa à la porte du bureau. Mme Ferrer entra. Elle déclara, légèrement essoufflée :

— Docteur, nous avons retrouvé l'homme qui a pénétré dans l'unité.

Diane s'illumina. Elle se retourna tout à fait, un coude sur le dossier du siège :

— Vous l'avez prévenu pour Lucien ? Qu'est-ce qu'il dit ?

Mme Ferrer ignora la question et se concentra de nouveau sur le médecin.

— Il y a un problème, docteur.

Le chirurgien reprit son crayon et le fit tourner autour de son index, à la manière d'une baguette de majorette. Il tenta de plaisanter :

— Un seul : vous êtes sûre ?

L'infirmière n'esquissa pas même un sourire.

— Docteur, l'homme est mort.

13

Diane patientait maintenant au second étage du bâtiment Lavoisier. D'après les panneaux, elle se trouvait dans les couloirs du service de recherche en génétique. Pourquoi l'avait-on emmenée ici ? Pourquoi en génétique ? Mystère. Elle se tenait debout contre le mur, appuyée sur ses mains croisées, et ne cessait d'osciller entre des bouffées d'allégresse, liées à la rémission de son fils, et des gouffres de stupeur, provoqués par la mort de van Kaen. Il était cinq heures trente du matin et personne ne lui avait encore rien dit. Pas la moindre information sur les circonstances de sa disparition. Pas le moindre mot sur la manière dont on avait découvert le corps.

— Diane Thiberge ?

Elle se tourna vers la voix. L'homme qui s'approchait dépassait allégrement le mètre quatre-vingt-cinq. Elle songea au géant allemand. Il était assez agréable, finalement, d'être entourée par des gens de sa taille. Le nouvel arrivant ajouta aussitôt :

— Patrick Langlois, lieutenant de police.

Il devait avoir une quarantaine d'années. Un visage sec, raviné, pas rasé. Entièrement vêtu de noir — manteau, veste, pull ras du cou et jean. Ses cheveux et sa barbe naissante étaient d'un gris hirsute — de la véritable paille de fer. Si on ajoutait les bordures rouges de ses yeux, on obtenait une sorte de tableau aux couleurs glacées. Un Mondrian — noir-grisrouge —, articulé en une seule silhouette efflanquée et un sourire de malice.

Il ajouta : « Brigade criminelle. » Diane tressaillit. Le flic leva une main, en signe d'apaisement.

— Pas de panique. Je suis là par erreur.

Diane aurait voulu maintenir le silence, démontrer qu'elle contrôlait la situation mais elle demanda, malgré elle :

— Qu'appelez-vous : « par erreur » ?

— Ecoutez. (Il ajusta ses deux paumes l'une contre l'autre, comme pour une prière.) On va procéder dans l'ordre, d'accord ? Vous allez d'abord m'expliquer ce qui s'est exactement passé cette nuit.

En quelques phrases, Diane résuma les dernières heures qu'elle venait de vivre. Le flic notait ses réponses sur un petit bloc à spirale, en tirant légèrement la langue de côté. L'expression paraissait si incongrue dans ce visage revêche qu'elle crut à une mimique volontaire, une grimace parodique. Mais la langue disparut dès qu'il eut fini d'écrire.

— C'est dingue, clama-t-il.

Sans lâcher son bloc, il se mit à imiter avec ses mains les deux plateaux d'une balance imaginaire et prit une voix de commandeur :

— D'un côté, la vie qui revient, de l'autre, la mort qui s'abat et...

Diane lui lança un coup d'œil stupéfait. Le policier eut un sourire éclatant, comme si la joie n'attendait qu'une occasion pour bondir sous ses traits.

— Je devrais peut-être arrêter les grandes phrases...

— Avec moi, en tout cas.

Langlois joua des épaules dans son manteau.

— Très bien. Alors disons simplement que je suis très heureux pour votre enfant.

— Vous pouvez m'expliquer comment van Kaen a été découvert ?

Il parut hésiter. Il fourragea dans ses cheveux hérissés, regarda des deux côtés du couloir, puis ordonna, en se dirigeant vers l'ascenseur :

— Venez avec moi.

Ils sortirent dans la fraîcheur de l'aube, contournèrent le bâtiment et se dirigèrent vers le bloc suivant. La petite ville de Necker commençait à s'animer. Diane remarqua de grands camions, stationnés dans l'allée centrale, qui déversaient d'immenses chariots où étaient empilés des centaines de plateaux-repas coiffés d'inox. Elle n'aurait pas cru que l'hôpital fît livrer ses repas de l'extérieur.

Le lieutenant se dirigeait vers un nouvel édifice. Seules les fenêtres du sous-sol étaient éclairées. Ils pénétrèrent par la porte principale et croisèrent plusieurs policiers en uniforme. Les habituels effluves chimiques étaient remplacés ici par une odeur de nourriture. Langlois commenta :

— Les cuisines de l'hôpital.

Il désigna une porte entrouverte et s'y engouffra. Diane lui emboîta le pas. Ils descendirent un escalier étroit et atteignirent une vaste salle en sous-sol, aux murs peints en bleu. Des chaînes de conditionnement se déployaient de part et d'autre de l'espace désert. Le policier attaqua sans cesser d'avancer :

— Pour l'instant, voilà ce qu'on peut imaginer. Aux environs de vingt-trois heures trente, l'homme qui se fait appeler van Kaen vous raccompagne sur le seuil du bâtiment de neurochirurgie. Ensuite il fait le tour, traverse la cour et se glisse ici, dans les cuisines. A cette heure, il n'y a pas grand monde. Personne ne le remarque.

Langlois continuait à marcher. D'un geste large, il écarta un rideau de lames en plastique.

— Il dépasse cette salle...

Les murs de ciment étaient cette fois de teinte orange. Des fours imposants, surmontés de hottes surdimensionnées, décochaient des miroitements d'argent. L'homme balaya un nouveau rideau.

— ... et accède aux salles frigorifiques.

Un couloir de couleur verte s'ouvrit, ponctué de portes chromées. Le froid s'intensifiait. Au plafond, les néons ressemblaient à des stalactites horizontales. L'atmosphère nue et colorée du lieu évoquait un jeu de cubes qui aurait eu des dimensions de bunker.

L'enquêteur stoppa devant l'une des parois, montée sur un rail de fer latéral. Au-dessus, à droite, était inscrite la mention : 4ᵉ GAMME. Deux flics, en parka réglementaire, montaient la garde. Des frises de cristaux mordaient les bords de leur casquette. La confusion de Diane ne cessait de s'accroître. D'un geste, Langlois fit ôter le ruban jaune qui barrait la porte de métal.

Il extirpa une clé de sa poche et l'insinua dans un verrou en hauteur.

— Van Kaen choisit cette pièce réfrigérée.

— Il... il avait une clé ?

— Il possédait la même que celle-ci. Il l'avait sans doute volée dans le local du chef de service.

Diane était atterrée. Et elle n'avait toujours pas posé la question essentielle : comment l'homme était-il mort ? Le flic fit jouer le rouage d'acier. Au moment d'ouvrir la porte, il se tourna vers elle et s'adossa à la surface d'inox.

— Je dois vous prévenir : c'est plutôt impressionnant. Mais ce n'est pas du sang.

— Que voulez-vous dire ?

Le lieutenant saisit la poignée verticale, s'arc-bouta et fit glisser la porte sur son rail. Un nouveau souffle de froideur leur sauta à la face. Il répéta :

— Souvenez-vous seulement de ça : ce n'est pas du sang.

D'un geste, il l'invita à le suivre. Diane fit un pas en avant puis stoppa net. Face à des bacs de plastique gris, un mur de ciment blanc était vaporisé de rouge. Des croûtes purpurines s'agglutinaient, des stries écarlates rayaient la surface, des éclaboussures brunes se déployaient sur le sol brut, jusqu'au seuil de la salle. Cette pièce de cinq mètres sur cinq, emplie de caisses plastifiées, semblait avoir abrité un véritable massacre. Mais le plus étonnant — et le plus écœurant — était la puissante odeur fruitée qui planait dans le froid.

Patrick Langlois saisit, au sommet d'une colonne de caisses, un pack enveloppé d'une pellicule transparente puis tendit l'objet à Diane.

— Des airelles. (Il fit mine de lire l'étiquette du conditionnement.) Des fruits rouges. Importés de Turquie. Après son intervention, van Kaen est venu ici pour se faire une orgie de baies.

Diane avança dans la pièce, se convainquant que ses tremblements étaient liés au froid.

— Qu'est-ce... qu'est-ce que ça signifie ?

Le flic sourit d'un air désolé.

— Rien de plus que ce que je viens de dire. La priorité de Rolf van Kaen, après sa petite séance d'acupuncture, n'a pas été de disparaître, mais de venir bouffer ici des packs entiers d'airelles. (Il lança un regard circulaire autour de lui.) Consommées de la façon la plus sauvage qui soit.

Elle balbutia :

— Mais... de quoi est-il mort ?

Langlois lança la boîte plastifiée sur le dessus d'un des empilements.

— D'indigestion, je suppose.

Il jeta un coup d'œil à son interlocutrice et reprit :

— Excusez-moi : ce n'est pas drôle. En fait, on ne connaît pas encore la cause du décès. Mais c'est sans aucun doute une mort naturelle. Ce que j'appelle, moi, « naturelle ». Selon nos premières observations, le corps ne porte aucune trace de blessure. Van Kaen a peut-être succombé à une crise cardiaque, une rupture d'anévrisme ou une maladie, je ne sais pas quoi.

Langlois désigna la porte entrouverte. Un silence oppressant régnait.

— Cela vous explique la mise en quarantaine des cuisines. Imaginez l'effet d'un cadavre, peut-être malade, au cœur de ces locaux. C'est tout de même ici qu'on prépare les repas des enfants. En venant mourir dans cette salle, notre Allemand a foutu un sacré bordel à Necker.

Diane s'appuya contre l'un des bacs. L'odeur des fruits et du sucre lui montait à la tête.

— Sortons, murmura-t-elle. Vraiment, là... j'en peux plus...

Le vent de l'aurore la revigora quelque peu mais il lui fallut plusieurs minutes pour reprendre la parole. Elle demanda enfin :

— Pourquoi me racontez-vous tout ça ?

Langlois haussa les sourcils, en signe de surprise.

— Parce que vous êtes au cœur de l'histoire ! A défaut de meurtre, il nous reste l'exercice illégal de la médecine, l'intrusion dans l'hôpital, sans doute une usurpation d'identité... (il tendit son index). A partir de là, vous êtes notre plaignante.

Diane se sentait maintenant plus calme. Elle trouva la force nécessaire pour déclarer :

— Vous n'avez rien compris, lieutenant. Cet homme, quelle que soit son identité, quelles qu'aient été ses motivations, a sauvé la vie de mon fils. Incidemment, il a aussi sauvé la mienne. Alors peu m'importe la méthode utilisée. Ma seule tristesse à l'heure actuelle, c'est de ne pas pouvoir le remercier, vous pigez ? Et je ne crois pas que votre enquête pourra faire grand-chose pour ça.

Langlois esquissa un geste blasé.

— Vous voyez très bien ce que je veux dire. Il y

a plus d'un mystère dans cette affaire. A mon avis, l'histoire ne fait que commencer. D'ailleurs, je...

La stridence d'un bipeur retentit. Le lieutenant détacha de sa ceinture un minuscule cadran et y lut un message. Il tendit l'objet à Diane et murmura :

— Qu'est-ce que je vous disais ?

14

Diane savait qu'il s'agissait d'événements réels, mais elle les percevait avec une incrédulité qui lui permettait de les maintenir à distance, de ne pas en assumer totalement la démence. Plus tard, elle y mettrait de l'ordre. Plus tard, elle tenterait d'y débusquer une logique. Pour l'heure, elle captait chaque fait, chaque information, avec le recul et l'impuissance d'une personne qui rêve.

Langlois l'emmena de nouveau dans le bâtiment Lavoisier. Ils demeurèrent cette fois au rez-de-chaussée. Diane reconnut aussitôt la salle vers laquelle ils se dirigeaient : l'espace du CT SCAN (Computer Tomography Scanner), là même où Lucien avait subi ses premiers examens.

Sur le seuil, Diane hésita à entrer — il lui semblait qu'à l'intérieur des souvenirs déchirants allaient l'assaillir. Mais le policier la poussa d'autorité et referma la porte sur leurs pas. Les terreurs qu'elle redoutait ne firent pas leur apparition, pour la simple raison que la salle avait totalement changé d'atmosphère.

Il régnait ici une agitation singulière. Devant la console, surmontée de moniteurs et de négatoscopes, deux hommes, en blouson, pianotaient sur des claviers d'ordinateur et matérialisaient sur les écrans des formes colorées. De l'autre côté de la vitre, sous une lumière ouatée, des silhouettes allaient et venaient, cernant la roue imposante du scanner, manipulant des engins chromés. D'autres débranchaient des câbles sur le sol, éteignaient des moniteurs suspendus, réajustaient des tubes et des optiques bizarres. A l'évidence, ils effaçaient les traces de leur passage.

Aucun d'eux ne portait de blouse blanche.

Diane remarqua d'autres anomalies. Les hommes semblaient tous âgés de moins de trente ans et la plupart arboraient à la ceinture un pistolet automatique, glissé dans un étui à fermeture velcro.

Des flics.

Elle comprit pourquoi on l'avait fait patienter au deuxième étage de ce bâtiment : les policiers avaient installé ici leur quartier général. Et ils s'étaient emparés, pour quelques heures, du matériel d'imagerie médicale. Langlois lui demanda tout à coup :

— La paléo-pathologie : vous savez ce que c'est ?

Diane se tourna vers l'enquêteur. Elle répondit d'une voix épuisée :

— C'est une technique qu'on utilise en archéologie, qui consiste à placer une momie ou d'autres vestiges organiques dans un scanner, un instrument IRM ou un quelconque appareil d'imagerie, afin d'analyser leurs composants intérieurs sans les détériorer. Il est devenu possible d'autopsier, de manière virtuelle, des corps éteints depuis des millénaires.

Langlois sourit :

— Vous êtes parfaite.

— Je suis scientifique. Je lis les revues spécialisées. Mais je ne vois pas...

— Dans notre service médico-légal, nous avons un crack dans ce domaine. Un petit génie qui est capable de sonder une momie sans dérouler la moindre bandelette.

Diane lança un coup d'œil effrayé de l'autre côté

de la vitre. Elle discernait une forme allongée sous un drap, à l'intérieur de la machine. Elle murmura, les yeux rivés sur le linceul :

— Vous voulez dire que vous avez scanné le corps de...

— Nous avions le matériel sous la main. (Le policier sourit encore.) De l'intérêt de découvrir un mort dans un hôpital.

— Vous êtes fou.

— Pressé, plutôt. Grâce à cet engin, on a pu pratiquer une autopsie virtuelle de van Kaen. Nous allons maintenant le livrer à l'administration médico-légale. Ni vu ni connu.

— Quel genre de flic êtes-vous donc ?

Langlois allait répondre quand la porte qui séparait les deux cabines s'ouvrit.

— On s'est plantés.

Le lieutenant pivota dans la direction du jeune type qui venait d'entrer. Cheveux blonds frisés, peau grise, regard cramé : il ressemblait à un cigare consumé. Il répéta :

— On s'est plantés, Langlois.

— Quoi ?

— C'est un meurtre. Un meurtre stupéfiant.

Le policier lança un coup d'œil à Diane. Elle crut lire dans ses pensées et articula :

— Vous avez choisi de me trimbaler partout. Alors assumez vos méthodes. Je ne quitterai pas cette salle.

Pour la première fois, les traits du flic se tendirent, puis s'assouplirent l'instant d'après. Il passa les deux mains sur son visage, comme pour y replacer son masque de malice.

— Vous avez raison. (Il revint vers le médecin légiste.) Explique-toi.

— Quand on a commencé les coupes tomographiques du torse, on s'attendait à découvrir des signes de nécrose dans cette région. Une surabondance d'enzymes cardiaques ou d'autres indices d'un infarctus...

— Pas de baratin. Qu'est-ce que tu as trouvé ?

Le légiste parut se décomposer. En même temps, il y avait en lui quelque chose de coriace, d'incorruptible. Ses paupières cillèrent rapidement puis il lâcha sa bombe :

— Ce mec a le cœur éclaté. Le sang s'est concentré dans l'organe, au point d'en exploser les tissus.

Langlois rugit, révélant cette fois sa vraie nature de chasseur :

— Bordel de merde. Tu m'as dit qu'il n'y avait aucune blessure !

Le toubib baissa la tête. L'ombre d'un sourire passa sous ses boucles blondes.

— Il n'y en a pas. Tout s'est passé à l'intérieur. A l'intérieur du corps. (Il désigna l'ordinateur.) Il faut que tu voies les images.

Le lieutenant ordonna aux autres flics, sans même les regarder :

— Cassez-vous. TOUS !

La cabine se vida. Le légiste déclencha le programme de l'ordinateur, puis tendit des lunettes de plastique fumé à Diane et à Langlois.

— Il faut mettre ça : le logiciel est en trois dimensions.

Imitant les deux hommes, Diane chaussa cette monture sur ses propres verres et découvrit le sinistre spectacle qui s'affichait sur l'écran principal.

L'image en relief de Rolf van Kaen, torse nu, dénué de pilosité, coupé à hauteur de nombril. S'asseyant face au moniteur, le médecin commença son exposé :

— Voilà la reconstitution en 3D de la victime.

Le buste tournait sur lui-même puis revenait aussitôt à sa position initiale, comme dans le cadre d'une démonstration d'infographie.

— Comme je l'ai dit, répéta le scientifique, on s'est d'abord concentrés sur l'organe cardiaque. Quarante secondes de saisie tomographique nous ont suffi pour recréer le relief de...

— Okay, okay. Roule.

Le docteur pianota sur son clavier.

— Voilà ce qu'on a découvert...

A partir des épaules, la chair numérisée disparut par à-coups. Ce furent d'abord les artères qui jaillirent, puis un pan entier d'organes et de fibres, masses rougeoyantes et arabesques bleues entrelacées. Tout cela pivotait toujours, en une sorte de carrousel abject. Diane était révulsée — et en même temps fascinée.

Il ne lui fallut qu'une seconde pour saisir ce que voulait montrer le médecin : le cœur n'était plus qu'une explosion fixe de sang et de tissus. Une tache noire répandue parmi les méandres des veines et des alvéoles pulmonaires. L'homme dit :

— Je peux l'isoler.

Il frappa sur une nouvelle touche et effaça d'un coup tout ce qui n'était pas les vestiges de l'organe. Le cœur éclaté apparut, parfaitement détouré, sur l'écran. Il ressemblait à un récif de corail, avec ses branches brunâtres et ses ramifications pétrifiées. Un arbuste de pure violence.

D'une voix rauque, Langlois demanda :

— Comment a-t-on pu lui faire ça ?

La voix du médecin légiste changea, comme si elle venait de plus loin, du fond d'une froide analyse :

— Physiologiquement, c'est assez simple. Il suffit de plier l'aorte afin d'empêcher le sang de s'éjecter du cœur, comme un tuyau d'arrosage, si tu veux. A partir de là, le liquide vital, affluant des veines caves et des veines pulmonaires, s'engorge jusqu'à saturer l'organe cardiaque.

Il joua de nouveau des commandes clavier. Les autres organes et les réseaux sanguins réapparurent à l'écran.

— On voit nettement la torsion ici. (Il cliqua sur son curseur.) Et ici. (Nouveau clic.)

Langlois paraissait incrédule :

— Comment peut-on accéder à cette artère, à l'intérieur du torse ?

L'homme s'arrêta et se tourna vers lui, croisant les bras comme pour barrer la route à la nausée et à la peur qui le menaçaient.

— C'est ça le plus cinglé : le tueur a plongé sa main dans les viscères de la victime jusqu'à remonter à l'aorte.

Le médecin pivota de nouveau vers le moniteur et commanda une nouvelle fonction. Le torse de van Kaen se reconstitua, les entrailles s'enfouissant sous la chair grise et brillante. L'image se focalisa dans l'axe du sternum, au sommet de la cavité abdominale. Une fine incision apparut.

— Voilà la blessure, poursuivit la voix. Elle est si fine qu'on ne l'avait pas repérée, parmi la pilosité, lors de l'examen externe.

— C'est par là que l'assassin a glissé sa main ?

— Aucun doute. La plaie ne dépasse pas dix centimètres de large. Si on tient compte de l'élasticité de la peau, c'est amplement suffisant pour glisser un bras. A condition d'être un homme de petite taille. Je dirais un mètre soixante environ.

— Van Kaen était un colosse !

— Alors ils étaient plusieurs. Ou la victime était droguée. Je ne sais pas.

Penché vers l'écran, Patrick Langlois demanda encore :

— Et pendant l'éventration, le bonhomme était toujours vivant ?

— Vivant et conscient, oui. L'explosion de l'organe le prouve. Pendant que le salopard fourrageait dans les viscères, le cœur s'est affolé et a précipité son mécanisme de pompe. La saturation de sang a dû être brève et très violente.

Le lieutenant murmura :

— Je m'attendais à un problème, mais pas à un truc de ce calibre...

Au même instant, les deux hommes parurent se souvenir de la jeune femme. Ils se retournèrent en un seul mouvement. Langlois prononça :

— Diane, je suis désolé. Vraiment, nous... Diane ? Ça va ?

Derrière ses verres sombres, elle demeurait pétrifiée, les yeux rivés au moniteur. Elle dit d'une voix blanche :

— Mon fils. Je veux voir mon fils.

15

Elle connaissait ces jardins comme ses propres rêves.

Enfant, elle avait passé tous ses après-midi auprès de cette fontaine, entourée par ces allées verdoyantes. Pourtant, elle n'éprouvait aucune nostalgie particulière à l'égard des jardins du Luxembourg. Il lui semblait que ce parc lui apportait simplement la paix.

Voilà plus de quarante-huit heures que le miracle s'était produit. Et les signes de rémission de Lucien persistaient. Hier, l'enfant avait bougé à plusieurs reprises l'index et le majeur de la main droite. Diane aurait même juré que, en sa présence, son poignet droit s'était soulevé. Les examens médicaux avaient démontré que les signes de contusion du cerveau reculaient. Et les fonctions physiologiques reprenaient leur cours normal. Même le docteur Daguerre semblait admettre que l'enfant était désormais sur la voie d'un véritable réveil. Il évoquait la possibilité d'ôter les drains dans les prochains jours.

Diane aurait dû être transie de bonheur. Mais il y avait maintenant ce meurtre, cette violence insondable, ces images qui l'avaient terrassée, sur l'écran du scanner. Comment une telle atrocité avait-elle été possible ? Pourquoi l'homme qui avait sauvé son fils avait-il dû mourir dans ces conditions, justement quelques heures après son intervention ?

— Je peux m'asseoir ?

Diane leva les yeux. Le lieutenant Langlois se tenait devant elle, tel qu'elle l'avait rencontré l'avant-veille. Manteau noir, jean noir, tee-shirt noir. Elle devinait que l'homme possédait cette panoplie en plusieurs exemplaires, comme autant de cadavres dans un placard. D'ailleurs il n'embaumait pas l'eau de toilette, mais une curieuse odeur de pressing. En guise de réponse, elle se leva :

— On marche plutôt, non ?

Le flic acquiesça. Diane prit la direction des quinconces supérieurs. Trois allées de pelouse qui montaient en pente douce. Il commenta sur un ton jovial :

— C'est une bonne idée, ce rendez-vous ici.

— J'aime bien. J'habite à côté.

Ils gravirent les marches de pierre. Sous le jour voilé, les sentiers étaient à peu près déserts. Les arbres semblaient accueillir le vent frais dans leur feuillage avec affectation, comme une femme maintient ses jupes au-dessus d'une grille de métro. Le policier inspira profondément et déclara :

— J'ai cru que ça ne m'arriverait jamais.

— Quoi ?

— Aborder une jolie fille sur l'un de ces bancs.

— Ho, ho, ho..., souffla Diane, en prenant un air mi-amusé, mi-offusqué.

Toute angoisse, toute menace semblait avoir disparu de leur cœur, à lui comme à elle. Elle songea, avec une certaine répulsion, à l'égoïsme irréductible des vivants face aux morts. Maintenant, les feuilles vernissées, la fraîcheur du vent, les cris lointains des enfants constituaient leur seul présent — et le souvenir de van Kaen ne pesait pas lourd face à cette réalité. Le lieutenant raconta :

— Quand j'étais en internat, à l'école des inspecteurs, je m'échappais tous les week-ends pour suivre des cours de philo à la Sorbonne. En fin de journée, je venais ici, au Luxembourg. A cette époque, j'avais l'impression d'avoir échappé à une catastrophe naturelle : le chômage. Mais j'étais déjà confronté à une autre catastrophe, pire encore.

— Laquelle ?

Il ouvrit ses mains, en signe d'évidence.

— L'indifférence des Parisiennes. Je me promenais ici et je les regardais du coin de l'œil, assises sur leurs chaises en fer, à bouquiner, à jouer les hauteurs imprenables. Et je me disais : « Qu'est-ce que je pourrais leur dire ? Comment je pourrais les aborder ? »

Diane sourit. Une ligne ténue sur ses lèvres, complice de la brise.

— Et alors ?

— Jamais trouvé la réponse.

Elle pencha la tête de côté et prit un ton de confidence :

— Maintenant, vous pouvez toujours sortir votre carte tricolore.

— C'est ça. Ou venir avec une escouade, pour embarquer tout le monde.

Diane éclata de rire. Ils marchaient vers le portail de la rue Auguste-Comte. Au-delà, on apercevait d'autres jardins, plus étroits, mieux cachés. Langlois reprit :

— Comment va Lucien ?

— Son amélioration se poursuit. Des impulsions dans les quatre membres ont été constatées.

— Vraiment, c'est fantastique.

Elle l'interrompit :

— La vie. La mort. Vous me l'avez déjà dit.

Langlois esquissa un petit sourire. Son air de malice lui donnait un charme enfantin. Il continua d'une voix grave :

— Je voulais vous donner des nouvelles. Nous avons identifié le mystérieux docteur. Van Kaen était son vrai nom.

Diane s'efforça de dissimuler son impatience :

— Qui était-il donc ?

— Il vous a dit la vérité : il dirigeait le département d'anesthésie du service de chirurgie pédiatrique de l'hôpital Die Charité. Un machin énorme, dans le genre de Necker. Il possédait aussi une chaire de neurobiologie à l'Université libre de Berlin. Van Kaen organisait des colloques sur la neurostimulation et ses liens avec l'acupuncture. Une vraie star, à ce qu'il paraît.

Diane revit le colosse aux cheveux blancs debout dans la pénombre de la chambre, ses mains qui faisaient tournoyer les aiguilles dans la chair de l'enfant. Elle demanda :

— Où avait-il appris la technique de l'acupuncture ?

— Je ne sais pas exactement. Mais il a passé près de dix ans au Viêt-nam, dans les années quatre-vingt.

Tout en marchant, le lieutenant venait d'extraire de sa poche une chemise cartonnée, qu'il consultait de temps à autre.

— Van Kaen était un Allemand de l'Est. Il venait de Leipzig. C'est pour ça qu'il a pu séjourner au Viêt-nam, qui était un pays complètement fermé.

— Vous voulez dire qu'il a pu y vivre en tant que communiste ?

— Exactement. A cette époque, pour un Allemand de l'Est, il était beaucoup plus facile de s'installer à Hô Chi Minh-Ville que d'aller faire ses courses à Berlin-Ouest.

Patrick Langlois feuilleta encore ses pages :

— Pour l'instant, il n'y a qu'une seule zone d'ombre dans sa carrière : entre 1969 et 1972. Personne ne sait où il était durant cette période. A l'ouverture du Mur, il est revenu en Allemagne et s'est installé à Berlin-Ouest. Il n'a pas mis longtemps à démontrer ses compétences et à être adopté par l'intelligentsia de l'ancienne RFA.

Diane revint au présent.

— Vous n'avez aucune piste pour le meurtre ?

— Pas de mobile, en tout cas. Tout le monde admirait le bonhomme. Sauf qu'il avait l'air un peu bizarre.

— Bizarre dans quel sens ?

— Il était très dragueur. A chaque printemps, il séduisait ses infirmières de la plus étrange des façons.

— Comment ?

— En chantant. Des airs d'opéra. Ce chant envoûtait tout le personnel féminin de l'hôpital, paraît-il. Un vrai Casanova. Mais je ne crois pas au mobile de la jalousie...

— Vous croyez à quoi ?

— Un règlement de comptes. Des mecs de l'Ouest vengeant leurs familles restées à l'Est, ce genre d'histoire... En l'occurrence, van Kaen était déjà sorti de ce jeu-là puisqu'il vivait au Viêt-nam. Et rien ne prouve qu'il ait fréquenté le pouvoir communiste. Mais je creuse de ce côté.

Ils franchirent la haute grille de la rue Auguste-Comte puis pénétrèrent dans les jardins de l'Observatoire. Serré de près par les immeubles, abrité par les feuillages, ce parc semblait recroquevillé dans l'ombre et le froid.

— En vérité, dit le flic après quelques secondes, il y a une question qui m'intéresse tout autant que le meurtre lui-même, c'est *pourquoi* cet homme est venu soigner votre fils.

Diane tressaillit.

— Vous établissez un lien entre le meurtre et Lucien ?

— Qu'est-ce que vous allez chercher ? Son intervention fait partie de l'énigme... Et elle peut nous aider à mieux cerner le personnage.

— Je ne vois pas comment.

Langlois adopta un ton raisonneur :

— Voilà un médecin réputé, une référence dans son pays, qui lâche brutalement son service, se précipite à l'aéroport de Berlin pour prendre le premier vol pour Paris — on a pu reconstituer précisément chaque étape de son voyage. Arrivé à Roissy, il file à Necker, se fabrique un faux badge, pique des clés, prend la peine d'appeler les infirmières à l'étage du docteur Daguerre pour mieux se glisser dans l'unité de réanimation...

Elle se souvenait de l'atmosphère silencieuse du couloir : van Kaen avait donc pris toutes les précautions. Le lieutenant poursuivait :

— Tout ça pour quoi ? Pour appliquer sa mystérieuse technique sur Lucien, en toute urgence. C'est l'histoire d'un sauvetage, Diane. Et ce sauvetage était entièrement focalisé sur votre petit garçon.

Elle écoutait en silence. Les questions de Langlois relayaient ses propres interrogations. Pourquoi cet Allemand s'était-il intéressé à Lucien ? Qui l'avait prévenu de son état critique ? Avait-il été aidé au sein de l'hôpital ? Le lieutenant demanda, comme s'il avait suivi mentalement les pensées de Diane :

— Ça ne peut pas être quelqu'un de votre entourage qui l'a contacté, non ?

Elle nia aussitôt de la tête. Le policier l'enveloppa d'un regard d'approbation. Elle supposa qu'il avait déjà vérifié par lui-même. Il reprit, en ouvrant la porte du troisième jardin :

— On interroge le personnel de Necker. Les toubibs, les infirmières. Quelqu'un le connaissait peut-être. Personnellement, ou simplement de réputation. De leur côté, les flics allemands vérifient tous ses appels, tous ses messages. Une chose est sûre : il a été prévenu juste après la dernière crise de Lucien, quand les toubibs français ont baissé les bras.

Ils marchaient toujours sous l'ombre impassible des arbres. Le petit crissement des cailloux sous leurs chaussures scandait leurs pas. Diane demanda :

— Et sur la technique du crime, vous avez du nouveau ?

— Non. L'autopsie, la vraie, a confirmé les données de notre plongée virtuelle. La violence du meurtre est stupéfiante. On dirait un acte... sacrificiel, un truc de ce genre. Nous avons vérifié s'il existait des antécédents en France. Aucun, bien sûr. Sinon, pas un indice, pas une trace, rien. La seule chose que l'autopsie ait révélée de nouveau, c'est que van Kaen souffrait d'un mal curieux.

— Lequel ?

— Une atrophie de l'estomac, qui l'obligeait à ruminer ses aliments avant de les avaler complètement. C'est ainsi que s'expliquent les traces sur les murs, dans la salle frigorifique. Quand van Kaen a été agressé, il a expectoré tous les fruits rouges qu'il tenait dans son œsophage.

Il semblait à Diane que les paroles de Langlois pénétraient directement en elle, sous sa chair, tels

97

d'infimes cristaux de peur. Une réalité occulte s'insinuait dans son être, prenant peu à peu la forme d'un pur cauchemar.

Ils venaient d'accéder à la fontaine de l'Observatoire : huit chevaux de pierre se cabraient sous les cascades furieuses. A chaque fois qu'elle parvenait ici, alors que les arbres s'ouvraient au vent et que l'air se chargeait de gouttelettes d'eau, Diane éprouvait la même tristesse et le même vide. Mais, aujourd'hui, la sensation avait une puissance particulière.

Langlois s'approcha d'elle pour couvrir le bruissement de la fontaine :

— Diane, j'ai une dernière question : votre fils adoptif pourrait-il être d'origine vietnamienne ?

Elle se tourna lentement vers lui et l'aperçut, comme de très loin, à travers le voile de ses larmes. Elle n'était pas déçue ni même choquée. Elle découvrait simplement la raison de cette promenade matinale. Elle ne répondit pas aussitôt. Langlois parut s'irriter contre ce silence et, peut-être, contre sa propre question. Il prononça, d'un ton plus fort :

— Van Kaen a passé dix ans au Viêt-nam. Je ne peux pas écarter cette possibilité ! Lucien appartient peut-être à une famille qu'il a connue, je ne sais pas, moi.

Elle était désormais de glace. Il répéta d'une voix autoritaire :

— Répondez, Diane. Lucien pourrait-il être d'origine vietnamienne ?

Elle scruta de nouveau les chevaux ruisselants. Les gouttes lui piquaient le visage, la fine bruine se plaquait sur ses lunettes.

— Je n'en sais rien. Tout est possible.

La voix du policier baissa d'intensité :

— Vous pourriez vous renseigner ? Interroger les gens de l'orphelinat ?

Diane tendit plus loin son regard. Au-delà du boulevard Port-Royal, le ciel orageux déployait ses cortèges monotones. Elle se prit à regretter les nuages de la mousson qui décochaient dans sa mémoire de véritables flammes de mercure.

— Je vais téléphoner, dit-elle enfin. Je vais chercher. Je vous aiderai.

16

Sur le chemin du retour, Diane s'abandonna aux suppositions les plus fantasques. Boulevard Port-Royal, elle se convainquit que Lucien était bien d'origine vietnamienne. Rue Barbusse, elle décréta qu'il n'était pas un enfant anonyme. Rolf van Kaen avait connu sa famille. D'une mystérieuse façon, le petit garçon avait été abandonné et, d'une façon plus mystérieuse encore, le médecin allemand avait été averti de sa présence en France. Rue Saint-Jacques, elle imagina que l'enfant était le fils caché d'une personnalité importante, qui avait contacté l'acupuncteur en urgence. Le code de son immeuble la stoppa net dans ses délires.

Elle retrouva son calme dans l'appartement. Les sensations familières, distillées par son petit trois-pièces, l'apaisèrent. Elle prit le temps de contempler les murs blancs, le parquet d'acajou, les longs rideaux immaculés qui semblaient garder en mémoire le soleil, les jours de pluie. Elle respira longuement l'odeur de la cire et les effluves javellisés qui planaient ici depuis qu'elle avait rangé à fond sa maison. Le lendemain de la nuit miraculeuse, Diane avait en effet tout nettoyé, effaçant la moindre trace qui aurait pu lui rappeler le chagrin et l'abandon des deux dernières semaines. Cette odeur de propre la rasséréna et la conforta dans sa résolution.

Elle consulta sa montre et calcula le décalage horaire avec la Thaïlande. Midi à Paris. Dix-sept heures à Ra-Nong. Elle sortit son dossier « Adoption » puis s'installa dans sa chambre, assise par terre, calée contre son lit. Pour lutter contre l'émotion, elle focalisa sa respiration très bas dans son corps, à quelques centimètres au-dessus du nombril — une technique classique de décontraction, utilisée dans le wing-chun. Lorsque l'air se fut dissous dans son sang et convergea vers ce point mystérieux, lorsque le calme l'emplit à la manière d'un grand vide apaisant, elle sut qu'elle était prête.

Elle décrocha le combiné et composa le numéro de l'orphelinat de la fondation Boria-Mundi. Après quelques sonneries tremblotantes, une voix nasillarde lui répondit. Diane demanda à parler à Térésa Maxwell. Elle attendit deux bonnes minutes puis un « allô » retentit, claquant comme une porte sur des doigts. Diane demanda, plus fort qu'elle n'aurait voulu :

— Madame Maxwell ?

— C'est moi. Qui est à l'appareil ?

La liaison était mauvaise. La voix de la directrice plus mauvaise encore.

— Je suis Diane Thiberge, attaqua-t-elle. Nous nous sommes vues il y a environ un mois. Je suis venue dans votre centre le 4 septembre. Je suis la personne qui...

— La boucle d'or ?

— C'est ça.

— Qu'est-ce que vous voulez ? Il y a un problème ?

Diane se souvenait du visage débonnaire et des yeux inquisiteurs. Elle mentit sans hésiter :

— Non, pas du tout.

100

— Comment va l'enfant ?

— Très bien.

— Vous m'appelez pour me donner des nouvelles ?

— Oui... Enfin, pas tout à fait. Je voulais vous poser quelques questions.

Seules les interférences résonnaient à l'autre bout de la ligne. Elle poursuivit :

— Quand nous nous sommes rencontrées, vous m'avez dit que vous ne saviez pas d'où venait l'enfant.

— C'est exact.

— Vous ne connaissez pas sa famille ?

— Non.

— Vous n'avez même jamais aperçu sa mère ?

— Non.

— Et vous n'avez aucune idée de son ethnie d'origine ? Ou de la raison de son abandon ?

Après chaque interrogation, Térésa Maxwell ménageait un bref silence, chargé d'hostilité. Elle demanda à son tour :

— Pourquoi ces questions ?

— Mais... je suis sa mère adoptive. J'ai le droit de savoir, pour mieux comprendre mon fils.

— Il y a un problème. Vous ne me dites pas tout.

Diane revit le petit être pansé, bardé de machines, de tubes à perfusion. La gorge nouée, elle trouva la force de dire :

— Je ne vous cache rien ! Je veux juste en savoir un peu plus long sur mon petit garçon et...

Térésa Maxwell soupira et reprit, légèrement moins agressive :

— Je vous ai tout dit lors de notre première rencontre. Des gosses errent dans les rues de Ra-Nong, sans parents, sans soins. Lorsque l'un d'eux est vraiment mal en point, nous le récupérons, c'est tout. Lu-Sian était un de ceux-là.

— Qu'est-ce qu'il avait ?

— Il souffrait de déshydratation. Et de malnutrition.

— Quand je suis venue le chercher, depuis combien de temps le gardiez-vous à l'orphelinat ?

— Deux mois environ.

— Et vous n'avez rien appris d'autre sur lui ?

— Nous ne menons pas d'enquêtes.

— Il n'a jamais reçu de visite ?

Les interférences revinrent en force. Diane eut l'impression qu'on l'arrachait à son interlocutrice, qu'on lui ôtait toute possibilité d'obtenir des informations. Mais la voix grinça de nouveau :

— Méfiez-vous, Diane.

Elle tressaillit. La voix semblait plus proche tout à coup. Elle balbutia :

— De... de quoi ?

— De vous-même, souffla la directrice. Méfiez-vous de ce désir d'en savoir plus, de cette tentation d'enquêter sur Lu-Sian. Ce gamin est désormais votre enfant. Vous êtes sa seule origine. Ne remontez pas au-delà.

— Mais... pourquoi ?

— Ça ne vous mènera nulle part. C'est une vraie maladie chez les parents adoptifs. Il y a toujours un moment où vous voulez savoir, où vous cherchez, vous furetez. Comme si vous vouliez rattraper ce temps mystérieux qui ne vous a pas appartenu. Mais ces enfants ont un passé, vous n'y pouvez rien. C'est leur part d'ombre.

Diane ne pouvait rien ajouter. Sa gorge était trop sèche. Térésa reprit :

— Vous savez ce qu'est un palimpseste ?

— Euh... oui... je crois.

Térésa expliqua pourtant :

— Ce sont ces parchemins de l'Antiquité que les moines du Moyen Age grattaient pour y inscrire d'autres textes. Ces documents étaient recouverts par de nouveaux écrits mais ils portaient toujours, dans leur épaisseur, le message ancien. Un enfant adopté reproduit la même situation. Vous allez l'élever, lui enseigner un tas de choses, lui imprimer votre culture, votre personnalité... Mais, en dessous, il y aura toujours un autre manuscrit. L'enfant possédera toujours ses propres origines. L'héritage génétique de ses parents, de son pays. Les quelques années vécues dans son milieu d'origine... Il faut que vous appreniez à vivre avec ce mystère. Respectez-le. C'est la seule façon d'aimer vraiment votre fils.

La voix rêche de Térésa s'était teintée de douceur. Diane imaginait l'orphelinat. Elle sentait ses parfums, sa chaleur, son atmosphère de convalescence. La directrice disait vrai. Mais elle ignorait tout du véritable contexte. Diane devait obtenir des réponses précises à ses questions :

— Dites-moi seulement une chose, conclut-elle. Selon vous, Lucien... enfin, Lu-Sian pourrait-il être vietnamien ?

— Vietnamien ? Grand Dieu : pourquoi vietnamien ?

— Eh bien... Le Viêt-nam n'est pas si loin et...

— Non. C'est impossible. D'ailleurs, je parle cette langue. Le dialecte de Lu-Sian n'avait rien à voir.

Diane murmura :

— Je vous remercie. Je... je vous rappellerai.

Elle raccrocha et laissa résonner en elle, comme dans une nef glacée, les paroles de la directrice.

C'est alors qu'un souvenir lointain lui traversa l'esprit.

C'était en Espagne, à l'occasion d'une mission de repérage, dans les Asturies. A l'un de ses moments perdus, Diane avait visité un monastère. Une bâtisse brutale et grise, qui vivait encore à l'heure des méditations et des murmures de pierre. Dans la bibliothèque, elle avait découvert un objet qui l'avait fascinée. Derrière une vitrine, un parchemin était suspendu à des filins d'acier. Son aspect rugueux et rosâtre lui conférait un caractère organique, presque vivant. L'écriture gothique y défilait en lignes serrées, appliquées, accordant parfois un espace pour une délicate enluminure.

Mais le fait captivant était ailleurs.

A intervalles réguliers, un néon de lumière ultra-violette s'allumait en surplomb, faisant apparaître, sous les lettres noires, une autre écriture, fluide et sanguine. Les traces d'un texte antérieur, datant de l'Antiquité. Comme une empreinte laissée dans la chair même du parchemin.

Diane comprenait maintenant : si son enfant était un palimpseste, si son passé était une sorte de texte à demi effacé, alors elle en possédait des bribes. Lu. Sian. Et les quelques autres mots qu'il n'avait cessé de répéter durant les trois semaines où il avait vécu près d'elle, à Paris. Ces mots que Térésa Maxwell ne comprenait pas.

17

L'un des bureaux de l'Institut national des langues et civilisations orientales était situé rue de Lille, juste derrière le musée d'Orsay. C'était un vaste édifice, sombre et autoritaire, marqué par cette majesté qui caractérisait, aux yeux de Diane, les beaux immeubles du septième arrondissement.

Elle traversa le hall de marbre puis se faufila parmi le dédale d'escaliers et de salles de classe. Au premier étage, elle repéra le bureau des langues du Sud-Est asiatique. Elle expliqua sommairement à une secrétaire qu'elle était journaliste et qu'elle préparait un reportage sur les ethnies du Triangle d'Or. Etait-il possible de rencontrer Isabelle Condroyer ? Elle avait trouvé ce nom dans le volume de la Pléiade consacré à l'ethnologie : la scientifique paraissait la meilleure spécialiste des peuples de ces régions.

La secrétaire lui répondit d'un sourire. Diane avait de la chance : Mme Condroyer achevait justement un cours magistral, ici même. Elle n'avait qu'à l'attendre dans la salle 138, au rez-de-chaussée : on allait prévenir le professeur.

Diane descendit aussitôt dans la classe. C'était une pièce minuscule, située à l'entresol, dont les soupiraux en verre feuilleté s'ouvraient à ras de terre sur une cour intérieure. Les petites tables au coude à coude, le tableau noir, l'odeur de bois verni rappelèrent à Diane le temps de ses études. Elle s'assit au fond de la salle, mue par un ancien réflexe d'élève solitaire, puis s'immergea, presque malgré elle, dans les souvenirs de faculté.

Lorsqu'elle évoquait cette période de sa vie, elle ne songeait pas aux heures passées en classe, mais plutôt, déjà, aux missions qui avaient jalonné ses dernières années de doctorat. Elle n'avait jamais été une élève studieuse. Pas plus qu'elle n'avait été un esprit féru d'analyse et de théorie. Diane se passionnait exclusivement pour le travail de terrain. Morphologie fonctionnelle. Auto-écologie. Topographie des espaces vitaux. Dynamique des populations... Ces termes et ces disciplines n'avaient joué pour elle que le rôle de prétextes afin de partir — de guetter, d'observer, d'appréhender la vie sauvage.

Depuis son premier voyage, Diane menait une unique quête : comprendre la barbarie de la chasse, la violence des prédateurs. Elle vivait dans l'obsession de cette énigme, qui se résumait au claquement d'une mâchoire sur de la chair vive. Mais peut-être n'y avait-il rien à comprendre — seulement à éprouver. Lorsqu'elle observait les grands fauves aux aguets, tapis dans la broussaille, immobiles au point de faire corps avec la végétation, au point de se creuser, de s'encastrer dans la texture même de l'instant, Diane éprouvait cette certitude : un jour, à force de concentration, elle deviendrait ce fauve, cet affût, cet instant. Il n'était plus question de comprendre l'instinct animal. Il fallait se glisser à l'intérieur. Devenir cette pulsion aveugle, ce mouvement de destruction qui ne connaissait d'autre logique que lui-même...

La porte s'ouvrit tout à coup. Isabelle Condroyer portait des pommettes hautes comme on porte des talons aiguilles. Sous des cheveux châtains coupés court, ses yeux étaient légèrement bridés mais ses iris étaient d'un vert thé. De véritables amandes, encore toutes fraîches, sur leurs frondaisons. Une goutte d'élixir asiatique s'était diluée dans le sang de cette femme pour lui donner non pas un charme de poupée exotique, mais plutôt une dureté de montagne, une rugosité d'altitude. Diane se leva. La scientifique déclara aussitôt :

— Ma secrétaire m'a dit que vous étiez reporter. Pour quel journal ?

Diane remarqua que l'ethnologue portait un chemisier rouge trop étroit. Le tissu s'évasait en petites chatières indiscrètes. Elle s'efforça de sourire :

— C'est-à-dire... J'ai surtout dit ça pour vous rencontrer.

— Pardon ?

— J'ai besoin d'un renseignement. Un renseignement très urgent...

— Vous plaisantez ? Vous vous figurez que je n'ai que ça à faire ?

Un bref instant, Diane eut envie de lui répondre sur le même ton, mais elle se ravisa. Une technique de combat consistait à utiliser l'élan de l'adversaire à son encontre. Elle choisit de jouer la corde sensible pour faire retomber l'agressivité de la femme.

— Je viens d'adopter un enfant, expliqua-t-elle. En Thaïlande, aux environs de Ra-Nong. Vous connaissez sans doute cette région. L'enfant est âgé de six ou sept ans.

— Et alors ?

— Il prononce quelques bribes de phrases. Je voudrais savoir quelle langue il parle, quel est son dialecte d'origine.

L'ethnologue posa son cartable sur le bureau qui faisait face aux tables de classe. Elle croisa les bras. Les ouvertures de son chemisier s'élargirent plus nettement sur l'éclat du soutien-gorge. Diane poursuivit, imperturbable :

— Nous venons d'avoir un accident de voiture. L'enfant a failli mourir. Il est encore inconscient mais les médecins pensent qu'il va se réveiller.

La femme observait Diane avec une nouvelle expression. Elle semblait se demander si elle était tombée sur une folle ou si, au contraire, une telle histoire pouvait s'inventer. Le mensonge, clair et précis, prenait forme dans l'esprit de Diane :

— Voilà ce qui se passe. Les médecins pensent qu'il serait bon, quand l'enfant reprendra connaissance, qu'on lui parle sa langue natale. Il n'est à Paris que depuis quelques semaines, vous comprenez ?

Cela sonnait si juste qu'elle se demanda soudain si elle ne prononçait pas là une vérité, quelque chose dont il faudrait réellement se préoccuper. Le ton du professeur s'atténua :

— Votre histoire est... Enfin... Dans quel état est-il ?

— Il y a quelques jours, il paraissait condamné. Mais, aujourd'hui, les médecins sont optimistes. Plusieurs signes tendent à démontrer qu'il va sortir du coma. Reste le problème des séquelles.

Isabelle Condroyer s'assit. Son visage était toujours aussi dur, mais ce n'était plus de l'hostilité. Plutôt de la gravité. Elle souffla :

— Mais s'il ne parle pas, comment voulez-vous que je...

— Il répétait toujours les mêmes mots. Deux syllabes, surtout. Lu-Sian...

— Vous n'avez aucune autre information sur son origine ethnique ?

— Aucune. Seulement ces syllabes.

L'ethnologue regarda longuement son interlocutrice. Diane portait une redingote cintrée couleur écru, des blocs de quartz en guise de collier, une aiguille d'argent pour maintenir sa tignasse en chignon. Le professeur dit enfin, de nouveau docte et froide :

— Savez-vous combien il existe de langues et de dialectes parlés dans la région des Andamans ?

— Pas exactement.

— Plus de douze.

— Je vous parle d'une région très réduite. Un point sur la carte. L'orphelinat est à Ra-Nong et...

— Avec les mouvements nés des conflits birmans, des guerres de la drogue, les migrations venues du Triangle d'Or et des Indes, cela porte le chiffre des idiomes à une vingtaine. Peut-être même une trentaine.

— Encore une fois, je ne possède que ces deux syllabes. Mais vous devez bien connaître des spécialistes pour chaque dialecte. Je peux...

Le ton de la scientifique se teinta d'exaspération :

— Quelques vocables ne peuvent pas nous servir ! Surtout pas répétés par vous. Rien que dans la langue thaïe, le même mot peut avoir plusieurs significations différentes, selon que l'accent est placé sur telle ou telle syllabe, selon que le mot lui-même se situe en début ou en fin de phrase...

Dehors, le crépuscule était à l'œuvre. La fenêtre de verre feuilleté brillait d'un rouge ardent. La colère de la femme semblait avoir irradié le verre. Elle conclut d'une manière abrupte :

— Je suis désolée. Sans la prononciation, votre requête est absurde. Je ne peux rien pour vous.

Diane afficha un large sourire.

— J'étais sûre que vous diriez ça.

Elle sortit de son sac un magnétophone rouge vif. L'instrument de karaoké sur lequel Lucien enregistrait ses propres chansons. Diane savait qu'il était impossible d'identifier un dialecte sans en entendre l'accent et la prononciation. Elle s'était alors souvenue de la voix conservée sur cette cassette.

Diane appuya sur la touche Play. Tout à coup, le timbre nasillard de Lucien s'éleva dans la salle. Ses syllabes saccadées, légèrement gutturales, se détachèrent comme des bulles d'enfance dans le silence du soir. Isabelle Condroyer paraissait sidérée.

Diane avait gagné. Mais elle ne savourait pas sa victoire. La voix de l'enfant la surprenait elle aussi. Depuis l'accident, elle n'avait pas réécouté cette cassette. La modulation qui s'élevait ici, occupant tout à coup l'espace, le tapissant de la présence de Lucien, de son visage, de ses gestes aériens, l'avait tranchée comme une lame. En une seconde le chagrin se libéra, délivra une pulsion brûlante vers ses yeux.

Elle baissa la tête, cacha son front de la main. Elle ne voulait pas pleurer. Elle se recroquevilla, alors que la voix s'élevait toujours, dans la salle baignée de pourpre.

Soudain ce fut le silence.

Diane leva les yeux. L'ethnologue venait d'arrêter l'engin, comprenant ce qui était en train de se passer. Diane entrouvrit les lèvres mais le professeur s'était déjà levé, lui posant la main sur l'épaule. Sa voix, si dure, si rêche encore, quelques secondes auparavant, souffla :

— Laissez-moi la cassette. Je vais voir ce que je peux faire.

18

Les mains collées.

C'était la technique du wing-chun où Diane était la plus experte, la plus rapide. Une technique où la proximité avec l'adversaire était telle qu'on devait décocher ou esquiver les attaques en restant toujours en contact avec ce dernier. Coups de poing. Coups de coude. Coups du tranchant de la main. La pluie de violence s'abattait sans qu'on ne puisse jamais se défiler, ni reculer — on restait toujours soudé à l'ennemi.

Diane aurait dû être révulsée par ces multiples attouchements, mais il s'agissait cette fois de combat, et le signal de sa phobie ne se déclenchait pas dans un tel contexte. Au contraire : le contact provoquait en elle une sourde jouissance. Comme si elle savourait intérieurement l'inversion de ce geste — la caresse devenue frappe.

Par ailleurs, Diane possédait un secret. Si elle excellait dans cet affrontement de proximité, c'était parce qu'elle était myope et que sa meilleure chance de vaincre était de demeurer toujours dans un champ très rapproché, là où elle discernait le moindre détail. Elle avait transformé son handicap en force, appris à lutter au plus près, misant tout sur la vitesse, prenant des risques dont l'intensité désorientait ses adversaires.

Ce soir même, la séance d'entraînement, au dojo de Maubert-Mutualité, constituait un exutoire idéal à ses émotions de la journée. Après l'appel à Térésa, après la rencontre avec l'ethnologue, Diane s'était directement rendue à l'hôpital. Lucien subissait des examens et on lui avait interdit de le voir. Elle s'était d'abord mise en colère puis avait saisi que le docteur Daguerre projetait d'ôter les drains dès le lendemain matin.

Pourtant, en rentrant chez elle, Diane n'était pas parvenue à se réjouir totalement. Le meurtre de van Kaen prenait le pas sur tout le reste — même sur la guérison de son fils. Elle ne cessait plus de songer à cette atrocité. A la main qui avait tordu les viscères. Aux airelles agglutinées sur les murs. A l'écran scintillant qui avait mis à nu les entrailles profanées de l'acupuncteur. Tout se confondait dans son esprit. Elle ne réussissait plus, mentalement, à dissocier le meurtre de la rémission de son enfant.

D'ailleurs, le bâtiment pédiatrique était maintenant surveillé par des policiers en uniforme. Lorsqu'elle avait interrogé Mme Ferrer sur cette présence, la femme lui avait simplement répondu « sécurité ». Quelle sécurité ? Face à quel danger ? Un tueur continuait-il de rôder dans les couloirs de Necker ? Plutôt que de s'épuiser sur ces interrogations, elle avait préféré renouer avec l'odeur de sueur et les coups du dojo. Les mains collées. Une façon comme une autre d'exsuder ses angoisses...

Chez elle, Diane prit une douche brûlante, puis écouta son répondeur. Toujours les mêmes appels — la sempiternelle liste des amis ou relations qui venaient aux nouvelles et répétaient leurs paroles de réconfort. Il y avait aussi les messages de sa mère. Mais, à chaque fois qu'elle reconnaissait la voix abhorrée, Diane appuyait sur la touche Next.

Elle passa dans la cuisine. Cheveux ruisselants et feu aux joues, elle se concocta un Darjeeling bien noir et disposa sur un plateau théière, coupelle de Palmitos et yaourts — elle se nourrissait presque exclusivement de biscuits et de laitages. Puis elle s'installa dans sa chambre, avec les livres qu'elle avait achetés dans l'après-midi.

Il lui restait une piste à explorer. Une piste vague, indirecte, mais qui la préoccupait profondément : l'acupuncture. Elle voulait tenter de comprendre comment van Kaen avait agi sur le corps de Lucien. D'une manière confuse, elle devinait que cette technique entretenait un lien avec les autres éléments de la nuit fatidique.

Une heure de lecture suffit à lui confirmer plusieurs faits.

D'abord, Eric Daguerre avait raison. Physiologiquement, l'acupuncteur ne piquait aucun point particulier. Ni nerfs, ni muscles, ni même zones cutanées plus sensibles — en tout cas, pas toujours. Jamais on n'avait pu mettre en évidence, d'une manière physique, l'existence des méridiens à l'intérieur du corps. Des études avaient seulement démontré que l'aiguille libérait parfois des endorphines — des hormones possédant des effets analgésiques. D'autres recherches avaient mis en évidence les propriétés électriques de certains points. Mais aucune de ces constatations ne pouvait être généralisée, et elles ne constituaient que des épiphénomènes si on les comparait aux résultats prodigieux obtenus par Rolf van Kaen.

Le médecin allemand avait dit vrai lui aussi : l'acupuncture, selon la médecine chinoise, concernait une entité mystérieuse, que les praticiens appelaient

« énergie vitale » et que l'anesthésiste avait comparée à une sorte d'élan originel — une source première. Pourquoi pas, après tout ? Malgré son solide rationalisme, malgré sa formation de biologiste, Diane était d'humeur à tout admettre face à l'évolution de Lucien. Il était évident que l'acupuncteur avait influencé ses mécanismes physiologiques à un niveau que les médications et les instruments de la médecine occidentale n'avaient su atteindre.

Diane poursuivit sa lecture. Ce qui l'intéressait maintenant, c'était la géographie de ces forces mystérieuses. L'Allemand avait parlé de « nappes phréatiques » et laissé entendre que cette énergie vitale possédait, au sein du corps humain, ses « ruisseaux » : des méridiens qui suivaient une topographie souterraine. Durant plusieurs heures, Diane étudia ces flux complexes et leurs jeux de correspondances.

Le plus étonnant, c'était que cette énergie paraissait se situer à la fois à l'intérieur du corps et à l'extérieur. Il ne s'agissait pas seulement de réchauffer, d'apaiser, de solliciter tel ou tel méridien mais surtout d'équilibrer ce courant avec les forces du dehors. En définitive, les aiguilles fonctionnaient comme de minuscules relais dressés vers l'univers, qui auraient servi à « harmoniser » l'organisme avec une hypothétique puissance cosmique. Diane arrêta sa lecture : ces concepts et ce vocabulaire la gênaient — tout cela lui rappelait le jargon des spiritualistes et les discours destinés aux âmes perdues en mal de gourous. Pourtant elle se souvenait de ces épingles, vertes et vives, qui avaient parsemé l'épiderme de son enfant. Elle-même, à cet instant, avait songé à des passerelles, des relais tournés vers des forces mystérieuses et indicibles.

Diane éteignit la lumière et réfléchit. Ces livres sur la médecine chinoise ne lui avaient rien apporté, à l'exception de cette idée : peut-être l'enfant, en raison de son héritage culturel, avait-il été plus sensible qu'un autre à l'acupuncture. Peut-être existait-il une sorte d'acquis génétique qui avait permis à son corps de mieux réagir à cette technique. Mais que savait-elle au juste des lois des atavismes ? N'était-ce pas une supposition gratuite ? Qui, de toute façon, n'apportait aucune information précise sur la naissance de Lucien.

Une nouvelle fois elle se repassa mentalement la séance de van Kaen dans ses moindres détails. Une phrase lui revint en mémoire. Une phrase à laquelle elle n'avait pas prêté attention dans la tourmente de la nuit, mais qui prenait ce soir une résonance singulière. Avant de la quitter, le médecin avait dit : « Cet enfant doit vivre, vous comprenez ? » Cette réflexion semblait alors seulement exprimer la détermination de l'acupuncteur. Mais elle pouvait aussi signifier que Lucien, pour une raison inconnue d'elle, devait survivre, coûte que coûte.

L'Allemand avait parlé en homme qui connaissait un secret — une réalité concernant l'enfant. Peut-être une origine exceptionnelle, comme Diane s'était plu à l'imaginer dans l'après-midi. Ou une particularité physiologique. Ou bien une mission, une œuvre que Lucien aurait à remplir lorsqu'il serait plus âgé...

La maladie des théories absurdes était en train de la reprendre. En même temps, elle entendait encore, comme un écho, l'intonation du médecin. Elle sentait l'extrême tension, l'angoisse voilée, qu'il s'était efforcé de cacher durant la séance. Ce docteur savait quelque chose. Lucien n'était pas un enfant comme un autre. Et Langlois, avec son flair de flic, l'avait perçu. Voilà pourquoi il s'intéressait tant à Lucien et à son origine.

Folie pour folie, Diane imagina une autre possibilité.

Une raison aussi impérieuse de sauver un enfant

pouvait, aussi bien, constituer une raison de le détruire... Et si van Kaen avait été assassiné parce que, justement, il avait réveillé le petit garçon ?

Si une menace pesait sur Lucien ?

Elle s'arrêta net. Une ultime conviction venait de lui couper la respiration.

Et si cette menace s'était déjà exercée ?

Si l'accident du boulevard périphérique n'en était pas un ?

II

LES VEILLEURS

19

Lundi 11 octobre.

Diane arpentait les contreforts du mont Valérien, à Suresnes.

Elle avait traversé le cimetière américain, strié de croix blanches, puis sillonné les coteaux verdoyants qui surplombent le bois de Boulogne. Ce n'était pas sa route, mais elle avait dû se tromper quelque part, aux alentours du pont de Saint-Cloud. A bord de sa voiture de location, elle descendait maintenant la rue des Bas-Rogers et renouait avec la grisaille de la ville. Sous la pluie, elle retrouvait l'ennui monocorde de la banlieue, ses avenues mornes, ses petites rues frileuses. Un ennui à porter à dos d'homme.

Diane s'était lancée à fond dans son enquête. Elle avait mis à profit le week-end pour mener quelques recherches, mais c'était maintenant qu'elle allait pénétrer au cœur de ses interrogations. Elle passa sous un aqueduc de granit, contourna un rond-point qui annonçait fièrement l'entrée du quartier du Belvédère puis repéra, sur sa droite, la rue Gambetta. Surplombée par la voie ferrée, l'artère déployait une rangée de pavillons serrés, qui paraissaient devoir perdurer ainsi à travers les âges.

Le 58 était un immeuble de deux étages, sale et délabré, tapissé de briques et flanqué de balcons de fer noir. Diane se gara sans difficulté et pénétra à l'intérieur. Elle découvrit une entrée vétuste, des boîtes aux lettres crasseuses, un escalier badigeonné d'ombre. Même les remugles des poubelles s'accordaient avec le tableau — c'était une espèce d'amertume, bougonne et violente, tapie sous la cage de l'escalier, qui semblait résumer toute l'histoire de l'immeuble.

Elle manipula le commutateur et constata que la lumière ne venait pas — ne viendrait jamais. Elle s'approcha d'un panneau de carton moisi, portant la liste des locataires, et trouva, à la lueur du dehors, le nom qu'elle cherchait — le nom qu'elle était parvenue à extorquer à Patrick Langlois, en l'appelant chez lui la veille au soir.

Marches craquantes, rampe poisseuse : les sensations attendues se poursuivaient. Diane portait un long ciré de pluie, bleu pétrole, qui couinait à chacun de ses pas. Sur ses épaules perlaient des petites gouttes de pluie et la présence de ces éclats liquides la rassurait. Elle atteignit le deuxième étage et sonna à la porte de gauche.

Pas de réponse.

Elle sonna encore.

Une nouvelle minute passa. Diane s'apprêtait à rebrousser chemin quand un bruit de chasse d'eau retentit.

Enfin la porte s'ouvrit.

Un jeune homme se tenait sur le seuil. Il portait une veste de jogging à capuche, sans forme ni couleur. Dans l'ombre, Diane ne distinguait pas son visage. Tout juste pouvait-elle remarquer que le personnage était plus jeune que dans son souvenir. La trentaine, au plus. Plus maigre aussi. Son attention fut surtout captée par l'odeur de chanvre qui planait dans le sillage de la porte entrebâillée. Le gars était en pleine séance de défonce légère. D'où le bruit des toilettes. Elle demanda :

— Vous êtes bien Marc Vulovic ?

La gueule d'ombre ne bougea pas. Puis une voix nasale s'éleva :

— Qu'est-ce qu'y a ?

Diane tripota ses lunettes. Ce timbre d'enrhumé confirmait le pire — l'homme ne devait pas se défoncer qu'au cannabis.

— Je m'appelle Diane Thiberge.

Silence de l'homme. Elle ajouta :

— Vous voyez qui je suis, non ?

— Non.

— Je suis celle qui conduisait le 4 × 4, la nuit de l'accident.

Vulovic ne dit rien. Une minute passa. Ou seulement quelques secondes. Dans son état de nervosité, Diane n'était sûre de rien. Il ordonna :

— Entrez.

Diane traversa un vestibule étroit, tapissé de CD et de cassettes vidéo, puis découvrit une cuisine, sur la droite, revêtue de lino et de formica. D'un geste, l'homme l'incita à entrer.

Le jour terne s'épanchait à travers des voilages grisâtres. Un évier, un chauffe-eau : deux taches livides englouties sous de la vaisselle sale. Et l'odeur de drogue qui pétrissait l'atmosphère. Diane repéra une chaise dans l'axe de la fenêtre entrouverte. Elle s'assit rapidement, déclenchant un nouveau frétillement de reflets sur son ciré.

L'homme l'imita, choisissant un tabouret, de l'autre côté de la table. Il avait une gueule longue et sèche, qui jaillissait de sa capuche baissée comme un tubercule jaunâtre. Des cheveux blonds, coupés en queue de canard, et un bouc frisottant, qui ressemblait à des fibres de maïs. Il ne portait déjà plus de pansements. Seulement quelques croûtes brunes, sur le front et les arcades. Il marmonna, tête baissée :

— Je voulais venir à l'hôpital mais...

Il s'arrêta et releva le visage. Ses yeux verts ressemblaient à des petits hublots ouverts sur une mer glacée. Il demanda :

— Il est... Enfin, l'enfant... il est...

Diane comprit que personne ne lui avait donné de nouvelles. Elle souffla :

— Il va mieux. C'est inespéré mais il est en voie de rémission. Alors on le laisse de côté, okay ?

Vulovic hocha vaguement la tête, observant son interlocutrice avec indécision. Il avait le corps tordu, les épaules retroussées. Un drogué prisonnier de son mal intime. Il demanda :

— Qu'est-ce que vous voulez ?

— Revenir avec vous sur les circonstances de l'accident. Savoir ce qui vous est arrivé au volant.

Le chauffeur tiqua. Un éclair de méfiance traversa ses pupilles. Diane ne lui laissa pas le temps de parler :

— Vous avez dit que, ce soir-là, vous veniez du parking de l'avenue de la Porte-d'Auteuil. Qu'est-ce que vous faisiez là ? Vous vous reposiez ?

L'homme sourit malgré lui. Un éclat salace se découpa dans ses iris.

— Vous n'êtes jamais passée par là ? Je veux dire : le soir ?

Diane imagina une avenue anonyme, coincée entre le boulevard périphérique et le stade Roland-Garros, qui menait directement au bois de Boulogne. Soudain elle visualisa ce même tableau, de nuit, et comprit ce que ses propres hantises lui avaient caché jusqu'ici : les putes. Cet homme était simplement allé aux putes.

Il hocha la tête comme s'il avait deviné les déductions de Diane.

— C'est un truc classique avant un départ. Je devais aller en Hollande. Hilversum. Aller et retour. Vingt-quatre heures de route.

Diane enchaîna :

— D'accord. Mais j'ai lu des statistiques sur l'hypovigilance. Quatre-vingts pour cent des accidents de poids lourd liés à l'endormissement surviennent entre vingt-trois heures et une heure du matin. D'après ces mêmes chiffres, ce type d'accidents ne se produit jamais sur le boulevard périphérique. Par nature, la proximité de la capitale « réveille » les chauffeurs. Si vous sortiez de...

— Vous menez une enquête ? trancha soudain le mec, d'un ton agressif.

— Je veux simplement comprendre. Comprendre comment vous avez pu vous endormir, à minuit, alors que vous veniez de visiter une prostituée et que vous vous apprêtiez à attaquer vingt-quatre heures de route.

Vulovic se tortilla. Ses mains vibraient au-dessus de la table. Diane réfréna sa propre nervosité et changea brutalement de direction :

— Pour rester éveillé, qu'est-ce que vous prenez ?

— Du café. On a des thermos.

Diane eut un frémissement de narine — allusion muette à l'odeur qui régnait dans cette cuisine pourrie.

— Vous fumez, aussi, non ?

— Comme tout le monde.

— Je veux dire : du shit.

L'homme ne répondit pas. Elle poursuivit :

— Vous n'avez jamais pensé que ça pouvait vous casser complètement ? Vous endormir ?

Vulovic tendit son cou. Un réseau de veines battait sous sa peau.

— Tous les chauffeurs se défoncent pour tenir. Chacun a ses plans. Pigé ?

Diane se pencha au-dessus de la table. Ces airs à la redresse ne l'impressionnaient pas. Elle passa au tutoiement :

— Tu ne prends rien d'autre ?

Le routier se renfrogna dans son silence. Diane insista :

— Amphètes, coke, héroïne ?

Il braqua son regard, de biais, dans sa direction. Deux globes de fer, luisants comme des balles, sous des paupières voilées. Un lent sourire s'insinua sur ses lèvres.

— J'ai compris. Vous voulez me causer des emmerdes. On m'a viré. On m'a retiré mon permis. Je risque la taule mais ça vous suffit pas. Vous voulez qu'j'aille en cabane, tout d'suite. Pour des années.

Diane le stoppa d'un geste.

— Je cherche la vérité, c'est tout.

Vulovic hurla :

— La vérité, elle est écrite noir sur blanc dans le rapport des flics ! J'ai subi l'alcootest. J'ai fait des examens à l'hosto. Ils ont rien trouvé. Putain, j'étais clean. Je jure que j'étais clean au moment de l'accident !

Il disait la vérité. On avait évoqué ces analyses devant elle.

— Okay, reprit-elle un ton moins haut. Alors pourquoi t'es-tu endormi cette nuit-là ?

— Je sais pas. Je me souviens de rien.

Diane se redressa.

— Comment ça ?

L'homme hésita. Il suait à grosses gouttes. Il murmura :

— J'vous jure. J'ai beau me casser la tête, à partir de la porte d'Auteuil je me souviens plus de rien... Je sais même pas si j'ai tiré un coup. J'devais être hypercrevé. Je sais pas. J'ai aucun souvenir jusqu'à la collision...

Diane voyait monter une vérité souterraine. Une réalité effrayante qu'elle avait soupçonnée et qui prenait forme sous ses yeux. Elle demanda :

— Personne a touché à ton café ?

— Vous délirez ou quoi ! Pourquoi ça ?

— Sur le parking, tu as parlé à quelqu'un ?

Il nia de la tête. Sa capuche était trempée de transpiration.

— On tourne en rond, là. Je me souviens de rien. Merde. C'est un accident. Y a plus à creuser, même si moi je trouve ça bizarre.

Diane tira sa chaise et se rapprocha. Malgré ses cheveux humides, malgré la pluie sur sa nuque, la peau lui brûlait.

— Tu ne comprends donc pas à quel point c'est grave pour moi ? Essaie de te souvenir.

Vulovic ouvrit le tiroir de la table de cuisine. Il en extirpa un nécessaire à rouler des joints : cigarette, papier OCB, barre de shit enveloppée dans du papier d'aluminium. Il déclara, en commençant à saisir deux feuilles à rouler :

— La porte, c'est derrière vous.

D'un revers de la main, Diane balaya les objets à terre. L'homme se leva d'un bond, le poing dressé.

— Fais gaffe à toi, la meuf.

Diane le plaqua au mur. Elle était plus grande que lui. Et mille fois plus dangereuse. Elle eut une sorte de sourire intérieur. Au fond, elle préférait ça. Elle préférait que ce mec soit capable de la gifler, de la cogner. Elle préférait que ce fût un salopard qui ait été utilisé pour tuer son enfant. Elle articula :

— Ecoute-moi bien, connard. Pendant neuf jours, le cerveau de mon fils n'a cessé de se dilater, de s'asphyxier dans son propre sang. Pendant neuf jours, j'ai suivi ces palpitations de mort. Aujourd'hui, on ne sait toujours pas dans quel état il va revenir à la conscience. Il sera peut-être normal. Ou peut-être plus lent qu'un autre. Ou peut-être, simplement, un légume. Imagine un peu la vie qu'on va avoir, lui et moi.

Le chauffeur baissa la tête. Il se liquéfiait entre ses

mains. Elle le laissa s'effondrer sur le tabouret. Elle se baissa, parlant toujours d'un ton calme :

— Alors si tu penses qu'il y a eu quoi que ce soit de suspect avant l'accident, si tu as, au fond de toi, le moindre soupçon, putain, c'est le moment de parler.

Visage incliné, ruisselant de sueur et de larmes, l'homme chuchota :

— Je sais pas... Je sais pas... J'ai l'impression qu'on m'a fait un truc...

— Quel truc ?

— Je sais pas. Je me suis endormi d'un coup... Comme si...

— Comme si quoi ?

— Comme si c'était sur commande... C'est la sensation que j'ai eue...

Diane retint sa respiration. C'était un gouffre d'ombre, et en même temps une lumière. L'idée jaillit en elle, claire et diffuse : d'une manière ou d'une autre, ce type avait été influencé. Elle songea à l'hypnose. Elle ne savait pas si une manipulation de cette envergure était possible mais, si c'était le cas, il fallait qu'un signal ait déclenché l'attitude programmée.

— Tu écoutais la radio ?

— Non.

— T'as un walkman ?

— Non !

— Tu as vu quelque chose au bord de la route ?

— Mais non !

Diane recula d'un cran. Rétrograder pour mieux reprendre en puissance.

— Tu en as parlé aux flics ?

— Non. Je suis sûr de rien. Pourquoi on m'aurait fait ça ? Pourquoi on aurait organisé un truc pareil ?

Vulovic ne disait pas tout. Un noyau d'effroi, quelque part en lui, palpitait. Enfin il marmonna :

— Quand je repense à tout ça, je ne vois qu'une seule chose.

— Quoi ?

— Du vert.

— La couleur ?

— Du vert kaki. Comme... comme de la toile militaire.

Diane réfléchit. Elle ne savait comment utiliser cet indice, mais elle sentait qu'il constituait l'amorce d'une vérité. L'homme sanglotait, les mains serrées sur les tempes.

— Bon Dieu... Votre p'tit bonhomme, j'y pense chaque nuit... J'vous demande pardon. Putain, j'vous demande pardon !

Immobile, Diane dit simplement :

— Je n'ai rien à te pardonner.

— Je suis orthodoxe, continuait le mec. Je prie san Sava pour lui, je...

— Je te répète que je n'ai rien à te pardonner. Tu n'y es sans doute pour rien.

Le routier releva les yeux. Les larmes brouillaient son regard.

— Qu'est-ce... qu'est-ce que vous dites ?

Diane murmura :

— Je ne sais pas ce que je dis. Pas encore.

20

En pleine matinée, le parking de l'avenue de la Porte-d'Auteuil n'offrait rien de particulier. Les bâtiments du stade Roland-Garros ressemblaient à l'enceinte d'une cité interdite. Quant au boulevard périphérique, il bourdonnait en contrebas sans qu'on puisse l'apercevoir du parapet. Pourtant, lorsque Diane se gara sur l'aire en fin de matinée, elle imagina aussitôt l'atmosphère trouble que revêtait le lieu quand la nuit tombait. Les chairs éclairées par les phares, les voitures en maraude, les habitacles des véhicules stationnés, en retrait, sombres et fermés sur les instincts libérés. Elle frissonna. Il lui semblait sentir ces désirs nocturnes, les voir planer, s'entrelacer le long de l'asphalte, telles des bêtes voûtées et menaçantes...

Elle ôta sa montre, la fixa à son volant, déclencha la fonction « chronomètre », puis redémarra. Elle remonta l'avenue et bifurqua à droite. Elle longea le square des Poètes puis les jardins des serres d'Auteuil avant d'atteindre la porte Molitor. Elle roulait à une vitesse raisonnable : la cadence d'un poids lourd en pleine nuit. Enfin elle accéda au boulevard périphérique et prit la direction Porte Maillot/Autoroute Rouen.

Deux minutes vingt s'étaient écoulées.

Diane accéléra, restant sur la file de droite. Par chance, le boulevard était fluide — aussi fluide que ce soir-là. Quatre-vingt-dix kilomètres à l'heure. C'était la première fois qu'elle roulait de nouveau sur le périphérique. Ses mains se vissèrent au volant : elle ne voulait pas céder au trouble.

Porte de Passy. Trois minutes dix. Elle accéléra encore. Cent kilomètres à l'heure. Le camion de Marc Vulovic ne pouvait excéder cette vitesse. Quatre minutes vingt. Elle s'engagea sous le tunnel de la porte de la Muette.

Elle se souvenait des cataractes de lumières, de ses pensées embrumées par le champagne.

De nouveau elle rejoignit l'air libre.

Sept cents mètres plus tard, elle franchit un nouveau tunnel.

Cinq minutes dix.

Lorsque Diane vit apparaître le dernier tunnel avant la porte Dauphine, elle sut qu'elle était en train de franchir une autre réalité. Et que sa propre culpabilité avait peut-être un secret à lui murmurer...

A cent mètres de l'antre de béton, elle ferma les yeux et braqua violemment vers l'extrême gauche. Elle entendit des crissements de pneus, des coups de klaxon. Elle rouvrit les yeux in extremis, pour freiner le long des glissières de métal qui séparaient les deux axes du périphérique.

D'un geste, elle stoppa son chronomètre.

Cinq minutes trente-sept secondes.

Elle se trouvait exactement sur les lieux de l'accident. Les rails de sécurité venaient d'être changés et les fissures dans la pierre, à l'entrée du tunnel, provoquées par la remorque du camion, étaient encore visibles.

Cinq minutes trente-sept secondes.

Telle était la première partie de la vérité.

Elle se glissa de nouveau dans la circulation et attendit la porte Maillot pour sortir du périphérique nord, traverser rapidement la place et réintégrer le trafic dans la direction opposée. Elle remonta ainsi jusqu'à la porte Molitor. Elle quitta une nouvelle fois l'artère et emprunta le boulevard Suchet. Elle ralentit aux abords du 72 — l'adresse de sa mère. Elle s'attendait à un nouveau malaise, un nouveau flux de souvenirs. Rien ne vint. Elle chercha à se rappeler où elle s'était garée ce soir-là. Le détail se précisa dans sa mémoire : avenue du Maréchal-Franchet-d'Espérey, le long de l'hippodrome d'Auteuil.

Elle s'achemina vers l'avenue, s'arrêta aux alentours de la zone dont elle se souvenait puis mit en marche le chronomètre. Elle emprunta aussitôt l'artère boisée jusqu'à tourner, un kilomètre plus loin, à droite, sur la place de la Porte-de-Passy. Exactement comme elle l'avait fait le soir fatidique. Elle s'engagea alors sur le boulevard périphérique.

Coup d'œil à sa montre : deux minutes trente-trois.

Diane adopta volontairement la vitesse moyenne de la Toyota Landcruiser. Cent vingt kilomètres à l'heure. Porte de la Muette. Quatre minutes.

Elle vit, au-dessus des contreforts du périphérique, les bâtiments longilignes de l'ambassade de la Fédération de Russie.

Quatre minutes cinquante.

Les édifices de la faculté de l'université Paris IX.

Cinq minutes dix...

Enfin l'entrée du tunnel fatal. Diane s'arrêta cette fois sur la droite, sur la bande d'arrêt d'urgence, après avoir déclenché ses feux de détresse. Sans fracas ni coups de frein. Pourtant, quand elle saisit le cadran de sa montre, sa main tremblait : cinq minutes trente-cinq.

Elle n'aurait pu imaginer synchronie plus pure. Que ce fût du parking de l'avenue de la Porte-d'Auteuil ou de l'avenue du Maréchal-Franchet-d'Espérey, il fallait cinq minutes trente-cinq pour se retrouver à l'exact point de l'accident. Il suffisait donc que Marc Vulovic, « programmé » d'une manière quelconque, démarrât au moment où Diane et son fils montaient dans leur propre voiture, pour que les deux véhicules se rencontrent à l'entrée du dernier tunnel avant la porte Dauphine.

Diane envisagea sérieusement l'hypothèse d'un piège. Un piège à base de sommeil, de pluie et de bahut lancé à pleine vitesse. Un tel guet-apens supposait une sentinelle au pied de l'immeuble du boulevard Suchet, guettant son départ, tandis qu'un autre homme, par l'hypnose ou une autre technique à définir, au même instant « déclenchait » Marc Vulovic. Il suffisait que les deux hommes soient reliés par liaison VHF — ou simplement par téléphone portable. Jusque-là, rien d'impossible.

Il y avait ensuite le problème de l'endormissement, qui devait survenir au moment précis où le 4 × 4 croisait la route du camion. Et c'était là, justement, que le traquenard paraissait concevable : si elle avait raison, les tueurs avaient pu calculer le point de croisement et préparer, dans cette zone, un signal qui provoquerait le sommeil du chauffeur...

Diane ferma les yeux. Elle entendait les sillons de fureur des voitures qui filaient sur le périphérique. Peut-être était-elle en plein délire, peut-être perdait-elle totalement son temps, mais elle savait maintenant qu'aux confins extrêmes de la raison une telle embuscade était envisageable.

Restait un détail sans lequel rien n'aurait été possible. Un détail qui, depuis le départ, ne collait pas. Diane déclencha son clignotant et s'insinua de nouveau dans la circulation.

Elle passa rapidement ses vitesses et prit la direction de la porte de Champerret.

21

— Si vous voulez emmerder quelqu'un, ma p'tite dame, va falloir attendre le chef.

Par-delà la vitre du bureau, Diane pouvait observer l'atelier de mécanique. Les murs étaient si noirs qu'ils semblaient absorber les lumières des plafonniers. Des instruments de fer claquaient au loin. Des vérins graisseux couinaient quelque part, comme des poumons torturés. Elle avait toujours éprouvé une obscure aversion pour les garages. Pour ces courants d'air qui glaçaient les os. Ces relents de graisse qui hantaient les narines. Ces mains maculées qui manipulaient des objets coupants et froids. Des lieux si durs, si sombres, qu'on ne s'y lavait plus les mains à l'eau, mais au sable.

Derrière son comptoir, le gros type en bleu de chauffe répéta son leitmotiv :

— Les autorisations, c'est pas mon rayon. Faut voir le chef.

— Quand revient-il ?

— Parti déjeuner. Y s'ra là dans une heure.

Diane simula une intense contrariété. En fait, elle avait soigneusement attendu midi pour venir ici, dans l'espoir de tomber sur un sous-fifre dans le genre de celui auquel elle s'adressait. C'était sa seule chance d'approcher sa propre voiture, dont la contre-expertise n'avait pas encore été effectuée. Elle soupira :

— Ecoutez. Mon fils est à l'hôpital. Gravement blessé. Je dois absolument retourner le voir mais, avant ça, je dois récupérer un certificat technique dans ma voiture !

Le mécanicien battait des pieds. Il paraissait ne pas savoir comment se dépêtrer de la situation.

— Désolé. Tant que l'expert est pas venu, personne ne peut entrer dans la bagnole. C'est un problème d'assurances.

— C'est justement ma compagnie qui me demande ce document !

L'homme hésita encore. Un camion, qui treuillait une voiture accidentée, dévala la pente, dans un grondement de gaz, à quelques mètres du bureau. Diane sentait son malaise s'amplifier. Le gars finit par souffler :

— Z'avez les clés ?

Elle les fit tinter dans sa poche. Il marmonna :

— Numéro 58. Deuxième sous-sol. Le parking du fond. Magnez-vous. Si mon patron arrive pendant que vous êtes là, ça s'ra...

Elle se glissa entre les voitures puis traversa l'atelier. Elle longea les murs de béton sombre, évita les flaques d'huile, croisa des ponts élévateurs. Dans cette pénombre, la lumière des néons paraissait recéler une signification secrète, ésotérique — aux antipodes de la clarté du jour.

Elle descendit une pente douce et rejoignit un nouveau parking. Les voitures ressemblaient à des monstres froids, dormant d'un sommeil de métal. Diane se sentait de plus en plus mal à l'aise. De la graisse poissait ses semelles. Une odeur de carburant grillé s'insinuait dans sa gorge. Elle voyait défiler les numéros à demi effacés sur le sol. La seule idée d'affronter sa Toyota fracassée lui serrait l'estomac. Mais elle devait vérifier un détail.

Le détail de la ceinture de sécurité.

L'enfant avait été expulsé de son siège parce que cette ceinture n'était pas bouclée. Les tueurs, s'ils existaient, comptaient donc sur une efficacité maximale de ce côté-là. Comment pouvaient-ils être sûrs que Diane n'attacherait pas l'enfant, n'effectuerait pas ce geste de protection ?

La Toyota Landcruiser apparut, à quelques mètres. Diane discernait le capot enfoncé, le pare-brise compressé, l'aile gauche renflée en plis violents. Elle dut s'appuyer contre une colonne. Elle se plia en deux et crut vomir mais, progressivement, le sang se concentra sous son front penché et lui conféra une sorte d'équilibre, de stabilité inattendue. Rassemblant ses forces, elle s'approcha de la voiture et atteignit la portière arrière droite.

Elle puisa dans son sac une torche halogène, l'alluma, puis ouvrit la paroi. De nouveau, le choc. Le sang noir et sec, sur les rebords du siège enfant. Les petites perles de verre répandues sur la banquette.

Deux images contradictoires se superposèrent dans son esprit.

Elle voyait la lanière tissée et la boucle de métal reposant à côté du siège de Lucien. Une ceinture qui, à l'évidence, n'avait pas été fermée. Mais elle se voyait aussi, mentalement, en train de verrouiller ce système après avoir installé l'enfant dans son fauteuil. Ce n'était pas une nouveauté. Au fil des jours, sa conviction avait gagné en force, en netteté, malgré les preuves du contraire : elle était certaine d'avoir fermé cette ceinture. Maintenant, face à l'habitacle, il n'y avait plus aucun doute.

Comment ces deux vérités pouvaient-elles cohabiter ? Elle planta la torche électrique entre ses dents et pénétra dans la voiture. Elle observa avec attention le système d'arrimage. Elle songeait maintenant à un sabotage : une lanière cisaillée, un rivet scié... Mais non : tout était intact. Elle se glissa le long du siège arrière. Sur la banquette s'entassaient des cartons contenant des études photocopiées, des boîtes de plastique abritant des clips de marquage, un duvet kaki déployé jusqu'au sol. Tous ces objets s'étaient écrasés contre le dossier au moment de la collision. Elle les observa, les souleva, les écarta. Elle ne trouva rien.

Elle continua à fouiller. Un genou sur le rembourrage, elle passa son torse au-dessus du dossier en direction du coffre. La puissance de la collision avait arraché le hayon arrière. Diane se souvenait d'avoir reçu ce panneau de composite sur la nuque. Penchée au-dessus de l'espace, elle promena son pinceau de lumière : des cartons encore, un vieux sac de toile, des chaussures de marche, une parka imbibée d'essence. Rien d'étrange, ni de suspect.

Pourtant, lentement, une pensée se formait dans sa conscience. Une hypothèse impossible, mais qu'elle ne parvenait pas à écarter. Elle éteignit sa lampe et s'adossa au dossier avant. Pour vérifier cette supposition, il fallait interroger l'unique témoin de la scène.

Elle-même.

Elle devait raviver ses propres souvenirs afin de

décider si, oui ou non, elle perdait la raison ou si cette affaire dépassait les limites du possible.

Or il n'existait qu'une seule technique pour entreprendre une telle plongée en elle-même.

Et un seul homme pour l'aider.

22

Après un vestibule de marbre, le restaurant ouvrait sur une grande salle décorée de colonnes blanches, tendue de velours sombre. Quelques tables se nichaient dans des alcôves en arc de cercle. La laque d'un piano brillait dans la pénombre, des tableaux crépusculaires lançaient leurs reflets mordorés et, à travers les longues baies vitrées, les jardins des Champs-Elysées répondaient au luxe du lieu par un contrepoint délicat de feuillages et de façades claires. Aujourd'hui, le ciel d'orage diffusait une lumière lisse, nacrée, qui s'harmonisait à merveille avec la douceur de la salle, traversée d'éclats atténués. A cette parcimonie de tons et de lumières s'ajoutait une qualité de silence spécifique : un murmure ponctué de tintements de cristal, de cliquetis d'argent, de rires compassés.

Diane suivit le maître d'hôtel. Elle sentit quelques brefs regards sur son passage. La plupart des convives étaient des hommes, arborant des costumes foncés et des sourires ternes. Elle n'était pas dupe : derrière cette douce atmosphère et ces visages paisibles battait le cœur secret du pouvoir. Ce restaurant était l'un des lieux de prestige où se jouait, chaque midi, le destin politique et économique du pays.

Le maître d'hôtel s'effaça et l'abandonna devant la

dernière alcôve, au plus près des larges fenêtres. Charles Helikian était là. Il ne lisait pas le journal. Il ne s'entretenait pas avec un autre homme d'affaires, assis à une table voisine. Il l'attendait. Cela semblait lui suffire amplement. Diane lui sut gré de cette marque de respect implicite.

En sortant de la fourrière, elle avait appelé son beau-père sur son téléphone cellulaire — une dizaine de personnes, tout au plus, devaient posséder ce numéro à Paris. Elle l'avait pressé de la rencontrer aussi vite que possible. Charles avait répondu d'un rire, comme on cède au caprice d'une enfant, et proposé ce rendez-vous, où il devait déjeuner avec un de ses clients. Diane n'avait eu que le temps de rentrer chez elle, d'effacer les odeurs de haschich et de cambouis dans ses cheveux et de surgir ici, enveloppée, comme il se devait, d'indolence et de décontraction.

Charles se leva et l'installa sur la banquette arrondie. Diane ôta son ciré. Elle portait maintenant une robe en stretch noir, bras nus, si simple qu'elle semblait ne posséder aucune couture. Seul un collier de perles rutilantes s'étoilait sur ses clavicules, répondant comme des gouttes d'eau à des boucles d'oreilles de même nature. Le grand jeu, à la mode de Diane.

— Tu es...

— Superbe ?

Charles sourit. Diane proposa :

— Magnifique ?

Le sourire s'élargit. Ses dents parfaites tranchèrent son visage sombre. Elle suggéra encore :

— Envoûtante ? Sexy ? Enchanteresse ?

— Tout cela à la fois.

Elle soupira et noua ses longs doigts sous son menton.

— Alors pourquoi faut-il que je sois la seule à me considérer comme une grande bringue mal foutue ?

136

Charles Helikian extirpa un cigare d'une poche intérieure.

— En tout cas, ce n'est pas la faute de ta mère.

— J'ai dit ça ?

Il fit craquer les feuilles brunes entre ses doigts.

— Elle m'a parlé de votre petite... conversation.

— Elle a eu tort.

— Nous n'avons pas de secret l'un pour l'autre. Depuis l'accident, elle t'appelle, elle te laisse des messages et...

— Je ne veux pas lui parler.

Il lui lança un regard grave.

— Ton attitude est absurde. Tu as d'abord refusé toute compassion de sa part. Maintenant que Lucien va mieux, tu t'enfonces encore dans ton mutisme et...

— Lâche-moi avec ça, tu veux ? Je ne suis pas venue pour parler d'elle.

Charles leva sa paume ouverte, comme un drapeau blanc. Puis il appela un serveur et commanda. Café pour lui. Thé pour elle. Il reprit de sa voix âpre :

— Tu voulais me voir — et cela avait l'air pressé. Que veux-tu ?

Diane le regarda en oblique. Le souvenir du baiser lui revint au cœur. Elle sentit un trouble affluer en elle, une incandescence enflammer ses joues. Elle se concentra sur son discours pour refouler son malaise :

— Un jour, en ma présence, tu as parlé d'hypnose. Tu as raconté que tu avais parfois recours à cette technique pour soigner tes clients.

— C'est vrai. Pour des problèmes de trac, d'élocution. Et alors ?

— Tu as dit que l'hypnose possédait des pouvoirs presque illimités pour fouiller la mémoire.

Charles prit un ton ironique :

— Je joue parfois au spécialiste.

— Je m'en souviens parfaitement. Tu as expliqué que, grâce à l'hypnose, on pouvait utiliser sa propre mémoire comme une caméra, orientée vers ses souvenirs. Tu as ajouté que, sans le savoir, nous conservions dans notre inconscient les moindres détails des scènes que nous vivions. Des détails qui n'affleuraient jamais à notre conscience mais qui restaient là (elle tendit un index vers sa tempe), inscrits dans notre tête.

— J'étais en forme.

— Je ne plaisante pas. Selon toi, l'hypnose peut permettre de revivre des scènes passées et de s'arrêter sur tel ou tel instant, de focaliser tel ou tel détail. D'utiliser son propre esprit à la manière d'un magnétoscope. De pratiquer des arrêts, de zoomer sur tel ou tel coin de l'image...

Charles cessa de sourire et demanda :

— Où veux-tu en venir ?

Diane ignora la question.

— Tu as également parlé d'un psychiatre, dit-elle. Le meilleur hypnologue de Paris, selon toi. Un spécialiste de ce type de séances.

Il répéta, d'une voix plus forte :

— Où veux-tu en venir ?

— Je voudrais ses coordonnées.

Le serveur déposa un lourd plateau d'argent sur la table. Eclat noir du café. Douceur rousse du Earl Grey. Les couleurs s'harmonisaient avec finesse alors que les parfums enveloppaient le délicat rituel du service. L'homme en blanc s'éclipsa. Charles demanda aussitôt :

— Pourquoi ?

Diane asséna d'une voix calme :

— Je veux revivre la scène de l'accident sous hypnose.

— Tu es folle.

— Ma mère déteint sur toi. C'est sa formule préférée à mon sujet.

— Que cherches-tu ?

138

Elle songea au regard perdu de Marc Vulovic et à son opération de chronométrage. Elle envisagea de nouveau son hypothèse : une tentative de meurtre déguisée en accident, organisée par plusieurs hommes. Elle dit simplement :

— Des faits ne collent pas, dans cet accident.

— Quels faits ?

Elle articula :

— La ceinture de sécurité. Je suis sûre de l'avoir bouclée.

Charles parut presque soulagé. Il répondit d'une voix rassurante :

— Ecoute. Je comprends que cette histoire te travaille mais...

— Non. C'est toi qui écoutes.

Diane planta ses deux coudes sur la table et se pencha.

— Sérieusement, est-ce que tu penses que je suis cinglée ?

— Jamais de la vie.

— Tu sais que j'ai été soignée plusieurs fois pour ce genre de problèmes. C'est toi-même qui m'as aidée à camoufler ces séjours en clinique dans mon dossier de demande d'adoption. Alors, je veux savoir comment, aujourd'hui, tu me trouves. Est-ce que, à ton avis, je suis totalement guérie ?

— Oui.

Le ton de la réponse trahissait une réticence.

— Mais ?

— Tu es restée... originale.

— J'attends de toi une réponse claire. Penses-tu que j'ai conservé des séquelles de mes troubles ? Ou, au contraire, que j'ai véritablement retrouvé mon équilibre ?

Charles prit le temps de souffler la fumée de son cigare.

— Oui, reprit-il enfin, tu es parfaitement guérie.

Parfaitement équilibrée. Tu es le contraire d'une excentrique, d'une lunatique. Tu es une terre à terre. Pragmatique. Maniaque même, dans ton goût des choses qui doivent filer droit. Une vraie scientifique.

Pour la première fois, Diane sourit. Elle savait qu'il parlait en toute sincérité. Elle enchaîna :

— Alors comment expliques-tu que j'aie oublié de fermer la ceinture du petit ?

— Nous avions beaucoup bu, il était tard, nous...

Diane frappa la table. Les tasses tintèrent. Les derniers convives regardèrent dans leur direction.

— Lucien est la résolution de toute ma vie, cria-t-elle. Ce que j'ai fait de mieux depuis que je suis en âge de prendre des décisions. Et avec quelques coupes de champagne, j'aurais oublié le geste de prudence le plus élémentaire ? Je l'aurais posé à l'arrière de ma voiture comme un vulgaire sac à dos ?

Charles serra ses doigts sur son cigare.

— Tu as tort de ressasser tout ça. Tu dois tourner la page. Tu...

Diane attrapa son ciré.

— Okay. Je croyais pouvoir compter sur toi, je me trompais. Je trouverai bien dans l'annuaire un...

— Il s'appelle Paul Sacher.

Charles sortit un gros stylo coiffé d'ivoire et nota les coordonnées au dos d'une de ses cartes de visite.

— Il est très pris mais si tu l'appelles de ma part, il te recevra tout de suite. Méfie-toi : c'est un dragueur. Quand il enseignait, il s'appropriait toujours la plus jolie fille de sa classe. Les autres élèves n'avaient le droit que de fermer leur gueule. Un vrai chef de meute.

Diane glissa la carte dans sa poche. Elle ne remercia pas. Elle ne lâcha pas le moindre sourire. Au lieu de cela, elle déclara :

— Il y a un autre truc qui aurait pu me troubler ce soir-là.

— Quoi ?

— Le fait que tu m'aies embrassée, dans l'escalier.

Les sourcils s'arrondirent en signe d'indécision. Charles Helikian caressa son collier de barbe.

— Oh, ça..., murmura-t-il.

Diane ne lâchait pas son regard.

— Pourquoi m'as-tu embrassée ?

L'homme d'affaires s'agita dans son luxueux costume.

— Je ne sais pas. C'était... spontané.

— Charles Helikian, le grand conseiller en psychologie. Essaie de trouver mieux.

Il paraissait de plus en plus gêné.

— Non, vraiment, le geste appartenait à l'instant. Il y avait cet enfant endormi. Toi, toute droite dans la pénombre, toujours stoïque. Et cette soirée où tu avais été si différente. Si... libre. Je voulais te souhaiter bonne chance, c'est tout.

Diane saisit son sac et se leva.

— Alors tu as bien fait, conclut-elle. Parce que je sens que je vais en avoir besoin.

Elle tourna les talons et abandonna le roi perse dans son alcôve. Elle traversa la salle en quelques pas. Le restaurant était maintenant désert. Seuls les tableaux dorés et les vitres cinglées de pluie brillaient dans le clair-obscur.

— Diane !

Elle avait déjà atteint le hall de marbre. Elle fit demi-tour. Charles accourait.

— Bon sang, qu'est-ce que tu cherches ? Tu ne m'as pas tout dit.

Elle attendit qu'il soit près d'elle pour répéter :

— Je cherche simplement à savoir. A régler ce problème de ceinture.

— Non, rétorqua-t-il. Tu cherches à revivre cet

accident parce que tu penses que ce n'est pas un accident.

Diane éprouva une soudaine admiration pour le psychologue. Il avait lu à travers elle comme si elle avait porté une robe de papier calque. Même au-delà du rationnel, il avait su suivre ses pensées. Elle confirma :

— C'est exact. Je pense que cette collision entretient une relation avec le meurtre de van Kaen. Comment ne pas le penser ? Ça ne peut être un hasard. Je suis convaincue que Lucien est au cœur d'une affaire encore incompréhensible.

Charles souffla :

— Seigneur...

— Et ne me dis pas que je suis folle.

L'homme aux cheveux crépus avait perdu son teint hâlé.

— Cet accident serait... une tentative de meurtre ?

— Je n'ai pas réuni tous les indices.

— Quels indices ?

— Sois patient.

Diane tourna les talons. Il la rattrapa par le bras. Ses paupières cillaient comme des ailes de papillon.

— Ecoute-moi. On se connaît depuis seize ans, toi et moi. Jamais je ne me suis mêlé de ton éducation. Jamais je ne suis intervenu dans tes relations avec ta mère. Mais cette fois, je ne te laisserai pas déconner. Pas à ce point.

Elle eut un sourire insolent, un sourire de sale gamine.

— Si tout ça c'est dans ma tête, tu n'as rien à craindre.

— Petite conne ! Tu joues peut-être avec le feu et tu ne t'en rends même pas compte !

Il avait hurlé. Sur sa gauche, Diane sentit le regard des serveurs immobiles : c'était sans doute la pre-

142

mière fois qu'ils voyaient Charles Helikian dans cet état.

— Tu es inconsciente, reprit-il un ton plus bas. En admettant... je dis bien : en admettant que tu aies raison, tu ne peux pas t'impliquer là-dedans. C'est l'affaire de la police.

Il demanda, sans lui laisser le temps de répliquer :

— Et cette ceinture ? En quoi pourrait-elle être un indice d'autre chose ? Elle n'était pas fermée : le rapport de l'expert est catégorique là-dessus. Alors qu'est-ce que...

— Je suis sûre de l'avoir fermée.

Une vague sombre rembrunit le visage de Charles.

— Alors quoi ? C'est Lucien qui... ?

— Lucien dormait à poings fermés. Je l'observais dans le rétroviseur.

— Qu'imagines-tu ? Elle se serait ouverte toute seule ?

Diane s'approcha. Charles ne lui arrivait qu'aux épaules. Elle chuchota, sur le ton d'une confidence :

— Tu connais la formule : quand on a épuisé tous les possibles, que reste-t-il ? L'impossible.

Charles la fixait, front brillant, regard noir.

— Quel impossible ?

Diane se pencha encore. Elle revit l'intérieur de la voiture : le sang, le verre, les zones d'ombre, le duvet froissé. Sa voix était suave, langoureuse, et en même temps voilée de frayeur :

— L'impossible, c'est que je n'étais pas seule avec l'enfant dans la voiture.

143

23

Dehors, les jardins des Champs-Elysées tissaient une ronde de pluie et de lumière. L'averse accentuait les éclats du soleil qui perçait çà et là. Les feuillages cliquetaient dans le vent, répondant aux raies de la pluie par de fines arabesques verdoyantes. Diane chaussa ses lunettes noires et hésita sur le perron.

Elle était bouleversée d'avoir révélé son hypothèse à haute voix. Celle d'un homme qui se serait caché dans sa voiture, sans doute sous le duvet ou dans le coffre, et qui aurait détaché la ceinture de Lucien durant le trajet sur le périphérique. Une espèce d'homme-suicide, prêt à mourir dans l'étau de métal pour simplement s'assurer que le petit garçon ne bénéficierait d'aucune protection.

Bien sûr, cela ne tenait pas debout. Qui se serait exposé à un tel risque ? Pourquoi se sacrifier en s'enfermant au cœur d'un piège ? D'ailleurs, après l'accident, on n'avait pas retrouvé la moindre trace d'un autre passager. Pourtant, Diane ne parvenait pas à se départir de cette conviction. Le voiturier apparut. Il dit avec précipitation :

— Votre véhicule va arriver tout de suite, madame.

Le ton de la voix, les traits du visage exprimaient précisément le contraire. Diane demanda :

— Que se passe-t-il ?

L'homme en uniforme lança un regard désespéré vers le parking.

— C'est votre ami. Il a dit qu'il se chargeait de tout...

— Quel ami ?

— Le grand monsieur qui vous attendait. Il a dit qu'il allait manœuvrer jusqu'ici mais... (il jetait des coups d'œil effarés de tous côtés) je... je ne vois pas le...

Diane repéra sa voiture, à trente mètres, sous la frondaison d'un tilleul. Elle traversa la terrasse de gravier à grandes enjambées. Dans les reflets ondulés du pare-brise, elle distingua la silhouette de Patrick Langlois qui s'acharnait sur la clé de contact. Elle frappa à la vitre. Le flic sursauta puis sourit avec confusion. Il ouvrit la portière.

— J'avais oublié que ces bagnoles de location ont un code. Désolé. Je voulais vous faire une surprise...

Diane n'était pas sûre d'être en colère.

— Poussez-vous, dit-elle.

Le géant passa avec difficulté sur le siège passager. Elle se glissa à l'intérieur et demanda :

— Qu'est-ce que vous foutez là ? Vous me faites suivre ?

Le policier prit une expression offusquée.

— J'avais envoyé un de mes gars vous chercher pour le déjeuner. Quand il est arrivé chez vous, vous étiez en train de partir. Il n'a pas résisté. Il vous a filée jusqu'ici et m'a appelé.

— Pourquoi n'êtes-vous pas entré dans le restaurant ?

Il désigna son col ras du cou.

— La cravate. Je n'avais pas prévu.

Diane sourit ; elle n'était décidément pas en colère. Le policier ajouta aussitôt :

— Je sais : j'aurais dû sortir ma carte. Tenter le passage en force.

Elle éclata de rire. Au contact de cet homme et de son apparente insouciance, elle se sentait plus légère, plus claire, comme lavée de ses angoisses. Pourtant Langlois demanda, en désignant le restaurant :

— Vous vous entendez bien avec votre beau-père ?

Le ton de la question déplut à Diane.

— Qu'est-ce que vous imaginez ?

L'homme tapota sa vitre du bout des ongles, en jetant un coup d'œil distrait vers les jardins.

— Je n'imagine rien. Je vois beaucoup de trucs, c'est tout. (Ses yeux rirent.) Dans mon boulot, je veux dire.

Diane à son tour orienta son regard vers les jardins. L'averse avait chassé les passants, les mères avec leurs enfants, les marchands de timbres. Il ne restait plus qu'un paysage scintillant, animé de reflets. Des flaques immobiles. Des houles de vert. Des façades de pierre, vernies de pluie. Elle songea à une plage à marée basse. Elle éprouva soudain des envies de douceur, de convalescence, de sucreries et de bonbons à la menthe. Elle interrogea :

— Pourquoi vouliez-vous me voir ?

Le dossier du flic se matérialisa entre ses mains.

— Je voulais vous donner des nouvelles. Vous faire part de mes hypothèses.

Il farfouilla parmi ses fiches. Langlois semblait appartenir à cette nouvelle école, snob et décalée, qui refusait l'emprise de la technologie sur la vie quotidienne. Le genre de type qui pouvait se lancer dans l'apologie du cahier à spirale ou refuser de posséder un téléphone portable. Il commença :

— Dans cette affaire, on collectionne les aberrations. Il y a la sauvagerie du meurtre. La force apparente du tueur. En même temps, sa taille supposée : pas plus d'un mètre soixante. Mais il reste encore un autre mystère. Purement anatomique.

Langlois s'arrêta. La pluie martelait sur le toit une sarabande légère. D'un signe de tête, Diane l'encouragea à poursuivre.

— On ignore comment le tueur a pu trouver l'aorte, à tâtons, au sein des viscères. Selon nos légistes, même un chirurgien expérimenté ne s'y retrouverait pas... (Il prit une nouvelle inspiration, puis :) Cela fait beaucoup d'impossibilités. J'ai donc changé mon fusil d'épaule. Je me suis demandé s'il ne s'agissait pas d'un rite, d'une technique de sacrifice pratiquée, par exemple, au Viêt-nam.

— Qu'avez-vous découvert ?

— D'abord, rien de tangible. En tout cas en Asie du Sud-Est. Mais un ethnologue du musée de l'Homme m'a orienté sur l'Asie centrale — Sibérie, Mongolie, Tibet, nord-ouest de la Chine... J'ai rencontré d'autres spécialistes. Selon l'un d'eux, une technique de ces pays pourrait coïncider avec la méthode du meurtre.

— Qu'est-ce que vous voulez dire ? Un mode de sacrifice ?

— Non. Une pratique beaucoup plus prosaïque. C'est comme ça qu'on tue le bétail. On effectue une incision sous la cage thoracique, on glisse son bras à l'intérieur de la bête et on lui tord l'aorte, à mains nues.

Un déclic s'opéra dans l'esprit de Diane. Cela lui évoquait tout à coup de vagues souvenirs. Langlois continuait :

— Selon l'ethnologue, cette technique est très usitée en Mongolie. C'est la meilleure manière de tuer un mouton ou un renne sans répandre une goutte de sang. Dans ces pays froids, on économise la moindre parcelle d'énergie de la bête. Il semble qu'il y ait aussi là-dessous une crainte du sang. Un tabou.

Diane demanda d'un ton sceptique :

— Le tueur viendrait d'Asie centrale ?

— Peut-être. Ou il pourrait y avoir séjourné et connaître ces coutumes. Selon mon médecin légiste, notre anatomie n'est pas si différente de celle d'un mouton.

— Ça me paraît bien vague, souffla-t-elle.

— A moi aussi. A un détail près.

Elle se tourna vers le flic. Il lui tendit la photocopie

d'un formulaire, rédigé en allemand, portant l'en-tête d'une agence de voyages.

— Rolf van Kaen s'apprêtait à partir pour la Mongolie.

— Que dites-vous ?

— Le BBK poursuit son enquête, en Allemagne. Ils ont vérifié tous les appels du toubib. Van Kaen s'était renseigné sur les vols pour Ulan Bator, la capitale de...

— ... la République populaire de Mongolie.

Le policier lança un regard surpris à Diane.

— Vous connaissez ?

— De nom, seulement.

— L'acupuncteur s'était également informé sur les vols intérieurs, en direction d'une petite ville de l'extrême nord... (il lut dans ses notes) Tsagaan-Nuur. Visiblement, la seule chose sur laquelle il n'était pas fixé, c'était la date de son départ. Bref, si on pense à la technique utilisée, cela peut constituer un lien. Faible, mais un lien tout de même...

Langlois s'arrêta puis demanda en douceur :

— Et vous ? Vous avez des nouvelles pour moi ?

Elle haussa les épaules, en se plaçant de nouveau face aux jardins. La pluie s'abattait sur le pare-brise en vagues pailletées.

— Non. J'ai téléphoné à l'orphelinat. Ils ne savent rien.

— C'est tout ?

— J'ai donné à des spécialistes une cassette sur laquelle Lucien chante dans sa langue d'origine. Il y a une chance pour qu'ils reconnaissent le dialecte.

— Bien joué. Rien d'autre ?

Diane songea à son hypothèse d'accident criminel, à son idée d'assassin kamikaze qui se serait glissé dans sa propre voiture.

— Rien d'autre, non, répondit-elle.

Langlois questionna :

148

— Pourquoi m'avez-vous demandé les coordonnées du routier ?

Elle tressaillit, mais s'efforça de n'en rien montrer.

— Je voulais lui parler, c'est tout. Lui donner des nouvelles de Lucien.

L'homme soupira. La pluie ponctuait le silence de longs frémissements métalliques.

— Les gens négligent toujours notre expérience.

Elle se tourna, interloquée.

— Pourquoi vous dites ça ?

— Je vais vous dire ce que je crois : vous menez votre enquête personnelle.

— C'est bien ce que vous m'avez demandé, non ?

— Ne faites pas l'idiote. Je vous parle d'une enquête sur le meurtre de van Kaen.

— Pourquoi je ferais ça ?

— Je commence un peu à vous connaître, Diane, et, franchement, je me demande surtout pourquoi vous ne le feriez pas...

Elle garda le silence. Le ton du flic se teinta de gravité :

— Faites attention. On ne connaît pas dix pour cent de cette affaire. Ça peut nous péter à la gueule d'un moment à l'autre. Et de n'importe quelle façon. Alors ne jouez pas aux Alice détective.

Elle acquiesça à la manière d'une enfant résignée. Langlois ouvrit sa portière. Une rafale de pluie s'engouffra dans l'habitacle. Il conclut :

— La prochaine fois, c'est moi qui vous offre à déjeuner.

Il sortit de la voiture et ajouta :

— Les flics connaissent les meilleurs fast-foods de Paris. Tous les milk-shakes n'ont pas le même goût, vous savez ? Une véritable école de la nuance.

Diane se construisit une expression de gaieté :

— J'essaierai d'être à la hauteur.

Langlois se pencha encore, alors que les gouttes claquaient sur son dos.

— Et souvenez-vous : pas d'imprudence, pas d'héroïsme de petite fille. Au moindre truc qui déconne, vous m'appelez. Compris ?

Diane acquiesça d'un dernier sourire mais, quand la portière se referma, elle lui parut résonner comme le couvercle d'un cercueil.

24

Elle le regardait comme une source de lumière, mais à travers ses propres ténèbres.

Son pansement avait été modifié. Plus serré, moins épais : il entourait son crâne comme une simple pellicule de gaze. Les drains avaient été ôtés, sans doute le matin même. C'était un pas décisif : Lucien n'était plus menacé par une hémorragie.

Elle approcha son fauteuil et, de l'extrémité de l'index, caressa le front de l'enfant, les ailes de son nez, le berceau de ses lèvres. Elle se souvenait de leurs premières soirées, lorsqu'elle lui racontait des histoires à voix basse et que sa main effleurait dans l'obscurité les traits qui se détendaient, les reliefs de ce corps alangui, doucement soulevé par les vagues de la respiration. Elle se sentait de nouveau prête à ce voyage le long de ces cimes minuscules, de ces vallons mystérieux... Elle devinait avec délice la vie palpiter, se préciser, s'affirmer à travers ce corps pansé.

Mais une douleur pouvait en cacher une autre. Maintenant que le péril mortel était écarté, Diane voyait poindre en elle de nouveaux tourments. De la même façon que les souffrances se réveillent dans un corps lorsque s'estompe la contusion principale, elle découvrait des degrés supplémentaires dans son chagrin. Elle ressentait chaque blessure, chaque hématome de son enfant dans sa propre chair, avec rage et impuissance. Diane étrennait un nouveau désespoir — celui de la douleur par procuration.

Surtout, elle ne pouvait s'ôter cette certitude de l'esprit : quelque part autour d'eux, une menace pesait. Cette conviction devenait son obsession. Jamais elle ne pourrait envisager l'avenir si elle ne contribuait pas à lever ces énigmes. Voilà pourquoi sa détermination s'était encore renforcée. Voilà pourquoi elle venait de prendre rendez-vous avec l'hypnologue Paul Sacher le soir même, à dix-huit heures.

Soudain elle remarqua le panneau frontal, suspendu à l'armature du lit, qui indiquait les doses de médicaments administrées chaque jour et la courbe de température de Lucien. Elle arracha la feuille millimétrée. La ligne crayonnée indiquait trois pics de fièvre entre la veille, vingt-trois heures, et ce matin dix heures. Pas n'importe quels pics : tous trois dépassaient quarante degrés.

Diane décrocha le téléphone mural et composa le numéro d'Eric Daguerre. Le chirurgien était au bloc. Elle appela Mme Ferrer. Une minute plus tard, les cheveux gris parurent derrière les vitres du couloir. Avant même qu'elle n'ait pu ouvrir les lèvres, l'infirmière l'avertit :

— Le docteur Daguerre m'a demandé de ne pas vous en parler. Il pensait qu'il était inutile de vous inquiéter.

Diane fulminait :

— Vraiment ?

— Ces hausses n'ont duré que quelques minutes. C'est une réaction bénigne.

Elle brandit le diagramme.

— Bénigne ? Quarante et un degrés ?

— Le docteur Daguerre estime que ces montées de fièvre ne sont que des contrecoups des chocs de l'enfant. Le signe indirect que son métabolisme reprend un fonctionnement normal.

Dans un geste de pure nervosité, Diane se pencha et borda les couvertures du lit.

— Vous avez intérêt à me prévenir s'il se passe le moindre truc. Pigé ?

— Bien sûr. Mais, encore une fois, c'est sans gravité.

Diane lissait les draps, ajustait la blouse de papier. Tout à coup elle éclata d'un rire agressif, au bord des larmes :

— Sans gravité, hein ? Mais je suppose que le docteur Daguerre veut tout de même me voir ?

— Dès qu'il sortira de la salle d'opération.

25

— Tout va bien, Diane. Je m'empresse de vous le dire.

C'était la pire entrée en matière qu'elle ait jamais entendue.

— Et les accès de fièvre ? répliqua-t-elle.

Eric Daguerre balaya l'allusion d'un geste insouciant. Il se tenait debout, en blouse blanche, derrière son bureau.

— Rien du tout. L'état de Lucien ne cesse de s'améliorer. Il n'y a pas un signe qui ne nous confirme sa guérison. Nous avons ôté les drains ce matin. Nous allons bientôt le changer de service.

Quelque chose sonnait faux dans cette allégresse.

Diane fixa les pupilles qui brillaient au fond des orbites. Les anarchistes dans *Anna Karénine*, ceux qui lançaient des bombes sur le passage des princes, devaient avoir ces yeux-là. Elle interrogea, au hasard :

— Qu'avez-vous d'autre à me dire ?

Le médecin glissa ses mains dans ses poches et fit quelques pas. De jour comme de nuit, son bureau était éclairé avec la même intensité.

— Je voulais vous présenter Didier Romans, dit-il enfin. Il est anthropologue.

Diane daigna tourner la tête vers la troisième personne présente dans la pièce, qu'elle avait ignorée jusqu'ici. C'était un homme plus jeune que Daguerre. Brun, mince, raide comme un double décimètre, il portait des lunettes laquées noires sur un visage parfaitement fermé. A le contempler, on pensait à une équation ou à une formule abstraite.

Le docteur poursuivit :

— Didier est anthropologue au sens moderne du terme. Un spécialiste de la biométrie et de la génétique des populations.

L'homme aux traits hermétiques hocha la tête. Un sourire timide tenta de s'insinuer sur son visage, mais recula presque aussitôt. Daguerre demanda à Diane :

— Vous savez ce que c'est ?

— A peu près, oui.

Daguerre lança un sourire au scientifique.

— Je te l'avais dit : elle est formidable !

Le ton enjoué sonnait de plus en plus creux. Il reprit :

— J'ai parlé de Lucien à Didier. Je lui ai demandé d'effectuer quelques analyses.

Diane s'électrisa.

— Des analyses ? J'espère que...

— Pas d'examens cliniques bien sûr. Nous avons

simplement comparé certains traits physiologiques de votre enfant à d'autres critères, disons, plus généraux.

— Je ne comprends pas.

L'anthropologue intervint :

— Ma spécialité est le polymorphisme, madame. Je travaille sur la caractérisation des différentes populations mondiales. Dans chaque peuple, chaque ethnie, certains traits reviennent plus souvent que d'autres. Même si tous les membres de la communauté n'y répondent pas, il existe toujours des moyennes, qui nous permettent de dresser un portrait général de la famille ethnique.

Le médecin s'assit et prit le relais :

— Il nous a semblé intéressant de comparer les caractères physiologiques de Lucien aux moyennes des populations qui habitent les régions d'où il vient. Peut-être cette méthode pourrait-elle nous renseigner sur son origine... précise.

La colère de Diane monta de quelques degrés, mais c'était une colère tournée contre elle-même. Comment n'y avait-elle pas pensé plus tôt ? Elle avait contacté l'orphelinat. Elle avait soumis à une spécialiste les mots qu'il prononçait. Elle avait tenté de mieux comprendre la technique qui l'avait sauvé. Mais elle n'avait pas songé à étudier un autre signe évident : son corps. Ce corps qui comportait peut-être des traits physiologiques, même infimes, pouvant caractériser l'ethnie dont il était originaire.

Elle se tourna vers Romans et demanda plus calmement :

— Qu'avez-vous trouvé ?

L'anthropologue sortit une liasse de feuillets de son cartable.

— Commençons par la taille, si vous voulez bien. Lors de son hospitalisation, vous avez précisé que Lucien était âgé d'environ six ou sept ans. Or, si on observe sa dentition, on s'aperçoit qu'il possède encore toutes ses dents de lait. Ce qui signifie qu'il doit avoir plutôt cinq ans.

Il passa à un autre document. Diane reconnut la feuille d'admission qu'elle avait remplie la nuit de l'accident.

— Vous avez noté ici que Lucien appartenait aux ethnies du littoral de la mer d'Andaman.

Elle ouvrit les mains en un geste vague.

— Je n'en sais rien. Selon la directrice de l'orphelinat, les quelques mots qu'il prononçait n'étaient ni du thaï, ni du birman, ni un dialecte connu dans cette région.

Romans lança un bref coup d'œil au-dessus de ses lunettes puis souffla :

— Mais vous pensez qu'il est originaire de cette partie du monde comprise, disons, entre la Birmanie, la Thaïlande, le Laos, le Viêt-nam et la Malaisie ?

Diane hésita :

— Je... bien sûr, oui. Je n'ai pas de raison de penser autrement.

Les yeux de l'anthropologue s'abaissèrent comme un couperet.

— Si nous nous focalisons sur les régions qui longent la mer d'Andaman, dit-il, et même si nous étendons notre zone de recherche au golfe de Thaïlande et à la mer de Chine, nous ne trouvons ici que des ethnies tropicales et forestières.

Nouveau regard-déclic vers Diane.

— Eric m'a dit que vous étiez éthologue. Vous savez donc que le milieu naturel a une forte influence sur la taille de ses habitants. Dans la forêt, hommes et animaux sont beaucoup plus petits que dans un autre environnement, par exemple dans les plaines.

Elle lui rendit son regard. Lunettes contre lunettes. Romans se concentra sur ses notes.

— La taille des habitants des forêts intertropicales d'Asie du Sud-Est tient actuellement dans une fourchette entre cent quarante-deux et cent soixante-cinq centimètres. Nous pouvons en déduire qu'à l'âge de cinq ans, les enfants de ces familles mesurent environ soixante-dix centimètres.

Nouveau coup d'œil au-dessus des carreaux.

— Savez-vous combien mesure votre fils, madame ?

— Plus d'un mètre, je crois.

— Un mètre douze exactement. Soit quarante-deux centimètres au-dessus de la moyenne.

— Continuez.

Romans fit claquer une nouvelle feuille.

— Passons à la pigmentation cutanée. De nombreuses études ont été pratiquées sur la couleur de peau des populations, même si ce critère est malaisé à définir — et dangereux à utiliser, je ne vous fais pas un dessin. En général, nous mesurons cette luminosité grâce à une technique spécifique : la réflectométrie. Nous projetons un rayon lumineux sur l'épiderme du sujet et mesurons les photons réfléchis par cette surface. Plus la peau est claire, plus la quantité de lumière renvoyée est élevée.

Diane rongeait son frein. Elle commençait à voir où Romans voulait en venir.

— Nous avons pratiqué ce test sur Lucien, poursuivit-il. Nous obtenons un résultat oscillant entre soixante-dix et soixante-quinze pour cent de lumière réfléchie. L'épiderme de votre enfant renvoie presque complètement le rayon. Sa peau est d'une blancheur éclatante. Très éloignée des teintes sombres intertropicales. A titre d'idée, la moyenne de la zone des Andamans est de cinquante-cinq pour cent.

Diane revit la pâleur extrême du petit garçon — ce corps diaphane sous lequel serpentaient de fines veinules, lorsqu'elle lui donnait le bain. Comment ces sujets d'émerveillement pouvaient-ils devenir maintenant des sources d'angoisse ? L'homme continuait, tournant ses pages :

— Voici une autre étude. Sur les mécanismes physiologiques de Lucien. Tension artérielle. Rythme cardiaque. Taux de glycémie. Capacité respiratoire...

Diane l'interrompit :

— Vous possédez des statistiques pour chacun de ces critères ?

L'anthropologue laissa échapper un sourire d'orgueil.

— Et pour bien d'autres encore.

— Vous les avez comparées avec celles de mon fils ?

Il acquiesça :

— Lucien affiche dans l'un de ces domaines un résultat surprenant. Malgré son état de convalescence, on a pu mesurer sa capacité respiratoire. Et on peut dire qu'il a un sacré coffre. Or, vous le savez sans doute : l'amplitude pulmonaire d'un homme est directement liée à l'altitude de son lieu de vie. Les populations des montagnes ont un volume respiratoire supérieur, ainsi qu'une concentration d'hémoglobine plus forte que les populations des vallées par exemple. Ces traits constituent une adaptation à leur milieu d'origine.

— Bon sang, venez-en au fait.

Le scientifique hocha la tête.

— Dans tous ces domaines, Lucien atteint des taux qui rappellent la vie à haute altitude. Rien à voir avec les chiffres des populations du littoral et de la forêt.

Le silence battait sous les tempes de Diane. Un silence fermé, qui ne pouvait se résoudre ni en mots ni en suppositions. Didier Romans continuait de sa voix monocorde :

— Si nous additionnons les trois résultats concernant sa taille, sa pigmentation et ses capacités physiologiques, nous obtenons une équation qui associerait les plaines, le froid et l'altitude...

Diane murmura d'une voix sourde :

— C'est tout ?

L'homme souleva l'ensemble des feuillets.

— Cela continue ainsi sur plus de cinquante pages. Nous avons tout étudié : groupe sanguin, groupes tissulaires, chromosomes. Pas un résultat — je dis bien : pas un seul — ne correspond aux moyennes des régions de la mer d'Andaman.

Diane souffla :

— Et je suppose que vos résultats dessinent une autre origine...

— Turco-mongole, madame. L'enfant possède tous les traits dominants des populations sibériennes extrême-orientales. Lucien n'est pas un enfant des tropiques : c'est un petit garçon de la taïga. Il est sans doute né à plusieurs milliers de kilomètres du lieu où vous l'avez adopté.

26

Diane mit plus de vingt minutes à retrouver sa voiture.

Elle traversa la rue de Sèvres et gagna la rue du Général-Bertrand. Elle emprunta la rue Duroc, s'aventura dans la rue Masseran puis dans l'avenue Duquesne. Elle avait le souffle court, le cœur qui battait en saccades. Elle tentait de réfléchir. En vain. Trop de questions — et aucune réponse. Comment un enfant turco-mongol avait-il pu se retrouver dans la poussière embrasée de Ra-Nong, à la frontière birmane ? Comment un homme comme Rolf van Kaen

avait-il pu être informé de l'agonie de cet enfant
— alors que lui-même, à l'évidence, s'apprêtait à partir vers cette région du monde ? Et comment un petit
garçon âgé de cinq ans, d'où qu'il vienne, pouvait-il
susciter de tels enjeux, les machinations maléfiques
que Diane soupçonnait ?

Enfin elle repéra sa voiture près de la place de Bre-
teuil. Elle s'y glissa comme dans un refuge. Les pensées caracolaient dans sa tête. Des coups sourds qui
n'aboutissaient à rien.

Pourtant, sous ces palpitations, elle distinguait une
lueur.

Elle voyait tout à coup le moyen d'avancer vers la
vérité. Le souvenir du monastère espagnol lui revint
à l'esprit — le faisceau d'ultraviolets qui dévoilait par
à-coups l'écriture secrète du palimpseste. Elle aussi
possédait son propre faisceau pour discerner la face
cachée de Lucien. Elle saisit son téléphone cellulaire
et composa le numéro d'Isabelle Condroyer, l'ethnologue à qui elle avait demandé d'identifier le dialecte
de son fils.

La scientifique la reconnut aussitôt :

— Diane ? Il est beaucoup trop tôt pour avoir des
nouvelles. J'ai contacté plusieurs chercheurs du Sud-
Est asiatique. Nous allons organiser une réunion
autour de la cassette et...

— J'ai du nouveau.

— Du nouveau ?

— Ce serait trop long à vous expliquer, mais il y
a de fortes probabilités pour que Lucien ne soit pas
originaire de la zone tropicale où je l'ai adopté.

— Qu'est-ce que vous racontez ?

— L'enfant provient sans doute d'Asie centrale.
Quelque part en Sibérie ou en Mongolie.

L'ethnologue grommela :

— Cela change tout... Ce n'est pas du tout ma spécialité ni celle de mes collaborateurs...

— Vous devez bien connaître les linguistes qui travaillent sur ces régions ?

— Leur laboratoire est situé à la faculté de Nanterre et...

— Pouvez-vous les contacter ?

— Oui. J'en connais un, notamment.

— Faites-le. Je compte absolument sur vous.

Diane raccrocha. Le rythme de ses pensées se tempérait légèrement. Elle consulta sa montre. Dix-sept heures trente. L'heure était venue.

L'heure de plonger à l'intérieur d'elle-même.

De revivre, pleinement et en détail, l'accident du périphérique.

27

Paul Sacher devait être âgé d'une soixantaine d'années. Il était long, décharné, et vêtu avec une élégance recherchée, presque tapageuse. Il portait un costume gris moiré, luisant comme le tranchant d'une hache. Dessous, on apercevait l'éclat à rebours d'une chemise noire et les lignes chatoyantes d'une cravate en soie. Le visage était à l'avenant : des traits verticaux, accentués par des rides, mais portant toute l'indolence, toute la prétention d'un sang rare. Sous les sourcils en broussaille, les yeux étaient vifs, verts, ourlés de noir et comme frappés de transparence. Le plus étonnant était les pattes de barbe : l'homme portait le long des joues des avancées frisottantes, directement issues du XIXe siècle, rehaussées sur les tempes par des accroche-cœurs. Ce détail lui conférait quelque chose d'animal, de forestier, qui aggravait le trouble et l'étonnement provoqués par sa présence.

Diane sentait monter en elle un fou rire. L'homme qui se tenait sur le seuil de la porte ressemblait à l'hypnotiseur tel qu'on l'imagine dans les films d'épouvante. Il ne lui manquait que la cape et la canne à pommeau d'argent. Il était impossible qu'un tel bonhomme fût un praticien sérieux, un psychiatre à qui Charles envoyait ses clients les plus importants. Elle était tellement surprise qu'elle n'entendit pas sa première réflexion.

— Pardon ? bégaya-t-elle.

L'homme sourit. Les hampes de barbe se soulevèrent.

— Je vous proposais simplement d'entrer...

Pour couronner le tout, Sacher était affecté d'un accent slave. Il roulait les *r* à la manière d'un vieux fiacre, dans les brumes de la nuit de Walpurgis. Cette fois, elle recula d'un pas.

— Non, dit-elle. Merci. Je ne me sens finalement pas dans la forme qui...

Paul Sacher lui saisit le bras. La douceur de la voix atténua légèrement la brutalité du geste.

— Venez. Je vous en prie. Que vous n'ayez pas fait le voyage pour rien...

Le voyage : Diane n'aurait pas employé ce terme pour désigner les quatre cents mètres qu'elle avait parcourus de chez elle pour atteindre le cabinet situé rue de Pontoise, près du boulevard Saint-Germain. Elle fit un effort pour retrouver son sérieux : elle craignait tout à coup de vexer cet homme qui avait accepté de la recevoir le jour même de son appel.

Elle pénétra dans l'appartement et éprouva un léger soulagement. Pas de rideaux noirs. Pas d'objets exotiques ni de statuettes lugubres. Pas d'odeurs d'encens ou de poussière. Des murs stricts, couleur de tabac blond, des lambris blancs, un mobilier strict et moderne. Elle suivit le personnage dans un couloir, traversa une salle d'attente puis entra dans le cabinet.

La pièce était baignée par la lumière de la fin d'après-midi. Un bureau de verre et une bibliothèque parfaitement ordonnée y trônaient. Cette fois, Diane pouvait imaginer des hommes politiques ou des capitaines d'entreprise installés ici, impatients de régler leurs problèmes de stress.

L'hypnologue s'assit et décocha un second sourire. Diane commençait à s'habituer à cet habillement argenté et à ces yeux de gourou. Elle n'avait plus envie de rire. Elle éprouvait même maintenant une pointe d'angoisse à l'idée des pouvoirs de Paul Sacher. Pouvait-il réellement l'aider à fouiller sa mémoire ? Allait-elle vraiment lui abandonner son esprit ? Le docteur roula quelques syllabes :

— Il semblerait que je vous amuse, madame.

Diane avala sa salive.

— C'est-à-dire... Je ne m'attendais pas à...

— A quelqu'un d'aussi pittoresque ?

— Eh bien... (Elle finit par sourire, confuse.) Je suis désolée. J'ai eu mon compte aujourd'hui et...

Sa voix s'éteignit d'elle-même. Le médecin attrapa un presse-papiers de résine noire et se mit à le manipuler.

— Mes allures de vieux magicien jouent contre moi. Pourtant, je suis un rationaliste. Et rien n'est plus rationnel que la technique de l'hypnose.

Il parut à Diane que l'accent guttural reculait quelque peu — ou alors elle s'y habituait. Le charme du personnage agissait comme des cercles dans l'eau, en ondes concentriques. Elle remarquait maintenant les cadres alignés sur les murs : des photos de groupe, où Sacher trônait dans le rôle de l'enseignant souverain. A chaque fois, la plus ravissante des élèves se tenait à ses côtés, l'enveloppant d'un regard d'adoration. Charles avait dit : « Un vrai chef de meute. »

— Que puis-je pour vous ? demanda-t-il en posant

le presse-papiers en douceur. Charles m'a prévenu de votre appel.

Elle se raidit.

— Que vous a-t-il dit ?

— Rien. Sinon que vous étiez une personne qui lui était très chère. Une personne à... ménager. Je répète ma question : que puis-je pour vous ?

— Je voudrais d'abord vous poser une question précise sur l'hypnose.

— Je vous écoute.

— Est-il possible de conditionner quelqu'un afin qu'il effectue un acte contre son gré ?

Le psychiatre posa ses avant-bras sur les accoudoirs chromés du fauteuil. Ses doigts portaient plusieurs bagues : turquoise, améthyste, rubis.

— Non, répliqua-t-il. L'hypnose n'est jamais un viol de la conscience. Toutes ces histoires de tueurs conditionnés, de femmes abusées, ce sont des fables. Le patient peut toujours résister. Sa volonté est intacte.

— Mais... endormir quelqu'un ? Vous pouvez endormir une personne grâce à cette technique ?

Sacher ourla ses lèvres — ses rouflaquettes suivirent le mouvement.

— L'endormissement est un problème différent. Il s'agit d'un état d'abandon, très proche de la transe hypnotique. Cela, oui : nous pouvons le provoquer.

— Et à distance ? Vous pourriez endormir quelqu'un à distance ?

— Comment ça « à distance » ?

— Pourriez-vous programmer un sujet pour qu'il s'endorme quelque temps après la séance de suggestion, alors même que vous n'êtes plus présent ?

L'homme admit :

— Oui. C'est possible. Il suffirait de répéter le signal convenu lors de la séance.

Diane interrogea :

— Quel genre de signal ?

— Madame, je ne comprends pas très bien vos questions.

— Quel genre de signal ?

— Eh bien, ce peut être un mot-clé, par exemple. Lors d'une séance, nous déposons ce mot au fond de l'inconscient du sujet et nous l'associons à l'état d'endormissement. Plus tard, il suffit de prononcer ce mot pour réactiver le conditionnement.

Elle se souvenait des paroles de Vulovic : « Quand je repense à tout ça, je ne vois qu'une seule chose... Du vert... Comme de la toile militaire... » Elle demanda :

— Le signal pourrait-il être visuel ?

— Tout à fait.

— Une couleur ?

— Absolument. Une couleur, un objet, un geste, n'importe quoi.

— Et ensuite, de quoi se souviendrait le sujet ?

— Cela dépend du degré de profondeur du travail hypnotique, lors de la séance.

— Il pourrait avoir tout oublié ?

— En cas d'hypnose très profonde, oui. Mais vous m'emmenez là à l'extrême limite de notre activité. Notre déontologie est stricte et...

Diane n'écoutait plus. Elle sentait, dans les fibres de sa chair, qu'elle approchait de la vérité. Il était possible qu'un homme ait hypnotisé Marc Vulovic sur le parking de l'avenue de la Porte-d'Auteuil et qu'un signe ait provoqué, plus tard, l'endormissement. Elle songea aussi à Rolf van Kaen, colosse dans la force de l'âge, qui s'était laissé ouvrir le ventre sans opposer de résistance. Pourquoi pas sous hypnose ? L'homme reprit :

— Charles m'avait dit que vous vouliez plutôt subir une séance de...

164

— C'est exact. Je veux entrer en état de suggestion.

— Dans quel contexte ? Vos questions sont plutôt
étranges. D'ordinaire, mes patients ont un problème
avec la cigarette ou une allergie et...

— Je veux revivre un épisode de ma vie.

Sacher sourit. Il reprenait pied sur un terrain de sa
connaissance. Il se cala dans son siège, pencha la tête
de côté — un peintre qui scrute son modèle — et
demanda :

— De quoi s'agit-il ? Un souvenir très ancien ?

— Non. L'événement date d'un peu plus de deux
semaines. Mais je pense que mon inconscient occulte
certains détails. Charles m'a expliqué que vous pou-
viez m'aider à me rappeler ces faits.

— Il n'y a aucun problème. Présentez-moi d'abord
l'environnement général et...

— Attendez.

Diane comprit qu'elle était terrifiée à l'idée d'ouvrir son esprit à cet homme. Elle dit, afin de retarder
l'échéance :

— Expliquez-moi d'abord... Comment allez-vous
remonter dans ma mémoire ?

— N'ayez aucune crainte, ce sera un travail
d'équipe.

— Un travail d'équipe doit reposer sur la
confiance. Dites-moi précisément comment vous
allez entrer dans ma tête.

Sacher renâcla :

— Je crains de ne pouvoir vous expliquer.

— Pourquoi ?

— Plus vous en saurez sur la méthode utilisée,
plus vous manifesterez de résistance.

— Je suis venue ici de mon plein gré.

— Je parle de votre inconscient. De cet inconscient qui refuse de vous livrer certaines informations.

165

Si vous lui donnez des armes pour se défendre, croyez-moi : il s'en servira.

— Je ne peux pas... vous offrir comme ça mon cerveau...

Le psychiatre conserva le silence. Il paraissait mesurer l'ampleur de l'enjeu pour Diane. Il saisit à nouveau le presse-papiers, le reposa puis murmura :

— L'hypnose n'est qu'une forme de concentration très intense. Nous allons évoquer ensemble des sensations physiques — votre circulation sanguine, par exemple — qui vont progressivement capter vos facultés d'attention. Vous allez tout oublier, à l'exception de ces sensations. Vous n'aurez plus qu'une perception très lointaine de votre environnement. Ce type de « déconnexion » survient parfois dans la vie quotidienne. Par exemple, vous étudiez intensément un dossier, tout votre esprit est capté par ce travail. Un insecte vous pique : vous ne le sentez même pas. Vous êtes en état d'hypnose, de transe. C'est ce qui se passe lors des cérémonies religieuses où des épreuves physiques sont traversées. Le cerveau ne « reçoit » plus le message de la souffrance.

— C'est grâce à cet état que vous pouvez lever les barrières de l'inconscient ?

— Oui : parce que ce n'est pas lui qui dresse des défenses, mais la conscience elle-même. Or, parvenus à un certain stade de concentration, nous ne passons plus par la case de la raison. C'est une affaire privée entre l'hypnologue et l'inconscient du sujet.

Diane songea à l'accident de son adolescence. Elle avait consacré une partie de son existence à effacer ce souvenir, à transformer, justement, sa mémoire en chambre forte. Elle questionna :

— Jusqu'où peut-on remonter ainsi ?

— Il n'y a pas de limite. Vous seriez étonnée du nombre de patients qui réinvestissent, sur ce fauteuil, leur identité de bébé. Ils se mettent à babiller. Leur regard est désynchronisé, comme celui du nourrisson quelques jours après sa naissance. On peut même remonter au-delà.

— Au-delà ?

— Jusqu'à la mémoire que nous conservons en nous. La mémoire de nos vies antérieures.

Diane tenta de rire :

— Désolée. Je ne crois pas à la réincarnation.

— Je ne vous parle pas de souvenirs d'existences précises. Je vous parle de cette mémoire naturelle dont nous sommes les réceptacles. D'une certaine façon, la génétique n'est qu'une mémoire. Celle de notre évolution, incrustée dans notre chair.

— Ce n'est qu'une façon de parler. Nous parlions de souvenirs concrets...

— Il peut s'agir de souvenirs très concrets ! Prenez l'exemple des bébés-nageurs. Les nourrissons, quand ils sont plongés dans l'eau, ont le réflexe immédiat de fermer leurs cordes vocales. D'où leur vient ce réflexe ?

— De leur instinct de survie.

— A quelques jours ?

Diane cilla des paupières. L'hypnologue poursuivit :

— Ce réflexe leur vient des temps immémoriaux où l'homme n'était pas encore homme, mais une créature amphibie. Au contact de l'eau, l'enfant se souvient de cette époque. Plus exactement : son corps s'en souvient, en deçà de sa conscience. Qui sait si l'hypnose ne pourrait pas ramener ce type de souvenirs, plus précisément encore, jusqu'à notre conscience ?

Diane sentait un trouble l'envahir. Elle n'était plus du tout certaine de vouloir rester, d'effectuer ici le grand saut. Un détail achevait de la perturber : le jour était tombé et le bureau s'était empli d'ombre. Or, les yeux de l'hypnologue n'avaient jamais brillé aussi intensément. Il lui semblait même que ses pupilles déclenchaient ce reflet spécifique à certains animaux nocturnes, comme les loups, qui possèdent des plaquettes argentées, situées entre la rétine et la sclérotique, leur permettant d'accentuer la lumière. Sacher avait ce même regard d'argent... Elle se décidait à partir quand il proposa :

— Et maintenant, si vous me parliez de la scène que vous voulez revivre ?

Diane se raisonna. Elle se revit dans la chambre d'hôpital, quelques heures auparavant, prendre sa résolution. Elle se blottit dans son fauteuil et prononça d'une voix calme :

— Le mercredi 22 septembre, aux environs de minuit, j'ai eu un accident de voiture avec mon fils adoptif sur le boulevard périphérique, vers la porte Dauphine. Je m'en suis sortie indemne mais mon enfant est resté entre la vie et la mort durant quinze jours. Je pense qu'aujourd'hui il est sorti d'affaire mais...

Diane hésita.

— Je voudrais me remémorer les minutes qui ont précédé l'accident, continua-t-elle enfin. Je voudrais revivre chaque geste, chaque détail. Je veux être certaine que je n'ai commis aucune faute.

— Une faute de conduite ?

— Non. L'accident a été provoqué par un camion qui a traversé les voies. Je n'y suis pour rien. Mais... J'avais un peu bu. Et je voudrais être sûre que j'avais bien fermé la ceinture de sécurité de l'enfant.

Nouvelle hésitation puis :

— Je dois préciser qu'au moment de la collision, la ceinture n'était plus attachée.

Sacher croisa ses mains sur la surface miroitante du bureau et se pencha vers Diane. Ses iris brillaient en reflets symétriques.

— Si elle n'était pas verrouillée, c'est que vous ne l'avez pas fermée, non ?

— *Je sais* que j'ai bouclé cette ceinture. Et je veux le vérifier ici, sous hypnose.

Le médecin paraissait réfléchir. Il éprouvait sans aucun doute le même étonnement que Charles Helikian.

— Admettons que vous ayez pris cette précaution, dit-il. Comment expliquer que la ceinture se soit retrouvée ouverte lors de l'accident ?

— Je pense qu'on l'a détachée durant le voyage.

— Votre petit garçon ?

Elle devait le dire. Elle devait révéler son hypothèse. Elle articula à voix basse :

— Je pense à un homme. Un passager clandestin, dans ma voiture. Je pense que l'accident a été préparé, organisé, réalisé dans ses moindres détails.

— Vous plaisantez ?

— Faites comme si je plaisantais et hypnotisez-moi.

— C'est absurde. Pourquoi aurait-on manigancé tout cela ?

— Hypnotisez-moi.

— Un homme aurait pris le risque d'être avec vous, dans la voiture, au moment de l'accident ?

Diane comprit qu'elle n'obtiendrait rien du psychiatre. Elle prit ses affaires et se leva.

— Attendez, ordonna-t-il.

Paul Sacher esquissa un geste courtois en direction du fauteuil. Il souriait avec affabilité mais Diane se rendit compte qu'il tremblait.

— Asseyez-vous, dit-il. Nous allons commencer.

28

La première sensation fut celle de l'eau.

Son esprit flottait dans un environnement liquide. Elle songea à un ballot oublié dans la cale détrempée d'un cargo. Au noyau d'un fruit dans une pulpe trop fluide. Elle tanguait désormais à l'intérieur de son propre crâne.

La seconde sensation fut qu'elle était deux.

Ou double.

Comme si sa conscience s'était séparée en deux entités distinctes, dont l'une pouvait observer l'autre. Elle rêvait — et elle pouvait se contempler en train de rêver. Elle se concentrait — et elle pouvait s'observer, à distance, en train de se concentrer.

— Diane, vous m'entendez ?

— Je vous entends.

La plongée dans l'état hypnotique avait été immédiate. Paul Sacher lui avait d'abord demandé de se concentrer sur une ligne rouge, peinte sur le mur, puis d'éprouver la lourdeur de ses membres. Diane avait basculé dans un état de conscience intense. Elle avait éprouvé l'inertie de ses mains, de ses pieds. La masse de ses membres qui paraissait s'appesantir à chaque seconde, alors que son esprit au contraire s'envolait, se libérait.

— Nous allons évoquer le souvenir de l'accident.

Le dos bien droit, les mains posées sur les accoudoirs du fauteuil, Diane acquiesça en inclinant la tête.

— Vous sortez de l'immeuble de votre mère. Quelle heure est-il ?

— Environ minuit.

— Où êtes-vous exactement, Diane ?

— Je me tiens sous le porche du 72, boulevard Suchet.

Crépitements d'averse. Lignes translucides. Des milliers d'encoches sur la surface noire de la chaussée. De hautes façades de pierre scintillantes. Des réverbères bleutés, haletant de brumes comme des bouches impatientes.

— Comment vous sentez-vous ?

Les yeux fermés, elle sourit sans répondre.

Du champagne dans ses veines, comme des rivières souterraines qui se rient de l'averse dehors. Diane entend les gouttes, légères et drues, clapoter sur sa nuque. Elle se sent bien. Elle se sent floue. Elle a oublié la colère du dîner. Le baiser de Charles. Elle est seulement blottie dans l'instant.

— Diane, comment vous sentez-vous à cette minute ?

— Parfaitement bien.

— Etes-vous seule ?

Entre ses bras, la chaleur de l'enfant se cristallise. Sa nuque tiède, la fluidité de son corps. La quiétude de son sommeil que la pluie ne parvient pas à troubler.

— Je suis avec Lucien, mon fils adoptif.

— Que faites-vous maintenant ?

— Je traverse le boulevard.

— Comment est la circulation ?

— Le boulevard est désert.

— Votre véhicule : où est-il stationné ?

— Le long de l'hippodrome d'Auteuil.

— Vous souvenez-vous de l'adresse précise ?

— Avenue du Maréchal-Franchet-d'Espérey.

— Donnez-moi d'autres détails. Quelle est la marque de votre voiture ?

— C'est un véhicule tout-terrain. Un ancien modèle. Une Toyota Landcruiser datant des années quatre-vingt.

— L'apercevez-vous maintenant ?
— Oui.

A quelques mètres de là, la voiture se dessine sous l'averse. Diane est maintenant agitée par un pressentiment. Elle éprouve un remords, une peine. Elle regrette d'avoir bu. D'avoir sacrifié à ce rituel qu'elle exècre. Elle voudrait revenir, immédiatement, à une parfaite lucidité, assumer pleinement chaque seconde.

La voix de Sacher retentit dans la pièce, à la fois lointaine et proche :
— Que faites-vous maintenant ?
— J'ouvre la portière.
— Quelle portière ?
— La portière arrière droite. Celle de Lucien.
— Ensuite ?
Avant même qu'elle ne précisât sa pensée, son corps lui procura les réponses — des sensations très nettes, presque trop aiguës.

La pluie chassant sur son dos. La chaleur s'exhalant de l'échancrure de son blouson. Son corps ployant avec Lucien vers l'intérieur de la voiture.

La voix de l'hypnologue se fit plus forte :
— Qu'êtes-vous en train de faire, Diane ?
— J'installe Lucien sur le siège enfant...
— Cet instant est très important, Diane. Décrivez précisément chacun de vos gestes.

Entre ses doigts, un bruit bref retentit. Le « clic » de la ceinture. Aussitôt elle éprouve cette jouissance ténue, secrète, égoïste, qui clôt chacun de ses actes, même le plus infime, lorsqu'il vise à protéger son enfant.

Quelques secondes encore. La voix de Diane s'éleva enfin :
— Je... j'ai fixé la ceinture de sécurité.

— Vous êtes sûre ?

— Absolument sûre.

Le timbre grave de Sacher s'insinua en elle :

— Arrêtez-vous maintenant sur ce souvenir. Observez l'intérieur de votre voiture avec attention.

La part consciente de Diane comprit que sa caméra mentale était en train de se déclencher. Elle promenait maintenant son regard au cœur de l'image mémorisée.

> *L'espace sombre de l'habitacle. Les sièges râpés, jonchés d'objets divers. Le duvet kaki froissé et déployé à terre. Le hayon supportant des vieux magazines. Les portières de tôle, sans revêtement ni tissu...*

Elle pouvait, littéralement, quadriller son souvenir, l'arpenter, le sillonner. Elle pouvait scruter ces détails qu'elle n'avait pas, sur le moment, observés mais que sa mémoire avait retenus à son insu.

— Que voyez-vous, Diane ?

— Rien. Rien de particulier.

Le silence de Paul Sacher était tendu. Confusément, Diane sentait que le psychiatre était aux aguets. Il demanda :

— Nous continuons ?

— Nous continuons.

Le ton reprit sa neutralité :

— Vous roulez maintenant sur le boulevard périphérique ?

Elle acquiesça d'un signe de tête.

— Répondez à voix haute, je vous prie.

— Je roule sur le boulevard périphérique.

— Que voyez-vous ?

— Des lumières. Des séries de lumières.

— Soyez plus explicite. Que voyez-vous précisément ?

De part et d'autre de ses tempes, les luminaires défilent sous leur bouclier de verre. Diane peut presque percevoir le grain des vitrages feuilletés, embrasés par l'incandescence orange du sodium.

— Les rampes des néons, murmura-t-elle. Elles m'éblouissent.

— Où êtes-vous maintenant ?

— Je dépasse la porte de la Muette.

— Y a-t-il d'autres voitures sur le boulevard ?

— Très peu.

— Sur quelle file roulez-vous ?

— La quatrième, à l'extrême gauche.

— A quelle vitesse roulez-vous ?

— Je ne sais pas.

L'étau de la voix se resserra :

— Regardez votre tableau de bord.

Diane observa le compteur de vitesse à l'intérieur de son souvenir.

— Je roule à cent vingt kilomètres à l'heure.

— Très bien. Sur la route, autour de vous : remarquez-vous quelque chose de singulier ?

— Non.

— Vous ne regardez jamais à l'arrière, en direction de votre fils ?

— Si. J'ai même réglé mon rétroviseur intérieur dans son axe.

— Lucien est-il en train de dormir ?

Silhouette opaque et légère dans le siège enfant. Intensité et profondeur du sommeil. Cheveux noirs mêlés aux ténèbres. Des broussailles formant un berceau de quiétude.

— Il dort profondément.

— Il ne bouge pas ?

— Non.

— Il n'y a aucun mouvement à l'arrière ?

Diane balaya le champ de vision de son rétro-viseur.

— Aucun, non.

— Revenez vers la route. Où êtes-vous ?

— Je parviens à la porte Dauphine.

— Voyez-vous déjà le camion ?

Pointe d'effroi sous sa peau.

— Oui. Je...

— Que se passe-t-il ?

Dans la tourmente de l'averse, les parallèles du boulevard se désaxent. Non : ce ne sont pas les parallèles. C'est le camion. Le camion vient de quitter sa voie — il semble emporter dans son sillage la route tout entière. Pas de clignotant. Aucun signal. Il traverse à l'oblique les lignes de pluie et de lumière...

Diane se dressa sur le fauteuil. La voix de Sacher monta d'un cran :

— Que se passe-t-il ?

— Le camion... il... il... il se déporte sur la gauche.

— Ensuite ? demanda l'hypnologue.

— Il gagne la quatrième file...

— Que faites-vous ?

— Je freine !

— Que se passe-t-il alors ?

— Mes roues se bloquent au-dessus des flaques. Je glisse, je...

Diane hurla. La puissance du souvenir était en train de la déchirer.

Le camion frappe la glissière. Pivote dans un craquement de fer. La cabine tourne, éclaboussant de ses phares le pare-brise de Diane.

— Que voyez-vous ?

— Rien, je ne vois plus rien ! Les brumes d'eau m'entourent. Je... je freine. Je freine !

Le poids lourd vacille sur ses structures. Sou-
pirs acharnés de vapeur. Stridulation des freins.
Lambeaux de fer jaillissant du chaos...

Diane sentit une main se serrer sur son épaule. La voix de Sacher, toute proche :

— Et Lucien, Diane ? Vous n'avez pas un regard pour Lucien ?

— Mais si !

Son souvenir revint avec une pureté de cristal. Juste avant le choc, juste avant de frapper à toutes forces le rail, Diane s'était retournée en direction de son enfant.

Le frêle visage endormi. Et soudain les pau-
pières qui s'ouvrent. Mon Dieu. Il se réveille. Il
va voir ce qui se passe...

— Dites-moi ce que vous voyez !

— Il... il... il se réveille. Il est réveillé !

Sacher hurlait maintenant :

— Voyez-vous la ceinture ? Est-elle encore atta-chée ?

Le visage de l'enfant apeuré... ses paupières
écarquillées... ses pupilles dilatées par la
terreur...

— Diane, regardez la ceinture ! Lucien est-il en train de l'ouvrir ?

— JE NE PEUX PAS !

Diane ne pouvait plus quitter les yeux de Lucien. La voix de Sacher, en ressac de terreur :

— Regardez la route, Diane ! Revenez sur la route !

En un geste réflexe, elle pivota sur elle-même. Un hurlement jaillit dans sa gorge. Un cri dont la puissance la propulsa du fauteuil :

— NON !

Elle se cogna contre les stores de la fenêtre. Sacher se précipita sur elle.

— Que voyez-vous, Diane ?

Elle cria encore :

— NON !

— QUE VOYEZ-VOUS ?

Diane ne pouvait répondre. La voix du psychiatre changea de registre. Plus calme, mais totalement verrouillée, elle ordonna :

— Réveillez-vous.

Elle tressautait, agitée de spasmes, recroquevillée au pied des stores.

— RÉVEILLEZ-VOUS ! JE VOUS L'ORDONNE !

Diane bascula dans la pleine conscience. Ses yeux papillotèrent. Une lame de store avait dû la blesser : du sang coulait sur son visage, se mêlant à ses larmes en rivières douces. Sacher était penché sur elle.

— Calmez-vous, Diane. Vous êtes ici, maintenant, avec moi. Tout va bien.

Elle tenta de parler mais ses cordes vocales refusaient de fonctionner.

— Qu'avez-vous vu ? demanda le médecin.

Ses lèvres frémirent : aucun son n'en sortit. Il reprit, d'un ton empreint de bienveillance :

— Il y avait un homme dans votre voiture ?

Elle nia, secouant sa tignasse :

— Pas dans la voiture, non.

Les traits du psychiatre exprimèrent la stupeur. Diane tenta de poursuivre mais les mots se brisèrent dans sa gorge.

Alors sa dernière vision revint lui cingler la mémoire.

Au moment exact où elle s'était tournée vers la route, elle l'avait vu : sur la droite, à cent mètres de là, parmi les buissons du boulevard périphérique, un homme se dressait sous la pluie. Drapé d'une longue houppelande de couleur kaki, capuche serrée sur son visage osseux, il tendait son index vers le poids lourd, comme s'il avait déclenché, par ce seul geste, la furie de l'accident.

Avec certitude, Diane avait reconnu son manteau vert : une parka antiradioactive de l'armée russe.

29

— Comme ça ?

L'informaticien ajouta des pommettes saillantes au portrait-robot. Diane acquiesça. Il était minuit. Depuis près de deux heures, elle travaillait avec un technicien physionomiste du Quai des Orfèvres afin d'établir le portrait du personnage du périphérique. Après la séance d'hypnose, malgré les questions pressantes de Paul Sacher, Diane l'avait abandonné et s'était directement rendue à la brigade criminelle.

— Et la bouche ?

Sur l'écran de l'ordinateur, Diane regarda défiler les différentes formes de lèvres. Auréoles charnues. Ovale court. Commissures retroussées. Elle sélectionna des lèvres fines, rectilignes, aux sillons accentués.

— Et les yeux ?

Il y eut un nouveau défilement sur le moniteur. Diane choisit des losanges aux paupières basses, pour lesquels elle retint des iris sombres et bleutés — des calots d'encre lourds, comme ceux qui claquent dans les trousses des enfants. Il était absurde de définir avec tant de précision un visage qu'elle avait aperçu à plus de cent mètres de distance. Pourtant, elle aurait pu le jurer : les yeux du tueur, comme les autres détails qu'elle avait sélectionnés, étaient de cette nature.

— Et les oreilles ?

Diane répondit :

— Il portait une capuche.

— Quel genre de capuche ?

— Une capuche-tempête. Serrée autour du visage.

Le technicien traça autour de la figure une ombre froncée qui simulait parfaitement l'enveloppe de toile. Diane se recula légèrement, plissa les yeux : le visage prenait forme. Un front haut, dégarni. Des pommettes de silex, cernées de rides. Des yeux bleu-noir qui possédaient, sous la paresse des paupières, un éclat d'agate. Diane aurait voulu surprendre dans ce visage une monstruosité, une marque de cruauté — mais elle devait s'incliner face à la beauté de ces traits.

Patrick Langlois apparut. Il jeta un coup d'œil à l'écran puis regarda Diane. Un pli d'inquiétude barrait son front.

— Il ressemblait à ça ? demanda-t-il.

Diane acquiesça. Le lieutenant observait le portrait sans conviction. Il avait accepté, à dix heures du soir, de revenir à son bureau et de convoquer un physionomiste pour construire ce visage. Il s'assit sur le coin du bureau, tenant toujours serré contre lui son dossier cartonné.

— Et vous dites qu'il était vêtu d'une parka militaire ?

— Oui. Un manteau soviétique. Une fibre antiradioactive.

— Comment pouvez-vous en être sûre ?

— Il y a cinq ans, j'ai réalisé une mission dans le Kamtchatka, en Sibérie extrême-orientale. Nous étions dans un camp militaire et j'ai assisté, par hasard, à une manœuvre d'alerte nucléaire. J'ai pu voir de près ces manteaux. Ils s'attachent à l'oblique et le col se fixe...

Le lieutenant l'interrompit d'un geste. Il demanda

à l'informaticien d'imprimer le portrait-robot puis se leva en s'adressant à Diane :

— Suivez-moi.

Ils longèrent des couloirs où s'ouvraient des portes entrebâillées et des lucarnes sombres. Elle apercevait des bureaux blafards, des niches en désordre où quelques flics travaillaient encore.

Langlois déverrouilla une porte revêtue de velours. Il pénétra à l'intérieur et alluma une veilleuse halogène. Le bureau évoquait un repaire d'huissier, bourré de vieilles paperasses et de lambeaux de cuir usé. Il désigna un siège puis s'assit de l'autre côté de la table. Il pianota quelques secondes sur la surface de bois avant de relever les yeux.

— Vous auriez dû me prévenir, Diane.

— Je voulais avoir des certitudes.

— Je vous avais pourtant mise en garde : pas d'Alice détective.

— C'est vous-même qui m'avez chargée d'enquêter sur Lucien.

D'un coup d'épaule, le policier réajusta son manteau et déclara :

— Résumons-nous. Selon vous, votre accident serait en réalité une tentative de meurtre, c'est ça ?

— Oui.

— Le chauffeur du camion aurait été endormi sur commande, par une force extérieure ou je ne sais quoi...

— Par hypnose.

— Par hypnose, admettons. Comment aurait-on pu provoquer la collision à cet endroit exact, au moment où vous arriviez sur la file de gauche ?

— J'ai calculé les itinéraires. Le camion provenait d'un parking de l'avenue de la Porte-d'Auteuil, aux abords du bois de Boulogne. Il suffisait qu'il se mette en route juste avant que je démarre moi-même. En tenant compte de nos vitesses respectives, notre point de rencontre était facile à calculer.

— Mais l'endormissement du chauffeur : comment a-t-il été provoqué justement à cet instant ?

— Il est possible de conditionner une personne pour qu'elle s'endorme brutalement, à l'apparition d'un signal.

— Quel signal, dans ce cas ?

Diane se passa la main sur le front.

— Le chauffeur se souvient d'une couleur verte. Peut-être s'agit-il de la parka militaire. L'homme à la houppelande se tenait à l'entrée du tunnel.

Le lieutenant fixait toujours Diane. Ses yeux noirs brillaient sous sa frange grise.

— Selon vous, reprit-il, les assassins travaillaient donc en équipe ?

— Je pense, oui.

— A la manière d'une opération militaire ?

— Une opération militaire. Exactement.

— Et toute cette opération n'aurait été organisée que pour éliminer votre fils adoptif ?

Elle acquiesça, mais elle mesurait toute l'absurdité de sa version des faits. Langlois se pencha vers elle et lui planta ses yeux dans le cœur.

— Selon vous, pourquoi auraient-ils voulu le tuer ?

Elle écarta ses mèches et murmura :

— Je ne sais pas.

Langlois se tassa de nouveau dans son siège et attaqua sur un autre ton, comme pour ouvrir un nouveau chapitre :

— Et vous me dites que Lucien ne viendrait pas de Thaïlande ? Qu'il serait en réalité un enfant venu de Sibérie ou de Mongolie ? Comment a-t-il pu atterrir sur le littoral des Andamans ?

— Je ne sais pas.

Après un temps, Langlois déclara d'une voix gênée :

— Diane, comment vous dire...

Elle releva les yeux au-dessus de la courbe de ses lunettes.

— Vous pensez que je suis folle ?

— Vous n'avez pas la moindre preuve de ce que vous avancez. Ni indice ni rien. Tout cela pourrait n'exister que dans votre tête.

— Et le chauffeur ? Il ne comprend pas comment il a pu s'endormir et...

— Comment pourrait-il dire le contraire ?

— Et l'homme ? L'homme en parka protégée : je ne peux pas l'avoir inventé, non ?

Le policier préféra prendre un autre cap.

— Si j'admets votre histoire, ce seraient ces mêmes hommes qui auraient tué Rolf van Kaen ?

Elle hésita de nouveau.

— Je crois que, oui, les meurtriers ont, en quelque sorte, puni l'Allemand pour avoir sauvé Lucien.

— Et qui aurait prévenu l'acupuncteur de l'accident ?

— Je ne sais pas.

— Les policiers du BBK n'ont toujours pas trouvé la moindre trace d'un appel ou d'un message concernant votre fils. Van Kaen semble avoir été appelé par le Saint-Esprit.

Qu'aurait-elle pu ajouter ? Langlois respecta d'abord son silence, puis déclara à voix plus basse :

— Je me suis renseigné sur vous.

— Comment ça ?

— J'ai téléphoné à vos collègues, à vos parents, aux médecins qui vous ont soignée.

Diane cracha :

— Comment avez-vous pu... ?

— C'est mon métier. Dans cette affaire, vous êtes mon témoin principal.

— Salaud.

— Pourquoi ne m'avez-vous pas dit que vous avez suivi plusieurs psychothérapies, des hospitalisations, des cures de sommeil ?

— Je devrais porter une pancarte ?

— J'aurais pu vous poser la question avant, mais... pourquoi avez-vous adopté Lucien ?

— Ce ne sont pas vos affaires.

— Vous êtes si jeune...

Son visage se plissa en un sourire embarrassé. Ses rides démultiplièrent l'expression de confusion.

— Okay : si belle. C'est ce que je voulais dire. (Il fit tourner ses doigts dans les airs.) Chez moi, ça a toujours du mal à sortir. Diane : pourquoi vous êtes-vous lancée dans cette démarche d'adoption ? Pourquoi n'avoir pas tenté plutôt de... enfin, vous savez bien : trouver un mari, fonder un foyer, la voie classique, quoi ?

Elle croisa les bras sans répondre. Langlois se voûta et joignit ses mains en forme de prière, comme la première fois, à l'hôpital.

— Selon votre mère, vous éprouvez des difficultés à vous... lier.

Il laissa sa phrase en suspens, attendit quelques secondes, puis continua :

— Selon elle, vous n'avez jamais eu de fiancé.

— C'est une thérapie ou quoi ?

— Votre mère...

— Ma mère, je l'emmerde.

Le lieutenant se cala le dos au mur, coinça son pied contre la corbeille et sourit.

— C'est ce que j'ai cru comprendre, oui... Et votre père ?

— Que cherchez-vous ?

Langlois abandonna sa position et se groupa de nouveau sur lui-même.

— Vous avez raison. Ce ne sont pas mes affaires.

Diane raconta d'un seul trait :

— Je n'ai jamais connu mon père. Dans les années soixante-dix, ma mère vivait en communauté. Elle a choisi un mec dans le groupe et s'est fait féconder. C'était d'accord entre eux. Il n'a jamais cherché à me voir. Je ne connais même pas son nom. Ma mère voulait élever son enfant en solitaire. Eviter le carcan du mariage, l'asservissement machiste... Elle avait les idées de son époque. C'était une féministe convaincue.

Elle ajouta :

— Il y a des enfants de la balle. Je suis une enfant de baba.

Un sourire passa sur le visage du flic, ce frémissement d'ironie que Diane aimait tant. Son expression lui déchira le cœur parce qu'elle savait qu'elle contemplait un paysage interdit. Elle se sentit tout à coup prisonnière d'un glacier, murée dans une prison de givre. Le lieutenant dut percevoir cette tristesse : il tendit la main, mais elle l'évita.

Il s'immobilisa, laissa filer quelques secondes, puis attaqua sa conclusion :

— Diane, le terme « tokamak » vous dit-il quelque chose ?

Elle ne chercha pas à cacher sa surprise :

— Non. Qu'est-ce que c'est ?

— C'est une abréviation. Cela signifie : chambre magnétique à courant. En fait, c'est du russe.

— Du russe ? Pourquoi... me parlez-vous de ça ?

Langlois ouvrit son dossier : un fax était placé en évidence. Diane apercevait des caractères cyrilliques et une vague photo d'identité, brouillée par l'encrage de la télécopie.

— Vous vous en souvenez peut-être, il y a une sorte de trou noir dans le destin de van Kaen...

— De 1969 à 1972, oui.

— Les flics du BBK ont ouvert aujourd'hui un

coffre que possédait le médecin à la Berliner Bank. Le coffre ne contenait que ces pièces.

Il brandit sa photocopie.

— Des papiers d'identité soviétiques, qui démontrent que l'Allemand a travaillé, durant cette période, dans un tokamak.

— Mais... qu'est-ce que c'est ?

— Un site de recherche révolutionnaire. Un laboratoire de fusion nucléaire.

Diane songeait à la parka antiradioactive du tueur. Elle dit :

— Vous voulez dire : fission nucléaire ? rectifia-t-elle.

Le lieutenant ébaucha un geste d'admiration.

— Vous êtes vraiment étonnante, Diane. Vous avez raison, je me suis renseigné : l'activité traditionnelle des centrales est fondée sur la fission des atomes, mais ici, justement, il s'agit d'une autre technique, basée sur la fusion. Une technique directement inspirée par l'activité du Soleil, inventée par les Soviétiques dans les années soixante. Un projet démesuré, qui les obligeait à construire des fours montant jusqu'à deux cents millions de degrés. Inutile de vous dire que tout ça dépasse mes compétences.

Diane demanda :

— Quel rapport avec les événements d'aujourd'hui ?

Il tourna la photocopie dans sa direction et prit une expression d'évidence.

— Le tokamak dans lequel van Kaen a bossé, le TK 17, était le plus important que les Russes aient jamais construit. C'était un site totalement secret. Et devinez où il était implanté ? A l'extrême nord de la République populaire de Mongolie, à la frontière de la Sibérie. A Tsagaan-Nuur, là même où le toubib semblait décidé à se rendre.

Elle scrutait le document noirâtre, distinguant, sur

la photo d'identité assombrie, les traits d'un van Kaen jeune, au regard fermé. Langlois s'interrogea à voix haute :

— Pourquoi voulait-il retourner là-bas ? Je n'en ai pas la moindre idée, mais tout cela forme un tout. C'est évident.

L'informaticien pénétra dans le bureau après avoir frappé. Sans un mot, il déposa plusieurs exemplaires imprimés du portrait-robot et s'éclipsa. Le lieutenant observa le faciès et conclut :

— On va voir si nos fichiers reconnaissent votre bonhomme. Je ne crois pas beaucoup à cette possibilité, mais on ne sait jamais. Parallèlement, on va orienter nos recherches sur les communautés turco-mongoles de Paris. Vérifier les visas d'entrée et tout ça. C'est la seule bonne nouvelle, parce qu'il ne doit pas y en avoir des légions.

Il se leva et consulta sa montre :

— Allez dormir, Diane. Il est plus d'une heure du matin. On va renforcer la garde de la chambre de Lucien : n'ayez crainte.

Il la raccompagna jusqu'à la porte. S'appuyant au chambranle, il ajouta :

— Franchement, je ne sais pas si vous êtes cinglée, Diane, mais, dans tous les cas, cette histoire l'est beaucoup plus que vous.

30

Pièces blanches. Tableaux pastel. Voyant rouge du répondeur.

Diane traversa son appartement sans allumer la lumière. Elle pénétra dans sa chambre et se laissa choir sur le lit. La lueur grenat du répondeur, près d'elle, prenait des proportions de fanal au-dessus d'une mer d'ombre. Elle se souvenait d'avoir éteint son téléphone cellulaire avant la séance d'hypnose. Peut-être avait-on tenté de la joindre toute la soirée ?

Elle appuya sur la touche d'écoute et n'entendit que le dernier message : « C'est Isabelle Condroyer. Il est vingt et une heures. Diane : c'est fantastique. Nous avons identifié le dialecte de Lucien ! Rappelez-moi. »

La scientifique énonçait les coordonnées de son domicile et de son portable. Dans l'obscurité, Diane mémorisa le premier numéro et le composa. Plusieurs sonneries retentirent — il devait être deux heures du matin — puis une voix fripée s'éleva :

— Allô ?

— Bonsoir. C'est Diane Thiberge.

— Diane, ah oui... (elle semblait s'extraire de ses rêves). Vous avez vu l'heure ?

Elle n'avait ni la force ni le désir de s'excuser.

— Je viens de rentrer chez moi, dit-elle simplement. J'étais trop impatiente.

— Bien sûr... (La voix retrouvait une certaine clarté.) Nous tenons le dialecte de votre enfant.

Isabelle s'arrêta pour regrouper ses idées, puis expliqua :

— L'enfant parle un idiome d'origine samoyède, exclusivement parlé dans la région du lac Tsagaan-Nuur, à l'extrême nord de la République populaire de Mongolie.

Lucien provenait exactement de la région du laboratoire nucléaire. Qu'est-ce que cela signifiait ? Diane ne parvenait pas à réunir ses pensées. Isabelle Condroyer demanda :

— Diane, vous m'écoutez ?

— Je vous écoute, oui.

L'ethnologue reprit — l'excitation transparaissait dans sa voix :

— C'est incroyable. Selon le spécialiste que j'ai consulté, il s'agit d'un dialecte très rare, parlé par une ethnie extrêmement réduite, les Tsevens.

Diane était aussi muette qu'une tombe. La scientifique demanda de nouveau :

— Vous m'écoutez, Diane ? Je croyais que vous seriez enthousiaste à...

— Je vous écoute.

— Il y a aussi ces deux syllabes, Lu et Sian, que votre petit garçon ne cesse de répéter sur la cassette. Mon collègue est catégorique : ces deux phonèmes forment un mot très important pour la culture tsévène. Cela signifie : le « Veilleur ». La « Sentinelle ».

— Le... Veilleur ?

— C'est un terme sacré. Il désigne un enfant élu. Un enfant qui joue le rôle de médiateur entre son peuple et les esprits, surtout durant la saison de la chasse.

Diane répéta d'un ton vague :

— La saison de la chasse.

— Oui. Pendant cette période, l'enfant devient le guide de son peuple. Il est à la fois celui qui attire les faveurs des esprits et celui qui en déchiffre les messages, dans la forêt. Il est capable par exemple de déterminer les aires propices à la capture des animaux. L'enfant part en avant et les chasseurs du groupe le suivent à bonne distance. C'est un éclaireur, un éclaireur spirituel.

Diane s'allongea sur le lit. Elle discernait, alignés sur le mur, les carrés pastel de Paul Klee, loin, très loin, du côté de la vie ordinaire et sans danger. L'ethnologue semblait intriguée par son silence. Au bout de quelques secondes elle dit :

— Je sens qu'il y a un problème.

Diane, la nuque noyée dans ses cheveux déployés, répondit :

— J'ai cru adopter un enfant naturel en Thaïlande. Fonder un foyer avec un petit garçon qui n'avait pas eu de chance à sa naissance. Je me retrouve avec un chaman turco-mongol qui guette les esprits sylvestres. Vous voyez un problème, vous ?

Isabelle Condroyer soupira. Elle paraissait déçue. Tous ses effets étaient réduits à néant. Elle revint à un ton doctoral :

— Votre enfant a dû rester suffisamment longtemps parmi les siens pour mémoriser ce rôle. Ou du moins le nom de ce rôle. C'est une histoire extraordinaire. L'ethnologue qui a déchiffré la cassette aimerait vous rencontrer. Quand pouvez-vous le voir ?

— Je ne sais pas. Je vous appellerai demain matin. Sur votre cellulaire.

Diane salua brutalement la femme et raccrocha. Elle se tourna vers le mur et se recroquevilla, en chien de fusil. Une obscure hallucination s'empara d'elle. Elle se sentait entourée par des ombres. Elle visualisait des silhouettes vêtues de parkas antiradioactives qui la suivaient, l'observaient sous la pluie. Qui étaient-ils ? Pourquoi voulaient-ils éliminer Lucien, le petit « Veilleur » ? Quel pouvait être le lien entre un enfant chaman et un site nucléaire ?

Pour contrer cette vision confuse, elle chercha à se souvenir des hommes qui étaient ses alliés. Elle appela l'image de Patrick Langlois, mais elle ne vit rien. Elle tenta de se remémorer le docteur Eric Daguerre, mais aucun visage n'apparut. Elle prononça le nom de Charles Helikian, mais nul écho ne retentit dans son esprit. Elle se sentait seule, désespérément seule. Pourtant, au moment où elle allait sombrer dans le sommeil, elle fut frappée par cette vérité. Elle ne pouvait être aussi isolée. Pas dans une tourmente de cette ampleur.

Quelqu'un, quelque part, devait partager son cauchemar.

31

Jadis elle s'était inscrite dans un cours de théâtre pour tenter de briser sa timidité et renouer avec les autres. En pure perte. Mais elle avait conservé une étrange nostalgie à l'égard de cette activité. Elle se souvenait des décors, qui sentaient la sciure et la poussière. De l'atmosphère vaguement inquiétante de la salle plongée dans l'ombre, où, sur une scène éclairée, des apprentis comédiens déclamaient des textes de Sophocle ou de Feydeau, pratiquement sur le même ton. Elle se souvenait de la compassion attentive des autres élèves, qui suivaient en silence les efforts de leurs condisciples. Il y avait quelque chose d'occulte, de rituel dans une telle discipline. Comme si ces répétitions visaient à invoquer des forces mystérieuses, des dieux inconnus qui n'auraient pu être sollicités que par ce parler faux et ces gestes empruntés.

Au rez-de-chaussée du bloc A, le bâtiment des lettres de la faculté de Paris X-Nanterre, Diane se glissa dans la salle 103 et comprit qu'elle venait de pénétrer dans l'un de ces temples désuets. C'était une pièce de vingt mètres de côté, sans fenêtre, pratiquement vide, à l'exception de rangées de chaises pliées, adossées contre le mur de droite. Au fond, s'élevait une scène de teinte sombre, encadrée de rideaux noirs, sur laquelle des bribes de décors se découpaient dans une clarté saupoudrée de particules. Une table, une chaise, des formes vagues, taillées dans du polystyrène foncé, évoquant un arbre, un rocher, une colline.

Il était dix heures du matin.

Isabelle Condroyer lui avait donné cette seule adresse pour rencontrer Claude Andreas, l'ethnologue spécialiste des dialectes turco-mongols.

Elle interrogea quelques acteurs, qui discutaient au pied de la scène. Parmi eux, il y avait l'homme qu'elle cherchait. Grand et maigre, il portait un sous-pull et un caleçon long de couleur noire. Diane songea à un parchemin finement roulé — un parchemin qui aurait abrité quelques secrets d'alchimie des plus opaques. Elle se présenta en quelques mots. Il s'excusa d'un sourire :

— Pardon pour la tenue de combat. Nous répétons *En attendant Godot*.

Andreas désigna une table sur la droite :

— Venez. Je vais vous montrer une carte de cette région. Votre histoire est tout bonnement... incroyable.

Elle acquiesça, pour la forme. Ce matin, elle aurait acquiescé à tout. Malgré ses quelques heures de sommeil, elle n'avait toujours pas récupéré ses forces profondes — ce mélange d'agressivité et de nervosité qui constituait sa plus sûre façon d'exister.

— Café ? proposa l'homme en brandissant un thermos.

Diane fit un geste de négation. Andreas lui tendit une chaise, se servit une tasse et s'assit de l'autre côté de la table posée sur deux tréteaux. Elle l'observait. Son visage ressemblait à un coloriage d'enfant : des yeux turquoise très écartés, un nez mutin, une bouche fine, juste dessinée d'un trait — le tout entouré par une solide tignasse poivre et sel, qui ressemblait à un casque de personnage Play-Mobil.

Il posa son café et déploya une carte. Tous les noms étaient écrits en caractères cyrilliques. Il désigna de son index une région, en haut du document, près d'une ligne frontalière.

— Je pense que le dialecte de votre enfant appartient à cette région, à l'extrême nord de la Mongolie-Extérieure.

— Isabelle m'a parlé d'une ethnie, les Tsevens...

— En vérité, il est difficile d'être aussi catégorique. Ce sont des régions très difficiles d'accès, qui sont restées sous l'emprise soviétique durant près d'un siècle. Mais je dirais que, oui, selon la prononciation et l'utilisation de certains mots, nous avons affaire au dialecte tseven. Une peuplade d'origine samoyède. Des éleveurs de rennes, en voie de disparition. Je suis même étonné qu'il en reste encore. Où avez-vous pu adopter un tel enfant ? C'est...

— Parlez-moi de cette histoire de Veilleur et de chasse.

Andreas sourit face au ton abrupt. Il semblait comprendre qu'aujourd'hui ce ne serait pas lui qui poserait les questions. Il esquissa un geste d'excuse pour son indiscrétion. Il avait l'onctuosité d'une ombre chinoise.

— Une fois dans l'année, en automne, les Tsevens organisent une grande chasse. Cette chasse obéit à des règles strictes. Les hommes du groupe doivent suivre un jeune éclaireur. L'enfant jeûne la nuit précédente puis part en solitaire, dès l'aube, dans la forêt. Alors seulement les chasseurs se mettent en marche et suivent le « Veilleur ». Le « Lüü-Si-An », dans le dialecte tseven.

Les mots de l'ethnologue se perdaient dans l'esprit de Diane. Elle regardait fixement la carte. Du vert. Des immensités de vert, creusées, çà et là, par les petites taches bleues de lacs. C'étaient ces plaines d'herbes courtes, ces forêts infinies de sapins, ces lacs limpides qui couraient dans le sang de Lucien. Elle se souvenait de ces moments d'intimité où l'enfant s'endormait dans l'arc de son aisselle et que résonnait dans son esprit ce mot magique : « ailleurs ». Tel un ressac lointain, les explications d'Andreas parvinrent de nouveau à ses tympans.

— Si votre fils adoptif est bien un Veilleur, s'il a été désigné par son peuple, cela signifie qu'il possède des dons de clairvoyance. Une des facultés regroupées sous le signe anglais ESP, qui signifie *extrasensory perception*, perception extrasensorielle.

— Attendez.

Diane fixait son interlocuteur d'un regard froid.

— Vous voulez dire que les gens de cette ethnie pensent que de tels enfants possèdent des dons paranormaux ?

L'homme au col roulé sourit. Il eut un geste de patience qui l'irrita.

— Non, murmura-t-il. Ce n'est pas ce que j'ai voulu dire. Pas du tout. Je pense que les Veilleurs possèdent, réellement, ces pouvoirs. Selon des témoignages très sérieux, ils sont capables de capter des phénomènes tout à fait inaccessibles aux cinq sens humains.

C'était bien sa chance : elle était tombée sur un cinglé. Un homme qui était trop longtemps resté auprès d'ethnies superstitieuses. Elle s'efforça au calme :

— A quels phénomènes pensez-vous ?

— Les Lüü-Si-An, par exemple, peuvent prévoir l'itinéraire de la migration des élans. Ils anticipent aussi d'autres faits plus spectaculaires, comme l'apparition d'étoiles filantes ou de comètes. Ou encore l'arrivée de certains changements climatiques. Ce sont des voyants, il n'y a aucun doute. Et leurs dons s'annoncent dès leur plus jeune âge...

Diane le coupa :

— Vous vous rendez compte de ce que vous êtes en train de dire ?

Un coude appuyé sur la table, l'autre main tournant avec lenteur la cuillère dans sa tasse de café, le scientifique dit simplement :

— Il existe deux types d'ethnologues, madame. Ceux qui analysent les manifestations spirituelles d'une ethnie d'un point de vue strictement psychique. Pour eux, les pouvoirs chamaniques, les expériences de possession ne correspondent qu'à de simples déviances mentales — hystérie, schizophrénie. Pour la deuxième catégorie d'ethnologues, à laquelle j'appartiens, ces expériences demeurent les manifestations des forces dont elles portent le nom — c'est-à-dire des esprits.

— Comment pouvez-vous adhérer à de telles croyances ?

Sourire. Cercle dans le café.

— Si vous saviez, au fil de ma carrière, ce que j'ai pu voir... Considérer les manifestations chamaniques comme de simples maladies mentales, cela me paraît excessivement réducteur. Comme un musicologue qui ne se soucierait que du volume sonore d'un orchestre, sans se préoccuper de la musique elle-même. Il y a les matériaux, les instruments. Il y a ensuite la magie qui en émane. Je me refuse à rabaisser les croyances religieuses d'un peuple à de simples superstitions. Je me refuse à considérer les pouvoirs des sorciers comme de pures illusions collectives.

Diane se taisait. Des souvenirs s'agitaient dans son esprit. Elle avait assisté elle aussi à des cérémonies étranges, notamment en Afrique. Elle n'avait jamais approfondi son propre sentiment face à ces faits. Mais elle avait acquis une certitude : dans ces moments-là, une force était en jeu. Une force qui lui semblait se situer à la fois à l'intérieur et à l'extérieur de l'homme, et surtout, curieusement, à sa lisière. Comme s'il s'agissait d'un contact sacré, d'un seuil indicible qui était franchi.

Claude Andreas parut percevoir son trouble. Il souffla :

— Prenons les choses d'un autre point de vue, voulez-vous ? Laissons le côté religieux des phénomènes paranormaux et interrogeons-nous sur leur véracité concrète, physique.

— C'est tout vu, trancha Diane. Ça n'existe pas.

La voix de l'ethnologue se fit plus grave :

— Vous n'avez jamais eu de rêves prémonitoires ?

— Comme tout le monde. Des impressions vagues.

— Vous n'avez jamais reçu un appel téléphonique d'une personne à qui vous veniez de penser ?

— Les hasards de la vie. Ecoutez : je suis une scientifique. Je ne peux pas me laisser bercer par ce genre de coïncidences et...

— Vous êtes une scientifique : vous savez donc qu'il existe un seuil où les hasards deviennent des probabilités. Et un autre seuil encore où ces probabilités deviennent des axiomes. Je m'intéresse à ces questions depuis longtemps. Il existe aujourd'hui des laboratoires scientifiques en Europe, aux Etats-Unis, au Japon, où ces limites sont régulièrement franchies, où les expériences de télépathie, de clairvoyance, de précognition sont répétées avec succès. Je suis sûr que vous en avez entendu parler.

Diane saisit la balle au bond :

— C'est vrai. Pourtant, même si les protocoles de ces tests sont rigoureux, l'analyse de leurs résultats prête toujours à discussion.

— C'est ce que disent la plupart des scientifiques, oui. Parce que l'implication de ces résultats serait trop importante. Admettre la validité de ces anomalies reviendrait à mettre en cause la physique moderne et l'état actuel de nos connaissances.

— On dérive complètement, là...

— Non, et vous le savez. Nous parlons des compétences souterraines de l'homme. Nous parlons d'aptitudes qui sont peut-être, chez votre enfant, exacerbées. Des aptitudes qui défient les lois ordinaires de l'univers sensible.

Elle n'avait pas besoin de plonger dans de nouveaux vertiges. Pourtant, une force la retenait. Un murmure lui soufflait que ces facultés étaient peut-être l'objet de toute l'affaire... Andreas reprit, toujours sur son ton égal :

— Prenons les choses d'une autre façon encore. Vous êtes éthologue, n'est-ce pas ? Vous travaillez sur les modes de perception des animaux.

— Et alors ?

— Beaucoup de ces perceptions nous sont longtemps apparues comme mystérieuses, incompréhensibles, parce que nous ne connaissions pas leur source morphologique. Le vol des chauves-souris dans l'obscurité était un mystère. Jusqu'au jour où nous avons découvert les ultrasons, grâce auxquels ces volatiles nocturnes se guident. Chacune de ces perceptions possède son explication physique. Il n'y a rien de surnaturel.

— Vous êtes en train de parler de mon métier. Je ne vois pas le rapport avec les prétendues facultés psi de l'homme et...

— Qui vous dit que nous avons fait le tour de nos appareils de perception ?

Diane ricana :

— Le fameux sixième sens... (Elle se leva.) Désolé, monsieur Andreas : je crois que nous perdons notre temps tous les deux.

L'ethnologue se leva à son tour et lui barra, très légèrement, le passage.

— Qui vous dit que les enfants dont nous parlons ne possèdent pas un atout que nous ne possédons plus ?

— Quel atout ?

Il eut un sourire — une virgule sur son visage de papier.

— L'innocence.

Diane tenta d'éclater de rire, mais sa gorge se serra. Claude Andreas reprit :

— Dans les laboratoires dont je vous ai parlé, il a été démontré que les meilleurs résultats sont toujours obtenus lors des premiers tests, et notamment par les enfants. A cause de leur spontanéité.

— Ce qui signifie ?

— Que nos préjugés constituent le principal barrage à l'émergence des facultés psi. Le scepticisme, le matérialisme, l'indifférence peuvent être considérés comme de véritables pollutions, des scories qui gênent l'esprit, l'empêchent d'exercer son pouvoir. Un sportif qui ne serait pas convaincu de sa force partirait battu. Notre conscience fonctionne exactement de la même façon. Un sceptique ne peut accéder à ses propres compétences mentales.

Elle contourna la longue silhouette. Un doute lancinant l'envahissait. Il demanda :

— Vous n'avez pas d'enfant, n'est-ce pas ?

— J'ai Lucien.

— Je veux dire : vous n'avez jamais accouché.

Elle détourna la tête afin qu'il ne puisse pas lire l'expression de son visage.

— Où voulez-vous en venir ?

— Toutes les mères de famille vous le diront : elles communiquent avec leur enfant, durant la grossesse. Le fœtus ressent les sentiments de la femme qui le porte. Or, il s'agit déjà de deux entités distinctes. La grossesse est le berceau même de la télépathie.

Diane se sentait plus à l'aise sur ce terrain physiologique.

— C'est faux, répondit-elle. Ce que vous qualifiez de transmission paranormale repose sur des supports physiques effectifs. Si une femme enceinte apprend une nouvelle qui la bouleverse, des hormones spécifiques, comme l'adrénaline, se libèrent aussitôt dans son sang et sont assimilées par l'embryon. A ce stade, on ne peut considérer la mère et l'enfant comme dissociés. Ils sont au contraire en contact physique permanent.

— D'accord avec vous. Mais après l'accouchement ? La communication se poursuit, madame. C'est un fait avéré. La mère perçoit encore les besoins de son enfant à l'instant exact où il les ressent. Le lien n'est pas rompu. Vous appelez ça comment ? L'instinct maternel ? L'intuition féminine ? Bien sûr. Mais où finit l'intuition ? Où commence la clairvoyance ? Cette relation n'est-elle pas aussi une pure communication parapsychologique, qui ne repose sur aucun autre support que l'amour ?

Diane s'émiettait comme du pollen. Ces allusions à la relation mère-nourrisson l'anéantissaient. En même temps, ces paroles l'emplissaient d'une sérénité étrange. Elle-même l'avait ressenti : quand avait-elle mieux communiqué avec Lucien qu'en ces moments enchantés, baignés de silence, où l'enfant dormait entre ses bras ?

— Vous parlez bien, monsieur Andreas, mais je ne crois pas avoir avancé autant que je l'aurais désiré sur l'identité de mon fils adoptif.

— Vous avancerez quand Lucien reprendra conscience. S'il est véritablement un Veilleur, il saura vous persuader de ces réalités.

Diane salua l'homme et se dirigea vers la porte. Elle sentait un noyau de tristesse se dilater au fond de sa gorge. L'ethnologue la rappela :

— Attendez.

Il ajouta en s'avançant vers elle :

— Je pense tout à coup à quelqu'un. Un homme qui pourrait vous en dire plus sur les particularités psychiques de Lucien. Je suis un imbécile de n'y avoir pas pensé plus tôt. Il a voyagé dans ces régions. Il est même le seul, en vérité. Je dois avouer que je n'y suis jamais allé moi-même. Je n'ai travaillé que sur les bandes enregistrées par les déportés politiques de l'époque, les scientifiques du goulag.

Andreas cherchait déjà dans son agenda les coordonnées de la perle rare. Il nota le nom et l'adresse au dos d'une petite feuille quadrillée.

— Il s'appelle François Bruner. Il connaît les Tsevens. Et il connaît la question de la parapsychologie.

Elle saisit la page et lut.

— Il vit dans un musée ? demanda-t-elle.

— Il est le conservateur de sa propre fondation, oui, à Saint-Germain-en-Laye. Il possède une fortune colossale. Allez le voir. C'est un personnage fascinant. Le voyage ne vous prendra que quelques heures. Et ces heures éclaireront peut-être le reste de votre vie.

32

Tout alla très vite.

Elle se rendit d'abord à l'hôpital afin de découvrir la nouvelle chambre de Lucien, puis elle contacta l'homme de la fondation. L'accueil fut chaleureux : François Bruner paraissait intrigué par la présence d'un Veilleur en France. Il avait l'air également impatient d'exposer ses souvenirs et ses connaissances, à propos d'une région qu'il était l'un des rares Européens à avoir sillonnée. Rendez-vous fut pris le jour même, à dix-neuf heures.

Diane compta qu'il lui faudrait environ une heure

pour atteindre Saint-Germain-en-Laye, dans la banlieue ouest de Paris, et se mit en route, par précaution, dès dix-sept heures trente. Après avoir traversé Neuilly, elle contourna le quartier de La Défense par le boulevard circulaire et s'engagea sur la nationale 13, interminable ligne droite qui devait la conduire jusqu'à sa destination.

En chemin, elle ne se posa plus de questions sur son enquête. Son esprit était entièrement préoccupé par les paroles de Claude Andreas et les conceptions générales qu'elles impliquaient. Diane Thiberge, éthologue confirmée, était un esprit rationnel. Même si elle avait été troublée par l'efficacité mystérieuse de l'intervention de Rolf van Kaen, même si ses lectures sur l'acupuncture avaient enflammé son imagination, elle n'avait jamais cru, en profondeur, à une vérité qui aurait pu bouleverser sa propre conception de la réalité.

Comme la plupart des biologistes, Diane pensait que le monde, dans son extrême complexité, se résumait à une suite de mécanismes, physiques et chimiques, impliquant des éléments concrets et identifiés, se déployant sur l'échelle de l'infiniment petit à l'infiniment grand. Bien sûr, elle ne niait pas l'existence de l'esprit humain, mais elle le concevait comme une entité à part, dont la fonction était de percevoir et de comprendre. Une sorte de spectateur spirituel, assis aux loges de l'univers.

Elle le savait : c'était une vision réductrice et dépassée des rouages du cosmos. Une vision, héritée des pragmatistes du XIXᵉ siècle, qui excluait, implicitement, la conscience humaine de la logique du réel. Or, de plus en plus de scientifiques pressentaient que l'esprit, aussi invisible et impalpable soit-il, appartenait autant à la réalité qu'une molécule ou une étoile à neutrons. Que la conscience s'insérait, d'une manière encore inexpliquée, au sein de la grande chaîne du vivant, au même titre que n'importe quel élément tangible. Certains pensaient même que cette conscience n'était pas une entité passive mais influençait directement, au-delà des actes qu'elle pouvait susciter, le monde objectif, en tant que force pure.

Diane se concentra sur la route. Elle traversait Nanterre, où des rangées de platanes jouaient le rôle de cache-misère, dissimulant l'habituel bric-à-brac des banlieues — mélange terne et disgracieux de vieux immeubles, de pavillons maussades, de constructions trop modernes, rutilantes et glacées.

A Rueil-Malmaison, le paysage se modifia. Les peupliers remplacèrent les platanes, longues vrilles frétillantes de petites feuilles qui semblaient porter en elles des promesses d'eau et de verdure. Sur l'avenue Bonaparte, aux environs de la Malmaison, des murs d'enceinte se dressèrent, les pierres se couvrirent de vigne vierge, les portails se coiffèrent de toitures délicates. Les hautes demeures semblaient toiser le flux des voitures, au-dessus de leurs enclos, avec des airs de grands-ducs, comme si l'orgueil du château de la Malmaison avait contaminé tous les pavillons et les manoirs proches.

La circulation était fluide. Diane filait sans encombre. Ses pensées se fixèrent de nouveau sur son enquête. Lucien était-il un Veilleur ? Ses pouvoirs supposés existaient-ils ? Touchaient-ils à une dimension insoupçonnée de la réalité ? Rolf van Kaen avait dit : « Cet enfant doit vivre. » Nul doute qu'il connaissait la vérité à propos de Lucien — et que cette vérité expliquait sa propre intervention. Qu'attendait-il de lui ? Elle ne possédait aucune réponse mais elle était persuadée d'avancer dans la juste direction. Elle devait se concentrer sur ces facultés psi — même si elle n'y croyait pas, même si, pour elle, de telles histoires étaient des chimères. Ce qui comptait, à l'heure actuelle, ce n'étaient pas ses convictions, mais celles des tueurs du périphérique et de Rolf van Kaen.

A Bougival, elle rejoignit les rives de la Seine, découvrant au loin de longues îles boisées qui se reflétaient dans les eaux du fleuve. Un pont de pierre portait l'inscription « écluses de Bougival ». Diane prit le temps d'observer les barques, les péniches, les flots lissés de quiétude. Tout semblait ici respirer la villégiature, les déjeuners sur l'herbe, les trêves volées au tumulte parisien.

Elle roula encore vingt minutes et accéda à la Grande-Place du château de Saint-Germain-en-Laye. Dix-huit heures quarante-cinq sonnaient à l'horloge de l'église. Elle remonta de larges avenues, qui paraissaient porter encore l'empreinte des carrosses et des défilés royaux, puis prit, comme Bruner le lui avait conseillé, la direction de la forêt proprement dite. Elle s'enfonça dans des routes étroites, bordées de murs d'enclos aux éclats de gypse et aux lézardes de lierre. Le jour déclinait au-dessus des murets, les arbres semblaient s'agiter d'impatience, comme exaltés par l'approche des ténèbres. Diane renonça à allumer ses phares afin de mieux capter la lumière du dehors, qui lui paraissait devenir plus intense, plus précise, à mesure que la nuit tombait.

Enfin elle stoppa devant un portail à hautes grilles noires. En sortant de sa voiture, elle fut frappée par la fraîcheur de l'air : une enveloppe invisible qui réveillait ses sens et leur conférait une nouvelle acuité. Il était dix-neuf heures et l'obscurité s'approchait à grands rouleaux d'ombre. Diane songea encore une fois à son petit garçon. Soudain sa conviction prit une résonance définitive : dans quelques heures, elle posséderait une partie du secret.

33

Elle appuya sur l'interphone, surmonté d'une caméra. Pas de réponse. Elle fit une nouvelle tentative. En vain. Sans réfléchir, elle poussa la grille, qui pivota avec lenteur. Elle boucla son manteau de daim, dont le col formait une fine brosse de laine, emprunta l'allée de gravier. Elle marcha ainsi durant plusieurs minutes, longeant de vastes pelouses. Tout était désert. Elle ne percevait que les petits rires des arroseurs automatiques, invisibles dans l'obscurité. Enfin, au-delà d'un coteau de gazon, elle aperçut le bloc sombre du musée.

Le bâtiment devait dater du début du siècle. Il n'était que lignes de force et angles bruts, et semblait avoir été fondu dans les matériaux les plus lourds. Vert-de-gris des bronzes. Ocre brun des cuivres. Noir d'ombrage de l'acier. Diane s'approcha. La double porte principale était close. Les fenêtres de la façade, cadrées de métal, ne laissaient transparaître aucune lumière. Elle se souvint que François Bruner lui avait conseillé de contourner l'édifice afin de rejoindre la porte arrière, qui ouvrait directement sur ses appartements privés.

Le parc était cerné par les arbres et les ténèbres. Les cimes, secouées par les bourrasques, produisaient une symphonie froissée de feuilles. Parvenue à la façade opposée, elle sonna à une porte, mais n'obtint aucune réponse. Le professeur l'avait-il oubliée ? Elle rebroussa chemin, reprit la direction du portail extérieur, mais se ravisa. Elle se dirigea de nouveau vers l'entrée principale, gravit les quelques marches du seuil et tenta de tirer à elle la lourde porte.

Contre toute attente, elle s'ouvrit.

Diane pénétra dans un vestibule nimbé d'ombre, puis découvrit la première salle. Jamais elle n'aurait supposé qu'une telle pièce appartenait au bunker menaçant du dehors. Les murs, le sol et le plafond étaient blancs. Ils réfractaient avec intensité la clarté de la lune, qui filtrait par les fenêtres. A elles seules, ces surfaces nues constituaient une caresse pour le regard. Mais surtout, il y avait les tableaux. Des lucarnes de couleurs bigarrées, flamboyantes, qui ressemblaient à des ouvertures sur un autre monde. Diane s'avança et comprit que la fondation consacrait une exposition à l'œuvre de Piet Mondrian.

Elle n'était pas réellement une spécialiste de l'art pictural, mais elle admirait particulièrement cet artiste néerlandais dont elle possédait de nombreuses reproductions. Le long des murs, elle identifia aussitôt les œuvres de sa première période : des moulins échevelés, aux ailes fantasques, qui se découpaient sur des ciels embrasés et semblaient annoncer une combustion du monde imminente.

Dans la deuxième salle, Diane découvrit d'autres toiles de la même période. Des arbres cette fois — des arbres d'hiver, sombres, hiératiques, saupoudrés d'éclats, abritant dans les interstices de leur écorce les tons les plus fous. Il y avait aussi des arbres printaniers — noirs et rouges, comme injectés de feu, qui paraissaient près de se fondre en une explosion pastorale. Diane avait toujours pensé que cette sève brûlante, ces ciels de fournaise portaient en eux une promesse. Qu'ils recelaient déjà la profonde mutation de l'art de Mondrian.

Elle savait que, dans la troisième salle, s'ouvrirait cette mutation.

Elle franchit le seuil et sourit en contemplant les toiles de la maturité. A partir des années vingt, les arbres de Mondrian s'étaient étirés, alignés, épurés, ses ciels s'étaient ordonnés, lissés, et le véritable printemps du peintre avait éclos. Non pas en fleurs ni en fruits, mais en carrés, rectangles, formes géométriques d'une absolue pureté. A partir de ce moment, Mondrian n'avait plus peint que des compositions ascétiques, assemblant des figures strictes et des couleurs monochromes. On avait coutume de parler de « rupture » dans son œuvre, mais Diane n'était pas d'accord. A ses yeux, c'était au contraire une alchimie naturelle. Au bout du lyrisme incandescent des premières années, au fond de ses paysages de terre et de feu, l'artiste avait trouvé la quintessence de sa propre peinture. La géométrie parfaite des axes et des couleurs.

Eblouie, Diane avançait sans mesurer l'absurdité de la situation. Elle se trouvait, seule, dans un musée privé, où elle était censée rencontrer le spécialiste d'une ethnie turco-mongole. Elle déambulait, sans surveillance, sans contrainte, parmi des toiles qui devaient valoir chacune plusieurs dizaines de millions de francs. Elle passa dans une nouvelle salle, s'attendant déjà à contempler les fameux *Boogie-Woogie*, les œuvres ultimes de l'artiste, réalisées à New York et...

Un bruissement lui fit tourner la tête.

Deux silhouettes se tenaient dans la salle précédente. Elle songea à des gardiens, mais se ravisa aussitôt. Les deux hommes, vêtus de noir, portaient des amplificateurs de lumière et tenaient chacun un fusil d'assaut surplombé d'un désignateur laser. Une certitude jaillit dans son esprit : les complices du périphérique. Ils l'avaient suivie jusqu'ici et allaient l'assassiner, au fond de cette salle d'exposition.

Elle jeta un regard derrière elle. Aucune porte, aucune issue. Les hommes avançaient avec lenteur. Diane recula. Leur arme décochait un faisceau rouge. D'une manière absurde, elle fut frappée par la beauté de la scène : les toiles qui reflétaient la clarté bleutée de la lune, les deux attaquants au regard de scarabée, le point grenat de leur fusil qui s'étoilait dans ces ténèbres de craie.

Elle n'éprouvait aucune peur. Déjà une autre pensée se formait dans son esprit : cet affrontement, d'une obscure façon, elle l'avait attendu durant quinze années. C'était son heure de vérité. L'heure de démontrer qu'elle n'était plus la jeune fille vulnérable de Nogent-sur-Marne. Elle revit les saules, les lumières vitrées. Elle sentit la terre froide sur ses hanches. Les deux ombres approchaient toujours. Elles n'étaient plus qu'à quelques mètres.

Un pas encore.

Elle vit l'une des mains gantées appuyer sur la détente.

Il était trop tard.

Pour eux.

Elle bondit et frappa du tranchant de la main — sao fut shou. Le premier homme fut touché net à la gorge et s'affaissa. Le deuxième braqua son fusil, mais elle pivotait déjà, détendant sa jambe en coup de pied retourné. Le tueur fut propulsé en arrière. Elle entendit le « plop » de l'arme munie d'un silencieux qui arrachait la pierre d'un mur. Aussitôt après, ce fut le silence. Plus rien ne bougeait. Tremblant des pieds à la tête, elle s'approcha des deux corps inertes.

Un coup métallique la renversa. Une onde de souffrance l'irradia. Elle tenta de se relever sur un genou mais un nouveau choc l'atteignit au visage. Ses lunettes volèrent. Sa bouche s'inonda de sang. Elle s'écroula, déduisant avec un temps de retard qu'il y avait un troisième homme, planqué dans l'angle mort de la salle. Les coups se mirent à pleuvoir. Des poings serrés, des martèlements de rangers, des angles de crosses. Les deux autres hommes s'étaient remis debout et joints à l'exécution. Les mains serrées sur la tête, Diane n'avait qu'une pensée : « Ma boucle. Ils vont arracher ma boucle. » En guise de réponse, elle sentit un flux tiède s'écouler de ses lèvres. Elle se recroquevilla et palpa son nez, pour sentir la peau fendue et la cloison nasale à vif. Cette seule idée eut raison de ses dernières forces : elle se replia encore, ne tressautant même plus aux coups qui la bombardaient.

Il y eut un bref répit. Elle rampa, tendit la main pour s'agripper au mur. Elle ne put achever son geste. Une chaussure ferrée la frappa en plein torse, arrêtant net sa respiration. L'étouffement violenta tout son être. Un suspens, un pur néant de temps et d'espace, s'éleva, puis Diane s'écroula, se sentant vomir par spasmes. Un poing ganté la saisit par les cheveux et la retourna, lui plaqua les épaules sur le ciment. L'homme dégaina un couteau d'un étui plaqué sur sa jambe. La lame crénelée s'approcha, luisant d'un éclat de lune. La dernière pensée de Diane fut pour Lucien. Elle lui demanda pardon. Pardon de n'avoir pas su le défendre. De n'avoir pas compris son secret. De n'avoir pas su rester en vie pour lui prodiguer tout l'amour que...

La détonation retentit.

Sourde, étouffée, profonde.

Sous l'amplificateur de lumière, l'expression du tueur changea.

Ses traits parurent tomber, se figer.

De nouveau, la détonation écorcha le silence.

L'assassin se plia, les lèvres arrondies en une expression de stupeur.

Diane mit une seconde à comprendre que c'était elle qui tirait. Alors qu'elle prononçait mentalement sa prière, son corps, encore acharné à vivre, avait cherché une autre voie. Ses mains avaient tâtonné, traqué, trouvé l'automatique du meurtrier, glissé dans sa ceinture. Du pouce, elle avait soulevé l'attache de l'étui qui retenait l'arme. Des autres doigts elle avait extirpé le calibre, orienté le canon et pressé la détente.

Elle tira une nouvelle fois.

Le corps tressauta lourdement. Il s'affaissa sur elle, alors qu'elle se décalait déjà, bras tendu, pour braquer les deux autres adversaires. Ils avaient disparu. Elle n'eut que le temps d'apercevoir les stries des désignateurs laser qui passaient dans la salle des *Compositions*. Elle repoussa le cadavre, ramassa le fusil d'assaut et traversa l'espace en diagonale. Elle se plaqua dans un angle mort, fusil serré contre le torse. Malgré l'état de choc, malgré le sang qui trempait ses vêtements, elle sentit son corps se résoudre en une seule sentence : ils n'auraient pas sa peau. D'une manière ou d'une autre, elle s'en sortirait.

Elle lança un coup d'œil vers le seuil et eut alors une idée.

Les tableaux.

Les tableaux allaient lui sauver la vie.

Elle avait déjà utilisé des amplificateurs de lumière pour observer le comportement nocturne des fauves, dans la brousse africaine. Elle savait que le champ de vision de ces appareils était baigné d'une lueur verte et n'offrait qu'une faible distinction entre les couleurs. Elle songea aux désignateurs laser — ces mires rouges que les tueurs devaient fixer pour tirer et qui devaient être moins précises dans ce halo verdâtre. Si elle parvenait à troubler la netteté de ces points en passant exclusivement devant les toiles rouges, elle obtiendrait quelques secondes de répit, qui lui suffiraient peut-être pour traverser la salle.

Sans plus réfléchir, elle s'élança. Elle vit aussitôt les deux sillons converger vers elle et la dépasser — les deux assaillants étaient tapis, comme elle l'avait prévu, de part et d'autre de l'embrasure. Elle visa aussitôt la *Composition n° 12*, où se déployait un carré rouge, puis se lança vers une *Composition avec rouge, jaune et gris*. Elle voyait virevolter les deux points écarlates, telles des mouches cruelles. Elle courut encore. Sa technique fonctionnait. Les tueurs ne voyaient rien. Elle longea les carmins du tableau suivant et aperçut le seuil de la salle suivante. C'était gagné.

À ce moment, elle glissa. Sa tête frappa le ciment. Des étoiles explosèrent sous son crâne. Une douleur traversa sa cheville. Elle se retourna aussitôt : les tueurs étaient sur elle. Elle s'arc-bouta sur le flanc droit, appuya sur la détente du fusil d'assaut coincé dans le pli de son bras. La force du recul la projeta contre le mur, mais elle vit, dans l'éclair bleuté du silencieux, une ombre tressautant dans des crépitations de mort.

Le deuxième agresseur s'arrêta. Elle tira encore. Le miracle ne se reproduisit pas — son fusil s'était enrayé. Elle lâcha l'arme, dégaina de la main droite l'automatique qu'elle avait glissé dans sa ceinture et braqua l'homme qui n'était plus qu'à un mètre. De nouveau, un « clic » atroce se substitua à la détonation espérée. Diane était stupéfaite. Tout était fini pour elle. Le tueur la visa. Elle aperçut sa jambière, se souvint de la lame commando, se jeta sur l'étui. Elle arracha le couteau, se propulsa d'un bond et enfonça la lame dans la gorge. Elle hurla pour ne pas entendre le métal qui crissait sur les chairs ouvertes.

D'un geste elle s'écarta, abandonnant le couteau au larynx déchiré. Hagarde, couverte de sang, elle recula, posant son pied gauche à terre et sentant aussitôt une souffrance aiguë. Elle sautilla sur place, grand héron pataugeant dans une flaque brunâtre, puis aperçut une porte, sur la droite, qui se matérialisait comme par miracle. Elle s'orienta dans cette direction, à cloche-pied, chuta une nouvelle fois, se redressa sur un genou et poussa la paroi. Elle comprit, dans un chaos de pensées convulsives, qu'elle venait de pénétrer dans l'appartement de François Bruner.

34

Elle ne percevait pas le moindre bruit, le moindre frémissement. Elle ne bougeait plus, échine contre le bois, clouée sur son coccyx. Les hommes aux yeux d'insecte avaient-ils assassiné François Bruner ? Ou était-il parvenu à s'enfuir ?

Diane tenta de se relever. Ce simple mouvement lui coûta d'horribles souffrances. Son corps se refroidissait. Dans quelques minutes, les coups qu'elle avait encaissés s'approfondiraient et formeraient des caillots de douleur. A partir de là, elle ne pourrait plus accomplir le moindre geste. Il fallait donc qu'elle agisse vite, qu'elle découvre une issue pour s'enfuir.

En claudiquant, elle s'enfonça dans l'obscurité, tenant sa main sur son nez qui saignait abondamment. Sans lunettes, elle évoluait dans un monde de formes vagues et de blocs indistincts. Seules des veilleuses, en hauteur, la guidaient dans ses tâtonnements. Au bout du corridor, elle découvrit une salle rectangulaire, creusée d'un bassin sans profondeur. Pour franchir cet obstacle, il fallait emprunter une passerelle de fer, juste au-dessus des eaux, puis remonter quelques marches jusqu'aux pièces suivantes. Diane s'attaqua à l'épreuve sans s'arrêter sur la singularité de l'architecture. Elle traversa le pont de lames de métal, en remarquant que des coupelles d'huile flottaient, surmontées d'une mèche allumée. De véritables nénuphars de feu.

Elle accéda à une nouvelle pièce, un carré parfait. La suivante était un rectangle, aux murs blancs et aux parquets noirs. Les rayons de la lune, qui filtraient par une longue baie vitrée, éclairaient des esquisses alignées — des rites de sacrifice dessinés à l'encre de

Chine, dont le papier semblait avoir été torturé par la plume.

En d'autres circonstances, Diane aurait été frappée par la rigueur et la beauté de ces lieux. Mais, à cet instant, elle pleurait et s'efforçait de ne pas trop se répandre en gouttes rouges qui s'écrasaient au sol aussi lourdement que de la cire chaude. Elle commençait à désespérer de trouver une sortie quelconque quand elle aperçut, au fond d'un couloir, une porte entrouverte sur un rai de lumière. Des miroitements et des clapotis la renseignèrent : une salle de bains. C'était une solution intermédiaire : s'arrêter pour se rincer le visage afin de repartir plus vaillante.

La pièce était conçue sous le signe du jade et du bronze. Des blocs et des plaques, taillés dans ces matériaux, se déployaient à travers l'espace. De lourdes vitres teintées se dressaient le long des murs, comme des paravents d'eau de mer. Une baignoire était creusée dans une pierre polie et verdâtre. Sur des barres noires, des serviettes distillaient des nuances d'algues sombres. Et partout, le long des fenêtres, le long des carreaux, à la verticale des éviers et des faïences blanches, des tiges de bronze, doublées en parallèles, se démultipliaient jusqu'à se perdre dans le jeu infini des miroirs.

Elle repéra le lavabo et ouvrit le robinet. Le jet de fraîcheur lui fit du bien. Son saignement s'apaisa, ses douleurs s'estompèrent. Elle remarqua alors que l'eau, au fond de la vasque, contenait des fibres transparentes — des membranes minuscules. Elle releva la tête et s'aperçut que, sur sa gauche, dans la baignoire à sec, ces mêmes pellicules se roulaient, se torsadaient en lambeaux diaphanes. Elle songea à un film plastique mais, lorsqu'elle saisit un des fragments, elle comprit que la texture était organique.

De la peau.

De la peau humaine.

Elle se retourna et chercha, d'instinct, l'origine de cette nouvelle aberration. Ce qu'elle découvrit lui arracha un cri. Au centre de la pièce trônait une table de massage en marbre noir. Sur le bloc, un corps était étendu, recouvert par un rideau de douche couleur émeraude. A travers les plis transparents, elle pouvait discerner la forme d'un homme très maigre. François Bruner ? D'une main tremblante, elle tira sur le rideau qui glissa sur le sol. Le corps apparut d'un coup, dans toute sa nudité.

L'homme était allongé, bras croisés sur le torse. Il avait la position des statues de chevaliers qui reposent dans les chapelles édifiées au Moyen Age. La comparaison ne s'arrêtait pas là : ce corps vieilli, décharné, dont les os saillaient sous la peau, semblait entretenir un lien, une connivence esthétique avec la décoration symétrique de la salle de bains, comme les chevaliers sculptés partagent avec l'architecture gothique un air de solennité inaltérable.

Le cadavre semblait pelucher, littéralement. Des peaux très fines pendaient de part et d'autre de ses membres, ou se froissaient sur son torse, révélant dessous une peau toute neuve — rosâtre. Diane s'efforça de ne pas perdre les quelques traces de sang-froid qu'elle possédait encore et s'avança. Elle reçut un nouveau choc. Maintenant qu'elle n'était plus qu'à un mètre du corps, elle pouvait distinguer très nettement son abdomen — et la fine incision qui barrait sa chair, juste en dessous du sternum.

François Bruner avait été tué de la même façon que Rolf van Kaen.

Qu'est-ce que cela signifiait ? Qui s'était chargé de cette exécution ? Les trois salopards aux fusils d'assaut ? Elle n'y croyait pas : ce n'était pas leur style. Et pourquoi auraient-ils placé ensuite leur victime sur le bloc de marbre ?

Elle reculait quand elle remarqua ce qu'elle aurait

dû remarquer depuis le début et qui redistribuait tous les éléments : le visage du vieil homme. Le front dégarni. Les pommettes en silex. Les paupières lourdes.

C'était l'homme à la parka antiradioactive.

L'homme qui avait tenté de les tuer, elle et son fils, trois semaines auparavant.

35

A l'exception du lit, sa chambre d'hôpital ne contenait aucun mobilier. La pièce était plongée dans l'obscurité. Allongée un bras replié sur le visage, Diane Thiberge ne pouvait apercevoir, sous le pas de porte éclairé, que les pieds du flic qui montait la garde. Elle consulta sa montre. Six heures du matin. Elle avait donc dormi toute la nuit. Elle ferma à nouveau les paupières et rassembla ses pensées.

Dans la salle de jade et de bronze, au moment exact où elle avait reconnu l'homme à la peau de serpent, des lueurs tournoyantes avaient jailli au fond du parc. La police. Sur l'instant, Diane en avait éprouvé un étrange soulagement : c'était le premier élément rationnel de cette aventure. Il y avait donc un système d'alarme dans ce musée. Les tableaux étaient protégés — il fallait qu'ils le soient. L'affrontement avait provoqué une alerte, un appel au commissariat de Saint-Germain-en-Laye. Elle s'était alors souvenue des corps, de ses empreintes sur les armes abandonnées. Qui croirait qu'une jeune femme était parvenue à éliminer trois meurtriers équipés de fusils d'assaut ? Elle pouvait éviter d'avouer ses crimes. Après tout, elle n'avait utilisé que leurs propres automatiques...

Avec effort, elle était retournée dans la salle des *Compositions* et avait disposé armes et corps en respectant la trajectoire des balles qu'elle avait tirées. Elle avait aussi retrouvé ses lunettes. Intactes. Cette découverte avait contribué à lui éclaircir les idées. Elle avait arraché leurs gants aux hommes et écrasé leurs empreintes respectives sur chacune des crosses. Lorsque les flics étaient entrés dans le musée, ils n'avaient vu qu'une femme prostrée, entourée de cadavres et de tableaux de Mondrian.

La suite avait été encore plus facile à jouer. Dans la voiture, il lui avait suffi de s'abandonner à son propre abattement. Les enquêteurs avaient formulé autant de réponses que de questions, déduisant eux-mêmes que les trois hommes s'étaient entre-tués après l'avoir agressée. Curieusement, ils semblaient persuadés qu'elle n'avait pas été le sujet de l'affrontement. Diane n'avait pas insisté, mais elle pressentait que les flics avaient déjà identifié les tueurs.

A la clinique du Vésinet-Le Pecq, le médecin de garde s'était montré rassurant. Elle souffrait seulement d'hématomes. Quant aux douleurs à la cheville gauche, il ne s'agissait que d'une entorse légère. Ses seules véritables blessures étaient liées à ses propres parures : sa boucle d'or avait déchiré l'aile droite du nez jusqu'aux cartilages. Quant au rivet incrusté dans son nombril, il avait fallu une demi-heure de chirurgie sous anesthésie locale pour le récupérer.

Après lui avoir administré des sédatifs, on l'avait installée dans cette chambre close. Elle s'était aussitôt endormie mais maintenant, engourdie par les analgésiques, elle se sentait planer dans l'espace, sans ressentir aucune douleur. Seule une lucidité intense, presque irréelle à force de clarté, l'habitait. Et lui permettait de dresser une liste de ses convictions.

Le 22 septembre 1999, François Bruner, conservateur de la fondation Bruner, grand voyageur, spécialiste des Tsevens et de la parapsychologie, avait tenté d'assassiner Lucien, en organisant, avec ses complices, un accident sur le boulevard périphérique parisien.

Le 5 octobre 1999, Rolf van Kaen, chef anesthésiste du service de chirurgie pédiatrique de l'hôpital Die Charité, avait pratiqué une intervention clandestine sur l'enfant, espérant le sauver grâce à la technique de l'acupuncture.

Ces deux hommes connaissaient sur Lucien une vérité que Diane ignorait — peut-être la véritable nature de son pouvoir qui exigeait de l'un qu'il le détruise et qui intimait, au contraire, à l'autre de le sauver.

Quel était ce pouvoir ? Diane écarta cette question sans réponse pour se concentrer sur sa dernière conviction. Peut-être la plus terrible.

Il existait un autre tueur dans cette affaire.

L'homme qui avait broyé le cœur de Rolf van Kaen dans les cuisines de l'hôpital Necker, durant la nuit du 5 octobre 1999. L'homme qui avait pratiqué la même opération, le 12 octobre 1999, à l'intérieur du corps de François Bruner, sans doute quelques heures avant l'arrivée de Diane dans le musée.

Le cliquetis du verrou retentit. Deux policiers en uniforme pénétrèrent dans la chambre, auréolés par la lumière du jour. Dans leur sillage, une haute silhouette apparut. Diane attrapa ses lunettes. Elle reconnut le pull noir, les cheveux paille de fer. Patrick Langlois paraissait plus rêche encore que d'habitude.

En découvrant le visage tuméfié de Diane, il émit un sifflement admiratif, puis menaça :

— Il serait peut-être temps d'arrêter les conneries, non ?

36

Dans la voiture, le premier réflexe de Diane fut d'abaisser le pare-soleil et de contempler son visage dans le miroir. Un hématome bleuté partait de sa tempe gauche et descendait jusqu'au menton. Du même côté, la joue gonflait déjà, sans parvenir toutefois à déformer ses traits osseux. Le blanc de l'œil gauche, voilé de sang, lui donnait un curieux regard vairon. Quant à la blessure du nez, les fils et les croûtes brunes étaient camouflés par un pansement hémostatique. Elle s'attendait à pire.

Sans un mot, Langlois démarra et s'engagea parmi le flux des voitures matinales. Il avait pris le temps, dans le hall de la clinique, de lui passer un savon à propos de son imprudence et de ses manières solitaires. Diane espérait qu'il n'allait pas recommencer — sa migraine ne l'aurait pas toléré. Mais, au premier feu rouge, il extirpa de son dossier kraft une liasse de feuillets et la lui déposa sur les genoux.

— Lisez ça.

Diane ne baissa même pas les yeux. Au bout de quelques minutes, tout en conservant un œil sur le trafic, le lieutenant demanda :

— Qu'est-ce qu'il y a encore ?

Elle fixait toujours la route.

— Je ne peux pas lire en voiture. Ça me fout la gerbe.

Langlois grogna. Il semblait excédé par les caprices de Diane.

— Okay, soupira-t-il, je vais vous expliquer. Ce dossier est celui de votre portrait-robot.

— François Bruner ?

— Il s'appelait en réalité Philippe Thomas. Bruner était un nom d'emprunt. C'est assez courant chez les espions.

— Les espions ?

Il se racla la gorge, le regard braqué sur la route.

— Quand on a soumis ce visage à notre trombinoscope, on a tout de suite obtenu quelque chose, côté DST, la Direction de la surveillance du territoire. François Bruner-Philippe Thomas était fiché depuis 1968. A cette époque, l'homme était professeur de psychologie à la faculté de Nanterre. Un prodige, à peine âgé de trente ans. Un spécialiste de Carl Gustav Jung. J'aurais dû me souvenir de son nom. (Il eut un sourire d'excuse.) J'ai moi-même eu ma période Jung. Bref, en 1968, Thomas, qui est au départ un fils de grande famille, devient l'un des principaux agitateurs communistes des barricades.

Diane revoyait l'homme à la houppelande verte, dressant son index. Son visage cinglé par la pluie, parmi les buissons du périphérique. Langlois poursuivait :

— En 1969, le bonhomme disparaît. En fait, déçu par l'échec de la révolution, Thomas a décidé de passer à l'Est.

— Quoi ?

— L'intellectuel a franchi le Rideau de fer. Il s'est installé là où la cause du peuple triomphe : l'URSS. Je m'imagine assez bien la tête de son père, l'un des plus grands avocats d'affaires de la France gaullienne, quand il a appris la nouvelle.

— Ensuite ?

— On ne sait pas trop ce qu'il fait là-bas. Mais il est certain qu'il voyage dans les régions qui nous intéressent, notamment en République populaire de Mongolie.

La voiture remontait la nationale 13, sur la voie de gauche. Le soleil baignait les cimes des arbres rougeoyants, qui semblaient distiller dans l'air un brouillard pourpre. Diane regardait distraitement les grilles des parcs, les vastes manoirs, les immeubles clairs, noyés sous les feuillages. Elle ne retrouvait plus la réalité et la précision de son périple de la veille. Le lieutenant de police continuait :

— En 1974, c'est le grand retour. Thomas frappe à la porte de l'ambassade de France, à Moscou. Le système soviétique l'a anéanti. Il implore le gouvernement français de l'accueillir de nouveau. A cette époque, tout est possible. Ainsi, ce transfuge qui est passé à l'Est cinq ans plus tôt demande l'asile politique... à son propre pays !

Langlois brandit le dossier, à la manière d'une pièce à conviction, tout en tenant son volant de l'autre main.

— Je vous jure que tout cela est véridique.

— Et... après ?

— Tout devient encore plus trouble. On retrouve Thomas, en 1977, devinez où ? au sein de l'armée française, en tant que conseiller civil.

— Dans quel domaine ?

Langlois sourit.

— Il travaille, en qualité de psychologue, dans un institut de santé des armées, spécialisé dans la médecine aéronautique. En réalité, cet institut est une couverture pour accueillir et interroger les dissidents communistes qui ont demandé l'asile politique à la France.

Diane commençait à saisir le revirement de situation.

— Vous voulez dire que c'est lui qui interroge maintenant les transfuges soviétiques ?

— Absolument. Il parle russe. Il connaît l'URSS. Il est psychologue. Qui d'autre que lui pourrait mieux évaluer leur degré de franchise et de crédibilité ? En vérité, je crois qu'il n'a plus le choix. Il paye ainsi sa dette au gouvernement français.

Langlois se tut quelques secondes, reprenant son souffle, puis acheva son récit :

— Durant les années quatre-vingt, l'atmosphère commence à se détendre entre l'Est et l'Ouest. C'est le temps de la glasnost, de la perestroïka. Les autorités militaires lâchent la bride à Thomas, qui retrouve sa liberté. Il n'a même pas cinquante ans. Il vient d'hériter d'une colossale fortune familiale. Il ne reprend pas l'enseignement. Il préfère investir dans des toiles de maîtres et créer sa propre fondation, qui accueille aussi des expositions temporaires, comme celle de Mondrian en ce moment. Thomas ne cache plus son passé de transfuge. Au contraire, il donne des conférences sur les régions de Sibérie qu'il a visitées et sur ces peuples qu'il est un des rares Européens à connaître, notamment les Tsevens, l'ethnie de votre enfant.

Diane réfléchit. Ces informations tournoyaient dans sa tête. Les noms. Les faits. Les rôles. Chaque élément s'assemblait et amorçait une véritable logique. Elle finit par demander :

— Vous, que pensez-vous de tout ça ?

Il eut un haussement d'épaules.

— Je reviens à ma première théorie. Une histoire qui date de la guerre froide. Un règlement de comptes. Ou une affaire d'espionnage scientifique. Je le pense d'autant plus maintenant que je me suis penché sur le laboratoire nucléaire, là...

— Le tokamak ?

— Oui. D'après ce que j'ai compris, la fusion nucléaire n'est pas une technologie encore au point, mais c'est un truc très prometteur. Cette technique représente même l'avenir de l'énergie nucléaire.

— Pourquoi ?

— Parce que les centrales actuelles consomment de l'uranium et qu'il s'agit d'un matériau limité sur Terre. En revanche, la fusion contrôlée consomme des produits issus de... l'eau de mer. Autrement dit, un combustible illimité.

— Et alors ?

— Alors nous sommes en train de parler d'enjeux énormes, d'intérêts mondiaux. Dans cette affaire, tout tourne, à mon avis, autour des secrets du tokamak. Van Kaen a travaillé là-bas. Thomas a dû y passer, c'est certain, quand il voyageait en Mongolie. Et je viens d'apprendre que le patron du TK 17, Eugen Talikh, est lui aussi passé à l'Ouest, en 1978. Il s'est installé en France, avec la bénédiction de Thomas !

— Ça devient un peu compliqué pour moi.

— Ça devient compliqué pour tout le monde. Mais une chose est sûre : ils sont tous là.

— Qui ça, ils ?

— Les anciens membres de l'unité nucléaire. En France ou en Europe. J'ai lancé une recherche sur Eugen Talikh. Il a travaillé dans les premiers centres de fusion contrôlée qui se sont construits en France, dans les années quatre-vingt. Il est aujourd'hui à la retraite. Il faut qu'on le déniche au plus vite. Sinon je ne serais pas étonné de découvrir son cadavre quelque part, le cœur en charpie.

— Mais... pourquoi assassiner ces hommes ? Et pourquoi de cette façon ?

— Aucune idée. Je n'ai qu'une certitude : le passé refait surface. Un passé qui provoque non seulement ces meurtres mais oblige aussi les anciens savants à retourner là-bas.

Diane marqua sa surprise. Langlois dressa une nouvelle feuille photocopiée.

— On a retrouvé ces notes chez Thomas : des horaires de vols à destination de Moscou et de la République populaire de Mongolie. Il s'apprêtait lui aussi à partir en RPM. Comme van Kaen.

Diane sentait les effets des analgésiques redoubler. Elle interrogea, revenant à ses inquiétudes :

— Et mon fils adoptif ? Qu'a-t-il à voir avec tout ça ?

— Même réponse : aucune idée. J'ai creusé, à tout hasard, du côté de la fondation grâce à laquelle vous avez adopté Lucien...

Diane tressaillit :

— Qu'avez-vous trouvé ?

— Rien. Ils sont blancs comme neige. A mon avis, tout a été organisé à leur insu. Je pense qu'on a simplement placé l'enfant à proximité de l'établissement afin qu'il soit recueilli par eux.

Langlois tourna tout à coup sur la gauche et emprunta une voie rapide. Il passa une autre vitesse et s'engagea, à fond, sous un large tunnel, ponctué par des rangées suspendues d'hélices. Diane n'était plus certaine de ses hypothèses. Peut-être avait-elle tout faux. Peut-être cette affaire n'avait-elle rien à voir avec les prétendus pouvoirs de Lucien mais convergeait-elle plutôt vers les recherches nucléaires. Pourtant Langlois ajouta, comme pour réamorcer la piste de la parapsychologie :

— Il y a un dernier fait, chez Philippe Thomas, qui me chiffonne... Il semblerait que l'intellectuel était doué de pouvoirs psi.

Diane retint son souffle.

— C'est-à-dire ? demanda-t-elle.

— Selon plusieurs témoignages, il était capable de déplacer des objets à distance, de tordre le métal. Des trucs à la Uri Geller. Les spécialistes appellent ça la psychokinèse. A mon avis, Thomas était surtout un mec habile, un genre de manipulateur, et...

— Attendez. Vous voulez dire qu'il pouvait influencer la matière par la pensée ?

Le flic lança un coup d'œil amusé à Diane.

— J'aurais plutôt cru que cette idée vous ferait marrer. En tant que scientifique, vous...

— Répondez à ma question : il pouvait influencer la matière ?

— C'est ce que raconte son dossier, oui. Plusieurs

expériences auraient été tentées selon un protocole très strict — avec des objets sous Pyrex scellé par exemple —, et...

Diane encaissa le choc. Cet instant marquait un tournant décisif dans ses propres investigations : soit elle refusait le versant paranormal de l'affaire et elle abandonnait l'enquête, soit elle plongeait dans cette réalité obscure et effectuait un pas de géant.

En effet, si elle admettait le pouvoir de Philippe Thomas, le dernier mystère de son accident s'expliquait enfin. Grâce à la puissance de son esprit, l'homme à la houppelande avait pu ouvrir, à distance, la boucle de ceinture de sécurité de Lucien.

Une boucle en métal.

Diane était atterrée. Elle ne pouvait croire à un tel prodige et, en même temps, en admettre la réalité donnait une nouvelle cohérence aux événements. Ainsi, comment ne pas supposer qu'un homme capable d'un tel miracle soit convaincu, en retour, des pouvoirs de l'enfant Veilleur ? Comment ne pas supposer, de nouveau, que le mobile de la tentative d'assassinat était lié à une éventuelle faculté psi de Lucien ?

— Diane, vous m'écoutez ?

Elle émergea de ses réflexions :

— Je vous écoute, oui.

— Les flics de Saint-Germain ont identifié les trois hommes qui se sont entre-tués dans le musée.

— Déjà ?

— Ils les connaissaient. A la fin du mois d'août, Thomas a fait venir de la Fédération de Russie trois anciens militaires d'élite — des spetsnaz — reconvertis dans des boulots de gardiennage. Officiellement, il les a embauchés pour renforcer la sécurité de sa fondation durant l'exposition Mondrian. Mais, renseignements pris, ces types ont déjà travaillé pour différentes mafias russes. L'histoire ne dit pas comment

Thomas les avait trouvés mais, à mon avis, il avait gardé des accointances à Moscou.

Diane revit les violences de la nuit dernière : les bottes ferrées s'acharnant sur son visage, les silhouettes tressautant sous ses propres balles. Comment avait-elle pu survivre à ça ? Langlois poursuivait :

— A l'évidence, Thomas les a plutôt choisis pour organiser « l'accident » du périphérique. Mais je pense aussi qu'il craignait quelque chose. Ou quelqu'un. Comme le tueur qui a réussi à s'infiltrer dans le musée hier après-midi...

Il se tourna vers elle et appuya la suite de sa phrase :

— « Notre » tueur, Diane. Celui qui a éliminé Rolf van Kaen. A partir de là, les événements de la nuit dernière sont faciles à reconstituer : en fin de journée, les trois Russes ont découvert le corps et l'ont placé dans la salle de bains. Puis ils se sont engueulés, sans doute à propos d'une histoire d'argent — ils devaient être tentés d'emporter un ou deux tableaux avec eux. Là-dessus, vous arrivez et cela met encore de l'huile sur le feu. Ils s'entre-tuent alors avec leurs propres armes. C'est bien ce que vous avez dit aux flics, non ?

— Absolument.

— Je dirais que ça colle à peu près.

— Pourquoi : à peu près ?

— Il reste à reconstituer la scène, à vérifier les positions des corps, la trajectoire des balles. Je vous souhaite que tout coïncide.

La voix de Langlois était chargée d'incrédulité, mais Diane fit mine de ne pas s'en apercevoir. Ses pensées devenaient de plus en plus confuses. Sur ces eaux sombres surnagea un nouveau souvenir : le cadavre de Philippe Thomas, rose et abject, froissé de fines peaux mortes. Elle demanda :

— Qu'est-ce que vous savez sur la maladie de Thomas ?

Langlois s'étonna :

— Vous avez vu le corps ?

Diane avait gaffé. Il était trop tard pour reculer.

— Après la tuerie, oui, dit-elle. Je suis entrée dans son appartement et...

— Et vous êtes retournée ensuite dans le musée ?

— Oui.

— Vous l'avez dit aux flics de Saint-Germain ?

— Non.

— Vous jouez un jeu absurde, Diane.

— Thomas était bien malade, non ?

Le lieutenant soupira :

— Ça s'appelle une érythrodermie désquamative. Une forme d'eczéma très intense, qui provoque de véritables pelades. D'après ce que j'ai compris, Thomas changeait régulièrement de peau.

Diane se dit tout à coup que l'homme portait peut-être une houppelande pour protéger son corps en pleine mue. Mais ses pensées s'effilochaient. Elle se sentait gagnée par le sommeil. Elle s'aperçut qu'ils parvenaient à la porte Maillot. La circulation devenait beaucoup plus dense et Langlois, sans hésiter, plaqua sur le toit de sa voiture un gyrophare magnétique. Il remonta ainsi l'avenue de la Grande-Armée, sirènes hurlantes. Elle se blottit au fond de son siège et s'abandonna à sa propre torpeur.

Quand elle se réveilla, la voiture traversait la place du Panthéon. Sans savoir pourquoi, l'idée d'avoir dormi pendant que le policier sillonnait la capitale à pleine vitesse lui plaisait. Patrick Langlois s'arrêta à l'entrée de la rue Valette et sortit un journal plié de sa poche de manteau.

— Le plus beau pour la fin, Diane : *Le Monde* d'hier soir.

Elle repéra aussitôt l'article qu'il lui montrait, sur la page de droite. Le papier relatait en détail le meurtre de Rolf van Kaen, dans la nuit du mardi

5 octobre. Le journaliste évoquait également la guérison miraculeuse de Lucien et l'accident de Diane Thiberge, belle-fille de Charles Helikian, « importante personnalité » du monde des affaires et de la politique. Langlois commenta :

— Votre beau-père est furieux. Il a appelé le préfet.

Diane releva les yeux.

— D'où provient la fuite ?

— Aucune idée. De l'hôpital, sans doute. Ou bien de chez nous. Franchement : je m'en fous. Je ne sais même pas si ça ne peut pas nous aider. En tout cas, cela va provoquer des réactions.

Langlois remit en ordre son dossier. Diane remarqua qu'il possédait aussi une trousse en cuir, contenant des Stabilo et des crayons de couleur. D'une voix voilée, elle demanda :

— Vous n'êtes pas trop « technologie », non ?

Il leva un sourcil.

— Ne croyez pas ça. Simplement, à chaque technique son domaine. Pour mes enquêtes, je préfère les anciennes méthodes. Papier, stylo, Stabilo. Je garde l'ordinateur pour le reste.

— Le reste ?

— La vie quotidienne, les loisirs, les sentiments.

— Les sentiments ?

— Le jour où j'aurai une confidence à vous faire, Diane, je vous l'enverrai par e-mail.

Elle sortit de la voiture. Patrick Langlois l'imita. Au-dessus d'eux, l'immense dôme du Panthéon ressemblait à un monstrueux coquillage. Le policier s'approcha.

— Diane, si je vous dis : Heckler & Koch, MP 5, ça vous évoque quelque chose ?

— Non.

— Et Glock 17, calibre 45 ?

— Ce sont des armes, non ?

— Celles avec lesquelles les Russes se sont entre-tués, oui. Dans la brousse, pendant vos voyages d'études, vous n'avez jamais utilisé d'armes automatiques ?

— J'étudie les fauves. Je ne fais pas des cartons.

Sous la frange vif-argent, le visage s'illumina d'un sourire.

— Okay. Parfait. Je voulais être certain.

— Certain de quoi ?

— Que vous n'étiez pour rien dans ce massacre. Allez dormir. Je vous appellerai ce soir.

37

Le premier détail qu'elle remarqua en pénétrant dans son appartement, ce fut le voyant rouge du répondeur, qui clignotait encore, dans sa chambre. Elle n'était pas certaine de vouloir l'écouter. La dernière fois qu'elle avait pris connaissance des messages, cela avait déclenché une réaction en chaîne qui l'avait propulsée jusqu'à la fondation Bruner et ses violences.

Elle traversa le salon, gagna sa chambre, puis s'assit sur le lit, exactement comme la veille, en observant la lumière rouge qui pulsait à la manière d'un cœur. Elle entendait déjà, mentalement, les messages de sa mère, aussi brefs que des coups de feu. Ou les appels de ses confrères scientifiques, tombés par hasard sur l'article du *Monde*. Cette dernière idée lui rappela qu'elle n'avait pas foutu les pieds à son travail depuis... Depuis combien de temps déjà ?

Le téléphone sonna. Diane fit un bond sur sa couette. Sans réfléchir, elle décrocha.

— Mademoiselle Thiberge ? entendit-elle.

La voix lui était inconnue.

— Qui êtes-vous ?

— Je m'appelle Irène Pandove. Je vous appelle à propos de l'article paru hier soir dans *Le Monde*, sur la mort de M. Rolf van Kaen.

— Co... comment avez-vous eu mon numéro ?

— Vous êtes dans l'annuaire.

Diane pensa, assez stupidement : « C'est vrai, je suis dans l'annuaire. » La femme reprit, d'un ton grave et calme :

— Vous ne vous méfiez pas assez, et vous avez tort.

Des picotements hérissèrent sa nuque.

— Qu'est-ce que vous voulez ? demanda-t-elle avec hostilité.

— Je voudrais vous voir. Je possède des informations qui pourraient vous intéresser.

— Vous connaissiez Rolf van Kaen ?

— Indirectement, oui. Mais ce n'est pas de lui que je veux vous parler.

Diane conserva le silence. Elle pensa : « Peut-être une cinglée, qui veut jouer avec mes nerfs. Ou seulement m'extorquer de l'argent. » Elle interrogea :

— De qui alors ?

— Je veux vous parler du petit garçon que j'ai adopté, voici cinq semaines.

Le froid s'approfondit sous sa peau. Elle songea à ses veines — des nervures emplies de sève glacée.

— Où... où l'avez-vous adopté ?

— Au Viêt-nam. A l'orphelinat Huaï.

— Avec l'association Boria-Mundi ?

— Non. Pupilles du monde. Mais là n'est pas l'important.

— Qu'est-ce qui est important ?

Irène Pandove ignora la question et poursuivit sur le même ton placide :

— Vous allez devoir venir. Je ne peux pas me déplacer. Mon fils n'est pas très bien depuis quelques jours.

Dans les artères de Diane, la sève passa au zéro absolu.

— Qu'est-ce qu'il a? Il a eu un accident? demanda-t-elle.

— La fièvre. Des torrents de fièvre.

Elle songea à Lucien. Aux pics de température qui étaient survenus, à Daguerre qui lui assurait que le phénomène ne présentait aucune gravité. Elle se rappela tout à coup son pressentiment, qui l'avait cueillie deux nuits auparavant, alors qu'elle s'endormait : quelqu'un, quelque part, devait partager son cauchemar... Irène Pandove poursuivit :

— Venez me voir. Le plus tôt possible.

— Où êtes-vous? Quelle adresse?

La femme habitait à près de mille kilomètres de Paris, dans l'arrière-pays niçois, à Daluis. Diane nota l'adresse et ses indications. Elle réfléchissait déjà. Premier vol du matin. Voiture de location. Aucun problème. Elle assura :

— Je serai là demain, en milieu de journée.

— Je vous attendrai.

La voix était emplie d'une douceur inquiétante. Soudain Diane éprouva une illumination et demanda :

— Votre petit garçon, comment l'avez-vous appelé?

La douceur, le sourire, plus que jamais présents :

— Vous me posez la question? C'est que vous n'avez pas compris ce qui est en train de se passer.

Diane murmura entre ses lèvres, comme on souffle sur un cierge, renonçant à tout espoir :

— Lucien...

228

38

Diane atterrit à Nice à huit heures trente. Une demi-heure plus tard, elle roulait en direction des terres de l'arrière-pays, sans même avoir aperçu la Méditerranée. Le long de la nationale 202, des chapelets de maisons, de centres commerciaux, de sites industriels s'égrenaient au fil des vallons et des coteaux. Aux environs de Saint-Martin-du-Var, le paysage se modifia, les constructions s'espacèrent, le vert sombre et le roc gagnèrent du terrain et, enfin, les montagnes jaillirent.

Elle naviqua alors dans un pur paysage d'altitude : pins serrés contre versants abrupts, dômes noirs rivés au ciel, travées sombres et profondes des rivières à sec... Le ciel était couvert. Il n'était plus question de douceur, d'air marin, ni même de végétation provençale. C'était la pierre et le froid qui possédaient désormais les lieux. Diane suivait toujours la nationale, au-dessus du lit du Var asséché.

Au bout d'une heure de route, après avoir emprunté d'interminables voies en lacets, elle découvrit enfin le paysage qu'elle attendait : un lac au creux d'une vallée, qui ressemblait à un miroir reflétant la lumière de l'orage. Sa surface oscillait entre le gris et le bleu. Des vaguelettes s'y hérissaient, telles des lames d'acier. Autour, c'était un lacis d'émeraude. Les conifères, dressés comme des couteaux, semblaient blesser les nuages. Diane frémit. Elle pouvait sentir la cruauté de chaque cime, de chaque reflet, de chaque détail, aiguisé par le soleil fébrile qui perçait la noirceur du ciel.

Au détour d'un virage, elle aperçut une clairière. Des bâtiments de rondins y formaient un hameau à quelques mètres du rivage. Irène Pandove avait dit :

« Un ranch en forme de U, au bord du lac. » Diane emprunta la route qui serpentait vers la vallée.

Une pancarte au nom de « Centre aéré du Ceklo » apparut, signalant un sentier de gravier en contrebas. A chaque tournant, Diane voyait se préciser les bâtiments de bois. C'était un vaste ensemble de constructions de couleur brune, entourées par un enclos. Sur la gauche, des pâturages se déployaient, accueillant sans doute durant l'été des chevaux. Sur la droite, des portiques de couleur marquaient les aires de jeux.

Elle gara sa voiture sous les sapins. Elle inhala à pleins poumons la fraîcheur de l'air, les parfums de résine, les foisonnements d'herbes coupées. Le silence régnait en maître. Pas le moindre cri d'oiseau, pas un bruit d'insecte. L'orage ? Elle s'avança vers le bâtiment principal, s'efforçant d'écarter ses appréhensions.

Elle franchit la porte de rondins et traversa un préau tapissé de sapines, bordé sur la droite de petits portemanteaux. A travers les baies vitrées, à gauche, elle apercevait un grand patio, encadré par les deux ailes du ranch, qui montait jusqu'à un coteau fermé par un pan de forêt. Au-delà, on devinait les flots lisses du lac. Le silence et le vide semblaient plus graves, plus pesants, ici, dans ces espaces conçus pour les cohues enfantines.

Diane découvrit un couloir, s'ouvrant sur plusieurs pièces. Elle s'y glissa à pas prudents. Sur les parois de bois, des couvertures tissées, aux dessins naïfs, étaient suspendues à la manière de tableaux. Elle apercevait aussi, par les portes ouvertes, des tabourets-tam-tams, des papiers peints roses ou violets, des lustres en papier de riz. L'ensemble fleurait bon les années soixante-dix. Ce lieu aurait plu à sa mère.

Elle avança encore. Elle vit des salles de jeux, occupées par des tables de ping-pong, des baby-foot. Une autre pièce où trônait une télévision, tapissée de coussins. Au fond du couloir, elle trébucha sur une petite cage, qui répandait ses graines et sa sciure sur le sol. Diane s'arrêta un instant sur l'objet : son occupant — cochon d'Inde ou hamster — s'était fait la malle, lui aussi.

Elle atteignit enfin un vaste bureau — le cœur administratif du ranch. Son appréhension se mua alors en certitude. Encore une fois, elle arrivait trop tard. La pièce avait été entièrement retournée. Une table de chêne était renversée, les chaises étaient éparses, les armoires éventrées, les classeurs arrachés, les fichiers répartis par terre.

Diane songea à Irène Pandove et n'osa aller plus loin dans ses pensées. A cet instant, elle remarqua, fixés au mur, des cadres qui avaient échappé à la tourmente. Les clichés représentaient toujours les deux mêmes personnages : une femme blonde, âgée d'une cinquantaine d'années, et un homme de type asiatique, très petit, au visage ridé et au sourire malicieux. Sur certains portraits, l'homme et la femme s'embrassaient. Sur d'autres, ils se tenaient par la main. Ces images distillaient une étrange joie de vivre. Et une légère impression comique — la femme dépassait de quinze centimètres l'homme qui portait, sur chaque image, une parka en astrakan, aux deux pans relevés. Sans pouvoir expliquer son geste, Diane saisit un cadre, brisa la vitre sur le coin de la table et empocha une des photographies.

En levant les yeux, elle remarqua un article placé sous verre. Le texte, publié dans la revue *Science*, grande référence en matière de parutions scientifiques, était signé par le Dr Eugen Talikh. Diane tressaillit : c'était le nom prononcé par Langlois. Le nom du patron du TK 17 passé à l'Ouest en 1978. Elle décrocha le cadre et parcourut en diagonale les paragraphes rédigés en anglais. Elle n'y comprenait rien — cela parlait de physique nucléaire et d'isotopes d'hydrogène — mais ne fut pas surprise lorsqu'elle repéra le portrait de l'auteur : c'était le petit bridé des photographies. Elle se trouvait dans la maison du physicien transfuge.

Cette découverte alluma d'autres feux dans son esprit. D'abord elle comprit qu'Eugen Talikh n'était pas un Russe caucasien, comme on aurait pu le supposer, mais un Asiatique, sans doute d'origine sibérienne. Elle saisit aussi, sans en déduire les implications, que cet homme venait d'adopter, avec sa femme, un petit garçon venu des terres du tokamak. Pourquoi ? Qu'attendait-il de cet enfant ? Diane brisa de nouveau le cadre de verre et mit l'article dans sa poche.

En fouillant encore, elle trouva des photocopies d'horaires de vols pour Ulan Bator, *via* un transit par Moscou, mais aucune trace de réservation précise. Comme Rolf van Kaen, comme Philippe Thomas, Eugen Talikh s'apprêtait à retourner en République populaire de Mongolie mais il ne semblait pas décidé sur sa date de départ.

A cet instant, elle entendit un gémissement.

Diane pivota. On bougeait derrière le bureau renversé. Elle s'approcha du plateau de bois puis, lentement, risqua un regard. Une femme, allongée par terre, reposait dans une immense flaque noire, sous un déluge de paperasses. Diane ne se souvenait pas d'avoir jamais vu autant de sang — même à la fondation Bruner. Le corps était parfaitement immobile, tourné vers la cloison. Diane se souvint d'une ancienne coutume juive, qui consistait à orienter le visage du moribond vers le mur, afin qu'il ne puisse pas voir les traits de la Mort.

Elle contourna la table et saisit doucement l'épaule de la victime pour la tourner vers elle. Elle la reconnut aussitôt : c'était la femme des photographies. Son abdomen s'ouvrait en deux pans de chair. La blessure débutait au nombril et remontait jusqu'aux seins. Les vêtements et les chairs s'entremêlaient en une tourbe immonde. Diane appela de toutes ses forces la compassion mais aucun sentiment ne parvenait à couvrir sa propre peur. Elle songea au tueur de van Kaen et de Thomas. Cette plaie ne correspondait pas à son style. Avait-il manqué son coup ? Irène s'était-elle débattue ?

Ce qu'elle découvrit la propulsa dans une terreur encore plus profonde.

Irène Pandove tenait un couteau à lame-scie, noirci de sang, dans sa main droite.

Soudain elle se redressa sur un coude et murmura :

— Il est venu... Je ne devais pas... Je ne devais pas lui parler.

Totalement ébahie, Diane comprit qu'Irène s'était ouvert le ventre sous les yeux de son agresseur. Elle s'était tuée pour ne pas parler, pour ne pas révéler les informations que l'intrus lui aurait sans doute arrachées. Malgré le désordre de ses pensées, Diane remarqua la beauté du visage, sous le chignon chamboulé et les mèches plaquées de sang. Irène répéta :

— Je ne devais pas lui parler.

— A qui ? Qui est venu ici ?

— Les yeux... Je n'aurais pas pu leur résister... Je ne devais pas lui dire... où est Eugen...

« Les yeux » : qui cela pouvait-il désigner ? Le violeur d'entrailles ? D'autres hommes de main, envoyés par Thomas ? Ou quelqu'un d'autre encore ? Mais il y avait une autre urgence. Diane se pencha et interrogea Irène :

— Lucien... Où est Lucien ?

La moribonde grimaça un sourire. Malgré tout, elle semblait heureuse de rencontrer Diane, de l'entendre prononcer ce prénom innocent. Elle agita les lèvres. Sa bouche se gonfla de sang. Avec sa manche, Diane l'essuya. Le gargouillis se forma en un seul mot :

— La presqu'île.

— Quoi ?

Des filaments noirs coulèrent une nouvelle fois. Les lèvres bruissèrent :

— Sur le lac. La presqu'île. C'est là qu'il va toujours...

Réprimant ses sanglots, Diane tenta de la rassurer :

— Ça va aller. Je vais appeler l'hôpital.

Irène attrapa le poignet de Diane. Celle-ci sentit gicler le sang entre ses doigts serrés. Elle ferma les paupières. Quand elle les rouvrit, c'était fini : les iris d'Irène s'étaient fixés en une stupeur éternelle.

39

Diane contourna l'aile droite du ranch, franchit la clôture et remonta le sentier qui serpentait jusqu'au coteau de sapins. L'averse avait éclaté. Diane apercevait par à-coups la surface brillante de l'eau, sous les éclairs. Elle dévala le versant de la colline puis atteignit le rivage. Une longue haie d'arbres et de roseaux s'interposait entre le chemin de terre et les flots. Impossible de passer. A l'instinct, Diane prit à droite et se mit à courir.

Bientôt la terre perdit en fermeté. Les odeurs des végétaux devinrent plus lourdes et, en même temps, plus vives, plus aiguës. Les flots du lac semblaient s'être glissés entre les herbes pour transformer la rive en un long marécage. Tout en courant, Diane s'imprégnait de cette métamorphose. La clarté verdoyante des taillis, la nonchalance de la flore, lascive, déliée, qui ménageait de plus en plus souvent, entre deux plis d'herbes ou de feuilles, des éclats de transparence.

Elle se dit que l'eau était ici le parfum de la terre. Un doigt sur une nuque d'humus, glissé sous une chevelure d'herbes folles... Et elle remercia mentalement le paysage pour sa force, son omniprésence : il l'empêchait de penser à quoi que ce soit d'autre.

Sur sa gauche, une faille se creusa parmi les buissons : un sentier. Diane l'emprunta, s'enfonça sous la voûte végétale. Elle ne sentait plus la pluie, mais captait les mille caresses des joncs, des roseaux, des ramilles. Alors seulement elle atteignit la grève et découvrit la surface du lac. De son point d'observation, c'était plutôt une mer. Une immensité grise et moirée, qui crépitait sous la pluie, sans rive ni bordure.

Alors elle repéra la presqu'île.

Sur sa droite, à quelques centaines de mètres, une langue de terre sablonneuse se détachait de la rive, puis glissait à fleur d'eau jusqu'à une petite forêt frissonnante. Une presqu'île d'eau douce, pas même posée sur du sel, tout juste sur de la transparence. Se pouvait-il que l'enfant soit caché sous ces arbres ?

Diane rangea ses lunettes et retira ses chaussures. Elle noua les lacets et les fit passer autour de son cou. Elle reprit son chemin. Devant elle, tout était flou, verdoyant, fantasque. Elle pataugeait maintenant dans les vagues du lac, mêlées aux herbes et à la terre. Elle enfonçait ses genoux dans la morsure froide des profondeurs, contrastant avec la tiédeur de l'averse. Elle s'imprégnait, ruisselait, dégoulinait. Elle se sentait à la fois aspirée par le lac et écrasée par la pluie. Elle était, littéralement, la femme entre deux eaux.

Enfin elle atteignit les buissons de la presqu'île. Elle plongea sous les saules, fendit les herbes, voûtée, essoufflée, solidaire de chaque interstice, complice de chaque feuille. Où était Lucien ? Elle avança encore. Des bouches d'eau, avec leurs lèvres goulues et vertes, s'ouvraient et la retenaient. Elle s'immergeait jusqu'aux hanches, balançant ses bras d'avant en arrière. Autour d'elle, elle apercevait déjà les écailles furtives de poissons égarés parmi ces labyrinthes herbus. Soudain elle sentit sous ses pieds la terre se raffermir. Elle était parvenue au bout de l'île sans avoir rien vu ni... Elle s'arrêta net.

L'enfant était là.

Il se tenait assis, de dos, à vingt mètres d'elle, à l'extrémité de la terre, face au ciel.

Elle le voyait mal, mais sa première pensée fut un soulagement. Sa silhouette ne ressemblait pas à celle de Lucien — le sien. Sans se l'avouer, elle avait imaginé d'obscures possibilités de gémellité, de clonage, du produit monstrueux des travaux secrets soviétiques qui auraient pris place dans le tokamak.

Or les deux enfants étaient parfaitement différents. Celui-ci devait être âgé au moins de deux années de plus. Elle reprit son souffle et esquissa un nouveau pas. Il était toujours immobile, assis en tailleur. Diane le contourna et discerna ses yeux révulsés, son visage écarlate : il était en transe. Ses membres paraissaient plus raides que des barres de métal. Il tremblait, mais c'était un frémissement imperceptible, électrique. Comme une onde prisonnière de son corps.

Diane tendit la main vers son front et perçut une chaleur de four. Jamais elle n'aurait soupçonné qu'un être humain pût atteindre une telle température.

Elle s'approcha encore, puis s'arrêta. Devant l'enfant, un sanctuaire était agencé : un cercle de pierres blanches, avec, au centre, un treillis de brindilles en pyramide, sur lesquelles étaient noués des rubans minuscules. Au sommet des branches, un petit crâne effilé tenait en équilibre. Le crâne d'un hamster ou d'un cochon d'Inde, récemment écorché. Diane songea à la cage vide dans le ranch et comprit : l'enfant avait sacrifié l'animal au cours d'un rite chamanique.

236

40

— Nous avons constaté une excitabilité neuromusculaire très élevée, se traduisant par des accès de contractures et des spasmes musculaires...

Une nouvelle fois, l'hôpital.

Une nouvelle fois, le discours d'un médecin.

En quelques minutes, Diane était retournée dans la maison d'Irène Pandove, avait enveloppé l'enfant dans une des couvertures murales puis s'était drapée dans un vieil imper. Elle avait ensuite foncé vers Nice et gagné le service des urgences de l'hôpital Saint-Roch. Il n'était que quatorze heures, mais elle avait l'impression d'avoir vieilli de plusieurs années.

Le docteur continuait :

— Il y a aussi la fièvre exceptionnelle. L'enfant a presque atteint quarante et un degrés. Pour l'instant, nous n'avons pas identifié les causes pathogènes de ces phénomènes. L'examen externe n'a rien donné. La prise de sang ne révèle aucune trace d'infection. Nous devons attendre les résultats des autres analyses. Nous pouvons aussi considérer la voie chronique. Mais les symptômes ne sont pas ceux de l'épilepsie et...

— Est-il en danger ?

Debout près de son bureau, l'homme semblait avoir dormi avec sa blouse tant elle était froissée. Il adopta une expression de doute :

— A priori, non. A son âge, les risques de convulsions sont à écarter. Et la fièvre est déjà en train de tomber. Quant à l'état cataleptique, il paraît reculer aussi. Je dirais que cet enfant semble avoir eu une sorte de... crise mais que le pire est passé. Il nous reste à en définir l'origine.

Diane voyait de nouveau le cercle de pierres, le crâne sur le treillis de branches. Pouvait-elle expliquer cela au médecin ? Pouvait-elle lui révéler que le petit garçon avait sans doute subi une transe chamanique ? Le docteur demanda :

— Quel est au juste votre lien avec cet enfant ?

— Je vous l'ai déjà dit : c'est le fils adoptif d'une de mes amies.

Il regarda sa fiche.

— Irène Pandove, c'est bien ça ?

Elle avait donné ce nom au service des urgences. Elle voulait qu'on puisse identifier l'enfant après son départ. Il reprit :

— Et où est cette Mme Pandove ?

— Je ne sais pas.

— Mais l'enfant... vous l'avez découvert comme ça ? Il était seul ?

Diane répéta son histoire : la visite à son amie, la maison vide, la découverte de Lucien dans les marécages. Elle avait omis de parler de la morte. Elle ne craignait pas de raconter des demi-vérités : dans quelques minutes elle serait dehors. Se retournait-on quand on était dos au précipice ?

Le médecin paraissait sceptique. Il observait avec insistance l'imper trempé de son interlocutrice, les marques sur son visage, la cicatrice brune sur son nez — elle avait perdu son pansement. Elle dit tout à coup :

— Je dois téléphoner.

Durant sa course autour du lac, elle avait perdu son portable. L'homme désigna le combiné devant lui :

— Aucun problème. Prenez une ligne, je...

— Je préférerais être seule.

— Passez dans le bureau d'à côté. Ma secrétaire composera votre numéro.

— Seule. S'il vous plaît.

Le docteur grommela, désignant la porte d'un geste vague :

— Il y a des cabines dehors, dans le hall d'entrée.

Diane se leva. Il ajouta, sourcils froncés :

— Je vous attends. Nous n'en avons pas fini, vous et moi.

Elle sourit :

— Bien sûr. Je reviens.

Elle n'avait pas refermé la porte qu'elle entendait déjà le téléphone qui se décrochait. « Les flics, pensa-t-elle. Ce con appelle les flics. » Elle se glissa dans le couloir et accéléra le pas.

Elle rejoignit le hall d'entrée de l'hôpital et acheta, au kiosque à journaux, une carte téléphonique. Elle se réfugia dans une cabine et composa le numéro direct d'Eric Daguerre. Une nouvelle angoisse la taraudait. Et si Lucien, pour une raison qu'elle ne pouvait s'expliquer, était lui aussi entré en transe ? Elle pressentait une sorte de simultanéité dans les événements. Un jeu d'échos entre ces deux enfants et leurs symptômes.

Diane tomba sur le standard : le chirurgien opérait. En désespoir de cause, elle demanda à parler à Mme Ferrer. Celle-ci confirma ses soupçons : Lucien venait de subir une forte poussée de fièvre, avec des signes de catalepsie. Mais tout était déjà rentré dans l'ordre — la fièvre baissait, les muscles s'assouplissaient. Le docteur Daguerre avait ordonné une série d'examens. On attendait les résultats. Mme Ferrer ajouta, en guise de conclusion, que Didier Romans cherchait à la joindre, de toute urgence. Diane demanda :

— Où est-il ?

— Ici. Dans nos bureaux.

— Passez-le-moi.

Une minute plus tard, la voix de l'anthropologue retentit :

— Madame Thiberge, il faut absolument que vous veniez à l'hôpital !

— Que se passe-t-il ?

— Un phénomène extraordinaire.

— Vous voulez parler de la transe de Lucien ?

— Il y a eu une sorte de transe, oui. Mais il y a maintenant autre chose.

— QUOI ?

L'homme parut saisir les résonances inquiétantes de son discours.

— N'ayez crainte, s'empressa-t-il de dire. C'est sans danger pour votre enfant.

Diane répéta en articulant chaque syllabe :

— Que se passe-t-il ?

— Ce serait trop long à vous expliquer par téléphone. Vous devez le voir par vous-même. C'est très... visuel.

Diane trancha :

— Je serai là dans trois heures.

Elle raccrocha. Elle suffoquait tout à coup dans l'atmosphère surchauffée de l'hôpital. Elle sentait ses mèches collées de pluie, son col trempé de sueur. Un nouveau gouffre dans ses pensées : comment ces deux enfants avaient-ils pu subir la même crise, à huit cents kilomètres de distance ? Et quel était le nouveau phénomène découvert par l'anthropologue ?

Quatorze heures trente. Elle lança un coup d'œil aux portes du hall. Elle s'attendait maintenant à voir surgir une escouade de gendarmes. Des hommes qui allaient l'interroger sur l'origine de Lucien, la mort d'Irène Pandove, dont le corps allait bientôt être retrouvé.

Il fallait qu'elle rentre à Paris. Il fallait qu'elle voie son petit garçon. Il fallait qu'elle raconte tout à Patrick Langlois — lui seul pouvait la couvrir, la protéger de la machine judiciaire. Elle composa le numéro du portable du lieutenant. Le flic ne la laissa même pas parler.

— Bon Dieu, où êtes-vous encore ? demanda-t-il.

— A Nice.

— Qu'est-ce que vous foutez là-bas ?

— Il fallait que je voie quelqu'un...

Le ton se nuança de soulagement.

— J'ai cru que vous aviez filé pour de bon...

— Pourquoi filer ?

— On ne sait jamais, avec vous.

Diane laissa passer quelques secondes. Soudain, dans ce silence, s'installa une confiance, une proximité comme elle n'en avait jamais éprouvé avec personne. Elle dit précipitamment — pour ne pas fondre en sanglots :

— Patrick, je suis dans la merde.

— Vous m'étonnez.

— Je ne plaisante pas. Il faut que je vous voie. Que je vous explique.

— Dans combien de temps pouvez-vous être à Paris ?

— Trois heures.

— Je vous attends à mon bureau. Moi aussi j'ai du nouveau.

— Quoi ?

— Je vous attends.

Diane captait une angoisse d'une intensité nouvelle dans la voix du lieutenant. Elle insista :

— Qu'est-ce qu'il y a ? Qu'avez-vous découvert ?

— Je vous expliquerai de vive voix. Mais faites très attention à vous.

— Pourquoi ?

— Il se pourrait que vous soyez impliquée plus profondément dans cette affaire que je ne le pensais.

— Co... comment ça ?

— Je vous attends à la préfecture.

Elle sortit de la cabine et se dirigea vers les portes à ouverture automatique. Dehors, l'avenue était sillonnée de feuilles rouges, sèches, froissées. Quand Diane monta dans sa voiture, il lui sembla que c'était l'automne lui-même qui lui tendait une embuscade.

41

Diane Thiberge parvint à l'hôpital Necker aux environs de vingt heures. Didier Romans l'attendait, dans un état d'extrême agitation. Elle demanda d'abord à voir Lucien mais l'anthropologue rétorqua : « Tout va bien, je vous assure. Nous avons une autre urgence. » Ils marchaient déjà vers le bâtiment Lavoisier. Elle voyait s'amorcer cette direction avec anxiété. Trop de souvenirs, trop d'atrocités.

Quand, à l'intérieur, ils s'acheminèrent vers la salle du CT SCAN, elle sentit son anxiété s'accroître. Elle voyait défiler les murs blancs, les néons aveuglants — et c'était comme une nouvelle ligne droite vers la violence. Le scientifique, tout en marchant, lui apprit :

— Lors de mes premières recherches, j'avais déjà remarqué quelque chose de ce côté, mais je ne voulais pas vous affoler.

Diane faillit éclater de rire. On semblait avoir juré, quelles que soient les circonstances, de ne jamais l'inquiéter. C'était une sorte de complot de la sérénité.

Ils entrèrent dans la cabine tapissée de consoles et de moniteurs. Romans s'assit face à l'ordinateur principal, exactement comme le médecin légiste la nuit du meurtre de van Kaen. Il dit en cliquant sur sa souris :

— Les images parleront mieux que de grands discours.

Diane s'appuyait sur un des portiques de métal. Elle s'attendait à voir surgir sur l'écran les viscères profanés de l'Allemand. Mais, à sa grande surprise, ce furent les contours contrastés de deux mains qui apparurent. Des mains d'enfant, fines et blanches, comme vernies par la brillance de l'ordinateur.

Sans un mot, Romans joua des touches et fit apparaître la même image, côté paumes. Il focalisa le cadrage sur l'extrémité des doigts, révélant les empreintes digitales.

— Dans le cadre de mon étude anthropologique, j'avais déjà étudié les dermatoglyphes de Lucien. J'avais repéré des espèces de cicatrices, qui m'avaient semblé assez anciennes, situées sous les premières couches de l'épiderme. Comme si... comme si la peau avait repoussé dessus, vous voyez ?

L'image des sillons s'agrandissait. Diane remarquait des lignes minuscules, verticales ou obliques, qui ne correspondaient pas au dessin habituel des boucles digitales. L'anthropologue ajouta :

— Au moment des crises de fièvre, Mme Ferrer a noté que ces anomalies devenaient plus prononcées. Les sillons géométriques demeuraient blancs alors que l'extrémité des doigts rougissait. Daguerre a constaté lui-même le phénomène et m'a appelé. J'ai alors compris ce qui se passait.

Les empreintes occupaient maintenant toute la surface de l'écran : les stries étaient manifestes. Elles ressemblaient à des rayures — des ratures...

— Ces cicatrices sont en effet situées sous les couches superficielles de l'épiderme. Et, si elles restent blanchâtres, c'est parce qu'il s'agit, je pense, de cicatrices de brûlures. Des peaux mortes, dans lesquelles le sang ne passe plus. La montée de fièvre accentue le contraste entre la température de la chair irriguée et ces cicatrices froides. C'est une manifestation assez classique : certains stigmates sont plus visibles lorsque vous avez de la fièvre.

Diane scrutait toujours les fines rayures : il était difficile de ne pas penser à une écriture. En même temps, les lettres paraissaient à demi effacées — et surtout inversées, comme lues dans un miroir. L'anthropologue parut saisir au vol la pensée de Diane :

— J'ai d'abord songé à des lettres qui auraient été écrites à l'aide d'une pointe brûlante, expliqua-t-il. Mais ces motifs sont inversés : j'ai donc pensé qu'il fallait les déchiffrer en impression sur le papier, « retournés » par cette manœuvre. J'ai tenté d'imprégner ces signes avec un tampon encreur...

L'image à l'écran se modifia : les sillons digitaux, imbibés d'encre, jaillirent.

— Voici le résultat. Comme vous voyez, l'écriture est toujours inversée. C'est un problème insoluble.

Diane serra les poings sur les structures de métal. Elle sentait sourdre en elle une arborescence de feu. Romans effectua une commande clavier : une nouvelle représentation apparut. Les deux mains parfaitement noires, sur lesquelles les traits minuscules apparaissaient distinctement, en blanc.

— Voici une image infrarouge. On voit beaucoup mieux l'écriture, du fait de la différence de température entre la chair vivante et les cicatrices. C'est de cette façon que j'ai compris de quoi il s'agissait.

— Quoi ?

— Ce ne sont pas des lettres latines mais des caractères cyrilliques.

Un gros plan des signes, écrits sur chaque doigt de l'enfant, emplit tout l'écran : des chiffres, et des syllabes de l'alphabet slave. La voix enrouée, Diane demanda :

— Qu'est-ce... qu'est-ce que ça signifie ?

— Il s'agit d'une date écrite en russe. Je l'ai fait traduire.

Nouveau clic. Nouvelle image :

20 OCTOBRE 1999

L'anthropologue conclut :

— Cet enfant porte un message.

Il ajouta, d'une voix timide où vibrait la peur :

— Un message qui a été gravé au feu et qui est, disons le mot, « programmé » pour apparaître en cas de fièvre, grâce à la chaleur qui émane du corps de l'enfant. C'est totalement... incroyable. En fait, le seul moyen de déchiffrer cette date, c'est la fièvre de Lucien.

Diane n'écoutait plus les explications. Ses propres réponses explosaient dans sa conscience. Elle était sûre que le second Lucien portait les mêmes brûlures. Les « Lüü-Si-An » arboraient, au bout des doigts, une date, qui n'apparaissait qu'au moment de leur transe. Ils étaient des messagers. Mais à qui était destinée cette date ? Et que signifiait-elle ?

En un tour d'esprit, elle formula la première réponse : sans aucun doute, cette date était destinée à des hommes tels que Rolf van Kaen, Philippe Thomas et Eugen Talikh. Des hommes qui avaient appartenu à l'équipe du tokamak et qui attendaient ce message pour revenir sur les lieux de leur passé.

D'autres pensées déferlaient dans son esprit. Ces enfants étaient arrivés incognito en Europe, par l'entremise des organisations d'adoption, qui ne devaient pas être — elle en était persuadée — dans le secret. Les fondations n'étaient que des instruments parmi d'autres de la filière — comme elle-même l'avait été en adoptant le petit Lucien. Par ailleurs, si Irène Pandove était parvenue à adopter le Veilleur d'Eugen Talikh, Rolf van Kaen n'avait pas bénéficié de ce confort. C'était Diane Thiberge, jeune femme inconnue, qui avait hérité de cette responsabilité. Voilà pourquoi l'acupuncteur allemand avait dit : « Cet enfant doit vivre. » Il attendait, simplement, l'apparition du message qui lui était destiné, et qui ne serait jamais venu si Lucien était mort avant sa transe.

Un autre fait coulait de source : en provoquant l'accident du périphérique, Philippe Thomas, l'espion marxiste, avait essayé d'exclure van Kaen du rendez-vous, en l'empêchant de découvrir la date. C'était fou, absurde, terrifiant, mais Diane savait qu'elle voyait juste : non seulement ces hommes étaient liés par leur passé, mais d'obscurs enjeux avaient poussé l'un d'entre eux à exclure un de ses alter ego, en tentant de détruire son messager.

Plus profondément encore, Diane cernait cette ultime évidence : un autre homme essayait, lui aussi, d'empêcher le retour au pays des membres du tokamak. Et de la façon la plus radicale qui soit : en leur faisant éclater le cœur.

Du fond de ces puits noirs, Diane contemplait pourtant deux lumières distinctes.

D'abord, elle pressentait que Lucien — « son » Lucien — était hors de danger. On avait tenté de l'empêcher de livrer son message, mais cette date était désormais révélée. Lucien était donc hors jeu. Il avait, pour ainsi dire, achevé sa mission.

L'autre lumière était liée, paradoxalement, à la nature de la mutilation des enfants : leurs mains brûlées. C'était atroce, abject, révoltant — mais ce n'était pas magique. Il n'y avait rien de paranormal ici. Les Veilleurs étaient, simplement, des petits garçons qu'on avait marqués à jamais.

Sonnée, chancelante, Diane songea au lieutenant Langlois et à ses révélations. Elle était certaine qu'il possédait des éléments qui allaient s'imbriquer dans ces vertiges et leur donner une nouvelle cohérence. Elle murmura à l'intention de l'anthropologue :

— Je reviendrai tout à l'heure.

42

Diane remplit le registre des visites et franchit le portique antimétal. Il était vingt-deux heures et les couloirs de la préfecture de police étaient déserts. Plus que jamais ces bureaux embaumaient le cuir et la vieille paperasse. C'étaient des odeurs si fortes, si prégnantes, qu'elles rappelaient plutôt des effluves animaux. Diane éprouvait la sensation de marcher dans le ventre d'une baleine. Les cuirs rouges des portes lui rappelaient des parois organiques et les ombres transversales de la cage d'escalier les fanons du cétacé — ces lames cornées qui se dressent à la verticale dans la bouche du monstre.

Diane atteignit le bureau n° 34. Un petit carton portait le nom du lieutenant Patrick Langlois mais elle avait déjà reconnu la porte tendue de velours. Un rai de lumière blanche s'échappait de la pièce. Elle frappa. Son geste fut étouffé par la surface d'étoffe. De deux doigts, elle poussa la porte.

Elle pensait ne plus pouvoir être surprise par la peur, ni même par aucune autre émotion. Elle pensait avoir définitivement tissé autour d'elle une soie délicate et invisible, aussi infaillible que celle des araignées avec laquelle on fabrique les gilets pare-balles. Elle avait tort. De nouveau, dans cette pièce baignée de noir, où seule une petite lampe halogène éclairait de très près la surface du bureau de bois verni, elle fut saisie par la panique.

Patrick Langlois avait la tête posée de côté, sur son bureau. Ses yeux noirs avaient conservé leur éclat de malice mais ils ne cillaient plus. Pas plus que le corps, voûté sur le siège, ne bougeait. Le premier réflexe de Diane fut de reculer. Mais, parvenue sur le seuil, elle se ravisa. Elle lança un regard de part et d'autre du couloir : personne. Elle revint dans le bureau, ferma la porte et s'approcha du cadavre.

Le visage du policier baignait dans une mare de sang, qui se figeait peu à peu comme du goudron. Diane se força à respirer avec lenteur, par la bouche. Elle saisit deux feuilles de papier et souleva doucement la tête, jetant un bref regard à la blessure, située sous le menton. L'homme avait la gorge tranchée. La plaie s'ouvrait comme un bec noir sur les entrelacs du larynx, gluants et sombres. Sans s'expliquer pourquoi, Diane parvenait à conserver une sorte de distance vis-à-vis de ce sinistre spectacle — et de sa signification. Elle comptait seulement les secondes, dont chacune égrenait une nouvelle question : qui avait assassiné le policier ? Etait-elle toujours sur la trace du même tueur solitaire — le broyeur de cœurs ? Ou s'agissait-il d'un complice des Russes de la fondation ? Elle était sidérée par l'audace du crime : un meurtrier avait osé éliminer un lieutenant de police au sein même des locaux de la préfecture.

Elle songea au dossier : ces liasses de feuilles dont l'enquêteur ne se séparait jamais et qui recelaient une partie de la vérité. Elle commença à déplacer les objets ensanglantés, à parcourir les papiers maculés qui traînaient sur le bureau. Elle ne cessait de murmurer, comme une litanie mystique : « Lucien, Lucien, Lucien... » Tout ce qu'elle faisait, elle le faisait pour lui. C'était sa force, sa source vive. Elle ouvrit les tiroirs, parcourut des documents, détailla chaque élément. Elle fouilla le cartable du policier, les deux armoires qui se dressaient dans l'ombre. Rien. Elle ne trouvait rien. Elle savait qu'elle cherchait pour la forme, que le tueur avait tout emporté. Il avait tué, précisément, pour détruire ces preuves et ces indices.

Elle se tourna une dernière fois vers le visage de l'homme aux cheveux d'argent qui se reflétait dans le miroir de sang. Au téléphone, il avait dit : « Il se pourrait que vous soyez impliquée plus profondément dans cette affaire... » Qu'avait-il donc découvert ? Elle était effarée, perdue. Elle songea à Irène Pandove. A Rolf van Kaen. A Philippe Thomas. Aux trois hommes qu'elle avait tués. Comment expliquer un tel champ de morts ? Et sa présence dans ce charnier ? Elle se visualisa elle-même en fleur funeste qui détruisait tout ce qu'elle approchait. La brûlure des sanglots affleura à ses paupières. Elle retint ses larmes et s'engouffra dans le couloir, telle une ombre.

Tout en marchant, elle pensa au registre des visites qu'elle avait rempli quelques minutes auparavant. Elle était fichue : elle était, noir sur blanc, la dernière personne à avoir rencontré la victime. Il fallait fuir. Fuir à toutes jambes.

Diane traversa la cour intérieure et s'échappa discrètement de l'enceinte par un portail latéral. Elle remonta d'un pas rapide le quai des Orfèvres, puis le quai du Marché-Neuf. Elle atteignit la place de la cathédrale Notre-Dame en accélérant, s'arrêta devant l'Hôtel-Dieu. L'hôpital brillait de tous ses feux : à travers les hautes fenêtres voûtées, les lumières auréolaient les façades claires et distillaient un étrange air de fête, à la fois solennel et léger.

La pensée de Lucien la traversa comme une lame. Elle ne pouvait l'abandonner, même si elle demeurait convaincue qu'il était hors de danger. Lorsqu'il se réveillerait, qui l'accueillerait au pays des vivants ? Qui prendrait soin de lui ? Avec qui parlerait-il avant que Diane ne revienne — si elle revenait jamais ? Elle songea à la jeune fille thaïe des premières semaines.

Puis elle eut une autre idée. Elle trouva une cabine téléphonique et s'y engouffra. Elle pouvait apercevoir, à travers les vitres, les toiles qui couvraient les échafaudages de Notre-Dame, dressées comme de hauts paravents dans l'obscurité. A leurs pieds, les lueurs suspendues des réverbères ressemblaient à des figues gorgées de lumière. Un bref instant, elle songea à l'acupuncture et à ses points primordiaux, où se libérait l'énergie vitale du corps humain. Dans la typologie parisienne, le parvis de Notre-Dame aurait pu être un de ces points. Un lieu de liberté et d'absolue vacance.

Elle composa le numéro d'un téléphone cellulaire. Trois sonneries, puis la voix familière retentit. Diane souffla simplement : « C'est moi. » Aussitôt, ce fut un déluge d'injures et de gémissements. Sybille Thiberge jouait sur tous les registres — colère, indignation, compassion —, les imbriquant avec un brin d'indifférence, pour bien signifier que, malgré tout, elle demeurait maîtresse de la situation. D'ailleurs, Diane percevait nettement, en fond, les rumeurs d'un dîner. Elle la coupa :

— Okay, maman. Je ne t'appelle pas pour qu'on s'engueule. Ecoute-moi attentivement. Je veux que tu me fasses une promesse.

— Une promesse ?

— Je veux que tu me promettes de t'occuper de Lucien.

— Lucien ? Mais... bien sûr, qu'est-ce que tu...

— Tu dois prendre soin de lui. L'accompagner jusqu'à la guérison. Le protéger, quoi qu'il arrive.

— Je ne comprends rien à ce que tu racontes. Tu...

— Promets-le-moi !

Sybille paraissait interloquée :

— Je... je te le promets. Mais toi, qu'est-ce que tu...

— Je dois absolument partir.

— Comment ça, partir ?

— Un voyage, impossible à remettre.

— Pour ton travail ?

— Je ne peux rien te dire.

— Ma chérie, Charles m'a dit que tu menais...

Diane avait été folle de faire confiance à son beau-père. Il s'était empressé de tout répéter à son épouse et ils avaient dû évoquer tous deux, pleins de sollicitude, la raison vacillante de Diane. Elle les considéra mentalement comme deux vipères enlacées — pathétiques.

Sans prendre la peine d'expliquer la situation, Diane évoqua le second Lucien. Un petit garçon âgé de sept ans, récemment adopté, mais qui venait de perdre sa mère de tutelle. Diane dicta les noms et les coordonnées et fit promettre à Sybille de s'enquérir de ce deuxième orphelin.

Elle aurait dû également prévenir sa mère de ce qui risquait de suivre : les soupçons de la police à son égard, la liste des morts dans son sillage. Mais elle n'avait plus le temps. Elle hésita encore. Des mots affleurèrent à ses lèvres. Des mots d'excuse, de pardon, pour son agressivité, sa hargne, son hostilité, mais ses mâchoires refusèrent de se desserrer. Elle conclut :

— Je compte sur toi.

Elle raccrocha. Un goût de cendre emplissait sa gorge. Elle resta immobile, adossée contre la vitre de la cabine, se posant encore une fois la question qui la hantait depuis l'adolescence : avait-elle raison de traiter ainsi sa mère ? Cette femme était-elle, vraiment, responsable de son destin brisé ? En guise de réponse, Diane ne put murmurer que des injures inintelligibles.

Deux voitures de flics remontèrent la rue de la Cité, sirènes hurlantes. Elle y vit comme un avertissement. Le corps de Langlois allait être découvert. Elle composa le numéro des renseignements téléphoniques et demanda :

— Pouvez-vous me connecter directement avec les services de réservation de l'aéroport de Roissy-Charles-de-Gaulle ?

Aussitôt Diane perçut une nouvelle sonnerie puis une voix féminine. Elle scrutait sa main gauche. Des ongles noirs de sang. Des veines saillantes. Une main de vieille femme, déjà. Elle questionna :

— Est-il possible de savoir quel est le prochain

vol, toutes compagnies confondues, pour une destination ?

— Bien sûr, madame. Quelle destination ?

Elle regarda encore ses doigts, ses paumes.

Une main de vieille femme.

Mais une main qui ne tremblait plus.

Elle répondit :

— Moscou.

III

TOKAMAK

43

Cheremetievo 2, salle des arrivées.

Aéroport international de Moscou.

Deux heures du matin, vendredi 15 octobre 1999.

Diane suivit la masse des voyageurs et prit la direction de la zone des bagages, frissonnant dans sa parka. Elle avait pris le dernier vol d'Aeroflot, à vingt-deux heures trente, et se retrouvait maintenant en terre russe. Son unique atout, c'était qu'elle connaissait la capitale moscovite. Par deux fois, elle était déjà venue ici. La première, en 1993, pour assister à un congrès sur la faune sibérienne, organisé par l'Académie des sciences de Moscou. La seconde, deux années plus tard, en transit sur le chemin d'une expédition pour le Kamtchatka. A son retour, Diane était restée une semaine dans la ville, se livrant à une visite fantasque et rêveuse. C'était peu. Mais au moins se souvenait-elle du nom de l'hôtel où elle avait logé : l'Ukraïnia.

Aux environs de trois heures du matin, les bagages arrivèrent. Le hall, bas de plafond, mal éclairé, avait des allures de sépulcre. Les voyageurs, penchés sur l'amas des valises, maugréaient à voix basse, en cherchant leurs biens à la lueur de briquets.

Diane trouva rapidement son sac. A Paris, elle avait pris le temps de passer chez elle pour attraper une brassée de vêtements, prenant aussi un modèle de téléphone satellite qu'une compagnie spécialisée lui avait prêté. Elle avait également emporté sa petite réserve de dollars — huit cents coupures — et vidé son compte en banque, via un distributeur : sept mille francs. Elle avait ressenti alors une singulière sensation de libération. Celle que doit éprouver le suicidé quand il se lance du toit d'un immeuble.

Lorsqu'elle fut dehors, elle comprit qu'elle avait pris l'avion en automne mais qu'elle avait atterri en hiver. Le froid n'était plus une circonstance parmi d'autres : c'était une présence aiguë, implacable, qui enserrait le crâne et rongeait les mains, à la manière de griffes retournées. Des brumes stagnantes paraissaient emprisonner l'asphalte brillant. Au loin, la terre et le ciel s'unissaient dans les ténèbres, en une longue jointure de glace.

Il n'y avait pas de taxis mais Diane n'en chercha pas. Elle connaissait les règles. Elle s'écarta des touristes puis, à la première voiture anonyme, agita ses bras en moulinets. Le véhicule passa son chemin. Elle dut refaire son manège trois fois avant qu'une Jigouli, tous phares éteints, stoppât. Le nom de l'hôtel et la couleur des dollars décidèrent le chauffeur. Diane s'enfonça dans un siège de skaï épuisé, sac sur les genoux, bonnet au ras des sourcils, et s'éloigna aussitôt dans la nuit noire.

La voiture emprunta une route solitaire, ponctuée de bouleaux fantomatiques, puis, après des quartiers de cités aveugles, atteignit le boulevard périphérique. Les fumées de feux provenant de terrains vagues et les gaz carboniques des camions prirent le relais du brouillard de la campagne. Sans phares, la visibilité du véhicule n'atteignait pas cinq mètres. De temps à autre, le fracas assourdissant d'un poids lourd, ses essieux claquant sur la chaussée, jaillissait. Diane sentait naître en elle une angoisse, ressurgie du passé — le souvenir de l'accident. Le conducteur, qui n'avait pas ouvert la bouche depuis le départ et dont le visage était masqué par une cagoule, parut sentir la nervosité de sa passagère. Il alluma sa radio. Un violent morceau de hard rock s'ajouta aux sillons du macadam pour faire vibrer la Jigouli. Diane était près de hurler quand l'homme s'engagea sur la rampe de sortie et pénétra dans la ville.

Diane se souvenait de la direction à prendre : du nord, il fallait descendre le boulevard Leningrad. Des myriades de lumières apparurent : des vitrines clinquantes, exhibant des trésors à la manière de cavernes précieuses. Des logos et des slogans publicitaires lançaient leur appel à la consommation. Toute la cité se diaprait de néons et de fluorescence. Cette frénésie d'électricité était comme un clin d'œil nocturne du capitalisme qui gagnait chaque jour ici du terrain. Une sorte de dépense obligée, de gâchis imposé, démontrant que les temps n'étaient plus à l'économie ni aux restrictions — même si la plupart des Moscovites n'avaient pas de quoi manger.

Diane s'étonnait maintenant que le conducteur continuât à fendre les brumes en direction du sud. Il aurait fallu maintenant s'orienter vers l'ouest, dans la direction de Minsk... Tout à coup ce fut de nouveau l'obscurité. Dans ce quartier, les églises se multipliaient au point de se succéder côte à côte sur le même trottoir, ou encore de se faire face, dans les ruelles. On discernait leurs façades érodées, leurs arches noires, leurs portails fondus dans l'ombre. Sous les toiles des échafaudages, des statues tendaient leurs moignons ébréchés, leurs visages renfrognés, leurs toges lourdes, pétrifiées comme un manteau mouillé. Diane commençait à s'inquiéter, se demandant si son chauffeur n'allait pas lui tendre un guet-apens, au détour d'une rue noire.

La voiture tourna alors et jaillit sur la place Rouge. Diane reçut comme une gifle. Elle aperçut le Kremlin, avec ses remparts carmins, ses dômes saupoudrés d'or. Le chauffeur éclata de rire. Elle comprit qu'il avait voulu lui montrer le « joyau » de sa ville. Tête baissée dans sa parka, menton cerné par son col, elle dut se rendre à l'évidence : elle était heureuse d'être ici. La voiture remonta les quais le long de la Moskova. Elle emprunta ensuite la perspective Koutouzovki, traversa la place Loubianka — Diane se souvenait des noms —, puis vint se glisser sous les lettres lumineuses de l'hôtel Ukraïnia, qui se distillaient dans la nuit comme un gigantesque cachet effervescent dans une eau saumâtre.

Diane salua son compagnon alors que les accords de *Stairway To Heaven* de Led Zeppelin emplissaient l'habitacle. Toujours pas un mot, toujours pas de visage. Au comptoir de la réception, elle remplit les formalités d'inscription puis monta par l'ascenseur au huitième étage. Dans sa chambre, elle ne prit pas la peine d'allumer. Le siège du Parlement, situé juste en face, était éclairé avec une telle force que son voisinage distribuait jusqu'ici une lueur éclatante.

La chambre ressemblait à son souvenir. Quatre mètres carrés. Des rideaux et un couvre-lit taillés dans la même mousseline rouge. Une odeur mêlée de graillon, de moisi, de poussière. Le grand chic à la russe. Seule la salle de bains affichait des faïences nouvelles et de belles plomberies apparentes. Elle se glissa sous la brûlure de la douche : c'était tout ce dont elle avait besoin. Assommée par l'eau chaude, cassée de courbatures, elle s'enfouit dans les draps rêches et s'endormit aussitôt.

Une nuit sans rêve ni pensée.

Ce n'était déjà pas si mal.

44

Quand Diane ouvrit les yeux, un soleil ardent éclaboussait les murs de sa chambre. Elle regarda sa montre : dix heures du matin. Elle jura plusieurs fois, se prit les pieds dans son sac, puis se cogna à un angle de table avant d'accéder à la salle de bains. Elle prit une nouvelle douche, s'habilla rapidement et ouvrit la fenêtre.

La ville était là.

Diane aperçut la Moskova, dont les eaux noires scintillaient dans la lumière matinale. Elle discernait aussi les églises orthodoxes, les gratte-ciel staliniens, les immeubles en construction, cernés par des grues qui semblaient vouloir rivaliser de hauteur et d'hiératisme. Surtout, elle s'imprégnait de la rumeur grondante de la ville. Cette espèce de vague confuse, de grisaille, de fracas, d'odeurs acides mêlées qui caractérise toutes les mégapoles et qui semblait ici, peut-être, plus brute, plus puissante encore. Elle baissa les yeux vers la perspective Koutouzovski, où circulaient des centaines de voitures. Elle ferma les paupières et s'unit mentalement à cette houle frémissante, avec une jouissance qui lui démontrait qu'elle resterait toujours, malgré ses voyages, malgré sa passion pour la vie animale, une pure citadine.

Quand le froid l'eut transie jusqu'aux os, Diane referma la fenêtre et se concentra sur son enquête. Elle ne possédait plus qu'une seule certitude : tout, dans ce cauchemar, était lié au tokamak. Le retour de ses membres sur les lieux du site. Le rôle singulier des Veilleurs, envoyés par quelque autorité mystérieuse pour prévenir ces hommes. Et même les meurtres, qui paraissaient frapper, l'un après l'autre, ceux qui avaient côtoyé le laboratoire nucléaire.

Elle avait imaginé une stratégie pour attaquer son

investigation. Une stratégie toute simple, mais réaliste. Elle commanda d'abord un petit déjeuner puis contacta l'ambassade de France. Elle demanda à parler à l'attaché scientifique — toutes les unités diplomatiques abritaient, aux côtés des traditionnels attachés culturels, un responsable des sciences. Après une minute d'attente, une voix autoritaire résonna dans le combiné. Diane se présenta. Elle donna son vrai nom puis expliqua qu'elle était journaliste.

— Pour quel magazine ? coupa la voix.

— Heu... Je suis free-lance.

— Free-lance pour quel magazine ?

— Free-lance pour moi-même.

L'homme grinça :

— Je vois le genre.

Diane changea de ton :

— Vous voulez me renseigner, oui ou non ?

— Je vous écoute.

— Je suis à la recherche d'informations sur les tokamaks. Ce sont des fours nucléaires qui...

— Je sais parfaitement de quoi il s'agit.

— Okay. Alors vous savez peut-être où trouver les archives de ces laboratoires ? Il doit bien exister une académie à Moscou où...

— L'institut Kurchatov. L'ensemble des documents concernant les sites de fusion contrôlée s'y trouvent.

— Vous pouvez me donner l'adresse ?

— Vous parlez russe ?

— Non.

L'attaché scientifique éclata de rire.

— Quel genre de recherches espérez-vous mener ?

Diane s'efforça de rester calme. Elle demanda, d'un ton humble :

— Vous connaissez un interprète ?

— Je connais mieux que ça. Un jeune Russe, spécialiste de la fusion thermonucléaire. Kamil Gorochov : il parle parfaitement notre langue. Il a effectué plusieurs voyages dans l'Hexagone.

— Vous pensez qu'il acceptera de m'aider ?

— Vous avez de l'argent ?

— Un peu.

— Des dollars ?

— Des dollars, oui.

— Il n'y aura aucun problème. Je le contacte immédiatement.

Diane donna ses coordonnées et remercia son interlocuteur. La minute suivante, son petit déjeuner arrivait. Assise en tailleur, sur son lit, elle dévora les petits pains rassis et savoura le thé trop infusé. Il était servi dans un verre avec une anse d'argent ciselé. A ses yeux, ce seul détail valait tous les croissants du monde. Elle se sentait étrangement légère, apaisée. Comme si le vol de nuit avait dressé entre elle et les événements de Paris une frontière irréversible.

Le téléphone sonna : Kamil Gorochov l'attendait en bas.

Le hall de l'Ukraïnia portait encore les marques de la grandeur stalinienne. Par les hautes fenêtres, le soleil transformait les voilages en de pures stalactites de blancheur, tandis que le sol de marbre miroitait de lumières irisées. Diane repéra un jeune type qui faisait les cent pas près du comptoir, enfoui dans un anorak trop grand pour lui. Il lançait de droite à gauche des regards de rôdeur en cavale.

— Kamil Gorochov ?

L'homme se retourna. Il avait des yeux de chat et de longs cheveux de soie noire. En guise de réponse, il balaya nerveusement une mèche sur son front. Diane se présenta, en français. Le Russe l'écouta, dans une posture mi-méfiante, mi-agressive. Elle hésita : elle n'était plus sûre de parler à la juste personne. Mais le félin demanda tout à coup, dans un français vigoureux :

— Vous vous intéressez aux tokamaks ?

Diane précisa :

— Je m'intéresse au TK 17.

— Le pire de tous.

— Que voulez-vous dire ?

— Le plus puissant. Le seul qui ait atteint, durant quelques millièmes de seconde, la température de fusion des étoiles.

Il eut un ricanement inquiétant sous sa moustache de cosaque, puis enveloppa le hall d'un regard frondeur, comme s'il prenait toute la salle à témoin. Sa beauté semblait se nourrir exclusivement d'idées noires.

— Vous connaissez le mythe de Prométhée ? demanda-t-il soudain.

Un Russe évoquant à brûle-pourpoint un mythe grec auprès d'une inconnue, dans le hall d'un hôtel poussiéreux : Diane n'était plus à ça près. Elle décida de jouer le jeu :

— L'homme qui a tenté de voler la foudre aux dieux ?

Nouveau rictus, nouveau geste pour écarter sa mèche. Kamil ne paraissait pas même remarquer les contusions et les pansements de Diane — ce n'était pas son monde.

— A l'époque des Grecs, reprit-il, c'était une légende. Aujourd'hui, c'est une réalité. Les hommes tentent *vraiment* de voler leurs secrets aux étoiles. Les archives du TK 17 se trouvent dans une annexe de l'institut Kurchatov, au sud de la ville. Vous me payez le plein et je vous y emmène.

Diane lui lança un sourire radieux. Il tournait déjà les talons, se dirigeant vers la porte-tambour, irradiée de lumière. Elle se glissa dans son sillage en enfilant sa parka. Elle ne parvenait pas à se départir de sa bonne humeur. Elle le sentait : cette visite à Moscou serait fertile.

45

Kamil conduisait une R 5 éreintée, dont il semblait pouvoir tirer le maximum. Après quelques circonvolutions, il accéda à une avenue à huit voies. Diane se souvenait du quartier d'églises et de brumes qu'elle avait traversé la nuit dernière : il n'en était plus question maintenant. De part et d'autre de l'artère, des blocs de briques, des cubes aux façades de verre, de véritables gratte-ciel s'alignaient au cordeau, dans une perspective sans fin.

Ils traversèrent le fleuve puis atteignirent une grande place, vrombissante de circulation. Des cités-dortoirs succédaient à des bâtiments colossaux, arborant des tons mornes qui paraissaient absorber le soleil pour nourrir leur seule amertume. Ils croisèrent des casinos, une gare à la façade de marbre puis le stade Dinamo. Ils empruntèrent alors une nouvelle avenue sur laquelle ouvraient des voies piétonnières.

Diane observait la foule avec émerveillement. Des affluents de chapkas, des rivières de bonnets, des ruisseaux d'écharpes, de pelisses, de cols relevés égrenaient toutes les matières, toutes les chaleurs : laine, feutre, cuir, fourrure... A travers les vitres embuées, les taches de couleur, comme cristallisées par le froid, gagnaient en précision, en vibration. Il existait un cliché sur les visages mornes, les silhouettes tristes des habitants de Moscou. Elle ne retrouvait rien de cela ici. Au contraire, à la vue de cette multitude, elle éprouvait une sensation vivifiante. Une morsure de froid et de joie, comme en procurent ces petits verres glacés qui recèlent déjà, avant même d'être remplis, un espoir d'ivresse.

Kamil demanda, sans quitter la route du regard :

— Qu'est-ce que vous savez au juste sur le TK 17 ?

— Rien, ou presque, admit Diane. Il s'agissait du plus grand four thermonucléaire d'URSS. Une technologie inventée par les Soviétiques en vue de remplacer, à terme, la fission nucléaire. Je sais que l'unité a fermé ses portes en 1972 et qu'elle était dirigée par un physicien d'origine asiatique, du nom d'Eugen Talikh. Un homme qui est passé à l'Ouest aux environs des années quatre-vingt.

Le jeune physicien lissa brièvement sa moustache.

— Et pourquoi tout ça vous intéresse ?

Diane improvisa :

— Je réalise un reportage sur les vestiges de la science soviétique. Les tokamaks constituent un domaine peu connu et...

— Pourquoi le TK 17 ?

Elle réfléchit, prise au dépourvu. Soudain le souvenir du petit homme de la photographie, coiffé de sa chapka racornie, lui revint en mémoire.

— C'est surtout Eugen Talikh qui m'intéresse, dit-elle. Je voudrais dresser son portrait, à titre d'exemple des scientifiques de l'époque.

Le Russe s'engagea sur le boulevard périphérique. Sous le soleil, les nuages de gaz noirâtres et les couleurs crasseuses des véhicules paraissaient plus sinistres encore que la veille. Kamil répliqua — son absence d'accent était extraordinaire :

— Talikh est plutôt atypique dans le paysage russe. A lui seul, il représentait la revanche des peuples asiatiques sur l'Empire soviétique. Dans toute l'histoire du communisme, il n'y a pas eu d'autre exemple de ce calibre. Peut-être Jougdermidiin Gourragtcha, le premier cosmonaute mongol, mais c'était en 1981 et l'époque avait déjà changé...

— Talikh est de quelle origine ?

— Mais... il est tseven.

Diane se redressa :

— Vous voulez dire qu'il est né dans la région même du tokamak ?

Le conducteur eut un soupir à mi-chemin entre l'irritation et l'amusement.

— Je vois qu'il va falloir commencer par le début.

Il prit son inspiration et attaqua :

— Dans les années trente, l'oppression stalinienne a atteint les confins de la Sibérie et les territoires de la Mongolie. L'objectif était d'anéantir tout ce qui pourrait barrer la route au pouvoir du Kremlin. Les lamas, les grands propriétaires de bétail, les nationalistes ont été arrêtés. En 1932, les Mongols se sont soulevés. L'armée soviétique a écrasé l'insurrection avec des blindés et des chars d'assaut. Les nomades étaient à cheval et ne possédaient que des fusils et des bâtons pour se battre. Près de quarante mille personnes ont été liquidées. Il ne restait plus qu'un peuple sans maître, sans idées, sans religion. En 1942, les Soviétiques ont imposé, par décret, la langue russe et l'alphabet cyrillique.

» A partir de cette époque, tous les enfants des steppes et de la taïga ont été scolarisés. Le projet était de fondre les Mongols et les ethnies satellites au sein du grand peuple soviétique. C'est ainsi qu'à la fin des années cinquante, dans la région de Tsagaan-Nuur, à l'extrême nord de la Mongolie, un gosse parmi d'autres est envoyé à Ulan Bator pour être alphabétisé. Il a douze ans et il porte le patronyme russe d'Eugen Talikh. Tout de suite, il montre des dispositions exceptionnelles. A quinze ans, il part à Moscou. Il intègre le Komsomol — les Jeunesses communistes — et entre à la faculté des sciences, en classe de mathématiques. A dix-sept ans, il s'oriente vers la physique et l'astrophysique. Deux ans plus tard, il achève une thèse de doctorat sur la fusion thermonucléaire du tritium. Talikh devient le plus jeune docteur ès sciences d'URSS.

Diane ressentait un élan de sympathie pour ce fils de la forêt, qui s'était révélé être aussi un fils de l'atome. Kamil poursuivait :

— En 1965, le surdoué est envoyé dans les environs de Tomsk, sur le site du TK 8. A ce moment, les essais de fusion consomment du deutérium, un autre isotope de l'hydrogène, mais on commence à penser que le tritium offrirait de meilleurs résultats. C'est la spécialité de Talikh. Deux ans plus tard, il est muté sur un site crucial : le chantier de construction du TK 17, le plus grand four thermonucléaire jamais construit au monde. Il est d'abord intégré dans l'équipe principale, qui supervise la conception et les réglages de la machine, puis, en 1968, il dirige en personne les premiers essais. N'oubliez pas : il n'a alors que vingt-quatre ans.

Le Russe roulait sur l'autoroute, impossible de deviner dans quelle direction. Diane voyait passer les panneaux, écrits en cyrillique. Mais elle faisait confiance au physicien : elle sentait qu'il était heureux, sous ses dehors agressifs, de partager sa passion.

— Le plus incroyable, continua-t-il, c'est que ce site était justement implanté dans la région natale de Talikh, à Tsagaan-Nuur.

— Pourquoi là-bas ?

— Une précaution supplémentaire des Russes. Du côté occidental, on commençait à repérer leurs centres de recherche secrets, ces villes industrielles et militaires de Sibérie, qu'aucune carte ne mentionnait jamais mais qui abritaient des millions d'habitants, comme Novosibirsk. Installer un site en Mongolie, c'était la garantie d'être vraiment à l'abri de tout regard, de toute observation. Talikh, le petit nomade, est donc revenu au pays dans la peau du grand patron. D'un coup, il est devenu le héros de son peuple.

Ils avançaient maintenant sur une voie mal goudronnée, fissurée par les coups de gel des hivers successifs. Des champs noirs, comme recroquevillés sur leurs sillons, se déployaient à perte de tristesse. Parfois des femmes aux foulards violemment colorés apparaissaient, telles des fleurs impromptues. Soudain, Kamil braqua dans un chemin de terre. Avec stupeur, Diane découvrit un haut portail ciselé d'or. De l'autre côté, des promenades et des parterres de pelouse s'agençaient, relativement bien entretenus. Au fond, se dressait un vaste palais, couleur parme, qui devait dater du xixe siècle. Jamais elle n'aurait imaginé que de telles architectures pussent être encore debout dans la Russie postcommuniste.

— Ne faites pas cette tête, commenta Kamil en se garant dans la cour de gravier. Les Soviétiques n'ont pas systématiquement tout bousillé.

Ce n'était pas réellement un château, plutôt un grand pavillon de chasse, déployant des fenêtres aux pourtours de pierre blanche, des portiques à colonnes, des ornements de stuc, encadré par d'étroites tourelles aux toits arrondis. Ils gravirent quelques marches et atteignirent la terrasse, couverte de cailloutis clairs. Sur la gauche, un homme en uniforme se tenait niché dans un poste de garde. Kamil le salua vaguement et ouvrit l'une des portes vitrées du perron : il possédait ses propres clés.

Un large vestibule, de forme hexagonale, était tapissé de marbre. Un lustre cristallin miroitait au plafond. Sur la gauche, un ample escalier en arc de cercle s'incurvait jusqu'au premier étage. Là-haut, des portes entrebâillées révélaient de grandes photographies noir et blanc, représentant des sites industriels. On distinguait aussi des turbines de cuivre astiquées, posées sur des socles comme des Vénus. Diane devina que cet étage abritait un musée de la Fusion contrôlée.

Sans hésiter, Kamil prit à droite. Ils traversèrent

plusieurs salles aux murs craquelés, mais où les lambris et les statues étaient toujours au rendez-vous. Diane reconnaissait les alcôves où les jeunes comtesses oubliaient jadis leurs mouchoirs, les fauteuils où les princes abandonnaient leurs filets à papillons...

Kamil marchait toujours, englouti dans son anorak. Il ressemblait à un jeune chat qui aurait été abandonné par ses maîtres dans une demeure qu'il connaissait bien. Ils descendirent un étroit escalier. Le froid s'intensifia d'un coup. En bas, une grille cadenassée fermait l'espace. Au-delà, une pièce voûtée se perdait dans la pénombre, striée par des structures de métal qui supportaient des archives. Kamil murmura en ouvrant le grillage :

— On entretient soigneusement le microclimat indispensable à la conservation du papier. Dix-sept degrés de température. Cinquante pour cent d'humidité. Très important.

Il alluma un plafonnier tamisé. Les dossiers gris se comptaient par milliers. Agglutinés sur les étagères. Enfournés dans des armoires de fer. Entassés sur le sol. Il y avait également des collections entières de livres, dont les dos ciselés d'or scintillaient dans les recoins d'ombre. Des journaux anciens, ficelés en liasses, montaient à l'assaut des voûtes.

Ils marchèrent encore et atteignirent une dernière salle. Kamil chercha à tâtons l'interrupteur. Un halo irréel, de couleur violette, révéla le décor : une petite pièce sans fenêtre, comportant des pupitres alignés, revêtus de formica. Le physicien souffla :

— Bougez pas.

Il s'éclipsa pour réapparaître presque aussitôt, les bras chargés d'un gros carton qu'il posa sur une table. Il en extirpa plusieurs dossiers moisis, fermés par des courroies de tissu. Il les ouvrit et les feuilleta avec dextérité, parfaitement indifférent à la poussière qui s'en échappait. Diane sentait les petits grains de temps crisser sous ses dents.

Enfin il tendit un cliché noir et blanc à Diane, en prononçant avec fierté :

— La première photographie aérienne du TK 17, la machine à égaler les étoiles.

46

C'était un cercle.

Un gigantesque cercle de pierre, d'environ cent mètres de circonférence, posé au pied de contreforts rocheux. Autour, des bâtiments plus réduits se disséminaient jusqu'à la lisière des forêts environnantes, formant une cité géométrique et grise. On distinguait aussi, au nord-ouest du site, les hautes turbines d'une centrale électrique, accotée aux torrents qui chutaient des parois de la montagne. Kamil demanda :

— Vous savez comment ça marchait ?

— Je vous l'ai dit : pas du tout.

Le physicien ricana, puis, de l'index, désigna l'anneau de béton.

— A l'intérieur de cet anneau, expliqua-t-il, courait une chambre à vide, directement alimentée par la centrale électrique que vous voyez ici. Imaginez un monstrueux court-circuit, un câble électrique qui se mordrait la queue, et vous aurez une idée de ce qu'était ce tokamak. Le courant arrivait, d'une puissance de plusieurs millions d'ampères, diffusé par des arches magnétiques, et chauffait, en une fraction de seconde, le circuit à plus de dix millions de degrés. Les chercheurs injectaient alors un mélange gazeux d'atomes de tritium. Instantanément, les atomes s'agitaient et couraient à l'intérieur de la chambre au point d'avoisiner la vitesse de la lumière. Alors le miracle se produisait : les électrons quittaient leurs noyaux et atteignaient le cinquième état de la matière — le plasma. La température montait encore et, enfin, le deuxième prodige se réalisait : les noyaux de tritium s'unissaient et se transformaient en d'autres atomes — des isotopes de l'hélium. En réalité, je vous l'ai dit : ça n'est réellement arrivé qu'une fois.

— Quel était l'intérêt de l'expérience ?

— A terme, cette transmutation atomique aurait dû diffuser une énergie titanesque, dépassant celle de nos centrales nucléaires actuelles. Et qui n'aurait consommé que des matériaux issus de l'eau de mer. Malheureusement, le site a fermé en 1972 et les Russes semblent s'être alors désintéressés de cette technique. Les Européens ont pris le relais mais personne n'a encore atteint des résultats véritablement performants dans ce domaine.

Diane tenta d'avaler sa salive, mais la poussière lui asséchait la gorge. Elle demanda :

— Et... c'était dangereux ? Je veux dire : radio-actif ?

— Dans la salle, oui. Le bombardement de neutrons rendait radioactifs les matériaux qui composaient les structures de la machine, comme le cobalt par exemple. Et cette radioactivité pouvait durer plusieurs années. Mais, au-delà, il n'y avait aucun danger. Les murs de la salle elle-même, en plomb et en cadmium, absorbaient les neutrons.

Diane ne parvenait pas à imaginer Rolf van Kaen, médecin acupuncteur, et Philippe Thomas, psychologue transfuge, dans un tel environnement.

— Je possède le nom de deux personnes qui, je pense, ont travaillé sur ce site, dit-elle. Vous pouvez vérifier s'ils ont appartenu aux équipes de l'époque ?

— Aucun problème.

Diane épela les patronymes des hommes et résuma leur spécialité. Kamil feuilleta ses listes. Les paperasses peluchaient entre ses doigts comme des parchemins.

— Ils n'y sont pas, dit-il enfin.

— Ces listes sont complètes ?

— Oui. S'ils bossaient dans le tokamak même, ils devraient y être.

— Que voulez-vous dire ?

— Le site du TK 17 était immense. Une véritable ville. Des milliers de personnes y travaillaient. Et il existait des départements annexes.

Une lumière se fit jour dans l'esprit de Diane.

— Quel genre de départements ? Le profil de van Kaen et celui de Thomas pourraient-ils correspondre à une autre spécialité du site ?

Kamil pianota sur ses dossiers. Une lueur de malice brillait dans ses yeux en amande.

— Un acupuncteur et un psychologue : ils auraient pu appartenir à l'unité la plus secrète du TK 17. Celle qui se consacrait à la parapsychologie.

— Quoi ?

— Le site possédait un laboratoire de psychologie expérimentale. Une unité qui s'intéressait aux phénomènes de perception et d'influence non expliqués. Télépathie, clairvoyance, psychokinèse... A cette époque, il existait plusieurs centres de ce genre en URSS.

C'était comme une porte que Diane n'avait pas imaginée et qui s'ouvrait tout à coup sur une clarté aveuglante. Elle interrogea :

— En quoi consistaient les expériences menées dans ces laboratoires ?

L'homme eut une moue incertaine.

— Je ne sais pas exactement. Ce n'est pas mon domaine. Je crois que des psychologues et des physiciens cherchaient à provoquer des états modifiés de conscience, sous hypnose par exemple, et à susciter des phénomènes psi, comme des relations télépathiques ou des guérisons par magnétisme. Ils les étudiaient d'un point de vue physiologique, mais aussi magnétique, électrique...

— Pourquoi un tel laboratoire existait-il près du tokamak ?

Kamil éclata de rire.

— A cause de Talikh ! Il était passionné par ces domaines. Lui-même, parallèlement à ses activités sur la fusion, travaillait sur ce qu'il appelait la « bio-astronomie ». L'influence des étoiles sur le corps humain, sur les tempéraments.

— Comme l'astrologie ?

— Dans une version plus scientifique. Par exemple, il s'intéressait à l'interaction supposée entre le cerveau et le magnétisme solaire. Il existe, paraît-il, statistiquement, une relation entre l'activité du Soleil et la multiplication d'accidents, de suicides, de crises cardiaques... D'après ce qu'on m'a raconté, Talikh lui-même possédait de véritables dons. Il pouvait prévoir des phénomènes stellaires, comme les éclipses. Mais franchement, là, on tombe dans le côté mystique du personnage. Pour ma part, je ne crois pas à ces histoires. Il y a plutôt de quoi rire.

Diane ne riait pas. Elle commençait à saisir au contraire un aspect insoupçonné de l'affaire : Eugen Talikh, prodige de la fusion nucléaire, était aussi un Tseven, un enfant de la taïga, qui avait grandi au sein d'une culture chamanique, traversée de phénomènes inexplicables. Devenu physicien, il s'était sans doute persuadé qu'il pourrait étudier rationnellement ces phénomènes. Alors il avait appelé les meilleurs spécialistes dans ces domaines, comme Rolf van Kaen, virtuose de l'acupuncture, ou Philippe Thomas, transfuge français féru de psychokinèse.

Diane était persuadée qu'elle touchait là le cœur de

la vérité. Il lui fallait creuser ce filon, envisager le contexte qui avait permis un tel projet.

— Il y a une chose que je ne comprends pas, reprit-elle. L'ère du marxisme a été le siècle du matérialisme, du pragmatisme absolu. Le siècle où on a fermé les églises, où l'histoire s'est appuyée sur le réalisme le plus strict. Comment les autorités soviétiques pouvaient-elles prendre au sérieux ces histoires de paranormal ?

Kamil fronça les sourcils pour exprimer sa méfiance.

— Ça vous intéresse tant que ça, la parapsychologie ?

— Tout ce qui concerne la science soviétique m'intéresse.

Le physicien parut se détendre.

— Les relations de la Russie et de la parapsychologie, il y aurait de quoi écrire un roman.

— Faites-moi un résumé.

Il s'appuya contre les vieux cartons et parut se détendre. Les lampes diffusaient toujours des reflets violacés sur ses traits aigus.

— Vous avez raison. D'un côté, le communisme a fondé le siècle le plus pragmatique, le plus rationnel qui soit. En même temps, les Russes restent les Russes. Ils sont fortement imprégnés de spiritualité. Non seulement de religion, mais aussi de croyances ancestrales, de craintes superstitieuses. Par exemple, ils ont toujours pensé que la victoire de Stalingrad avait été favorisée par des esprits chamaniques, libérés dans la région de la Volga. De la même façon, ils ont toujours cru que la conquête spatiale avait été soutenue par des puissances célestes.

Le jeune homme croisa les bras, jouant la résignation.

— On a l'habitude de dire que c'est le côté asiatique de notre peuple. Après tout, la majorité de notre territoire est couverte par la taïga, le royaume des esprits...

Diane intervint :

— Entre les croyances populaires et les laboratoires de recherche, il y a une marge, non ?

— C'est vrai. Mais il existe aussi une tradition scientifique de la parapsychologie dans notre pays. Il ne faut jamais oublier que notre grand Prix Nobel, c'est Ivan Petrovitch Pavlov, l'homme des réflexes conditionnés, l'inventeur de la psychologie moderne. Or, Pavlov admettait certains états distincts de la conscience. Dans les années vingt, son institut comportait même un département consacré à la clairvoyance.

Kamil semblait éprouver à l'égard de ce thème un mélange d'ironie et de fascination. Il poursuivit :

— Dans les années quarante, les purges staliniennes et la Seconde Guerre mondiale ont anéanti ces recherches. Mais, après la mort de Staline, la vague de la parapsychologie est réapparue, comme si elle n'avait jamais quitté l'esprit profond des Russes. Je vais vous raconter une anecdote qui résume bien la mentalité des années soixante. Vous connaissez l'histoire de notre pays ?

— Pas très bien.

Son expression de scepticisme réapparut.

— Vous n'avez jamais entendu parler du vingt-deuxième congrès du parti communiste, en 1961 ?

— Non.

— Ce congrès est très célèbre. Cette année-là, pour la première fois, Nikita Khrouchtchev a évoqué en public les crimes staliniens. Il a laissé entendre que Staline n'avait peut-être pas été le guide éclairé qu'on avait prétendu, mais un tyran qui avait commis des erreurs criminelles. Le maître est tombé de son piédestal. Quelque temps plus tard, son corps momifié a été extrait du mausolée où il reposait aux côtés de Lénine.

— Quel rapport avec le paranormal ?

— Lors de ce même congrès, une femme député est intervenue, Darya Lazurkina. Elle a expliqué, le plus sérieusement du monde, que Lénine lui était apparu, la veille, dans un rêve, et qu'il lui avait dit qu'il souffrait d'être aux côtés de Staline dans le mausolée. Les paroles de Lazurkina ont été consignées dans les minutes officielles du congrès et je peux vous assurer que ce témoignage a autant joué dans la décision de déplacer le corps que le discours de Khrouchtchev. Ainsi sont les Russes. L'idée qu'un homme mort revienne s'exprimer à travers le songe d'une vieille femme n'a étonné personne et, d'une certaine façon, Lénine avait ainsi participé au congrès.

Diane avait déjà vu des images de ces grands-messes du Parti — la salle immense, échelonnée de gradins occupés par des milliers de députés communistes, les seigneurs d'une des nations les plus puissantes de l'époque. Elle était troublée à l'idée qu'un simple rêve ait pu prendre place parmi les préoccupations des commissaires du Parti. Ainsi, toujours, une lumière sombre brillait au fond des consciences. Sous la crainte du pouvoir humain régnait toujours une autre crainte : celle de l'univers, de l'inconnu, des esprits, qui semblaient guetter ces Russes à travers la taïga sibérienne.

— Poursuivez, souffla-t-elle.

— A partir de cette époque, la psychologie puis, dans son sillage, la parapsychologie sont revenues en force. Des laboratoires se sont ouverts partout sur le territoire. Les plus célèbres étaient l'Institut neurochirurgical de Leningrad, où on étudiait les expériences psi à travers les rêves, l'Institut de psychiatrie et de neurologie de Kharkov, où les scientifiques recherchaient d'éventuelles particules psi, qui auraient pu expliquer les phénomènes de télépathie ou de psychokinèse. Et aussi le département n° 8 de l'Académie sibérienne des sciences, à Novosibirsk, où certains chercheurs avaient tenté des expériences télépathiques avec les officiers d'un sous-marin atomique. Honnêtement, tout ça n'était pas très sérieux.

Diane revint à l'objet de son enquête :

— Que savez-vous sur le TK 17 dans ce domaine ?

— Je n'ai jamais rien lu ni entendu. Pas un mot, pas une ligne sur cette unité.

— Ce silence, comment vous l'expliquez ?

Kamil haussa les épaules.

— A vrai dire, il peut tout signifier. Soit que les chercheurs n'ont absolument rien trouvé, pas même de quoi rédiger un rapport. Soit, au contraire, qu'ils ont effectué des découvertes significatives. Des découvertes qui méritaient qu'on les dissimule.

Diane comprit qu'elle possédait la réponse à cette question. Oui : quelque chose d'important avait été découvert dans ce laboratoire. Quelque chose qui concernait non seulement la nature des facultés psi, mais qui permettait de les développer.

Elle n'avait pas oublié les prodiges qui avaient ponctué ces dernières semaines. Un acupuncteur qui sauvait un enfant condamné par la médecine traditionnelle. Un psychologue qui ouvrait une boucle de métal par la seule force de son esprit. Et maintenant Eugen Talikh, qui manifestait une véritable clairvoyance en matière de phénomènes cosmiques. Comment ne pas penser que ces hommes, entre 1969 et 1972, avaient découvert dans leurs laboratoires une technique qui leur permettait d'isoler et de maîtriser les forces occultes de l'homme ? Comment ne pas imaginer qu'ils partageaient, depuis trente ans, ce secret unique ?

Elle se souvenait maintenant des doigts de Lucien marqués de la date du 20 octobre 1999. Elle éprouva une nouvelle certitude. Ces hommes avaient rendez-vous dans le tokamak. Et ce rendez-vous entretenait un lien avec ce nouveau mystère — l'acquisition inexplicable de pouvoirs paranormaux.

Diane scruta la date sur le cadran de sa montre : 15 octobre. Il n'y avait qu'un seul moyen pour découvrir la nature de cette rencontre. Elle s'entendit demander :

— Ça ne vous dérangerait pas de me déposer à l'aéroport ?

47

De Moscou, il fallait parcourir près de huit mille kilomètres vers l'est pour rejoindre Ulan Bator, la capitale de la République populaire de Mongolie. Le vol s'effectuait de nuit, avec une seule escale à Tomsk, en Sibérie occidentale. Durant le voyage, un paysage unique ployait à la surface de la terre : la forêt. Une infinité glacée de trembles, d'ormes, de bouleaux, de pins, de mélèzes, groupés tour à tour en bois ajourés ou en jungles inextricables. Diane se souvenait de la carte de Claude Andreas et de son immensité monochrome. La taïga : un ermitage qui avait la dimension d'un continent et qui s'ouvrait seulement aux abords de la Mongolie sur une autre immensité — les steppes.

Kamil n'avait rien pu lui dire de plus sur le voyage à l'intérieur des terres : il n'avait jamais mis les pieds en Mongolie. Ses connaissances sur le TK 17 n'étaient que théoriques et il en admirait d'autant plus la détermination de Diane. Il lui avait proposé de s'occuper des billets, à Cheremetievo.

Elle choisissait maintenant des vêtements chauds, dans la boutique principale de l'aéroport, dressant mentalement la liste de ce qu'elle possédait déjà. En essayant une chapka doublée de fourrure, face à un miroir, elle constata que ses hématomes s'estompaient. Elle se sentait forte, nerveuse, revigorée. En vérité, elle était grisée par son propre projet. Et cette ivresse était dangereuse, parce qu'elle l'empêchait de mesurer les dangers réels de l'expédition.

— Super.

Dans la glace, le regard d'amande de Kamil apparut. Le physicien semblait apprécier le spectacle du visage de Diane, encadré de mèches fantasques, barré d'une visière de fourrure. Il ne semblait pas voir les marques, les cicatrices, les pansements. Il brandit une liasse de billets bleu délavé et prévint :

— Il ne faut pas traîner. Le dernier vol à destination de Tomsk décolle dans quarante minutes.

Kamil se glissa avec Diane dans la zone d'embarquement. Quand elle aperçut ses compagnons de vol, elle éprouva une nouvelle appréhension : les passagers paraissaient mortifiés. Ils demeuraient immobiles, les mains serrées sur leurs valises, lançant de temps à autre un regard résigné en direction de l'appareil, qui manœuvrait dehors.

— Pourquoi font-ils cette tête ? demanda Diane.

— Pour eux, la Mongolie, c'est plus ou moins synonyme de fin du monde.

— Pourquoi ?

Kamil fronça de nouveau les sourcils, écho inversé des moustaches qui souriaient.

— Diane, la Mongolie, ce n'est même plus la Sibérie. C'est encore plus loin, et il n'y a plus là-bas de pouvoir russe. A Ulan Bator, tout ce qui attend ces gens, c'est la solitude, le froid, le dénuement — et la haine. Le pays est resté une colonie soviétique pendant près de cent ans. Aujourd'hui les Mongols sont indépendants et ils nous détestent plus que tout au monde.

Elle détaillait la foule qui franchissait le comptoir d'embarquement : des silhouettes lasses, des visages d'exode. Un détail lui sauta aux yeux.

— Pourquoi n'y a-t-il aucun Mongol parmi les voyageurs ? demanda-t-elle.

— Les Mongols ont leur propre compagnie. Ils se couperaient un bras plutôt que de voyager sur Aeroflot. La haine : vous savez ce que ça veut dire ?

Elle sourit avec lassitude.

— Ça promet.

— Salut, Diane. Et bon courage.

Elle ne parvenait pas à se persuader que, dans une seconde, ce jeune chat aurait disparu, qu'elle serait de nouveau seule. Seule à un degré qu'elle ne parvenait pas à envisager. L'homme tourna les talons puis lança, par-dessus sa capuche-tempête :

— Et souvenez-vous : les dieux n'aiment pas qu'on cherche à les imiter.

Le vieux Tupolev bringuebalait comme un train. Diane s'abandonnait à l'étrange torpeur du vol de nuit. Indifférente à l'inconfort de l'appareil, aux miettes de biscuits en guise de repas, aux lumières trop vives qui refusaient de s'éteindre, ou de s'allumer, selon les places, elle ne sentait pas non plus la froidure qui paraissait traverser la carlingue vibrante.

A Tomsk, on les fit sortir de l'appareil, puis on les guida dans l'obscurité jusqu'à un entrepôt, au bout de la piste. Le lieu ressemblait à un lazaret, où on les aurait isolés par peur d'une contamination. Ils s'installèrent, sans un mot, sur des bancs accolés aux murs. A la lueur d'une ampoule nue, Diane apercevait d'immenses photographies noir et blanc, suspendues aux murs. Des mineurs saisis dans une posture hiératique, pioche à la main. Des vallées minières aux allures de canyons. Des installations électriques, barrées de tours et de câbles. Tout un rêve de production et de planification, dont le grain photographique paraissait lui-même incrusté de crasse et de charbon.

Elle regarda sa montre : dix heures du soir à Moscou. Trois heures du matin à Ulan Bator. Mais ici, à Tomsk, quelle heure était-il ? Elle se tourna vers ses voisins et leur posa la question en anglais. Personne ne parlait cette langue. Elle interrogea d'autres passagers. Les Russes ne levaient même pas le visage de leur col. Enfin un vieillard lui répondit, dans un anglais approximatif :

— Qui intéresser heure de Tomsk ?

— Moi, ça m'intéresse. J'aime savoir où j'en suis.

L'homme baissa les yeux et ne les releva plus. Diane aperçut sa propre ombre, distendue, filiforme, se détachant sur les photographies de mineurs. Elle alla s'asseoir et ressentit soudain une intense douleur à la poitrine, comme une pierre qui aurait percuté son torse.

L'image de Patrick Langlois venait de jaillir dans sa mémoire. Ses yeux de laque noire. Sa petite frange vif-argent. Son odeur de vêtements trop propres. Le chagrin s'abattit sur Diane. Elle se sentait seule, perdue, paumée dans ce territoire sans limites. Mais, plus encore, perdue à l'intérieur d'elle-même...

Elle avait envie de pleurer. De pleurer comme on vomit. A l'idée que cet homme aurait pu l'aimer, elle, sa mort lui parut tout à coup deux fois absurde, deux fois inutile. Parce que si le policier avait vécu, il se serait vite aperçu que Diane était la femme de l'impossible. Ses avances auraient glissé sur elle comme de l'eau sur une nappe d'essence. Jamais elle n'aurait pu répondre à son désir. Jamais son propre désir à elle ne pourrait se fixer sur un objet. C'était comme une bête furieuse, un feu souterrain qui courait sous sa peau et ne trouverait jamais aucune issue.

Diane regarda les aiguilles de sa montre, qui tournaient au milieu de nulle part. « Ne jouez pas aux Alice détective », lui avait dit le lieutenant. Un sourire remonta le courant de ses propres larmes. Elle n'était plus une Alice. Pas même une détective.

Seulement une jeune femme perdue dans une forêt de fuseaux horaires.

En route pour le continent-monstre.

48

Ce fut la lumière qui la réveilla.

Elle se dressa sur son siège et plaqua sa main contre le hublot. Depuis combien de temps dormait-elle ? Aussitôt remontée dans l'appareil, elle s'était effondrée. Et elle était maintenant éblouie par l'aurore. Elle remit ses lunettes et tendit son regard vers la fenêtre. Elle aperçut alors, dans la lumière violente de l'aube, ce qui n'existait sans doute dans aucune autre région du monde, ce qui cinglait le cœur du voyageur lorsqu'il franchissait les derniers nuages au-dessus de la terre de Mongolie : la steppe.

Si la couleur verte avait pu flamber, elle aurait engendré une telle lumière. Une brûlure verdoyante, frémissante. Une lumière jaillie de la terre, ébouriffée de chiendent. Un brasier qui avait les contours de l'horizon mais possédait, dans ses moindres interstices, l'intimité d'un soupir.

Le soleil pouvait toujours frapper : il n'altérerait jamais une telle fraîcheur.

Diane chercha ses lunettes noires afin de mieux distinguer le relief de ces immensités. C'était étrange. Il lui semblait avoir toujours connu cette démesure d'herbes folles. Ces collines qui jouaient à saute-mouton dans leur solitude émerveillée. Cette liesse des plaines, comme ivres d'elles-mêmes, qui avançaient vers un éternel rendez-vous avec l'horizon.

Elle s'approcha du hublot jusqu'à le toucher de son front. Malgré la distance, malgré le vacarme des réacteurs, sa pensée pouvait s'élancer jusqu'au ras du sol pour percevoir le bruissement des pâturages, le bourdonnement des insectes, le grésillement infime de la nature lorsque les rafales de vent s'apaisaient. Oui, c'était une terre à écouter. Comme un coquillage. Une terre dont on pouvait saisir toutes les subtilités, à la surface, puis discerner, dessous, l'écho lointain du galop des chevaux à crinière courte. Et peut-être, plus profondément, le cœur sourd du monde...

L'aéroport d'Ulan Bator était une salle de ciment brut, où on marquait les bagages à la craie et où les comptoirs des départs et des arrivées se résumaient à un seul pupitre de bois, sur lequel trônait *le* computeur du bâtiment. A travers les vitres, Diane distinguait, parmi quelques voitures, les premiers cavaliers sur leurs montures. Tous portaient une robe traditionnelle, vibrante de couleur et ceinturée de soie.

Diane n'avait pas la moindre idée de ce qu'elle devait faire maintenant. Pour gagner du temps, elle imita les autres voyageurs et s'empara d'une fiche de renseignements. Elle se mit en devoir de la remplir, debout, en appui contre un mur. C'est alors qu'elle lut, en haut du document, quelques lignes en anglais qui lui rappelèrent une évidence à laquelle, à aucun moment, elle n'avait songé.

Dans son dos une voix demanda :

— Vous êtes Diane Thiberge ?

Elle sursauta. Un jeune Occidental lui souriait. Il portait une parka de marque anglaise, un pantalon de velours chasseur et des chaussures montantes. Diane pensa : « Ça ne peut pas être un flic. Pas ici. »

Elle se recula pour mieux le détailler. Il avait un visage poupin, des cheveux châtains bouclés, des lunettes à la monture d'or très fine et une barbe de trois jours qui accentuait son teint hâlé. Malgré la barbe, il se dégageait de ces traits, de cette peau brune, de ces vêtements impeccables, une netteté, une régularité dont Diane se sentit aussitôt jalouse — elle avait toujours l'impression d'être blafarde et fringuée de travers.

L'homme se présenta avec un léger accent qui roucoulait sous sa langue :

— Giovanni Santis. Je suis attaché à l'ambassade italienne. J'ai pris l'habitude d'accueillir tous les ressortissants d'Europe. J'ai repéré votre nom sur l'ordinateur des arrivées et...

— Qu'est-ce que vous voulez ?

Il parut étonné par son agressivité.

— Mais... vous aider, vous conseiller, vous guider, répondit-il. Nous ne sommes pas dans un pays facile et...

— Merci. Ça ira très bien.

Diane reprit la rédaction de sa fiche, tout en l'observant du coin de l'œil. Le jeune attaché scrutait en retour ses blessures au visage. Il insista, avec douceur :

— Vous êtes sûre que vous n'avez besoin de rien ?

— Merci. Mon périple est parfaitement préparé. Aucun problème.

— Un hôtel ? risqua l'Italien. Un traducteur ?

Elle se retourna et l'interrompit :

— Vous voulez vraiment m'aider ?

Giovanni s'inclina, à la manière d'un gentil-homme vénitien. Diane brandit sa fiche de renseignements d'un air mauvais :

— Alors voilà : je n'ai pas de visa pour entrer dans ce pays.

Les yeux de l'Italien s'écarquillèrent en une expression de pure stupeur.

— Pas de visa ? répéta-t-il.

Ses sourcils s'arquèrent encore, en deux voûtes suspendues. C'était une expression de surprise d'une telle intensité, chargée de tant d'innocence, que Diane éclata de rire. Elle comprenait que cette grimace parfaite dessinait la nature de leurs relations à venir.

49

Giovanni roulait à tombeau ouvert, sur la piste rectiligne qui menait à Ulan Bator. Il était parvenu à régler le problème administratif en moins d'une heure. Diane avait alors compris à qui elle avait affaire : un magicien de la paperasse, et un homme qui parlait la langue mongole aussi aisément que le français et l'italien. Elle était désormais sous la responsabilité de l'ambassade italienne — une sorte d'invitée surprise — et cette nouvelle situation ne la gênait pas. Du moins pas encore.

Elle ouvrit la fenêtre et tendit son visage vers l'extérieur. La poussière blanche de la route lui asséchait la gorge. Elle sentait ses lèvres se gercer, sa peau s'assécher à la vitesse du vent. Au loin, on distinguait la ville, plate et grise comme un bouclier, surplombée par les deux immenses cheminées d'une centrale thermique.

Diane ferma les yeux et respira, à pleins poumons, ce souffle aride. Elle hurla, pour couvrir le bruit du véhicule tout-terrain :

— L'air, vous sentez ?

— Quoi ?

— C'est si... sec.

Giovanni rit dans son col de parka. Il cria en réponse :

— Vous n'avez jamais voyagé en Asie centrale ?

— Non.

— La première mer doit être située à plus de trois mille kilomètres. Jamais un courant humide, jamais un alizé ne vient atténuer ici les différences de température. Les hivers descendent à moins cinquante degrés. Les étés caracolent à plus de quarante. En une seule journée, il peut y avoir quarante degrés d'écart. C'est un climat hypercontinental, Diane. Un climat pur et dur, sans aucune nuance.

Son rire éclata de joie :

— Bienvenue en Mongolie !

Elle ferma de nouveau les yeux et se laissa bercer par les cahots de la piste. Quand elle les rouvrit, ils pénétraient dans la ville. Ulan Bator était une cité à l'architecture stalinienne, sillonnée de larges artères, parfois goudronnées, plus souvent en terre battue, hérissées de bâtiments colossaux percés de fenêtres effilées comme des lames de rasoir. A l'ombre de ces géants, de petites cités, uniformes et tristes, se partageaient le reste du territoire. Tout semblait avoir été conçu, dessiné et construit en une seule fois, par des architectes pressés d'appliquer les grands principes de l'urbanisation socialiste : grandeur et puissance pour l'administration, symétrie et répétition pour le monde humain.

Pourtant la population qui s'acheminait dans les rues démentait ce projet global. Beaucoup d'habitants portaient la *deel* traditionnelle, comme l'appelait Giovanni : une robe matelassée à boutonnières obliques, maintenue par une ceinture d'étoffe. D'autres avançaient à cheval, parmi les voitures de marque japonaise et les quelques Tchaïka noires qui semblaient s'être trompées d'époque. Ce contraste annonçait le duel implicite du pays : Staline contre Gengis Khan. Et, à comparer les fissures des murs aux chatoiements des vêtements, il n'y avait aucun doute sur l'identité du vainqueur.

Diane aperçut un grand hôtel, dont le parking était occupé par plusieurs cars. Elle demanda :

— On ne s'arrête pas là ?

— On ne va pas à l'hôtel. Complet. Un congrès, je ne sais pas quoi. Ne vous en faites pas : j'ai une solution de rechange. On va vous loger dans le monastère bouddhiste de Gandan, aux portes de la ville. Les moines possèdent des chambres aménagées pour accueillir des hôtes de passage.

Quelques minutes plus tard, ils accédèrent à un vaste bloc de béton, cerné par un mur d'enclos rouge vieilli. L'édifice n'avait rien de particulier, à l'exception de son toit au pourtour retroussé, dans le plus pur style chinois. A l'intérieur de l'enceinte, en revanche, chaque détail rivalisait de charme. Les murs de pierre arboraient une patine ocre. La cour, banale surface de ciment, était balayée par des feuilles mortes, qui bruissaient comme des flammes au ras du sol. Les contours des fenêtres, bruns et écaillés, ressemblaient à des cadres mystérieux qui donnaient envie de se pencher pour plonger dans les secrets du monastère. En quelques secondes, franchi l'imposant portail de poutres, le lieu se métamorphosait en un berceau d'or qui envoûtait le regard et laissait au cœur une poudre étincelante et précieuse.

Diane esquissa quelques pas et remarqua, à droite, sous un préau, les moulins à prières. De gigantesques tonneaux verticaux, tournant sans relâche sur leur pivot. Elle en avait déjà contemplé, en Chine, aux frontières du Tibet. La seule idée de ces petits papiers écrits et déposés par les fidèles, brassés, mélangés, chavirés dans ces fûts comme des parcelles de ferveur, l'ensorcelait.

Des moines surgirent. Ils ne ressemblaient pas aux bonzes rasés et policés de Ra-Nong, en Thaïlande. Ils portaient des bures rouges et des bottes en cuir, à l'extrémité retroussée. Ils souriaient à Giovanni mais semblaient avoir du mal à se départir de leur noirceur naturelle — une dureté de cavaliers trop longtemps isolés dans les steppes. Enfin, l'Italien, d'un clin d'œil, signifia à Diane que tout était organisé.

On l'installa dans une petite chambre tapissée de bois, où elle retrouva sa solitude avec plaisir. Giovanni avait promis de s'occuper des autorisations nécessaires pour remonter au nord du pays. Elle avait dû livrer quelques explications sur son projet. Elle avait expliqué cette fois qu'elle préparait un livre sur les vestiges des sites scientifiques soviétiques, à travers la Sibérie et la Mongolie. L'idée avait plu à l'intellectuel : « Je vois, avait-il répliqué : de l'archéologie contemporaine. » Et il avait aussitôt proposé de l'accompagner. Dans un premier temps elle avait refusé puis s'était rendue à ses raisons. Elle n'avait aucune chance d'atteindre, seule, et dans les temps, le tokamak.

Aux environs de seize heures, elle descendit dans

la cour du monastère. Elle voulait goûter à la quiétude de l'esplanade. Pas d'odeurs, excepté le parfum d'herbes brûlées qui provenait des steppes environnantes. Pas de bruits, hormis quelques galops lointains, résonnant derrière les murs brun-jaune. Pas de visages, à moins de fixer les rares moines qui passaient de temps à autre, dans l'ombre de la véranda, emmitouflés dans leur toge couleur de brique.

Il régnait ici une évidence, une pureté confondantes. Du soleil. Du froid. Du bois. De la pierre. Et rien d'autre. Les grands fûts verticaux gémissaient parfois, en tournant lentement, et berçaient cette quintessence de sensations. Diane sourit. Tout dans ce lieu lui était étranger et pourtant elle ressentait une familiarité singulière avec ce parterre tapissé de feuilles cramoisies, ce soleil qui étirait les ombres. Elle revoyait le préau de son école primaire, les détails minéraux dans lesquels elle plaçait toute sa concentration, cherchant à entrer en contact avec la texture secrète du monde. Elle retrouvait ici ce même mélange de dureté et d'intimité, de froideur et de douceur, qui la captait totalement lors des récréations de son enfance.

Soudain des pigeons s'envolèrent. Le claquement d'ailes résonna en Diane comme une lucarne de papier qu'on aurait brusquement ouverte. L'instant lui sembla si net, si intime, qu'il lui parut jaillir de sa propre attente, de son propre désir.

Des pas, derrière elle.

Giovanni apparut sur le perron, engoncé dans sa parka, caressant sa barbe du dos de la main. Il y avait une vraie douceur à contempler ce personnage. Diane songea à un petit garçon à qui l'on aurait donné trop de sucreries. Ou encore à ces trattorias italiennes, à peine éclairées, où brillent derrière des vitrines des gâteaux trop colorés. Tout son être évoquait cette pente douce, ce petit craquement de gourmandise qui vous cueille sur le coup de cinq heures...

Elle espéra que le jeune homme allait prononcer quelques paroles magnifiques — des mots parfaitement justes qui s'incrusteraient dans la pierre de l'instant. Mais l'Italien plaça la main sur son ventre et demanda :

— Vous n'avez pas une petite faim, vous ?

50

Giovanni l'emmena directement dans le réfectoire du monastère. Les moines préparaient, selon lui, les meilleurs *booz* de la ville — il s'agissait d'une spécialité mongole : des raviolis fourrés à la viande de mouton. Dans l'après-midi, l'Italien avait collecté toutes les autorisations nécessaires et organisé leur départ pour le lendemain matin, première heure. Afin de gagner du temps, il avait décidé de dormir dans l'une des cellules du premier étage. Il conclut ses explications d'un solide sourire : il paraissait déterminé à ne plus lâcher Diane d'un pas.

Elle n'eut pas le cœur d'y répondre. L'intimité qui se tissait avec lui la gênait, l'irritait même. Elle se sentait encore profondément imprégnée par la présence de Patrick Langlois — sa voix grave, son odeur apprêtée, ses gestes nuancés d'humour. L'intrusion de l'Italien auprès d'elle bousculait ces réminiscences, profanait, en quelque sorte, ses souvenirs.

Dans la cantine, elle était assise de l'autre côté d'une grande table, face à Giovanni, selon un axe légèrement décalé. On ne pouvait à la fois dîner ensemble et se tenir plus éloignés l'un de l'autre. Le diplomate ne fit aucune réflexion — il paraissait avoir pris son parti des mystères de Diane. Il plongea plutôt sa main dans le plat de *booz*, attaquant les raviolis avec un bel appétit. Pour sa part, elle ne prit que des petits pains, se refusant à toucher à ces gros machins graisseux qui constituaient leur plat de résistance.

L'Italien ne cessait de parler. Il était en réalité ethnologue. Il avait rédigé une thèse, dans les années quatre-vingt-dix, sur les persécutions du pouvoir communiste à l'encontre des ethnies sibériennes, notamment les Toungouses et les Iakoutes. Il avait cherché ensuite à partir dans la toundra du Cercle polaire, mais les ordres de mission avaient tardé à venir. Il s'était alors tourné vers la diplomatie et avait fini par décrocher ce poste à Ulan Bator, dont personne ne voulait. Pris d'enthousiasme, il s'était lancé dans l'étude des ethnies de ce nouveau territoire.

Diane écoutait ses explications d'une oreille distraite. Elle était préoccupée par un autre détail : dans la salle déserte, mal éclairée par des lampes incertaines, un autre personnage dînait. Il avait le type occidental et portait des lunettes noires. Il paraissait avoir la soixantaine mais ses cheveux coiffés en arrière étaient d'un jaune nicotine qui ne cadrait avec aucun âge. Giovanni ne semblait pas avoir remarqué l'étrange figure. Il poussa les assiettes et sortit de son sac à dos un ordinateur portable.

— J'ai dressé notre itinéraire sur mon ordinateur. Vous voulez y jeter un œil ?

Diane fit le tour de la table et se pencha vers l'écran scintillant. Une carte de la République populaire de Mongolie s'y découpait. Tous les noms étaient écrits en caractères cyrilliques. Giovanni désigna avec son curseur un cercle noir au centre de l'espace. « Nous sommes ici. » Puis il tendit un long trait oblique vers le haut, atteignant un point bleu représentant sans doute un lac, près de la frontière russe.

290

— Nous allons là. A Tsagaan-Nuur. Le lac Blanc.

Le sillon avait traversé quasi toute la surface du document.

— C'est... si loin que ça ? demanda Diane.

— Mille kilomètres au nord-ouest, oui. Nous allons d'abord prendre un avion jusqu'à Mörön. Ici. Puis un autre, jusqu'au village de Tsagaan-Nuur. Après ça, nous devrons acheter des rennes pour rejoindre le lac proprement dit.

— Des rennes ?

— Il n'y a aucune piste. Aucun véhicule ne peut s'y rendre.

— Mais... pourquoi pas des chevaux ?

— Nous allons devoir passer un col à plus de trois mille mètres. A cette altitude, c'est la toundra. Il ne pousse plus que des mousses et des lichens. Aucun cheval ne peut y survivre.

Diane commençait à prendre la mesure du périple. Comme pour se rassurer, elle chercha un détail, un objet familier. Ses yeux se fixèrent sur le thermos posé sur la table. Un fût laqué rouge portant des fleurs chinoises imprimées. Elle se servit une nouvelle tasse de thé et observa les longues feuilles brunes qui planaient dans le liquide roux. Elle interrogea encore :

— D'Ulan Bator au village de Tsagaan-Nuur, combien de temps allons-nous mettre ?

— Une journée. Si on parvient à enchaîner les deux avions.

— Ensuite, combien de temps pour rejoindre le lac ?

— Je dirais : une journée.

— Et du lac au tokamak ?

— Quelques heures seulement. Le laboratoire se situe dans les parages, au-delà de la première montagne de la chaîne Khoridol Saridag.

Elle songeait à la date fatidique — le 20 octobre — et fit ses comptes. En partant demain, 17 octobre, elle pouvait arriver à temps, et disposer même d'un jour d'avance. Elle but une gorgée de thé et reprit :

— Vous n'y êtes jamais allé ?

— Personne n'y est jamais allé ! Jusqu'au milieu des années quatre-vingt-dix, c'était encore une zone interdite et...

— Qu'est-ce que vous savez à propos du tokamak ? demanda-t-elle.

Giovanni esquissa une expression d'indécision.

— Pas grand-chose, répondit-il. C'était un site consacré à la fusion nucléaire, je crois. Mais je ne peux pas vous en dire plus. Ce n'est vraiment pas ma partie.

— Vous saviez que le TK 17 avait abrité un laboratoire de parapsychologie ?

— Non. Première nouvelle. Ce domaine vous intéresse aussi ?

— Tout ce qui touche à ce site m'intéresse.

Giovanni parut tout à coup songeur. Il murmura, au bout de quelques secondes :

— C'est marrant que vous me parliez de ça.

— Pourquoi ?

— Parce que j'ai déjà eu affaire à ces laboratoires, quand je rédigeais ma thèse de doctorat.

Diane s'étonna :

— Je croyais que vos travaux portaient sur la persécution des ethnies sibériennes.

— Justement.

— Justement quoi ?

L'Italien prit un air de conspirateur. Il décocha un bref regard à l'homme aux lunettes noires puis ricana :

— Attention aux espions slaves.

Il s'approcha, les deux coudes plantés sur la table.

— Ecoutez, dit-il. Un chapitre de ma thèse était consacré aux persécutions religieuses, entre les années cinquante et soixante. On a coutume de penser que la période Khrouchtchev a été plus libérale mais, sur le plan religieux, c'est une idée fausse. En fait, l'oppression s'est spécifiquement tournée vers les confessions minoritaires : les baptistes, par exemple, chez les chrétiens, mais aussi les bouddhistes ou les animistes, parmi les ethnies qui peuplaient la taïga et la toundra. Khrouchtchev a alors fait boucler tous les lamas, tous les chamans, puis brûler les temples et les sanctuaires.

— Où est le rapport avec les laboratoires de parapsychologie ?

— Pour ma thèse, en 1992, j'ai pu consulter les archives du fameux archipel du goulag : Norilsk, Kolyma, Sakhaline, Tchoukotka... Bref, j'ai recensé tous les chamans qui avaient été emprisonnés dans ces camps de travail. C'était un boulot fastidieux, mais facile : l'origine de chaque interné était signalée dans les registres, ainsi que la raison de sa détention. C'est alors que, progressivement, j'ai découvert un truc incroyable.

— Quoi ?

— A partir de la fin des années soixante, beaucoup de ces chamans — des Iakoutes, des Nenets, des Samoyèdes — ont été transférés.

— Transférés où ?

L'Italien jeta un nouveau regard à l'homme aux cheveux jaunes, parfaitement immobile.

— C'est là que ça devient chaud, reprit-il. J'ai remonté leur trace et découvert qu'ils n'avaient pas été envoyés dans d'autres camps mais dans des laboratoires.

— Des laboratoires ?

— Oui, comme le département n° 8 de l'Académie sibérienne des sciences, à Novosibirsk. Des laboratoires de parapsychologie.

L'Italien paraissait fasciné par sa propre investigation. A la surface de ses lunettes, l'éclat des lumières ricochait sur ses pupilles. Il dit — sa voix n'était plus qu'un souffle :

— Vous comprenez, n'est-ce pas ? Pour pratiquer leurs expériences, les parapsychologues avaient besoin de sujets psi, des êtres humains censés posséder des dons télépathiques, des facultés de perception paranormales. Or, de ce point de vue, le goulag constituait un véritable vivier, puisqu'il abritait de nombreux sorciers asiatiques.

Diane ne pouvait admettre cette nouvelle histoire.

— Rien ne dit que ces chamans possédaient le moindre pouvoir !

— Bien sûr. Et de toute façon, je ne les vois pas révéler leurs secrets aux scientifiques russes. Mais ces hommes étaient familiers des transes, de l'hypnose, de la méditation... tout ce qu'on regroupe sous le nom d'états modifiés de conscience. Ils constituaient donc des sujets privilégiés pour des expériences parapsychologiques.

Diane sentait le sang quitter son visage. Elle songeait au TK 17 et se posa, une nouvelle fois, cette question : était-il possible que les chercheurs du laboratoire aient découvert le moyen de décrypter et de s'approprier les pouvoirs des chamans qu'ils avaient étudiés dans leur unité ? Elle demanda :

— Qu'est-ce que vous avez découvert sur ces expériences ?

— C'est un des secteurs les plus secrets de la science soviétique. Rien de ce que j'ai pu lire ne faisait état du moindre résultat sensible. Mais qui sait ce qui s'est passé dans ces laboratoires ? Je n'aurais pas aimé être à la place de ces chamans. Les Russes ont dû les traiter comme de vulgaires cobayes.

Elle imaginait ces hommes arrachés à leur terre, internés dans des camps glacés, puis manipulés dans le cadre d'expériences occultes. La nausée montait dans sa gorge, à la manière d'une marée noire.

— Dans le TK 17, interrogea-t-elle, ils ont dû utiliser des chamans tsevens, non ?

Giovanni marqua sa surprise :

— Comment connaissez-vous ce nom ?

— Je me suis renseignée sur la région. Vous pensez qu'ils ont impliqué des Tsevens ?

— Aucun risque de ce côté-là.

— Pourquoi ?

— Parce qu'il n'existe plus de peuple tseven depuis les années soixante.

— Qu'est-ce que vous racontez ?

— La vérité. C'est un fait avéré, qui a été récemment démontré par plusieurs ethnologues mongols. Les Tsevens n'ont pas survécu à la collectivisation.

— Donnez-moi des détails.

— La collectivisation n'a été effective en Mongolie-Extérieure qu'à la fin des années cinquante. En 1960, une assemblée a décrété qu'il n'existait plus un seul propriétaire privé dans le pays. Tout le territoire a été quadrillé, remembré, organisé en kolkhozes. Les nomades ont été sédentarisés. Leurs tentes ont été détruites et on a construit des maisons. Leur bétail a été confisqué puis redistribué. Les Tsevens n'ont pas accepté cette situation. Ils ont préféré tuer les bêtes de leurs propres mains plutôt que de les céder au Parti. C'était l'hiver : la plupart sont morts de faim. Je vous le répète : cette ethnie n'existe plus. Aujourd'hui, il reste sans doute quelques individus de cette origine, mais acculturés, et mariés avec des Mongols.

Diane visualisait des plaines jonchées de rennes ensanglantés. Un massacre ordonné contre ses propres ressources. Une sorte de suicide collectif. Elle imaginait les femmes, les enfants tsevens s'éteignant dans le froid et la faim. Chaque pas qu'elle effectuait la rapprochait de l'épicentre du Mal.

En même temps, ce fait ne cadrait pas avec ses informations. Diane détenait la preuve que les Tsevens — et leurs traditions — existaient toujours. La seule existence des « Lüü-Si-An » le démontrait. Ils étaient d'origine tsévène. Ils parlaient la langue tsévène. Ils étaient des Veilleurs, qui avaient été initiés par des chamans. Giovanni se trompait donc, mais elle renonça à s'expliquer. C'était juste un nouveau mystère, à ajouter à la cohorte d'énigmes et d'impossibilités qui traçait sa route.

L'Italien cherchait maintenant une prise téléphonique afin de consulter sa messagerie électronique. Cette déambulation éveilla dans l'esprit de Diane un souvenir lointain, enfoui, presque oublié — mais qui brillait tout à coup comme un diamant aigu. Quand Patrick Langlois l'avait déposée chez elle, après le massacre de Saint-Germain-en-Laye, il lui avait dit : « Le jour où j'aurai une confidence à vous faire, je vous la ferai par e-mail. »

Et si le policier lui avait écrit un message électronique, le lendemain, alors qu'il croyait qu'elle avait définitivement pris la fuite ? D'un signe du menton, elle désigna l'ordinateur de Giovanni et demanda :

— Je pourrais consulter ma boîte aux lettres sur votre portable ?

51

Ils s'installèrent dans une des salles d'étude du monastère. Les murs étaient revêtus de sapines et le sol était tapissé d'un parquet à larges lattes. Des pupitres apportaient d'autres accents boisés. Une ampoule anémique diffusait une clarté mordorée sur ces surfaces brunes. Tout semblait encore habité par la patience et la concentration des moines, chaque jour penchés sur leurs livres dans ces quelques mètres carrés, tels des astres de la pure méditation.

Ils connectèrent l'ordinateur à l'unique prise téléphonique. Par courtoisie, Giovanni laissa Diane consulter la première sa messagerie. Ils utilisaient les mêmes logiciels de recherche et de communication. En quelques manœuvres, elle put accéder à son fichier central et ouvrir sa boîte aux lettres. Les messages s'accumulaient en une liste de noms et de sigles familiers.

Quelques secondes de recherche lui suffirent. Parmi les e-mails du 14 octobre, un était signé de Langlois. Le message avait été reçu à treize heures trente-quatre, soit une demi-heure avant qu'elle ne le contactât par téléphone, de l'hôpital de Nice. Elle avait vu juste : le policier, la croyant en fuite, lui avait laissé quelques lignes électroniques dans l'espoir de l'informer de ses découvertes.

Elle cliqua sur la petite icône et vit s'ouvrir le message. Elle sentait, littéralement, son cœur battre dans son corps.

```
De : Patrick Langlois
A : Diane Thiberge
14 octobre 1999

Diane,

Où êtes-vous ? Depuis plusieurs
heures, tous mes hommes sont à vos
trousses. Qu'est-ce qui vous est
encore passé par la tête ? Où que
vous soyez, quoi que vous ayez
décidé, il faut que vous connais-
siez les dernières informations.
Dès que vous aurez lu ce message,
vous devez m'appeler. Il n'y a plus
d'autre voie pour vous que la
confiance.
```

Diane cliqua sur la souris, afin de dérouler le texte :

Les enquêteurs allemands m'ont appelé ce matin. Ils ont découvert que van Kaen avait effectué plusieurs virements d'argent à un jeune couple de Potsdam, dans les environs de Berlin. Renseignements pris, il semble que la femme, Ruth Finster, a été opérée des trompes à l'hôpital Die Charité et qu'elle a connu là-bas van Kaen, en 1997. A l'évidence, l'homme était devenu son amant.

Mais là n'est pas l'important. C'est que cette femme, devenue stérile après l'opération, vient d'adopter un petit Vietnamien, en septembre dernier, dans un orphelinat d'Hanoi, largement financé par van Kaen lui-même.

Diane devait nouer chaque muscle du visage pour ne pas hurler. Nouveau clic. Nouveau défilement de texte :

J'ai aussitôt pris mes renseignements à propos de Philippe Thomas, alias François Bruner. En une heure, j'ai trouvé ce que je cherchais : toujours en 1997, l'ancien espion a pris sous sa coupe l'une de ses collaboratrices, Martine Vendhoven, trente-cinq ans, spécialiste des peintres fauves. Signe particulier : la femme, mariée, souffre d'une insuffisance ovarienne et ne peut avoir d'enfant. Elle a adopté un petit Cambodgien à la fin du mois d'août, dans un centre de Siem-Reap, près des temples d'Angkor. L'adoption a été organisée par une fondation cambodgienne, dont Philippe Thomas est un des principaux donateurs.

Diane ne lâchait pas les lignes. Chaque mot avait la violence d'un clou enfoncé dans sa chair.

Bien sûr, ces similitudes ne peuvent être de simples coïncidences. Ces hommes, anciens communistes, partageant un passé lié à la Mongolie et au tokamak, se sont débrouillés pour faire venir, aux mêmes dates, des enfants asiatiques. Sans aucun doute des Veilleurs, originaires de la région du site nucléaire.

Diane : il est clair que vous avez adopté, à votre insu, un enfant pour le compte d'un de vos proches. Un homme âgé qui pourrait avoir un passé soviétique. Qui peut-il être ? A vous de chercher. A vous de me le dire.

A vous, surtout, de me contacter au plus vite.

Carl Gustav Jung disait que ce ne sont pas les auteurs qui choisissent leurs personnages, mais les personnages qui choisissent leurs auteurs. Je crois que c'est la même chose pour le destin. Quand je ferme les yeux, j'essaie de vous imaginer mariée, heureuse, mère de plusieurs enfants sans histoire. Ne le prenez pas mal, mais je n'y parviens pas. Et c'est un compliment. Appelez-moi.

Je vous embrasse.

                                Patrick.

D'une commande clavier, Diane effaça le document. Giovanni, qui se tenait, par discrétion, à quelques mètres de là, s'approcha et demanda :

— Les nouvelles sont bonnes ?

Elle ne parvint pas à lever les yeux. Elle répondit simplement :

— Je vais me coucher.

52

Tout s'était passé dans sa villa du Lubéron, à l'heure où les insectes, enfin, se taisent. Diane se souvenait surtout des couleurs, qui s'intensifiaient à mesure que la nuit tombait. L'ocre des carrières, au-dessus des ormes et des pins. Le mauve du ciel qui s'irisait peu à peu dans le crépuscule. Et le bleu trop dur, trop artificiel, de la piscine qui clapotait à quelques mètres de là.

L'homme avait parlé de sa voix grave, entre deux bouffées de cigare, alors qu'elle regardait les volutes de fumée se perdre dans le soir. Elle avait songé à des rêves de puissance, des résonances de pouvoir, se distillant parmi la nature indifférente.

En ce mois d'août 1997, il lui avait conseillé d'adopter un enfant. Diane avait déjà songé à cette solution, mais cette soirée avait scellé son choix.

Près d'un an plus tard, en mars 1998, il avait proposé d'intervenir personnellement afin d'accélérer les procédures. Il pouvait appeler le directeur de la DDASS. Il pouvait contacter le ministre des Affaires sociales. Il pouvait tout. Diane avait d'abord refusé puis, lorsqu'elle avait compris que sa candidature était reléguée aux oubliettes, elle avait accepté son soutien — à l'unique condition que sa mère n'en soit pas informée.

Quelques mois plus tard, elle avait obtenu l'agrément et pu envisager une démarche d'adoption internationale. L'homme l'avait alors orientée vers un orphelinat soutenu par une organisation qu'il finançait lui-même : la fondation Boria-Mundi.

Au mois de septembre, Diane s'était envolée vers Ra-Nong et avait recueilli Lucien. Un souvenir, précis, lui revenait : le soir de l'accident, lorsqu'elle avait emmené le petit garçon chez sa mère, l'homme l'avait rejointe sur le palier et avait observé l'enfant. Il avait paru bouleversé puis, sans que rien ne laissât présager ce geste, il l'avait embrassée, elle. Sur l'instant, elle n'avait pas compris pourquoi. Elle ne pouvait admettre une vulgaire offensive de drague de sa part, et elle avait raison. Le baiser abritait une autre réalité. Celle d'un homme au visage caché, qui venait de recevoir son Veilleur. Un homme au passé d'effroi qui attendait, posté derrière son sourire indéchiffrable, une date précise pour repartir vers les terres obscures de sa jeunesse.

Charles Helikian, cinquante-huit ans. Propriétaire de plusieurs cabinets de conseil en psychologie d'entreprise. Conseiller personnel de grands patrons français, consultant stratégique de quelques ministres et personnalités politiques. Un homme d'image et d'influence, qui évoluait dans les sphères les plus hautes du pouvoir, mais qui n'avait jamais perdu de son altruisme, de son humanité.

Diane ne connaissait rien de son passé. A une exception près, qui pouvait constituer un lien avec l'affaire : Charles avait été gauchiste, tendance trotskiste. C'était du moins ce qu'il proclamait, évoquant, les yeux brillants, sa jeunesse tourmentée. Mais n'avait-il pas été plutôt un communiste pur et dur, affilié au Parti, assez fanatique pour franchir le

Rideau de fer, en 1969, comme Philippe Thomas ? Helikian était assez intelligent pour avouer aujourd'hui une demi-vérité et désamorcer ainsi toute autre recherche à propos de son passé.

Elle l'imaginait assez bien, jeune et svelte, hurlant sa colère sur les barricades de mai 68. Elle l'imaginait aussi rencontrer Philippe Thomas, sur les bancs de la faculté de psychologie, à Nanterre. Après l'échec de l'insurrection parisienne, les deux hommes avaient dû associer leurs fièvres dans un projet insensé : s'installer au cœur du continent rouge. Sans doute partageaient-ils également la même passion pour les facultés psi et espéraient-ils approfondir ces études en URSS.

Le tableau commençait à se dessiner. Parvenus en Union soviétique, les deux transfuges avaient intégré le laboratoire de parapsychologie du tokamak. Ils avaient alors participé aux expériences du TK 17. Ils avaient appartenu à ce cercle d'hommes en quête d'impossible.

Dans sa chambre minuscule, Diane n'avait pas allumé la veilleuse. Elle s'était glissée, tout habillée, au fond de son duvet et s'était pelotonnée, les jambes repliées contre le torse. Depuis plus de trois heures, elle réfléchissait. Et ses convictions ne cessaient de s'approfondir. Elle avait été trompée, manipulée, utilisée par son beau-père, qui avait trouvé en elle la proie idéale. La mère parfaite pour son Veilleur.

Elle tentait maintenant d'articuler les autres faits, survenus depuis l'arrivée de Lucien à Paris. Pour une raison qu'elle ignorait, Philippe Thomas et Charles Helikian étaient aujourd'hui des ennemis. Voilà pourquoi le conservateur avait tenté de détruire le messager d'Helikian — il avait voulu l'empêcher ainsi de connaître le jour du rendez-vous et donc de se rendre dans le tokamak. Pourquoi cette tentative ? Charles représentait-il un danger pour l'autre ? S'il possédait, lui aussi, un pouvoir paranormal, quel était-il ? Diane supposait que c'était son beau-père qui avait contacté Rolf van Kaen, autre compagnon du cercle, afin qu'il tente une intervention par l'acupuncture. Elle voyait se dessiner des alliances et des rivalités parmi les anciens membres du laboratoire — mais au nom de quoi ?

Charles Helikian était-il encore vivant ?

S'il l'était, s'acheminait-il lui aussi vers le cercle de pierre ?

C'était le fait le plus facile à vérifier. Diane s'assit sur son lit et scruta sa montre. Dans l'obscurité, les aiguilles fluorescentes indiquaient trois heures du matin. A Paris, il était donc vingt heures.

Elle se leva et s'approcha du mur à tâtons. Elle saisit son téléphone satellite. Toujours dans le noir, elle orienta son combiné vers le petit carré bleu nuit de la fenêtre. Sur l'écran à quartz, elle constata que la liaison ne passait pas.

Sans prendre la peine d'enfiler ses chaussures, Diane sortit dans le couloir.

53

Tout était désert. Elle sentait les planches mal équarries osciller sous ses pieds. Peu à peu ses yeux s'habituèrent à la pénombre. Elle discerna, au bout du couloir, l'éclat lunaire d'un châssis vitré : exactement ce qu'il lui fallait.

Parvenue à la fenêtre, elle empoigna le battant et l'ouvrit. Le vent glacé la cingla avec violence mais il lui sembla en retour qu'elle renouait le contact avec le monde distant des satellites. Elle tendit son combiné à l'extérieur et scruta l'écran : l'appareil captait le signal. En un seul geste, elle composa le numéro de l'appartement du boulevard Suchet. Aucune réponse. Elle pianota les chiffres du téléphone portable de sa mère. Quelques stridences électroniques, trois sonneries lointaines, puis le « Allô ? » familier retentit.

Elle conserva le silence. Aussitôt Sybille demanda :

— Diane, c'est toi ?

— C'est moi, oui.

Sa mère démarra au quart de tour :

— Bon sang, que se passe-t-il ? Où es-tu ?

— Je ne peux pas te le dire. Comment va Lucien ?

— Tu disparais, la police te recherche et tu appelles comme ça, sans explication ?

— Comment va Lucien ?

— Dis-moi d'abord où tu es.

Le miracle de la technologie jouait à plein. Dix mille kilomètres de distance et les deux femmes s'engueulaient comme au plus beau jour. Penchée sur le cadre de la fenêtre, Diane prononça plus fort :

— On n'en sortira jamais à ce petit jeu. Je te répète que je ne peux rien te dire. Je t'avais prévenue de ce qui allait arriver.

Sybille paraissait essoufflée. Elle continua :

— Le policier qui s'occupait de l'affaire est...

— Je sais.

— Ils disent que tu es mêlée à ça et aussi à la mort d'une femme, je...

— Je t'ai dit de me faire confiance.

La voix de sa mère se brisa :

— Enfin, tu te rends compte de ce qui se passe ?

Sybille commençait à accuser le coup. Diane répéta :

— Comment va Lucien ?

La voix s'affaiblit encore — son souffle entrecoupait chaque mot :

— Très bien. De mieux en mieux. Des sourires

apparaissent sur ses lèvres. Selon Daguerre, son réveil est maintenant une question de jours.

Une onde de chaleur courut dans les veines de Diane. Elle revit les petites commissures des lèvres qui se haussaient en un déclic de gaieté. Un jour, peut-être, ils seraient de nouveau ensemble, dans la quiétude et la félicité. Elle demanda :

— Et la fièvre ?

— Elle a disparu. La température est stable.

— Et... à l'hôpital ? Il ne s'est rien passé de bizarre ?

— Que veux-tu qu'il se passe ? Tu n'as pas eu ton compte ?

Diane voyait se confirmer chacune de ses suppositions. Il n'était plus question de transe ni de crise. Les Lüü-Si-An étaient désormais hors du complot, hors de danger. Les enjeux se déplaçaient maintenant vers le tokamak. Sa mère cria de nouveau :

— Comment peux-tu me faire ça ? Je suis folle d'inquiétude.

Diane lança son regard vers la ville confuse, dans les ténèbres. Elle apercevait la grande avenue qui bordait le monastère, les phares de quelques voitures japonaises, blanches de poussière, traversant la nuit glacée. A l'autre bout de la connexion, derrière la voix de sa mère, elle perçut la rumeur du trafic. Elle imagina les carrosseries rutilantes, les lumières modernes des rues parisiennes. Et maintenant la question cruciale :

— Charles est avec toi ?

— Je suis en train de le rejoindre.

Vingt heures. L'heure de toutes les soirées. Diane comprenait pourquoi sa mère était essoufflée : elle s'acheminait sans doute à grandes enjambées vers un lieu de rendez-vous, un dîner ou un quelconque spectacle. Elle demanda :

— Charles : comment va-t-il ?

— Il est inquiet, comme moi.

— Il n'y a rien de spécial de son côté ?

— Qu'est-ce que tu veux dire ?

— Je ne sais pas : il ne part pas en voyage ?

— Mais... absolument pas. Qu'est-ce que tu me chantes encore ?

De nouveau son hypothèse s'écroulait. Ses suppositions aboutissaient à des impasses. Diane mesura tout à coup la vanité de ses suppositions. Comment avait-elle pu associer son beau-père au chaos de son aventure ? Impliquer cette vie parisienne, calme, sereine, dans les engrenages de son propre cauchemar ?

Un bruit retentit derrière elle. Elle lança un coup d'œil vers le couloir, qui s'ouvrait sur sa gauche. Personne. Mais le bruit se répéta, avec plus de précision. Elle murmura, avant de raccrocher :

— Je te rappelle.

Au même instant, une ombre apparut, à vingt mètres environ. Un homme de petite taille, de dos, portant un long manteau et une chapka mal ajustée. En un éclair, Diane revit la photographie du physicien tseven, coiffé du même chapeau. Elle murmura : « Talikh... »

Elle lui emboîta le pas. La silhouette vacillait légèrement, en s'appuyant de temps à autre contre les murs. Un détail l'intrigua : sa manche droite était relevée jusqu'au coude. L'homme atteignit l'extrémité du couloir. Il se pencha vers la pompe à eau qui équipait chaque étage, et constituait une sorte de salle de bains commune. Diane s'approcha encore. L'ombre actionnait le mécanisme, de la main gauche, tout en dressant son bras droit sous le bec de fer-blanc. L'eau ne jaillissait pas encore.

Elle s'immobilisa. Mue par l'intuition, elle tourna la tête vers le mur de droite et découvrit l'empreinte d'une main minuscule : une empreinte de sang. À la même seconde, elle regarda de nouveau la silhouette courbée et distingua les reflets noirs de son avant-bras tendu. Sidérée, Diane comprit la situation : l'assassin se tenait là, à quelques mètres d'elle. Il venait de tuer, au sein du monastère.

L'homme à chapka se retourna vers elle. Il portait une cagoule noire. A travers les chatières de laine, Diane fixa les yeux, ou plutôt leur éclat, brillant dans la nuit comme deux gouttes de vernis. Elle eut le sentiment que le tueur venait de lire dans ses pensées — qu'il venait de contempler, comme dans un miroir, sa propre identité d'assassin dans le regard de la femme. La seconde suivante, il avait disparu. Sans savoir ce qu'elle faisait, Diane piqua un sprint. Elle tourna au premier détour du couloir et ne découvrit que le vide. Le corridor se déployait sur plus de cinquante mètres. Le tueur n'avait pu couvrir cette distance en quelques secondes. Les chambres. Il s'était planqué dans une des cellules de l'étage...

Elle ralentit sa marche, scrutant les portes à droite et à gauche. Brusquement elle ressentit un froid plus intense et leva les yeux. Une lucarne était entrebâillée. A gauche, le mur, tapissé de lattes irrégulières, offrait une échelle parfaite. En une seule enjambée, elle se hissa à travers l'embrasure, s'appuyant des deux mains sur le chambranle de bois.

La splendeur de la nuit la submergea. Le ciel indigo, parsemé d'étoiles. Les tuiles du toit s'inclinant en pente douce. Les accents retroussés du pourtour, s'arquant face au vide à la manière d'une proue de navire antique. Il lui sembla qu'elle venait de franchir une paroi de papier de riz, de traverser l'envers d'un tableau asiatique. Elle évoluait désormais tel un pinceau d'encre sur une esquisse — dans l'essence même de la grâce.

Il n'y avait personne. Seule la cheminée offrait un refuge. Diane remonta vers la ligne de faîtage. Malgré la peur, malgré le froid, l'enchantement ne se dissipait pas. Elle éprouvait la sensation de marcher sur une mer de terre cuite, aux vaguelettes rouges. Elle atteignit l'arête et s'approcha de la cheminée. Elle en fit lentement le tour. Personne. Aucun bruit, aucun frémissement.

A ce moment, elle discerna, droit devant elle, l'ombre d'un homme ramassé sur lui-même, au sommet de la cheminée. De nouveau elle eut l'impression que le tueur lisait dans ses pensées et qu'elle-même, en retour, déchiffrait sa résolution : il lui faudrait la tuer pour l'empêcher de parler. Le temps qu'elle saisisse cela, le noyau d'ombre s'agrandit, s'étira en un trait noir. Puis un terrible poids l'écrasa. Diane tomba, mais une main l'arrêta aussitôt. Elle leva les yeux : il était là, la tenant par le pull, accroupi sur le faîtage comme un animal. Les revers de sa chapka se découpaient sur le bleu cru de la nuit.

Diane n'aurait pas le courage de se battre. La fatigue et le désespoir l'anéantissaient, plus encore que la terreur. Et aussi quelque chose de plus sourd, de plus confus, qui s'amplifiait : le sentiment d'avoir déjà vécu cette scène. Elle entrouvrit les lèvres, peut-être pour gémir, peut-être pour supplier, mais l'homme l'arracha à sa position et la remonta jusqu'au sommet du toit. Elle se retrouva sur le dos.

Le monstre se pencha au-dessus d'elle et ouvrit la bouche d'une façon démesurée. Lentement, comme dans un geste incantatoire, il approcha ses doigts ensanglantés de ses lèvres. Diane vit soudain ce que la main cherchait : plaquée sous sa langue, une lame de cutter étincelait. Elle se redressa brutalement. Elle ne pouvait mourir ainsi. Les tuiles se descellèrent sous ses pieds. Un espoir fou jaillit en elle : dévaler le long du toit, se lancer dans le vide. Elle regroupa ses jambes et les propulsa contre le torse du tueur. Elle roula sur la droite, dégringolant le long des écailles de terre. Les secondes se transformèrent en secousses. Sa vitesse s'accéléra. Elle ne sentait plus que les saillies des tuiles, le froid de la nuit, l'ampleur de l'abîme qui l'attendait, l'aspirait. La mort. La paix. Les ténèbres.

Elle bascula au-delà du pourtour et sentit son corps chuter.

Mais elle ne tomba pas. Quelque chose en elle s'était cramponné à la bordure. Des esquilles sous les doigts, le vent glacé qui la balançait de droite à gauche — et ses mains qui refusaient de lâcher la vie... La conscience de Diane ne pouvait plus rien : son corps avait décidé pour elle. C'était une coalition de ses muscles, de ses nerfs — pour survivre.

Tout à coup, deux mains saisirent ses poignets. Elle suffoqua en levant les yeux. Au-dessus d'elle, le visage de Giovanni, et cette expression de stupeur dont il avait le secret, se découpa sur le ciel. Il disparut de nouveau. Elle entendit ses râles d'effort puis se sentit hissée d'un seul élan. Elle retomba sur le toit comme un sac, brisée, anéantie.

— Ça va ? demanda Giovanni.

Elle parvint juste à murmurer :

— J'ai froid.

Il ôta son pull et lui couvrit les épaules. Il l'interrogea :

— Qu'est-ce qui s'est passé ?

Diane se recroquevilla sans répondre. Giovanni s'agenouilla. Sa voix vibrait dans la nuit :

— Les moines... Ils ont découvert... un mort dans l'une des chambres...

Serrant ses genoux au creux de ses bras, elle se balançait avec lenteur, d'avant en arrière :

— J'ai froid.

L'Italien hésita puis souffla :

— Il faut redescendre. La police va arriver.

Elle le regarda, presque étonnée par sa présence.

Elle fixa ces traits souples d'enfant gâté, cet étonnement d'homme normal, vivant au sein d'un monde normal. Elle chuchota enfin :

— Giovanni... il va falloir apprendre...

— Apprendre ?

Elle devinait que ses larmes éclairaient ses joues :

— Apprendre à me connaître.

54

Les moines ensommeillés étaient assis au coude à coude, le long du couloir à peine éclairé. Les policiers — ou les militaires, Diane n'en savait rien — avaient opté pour une rafle massive, vidant le monastère de sa population et emmenant tout le monde dans un bâtiment administratif, quelque part dans Ulan Bator. C'était un gigantesque cube de ciment, traversé de longs couloirs et percé de petites pièces aux murs nus et aux fenêtres brisées, colmatées avec du carton. Les parquets étaient creusés de véritables fondrières et les cloisons étaient si lézardées qu'elles dessinaient, dans la pénombre, les contours d'arbres fossilisés.

Diane et Giovanni avaient bénéficié d'un traitement de faveur. Ils attendaient dans le bureau d'un officier, auprès d'un poêle noirâtre désespérément éteint. Encapuchonnés, ils grelottaient, sans parvenir à se réchauffer. Pour une raison mystérieuse — ou à cause d'un cafouillage — ils étaient seuls dans la pièce avec, pour seule compagnie, la valise et les vêtements récupérés dans la chambre de la victime. Après un bref regard par l'entrebâillement de la porte, Diane s'approcha des affaires.

— Que faites-vous ?

La voix de Giovanni, dans l'obscurité glacée, possédait un caractère irréel, presque magique. Elle répondit, sans le regarder :

— Vous voyez bien, je fouille.

Diane plongea la main dans les poches du manteau de laine noire. Elle y dénicha un passeport, couleur vert olive. Elle identifia le sigle doré et les lettres gravées sur la couverture : République tchèque. Elle feuilleta les pages et lut le nom : JOCHUM HUGO. Elle reconnut la photographie sans difficulté : c'était le vieillard aux lunettes noires qui avait dîné derrière eux, quelques heures plus tôt, dans la cantine du monastère. Un visage ridé et cuivré, au front marqué de taches brunes.

Sans aucun doute un autre membre du tokamak, en chemin pour l'anneau de pierre.

Elle fureta dans les autres poches mais ne trouva rien. Giovanni s'était approché :

— Vous êtes folle ou quoi ?

Diane manipulait maintenant la valise. Les serrures n'étaient pas scellées. En quelques gestes rapides, elle en explora le contenu. Du linge de prix, des chandails de cachemire, des chemises de marque. L'homme semblait disposer de moyens beaucoup plus élevés que la plupart des Tchèques. Elle fouilla encore. Deux cartouches de cigarettes. Une enveloppe contenant deux mille dollars. Et, parmi les étoffes, un livre rédigé en allemand, signé Hugo Jochum, publié par un éditeur universitaire. Giovanni balbutia :

— Vous êtes malade, on va...

— Vous lisez l'allemand ?

— Hein ? Mais... oui, je...

Elle lui lança le bouquin :

— Traduisez-moi ça. Le dos de couverture. La présentation de l'auteur.

L'Italien jeta un regard vers la porte. Il régnait un silence complet au-delà du seuil : jamais on n'aurait pu deviner qu'une trentaine de personnes étaient assises là, attendant un hypothétique interrogatoire. Tremblant, Giovanni se concentra sur sa lecture.

Diane continuait ses recherches. Pas une arme, pas même un couteau, rien. L'homme ne se méfiait pas. Et il connaissait le pays : sa valise n'abritait aucun guide ni la moindre carte. Giovanni dit tout à coup :

— C'est incroyable.

Elle se retourna vers lui. C'était le contraire qui l'aurait étonnée. D'un signe, elle l'incita à s'expliquer :

— Il était professeur de géologie à l'Institut polytechnique Charles, à Prague.

— Qu'est-ce qui est incroyable ?

— Il était aussi sourcier. Selon cette note, il était capable de détecter des sources profondes dans la terre. Ils parlent d'un véritable pouvoir surnaturel. En tant que scientifique, Jochum étudiait ces phénomènes sur son propre corps.

Mentalement, Diane compléta la liste des parapsychologues du TK 17 : Eugen Talikh et la bio-astronomie, Rolf van Kaen et l'acupuncture, Philippe Thomas et la psychokinèse. Et maintenant, Hugo Jochum et le magnétisme humain.

Une silhouette apparut sur le seuil de la pièce.

Diane n'eut que le temps de refermer la valise, après que Giovanni y eut glissé le livre. Les deux compagnons se retournèrent, les mains dans le dos.

Le nouveau venu était l'homme qui avait supervisé la rafle des moines : un colosse à bonnet noir, drapé dans un manteau de cuir. Le chef de la police, ou quelque chose de ce genre. Il tenait à la main les passeports des deux Européens comme pour signifier qui était le chat et qui étaient les souris.

Il s'adressa directement à Giovanni, en langue mongole, syllabes saccadées et contrepoints gutturaux. L'attaché d'ambassade opina avec empressement. Puis, manipulant ses lunettes sur son nez comme s'il s'agissait d'un instrument de chirurgie fine, il chuchota à l'intention de Diane :

— Il veut que nous allions voir le corps avec lui.

55

Ce n'était pas une morgue, ni même un hôpital.

Diane supposa qu'il s'agissait plutôt de la faculté de médecine ou de l'Académie des sciences d'Ulan Bator. Ils parvinrent dans un amphithéâtre violemment éclairé. Le sol était en terre battue. Les travées de sièges surmontés de pupitres s'étageaient en arc de cercle, jusqu'au plafond. Sur la gauche, au-dessus d'un tableau noir, de vastes panneaux peints affichaient encore les profils de Karl Marx, Friedrich Engels et Vladimir Ilitch Lénine.

Au centre du parterre, il y avait une table de fer, assujettie au sol.

Et sur cette table, il y avait le corps.

De part et d'autre, deux infirmiers se tenaient immobiles. Ils portaient de longs tabliers de plastique couvrant leur robe traditionnelle. A leurs côtés, des policiers en manteau matelassé, à la mode chinoise, casquette brodée d'or et de rouge, piétinaient la terre gelée, soufflant dans leurs mains pour se réchauffer.

Le chef de la police s'approcha, suivi par Diane et Giovanni. Elle ne comprenait pas pourquoi le Mongol les avait emmenés ici. Ils ne pouvaient être considérés comme des suspects dans cette affaire, ni même comme des témoins — elle n'avait rien dit de son affrontement avec le tueur. Elle supposait que le flic de cuir les associait à la victime, pour la simple raison qu'ils étaient les seuls autres occupants d'origine caucasienne du monastère.

D'un geste brusque, l'homme dévoila le visage et le torse d'Hugo Jochum.

Diane détailla le visage maigre, aux traits saillants, auréolé de cheveux jaunâtres. La chair, tendue sur les os, avait la couleur jaune de l'ambre fossilisé. Mais un détail requérait toute son attention : le cadavre avait la peau constellée de taches brunes. Sur le torse, ces marques de vieillesse se multipliaient. Noires, granulées, dessinant une géographie inlassable sur la chair. Un bref instant, elle songea au pelage d'un léopard.

Puis elle remarqua la légère incision dans l'axe du sternum — la marque de l'assassin. Serrant les poings dans ses poches, elle se pencha et observa la blessure. La poitrine de Jochum était légèrement bombée, comme surélevée de l'intérieur. Ce torse portait encore l'empreinte du bras qui était passé sous les côtes, pour atteindre le cœur à travers la chaleur des organes.

Elle leva les yeux : tous les hommes la regardaient. Elle lut sur leur visage consterné une nouvelle évidence. A Paris, la technique des meurtres ne signifiait rien, sinon la pathologie démente d'un meurtrier. A Ulan Bator, c'était différent. Chacun connaissait cette cicatrice. Chacun était familier avec cette méthode. Le meurtrier tuait, volontairement, ses proies comme il aurait tué des animaux. Il ravalait, par cette blessure, ses victimes au rang de bêtes. Elle songea à Eugen Talikh et à la conviction qui l'avait saisie dans le couloir du monastère. S'il était bien le coupable, comment expliquer qu'un physicien inoffensif se soit transformé en meurtrier sauvage ? Exerçait-il une vengeance ? Quelle pouvait être la faute de ces hommes pour être tués comme des bêtes ?

Le policier fit un pas et se plaça face à Diane. Il

tenait toujours les deux passeports dans sa main. Il s'adressa à Giovanni sans la lâcher du regard. L'Italien s'approcha à son tour et parla à voix basse :

— Il veut savoir si vous connaissez cet homme.

Diane fit signe que non. Elle redoutait maintenant que l'homme les retienne ici, au nom de l'enquête ou d'une quelconque procédure. Or elle ne disposait plus que de trois jours pour rejoindre le tokamak. A voix basse, elle expliqua ses craintes à Giovanni. Le diplomate amorça un bref dialogue avec le géant. Contre toute attente, le colosse éclata de rire et conclut par une brève réplique. Elle interrogea :

— Qu'est-ce qu'il dit ?

— Nous avons les autorisations officielles. Il n'a aucune raison de nous retenir.

— Qu'est-ce qui le fait rire ?

— Il pense que, de toute façon, nous n'aurons pas d'occasion de nous échapper.

— Pourquoi ?

L'Italien adressa un sourire courtois à l'intention du policier puis regarda Diane, du coin de l'œil.

— Il a dit, textuellement : « On peut toujours s'échapper d'une prison. Mais de la liberté ? »

56

Le Tupolev ne possédait même plus de sièges ni de cabine. C'était un cargo aux parois grises, long de cent mètres, agrémenté de filets pour se cramponner ou glisser des paquetages. Serrés au coude à coude, plusieurs centaines de Mongols étaient installés, assis par terre, recroquevillés sur leurs sacs, leurs cartons, leurs ballots, tentant de maîtriser enfants et moutons.

Diane s'était accroupie parmi la foule. Elle était d'une fébrilité qui frisait l'hystérie. Elle n'avait pas dormi mais ne ressentait aucune fatigue. Elle n'éprouvait même pas de douleurs après l'affrontement du toit. Les violences de la nuit semblaient l'avoir traversée de part en part sans laisser de trace apparente, sinon une intense nervosité, une vibration à l'intérieur de son corps.

Malgré le meurtre, malgré les mystères du monastère, malgré le fait que Diane, à l'évidence, lui avait révélé un peu moins de dix pour cent de la vérité, Giovanni ne s'était pas esquivé — il voulait conduire ce périple jusqu'à la frontière sibérienne. Le temps de boucler leur sac, de boire un thé brûlant, les deux complices s'étaient mis en route vers l'aéroport afin d'attraper le vol hebdomadaire pour Mörön, bourgade située à cinq cents kilomètres au nord-ouest de la capitale.

L'avion volait depuis plus d'une heure. Le bourdonnement des réacteurs assourdissait les tympans, engourdissait les membres. Même les moutons ne bougeaient plus, figés comme des statuettes. Seule Diane continuait à s'agiter, se levant, se calant de nouveau entre les sacs et les passagers. Elle cherchait à retrouver son calme en observant les hommes et les femmes qui l'entouraient.

Les visages n'étaient déjà plus les mêmes qu'à Ulan Bator. Les hommes arboraient des teints bistres, des peaux ravinées, alors que les femmes et les enfants possédaient une peau diaphane, immaculée. Diane contemplait aussi les tons éclatants des deels. Il y avait là des versants de bleu, de vert, de jaune, des éclats de blanc, de rouge, des froissements d'orange, de rose, de violet...

Diane désigna un petit garçon assis près d'elle, sur un carton affaissé, et demanda à Giovanni :

— Comment s'appelle-t-il ?

L'Italien interrogea la mère, écouta la réponse puis traduisit :

— Khoserdene : Double Joyau. En Mongolie, chaque prénom possède une signification.

— Et lui ? demanda-t-elle.

Elle considérait maintenant un garçon plus jeune, blotti dans les bras d'une femme au turban indigo.

— Soleil de mars, traduisit l'attaché.

— Et lui ?

— Armure de fer.

Diane arrêta le jeu des questions. Elle fixait maintenant les foulards des femmes, qui ceignaient leur chevelure noire. Parmi les motifs imprimés, elle reconnaissait des animaux. Des rennes aux bois souverains, des aigles dont les ailes s'achevaient en liserés d'or, des ours dont les pattes se ramifiaient en fresques brunes. Lorsqu'elle regardait mieux, elle distinguait autre chose encore. A la faveur des reflets de soie, les bois, les ailes, les pattes devenaient des bras, des silhouettes, des visages humains... En vérité, sur chaque étoffe, les deux lectures étaient possibles. C'était une sorte de secret à deux faces, complice de la lumière. Diane pressentait que cet effet d'optique était recherché — et qu'il avait son importance.

— Dans la taïga, expliqua Giovanni, l'homme et l'animal s'identifient. Pour survivre dans la forêt, le chasseur s'inspire toujours de la faune. Il y puise ses propres méthodes d'adaptation. L'animal est à la fois une proie et un modèle. Un ennemi et un complice.

L'Italien parlait à tue-tête, pour couvrir le vrombissement du cargo :

— Cela va plus loin avec les chamans. Selon les croyances anciennes, ils ont le pouvoir de se transformer, véritablement, en animaux. Lorsqu'ils doivent communiquer avec les esprits, ils partent en forêt, quittent les habitudes des hommes — ne mangent plus de viande cuite par exemple —, puis subissent l'ultime transmutation afin de rejoindre le monde des esprits.

L'attaché se tut quelques secondes, afin de reprendre son souffle, puis il s'approcha de Diane, comme pour lui livrer un secret. Les parois grises de la carlingue emplirent ses verres, les transformant en deux coupelles de bronze.

— Une tradition tsévène est très connue : à l'époque où ils existaient encore, les chamans de chaque clan devaient se rendre dans des lieux secrets et s'affronter, sous la forme de leur animal fétiche. Ces combats terrifiaient les Tsevens et représentaient pour eux un enjeu crucial.

— Pourquoi ?

— Parce que le chaman vainqueur gagnait les pouvoirs du vaincu et les rapportait au sein de son clan.

Diane ferma les yeux. Depuis plus de dix ans elle étudiait les prédateurs, analysait leurs comportements, guettait leurs réactions. Au fond de ces recherches, il n'y avait qu'un but : comprendre la violence de ces animaux et, peut-être, en déceler le fondement secret.

Ces traditions chamaniques n'étaient pas si loin de ses propres préoccupations. Et l'idée d'un duel sans merci, livré par des hommes-animaux, la séduisait. Elle-même s'était réfugiée dans l'esprit des prédateurs, pour survivre, moralement, après l'accident de son adolescence.

Elle rouvrit les paupières et scruta, à travers la lumière poudrée du cargo, les passagers aux deels bigarrées, les fichus chatoyants des femmes. D'une manière étrange, elle éprouva le sentiment qu'elle avait rendez-vous, elle aussi, au bout de la taïga.

Rendez-vous avec elle-même.

57

En fin d'après-midi, alors qu'ils voyageaient à bord du deuxième avion — un biplan minuscule, vacillant dans les vents et les nuages —, la steppe se couvrit brutalement de forêts immenses. Les collines s'élevèrent en versants rouge et or, les clairières s'approfondirent en nuances sombres, la terre se mit à scintiller de centaines de rivières. Ils parvenaient à la frontière nord du pays. Aux portes de la Sibérie.

Au lieu d'éprouver un regain d'énergie face à tant de beauté, Diane sentait la fatigue fondre sur elle. Giovanni s'exaltait au contraire à la vue de ce paysage. « La région des lacs. La Suisse mongole ! » hurla-t-il en s'approchant du hublot. Il sortit une carte géographique, se cala au fond de la carlingue et fit ses commentaires à voix haute, braillant toujours pour couvrir le vacarme des hélices : « Ça va être un voyage incroyable. Nous sommes des pionniers, Diane ! »

Dix-huit heures. Atterrissage dans la plaine. Tsagaan-Nuur ne comportait qu'une trentaine de baraques : des isbas peintes dans des tons pastel. Si les passagers du cargo de Mörön n'avaient pas manifesté le moindre intérêt pour les voyageurs européens, l'attention des autochtones se réveilla brusquement ici, surtout à l'égard de Diane et de ses torsades blondes, qui dépassaient de sa chapka.

Pendant que Giovanni s'entretenait avec un vieil éleveur de rennes, Diane s'approcha de la clôture qui abritait les cervidés. Petits, poudrés de noir ou de blanc, ils ressemblaient à des modèles réduits, oscillant entre l'animal en peluche et la figurine de granit. Seuls leurs bois leur conféraient quelque noblesse. Chaque bête avait la tête couronnée de branches revêtues d'une sorte de velours gris, qui s'effilochait en cette saison.

L'ethnologue revint expliquer la situation à Diane. L'éleveur pouvait leur « louer » six ou sept montures, mais à une seule condition : il voulait d'abord évaluer leur aptitude à chevaucher les rennes. Piqué au vif, Giovanni décida de monter aussitôt l'une des bêtes. A la troisième chute, il parut se fatiguer des rires des Mongols, groupés en masse pour assister au spectacle. A la cinquième, il vérifia son équipement : pourquoi sa selle n'était-elle pas fixée ? A la septième, il envisagea à voix haute la possibilité d'un voyage à pied. Enfin le propriétaire daigna livrer quelques explications. Le pelage des rennes était si lisse qu'il n'accrochait aucun matériau — il était donc impossible de fixer la moindre sangle. Il fallait au contraire laisser le harnachement libre et épouser la démarche de l'animal — flotter sur son échine, en se dirigeant grâce à l'encolure. Joignant les actes à la parole, l'éleveur chevaucha l'une de ses bêtes et effectua un tour d'enclos.

Diane et Giovanni commencèrent leur apprentissage. Il y eut de nouvelles chutes, de nouveaux rires. Trempés, boueux, les deux voyageurs s'abandonnèrent à l'atmosphère joviale du village. Diane, lorsqu'elle ne passait pas les étriers, était si grande qu'elle pouvait enjamber sa monture et poser les pieds au sol. Cette démesure provoquait l'hilarité des spectateurs. Dans cette explosion de gaieté, les compagnons semblaient enfin accorder leur humeur.

Surtout, après chaque plongeon, après chaque rire, une secrète mélancolie les saisissait. Ils levaient les yeux et découvraient les hautes murailles de la chaîne Khoridol Saridag qui fermaient l'horizon, dans un silence de quartz. Le vent doré du crépuscule reprenait tout à coup ses droits, fouettant leur visage surchauffé. Le regard de Diane croisait alors celui de

Giovanni et ils percevaient soudain, alors que l'herbe se couchait en longues vagues langoureuses, ce que leur murmurait chaque rafale : des chansons tristes de cœurs blessés, d'éloignement sans retour. Quand la nuit fut tombée, quand ils surent enfin monter les petits dos gris, ils avaient également surpris un autre secret : la nostalgie inquiète de la taïga.

58

Dès l'aube, le périple commença.

Diane et Giovanni étaient finalement escortés par l'éleveur et son fils. Sept montures composaient leur convoi, dont trois portaient les paquetages : fusils, gamelles, toiles et piquets de tentes militaires soviétiques, quartiers de mouton enveloppés dans des linges et un tas d'éléments que Diane avait renoncé à identifier. La cadence était lente. Les rennes avançaient à petits pas, fendant la houle des plaines, se glissant sous les frondaisons rougeoyantes, s'accrochant aux premiers coteaux de pierre, dans des claquements de caillasse. C'était tranquille, sans danger, et cela aurait pu être monotone s'il n'y avait eu la torture du froid.

Il s'insinuait par le moindre interstice des vêtements, tapissant la peau d'une membrane de glace, pétrifiant les membres, gelant les doigts et les orteils. Chaque heure, il fallait s'arrêter pour marcher, bouger, boire du thé — tenter de revivre. Tandis que les Mongols grattaient l'intérieur de leurs paupières avec leur couteau, Diane et Giovanni demeuraient immobiles, frissonnants, incapables de dire un mot, piétinant la terre à coups de pieds gourds. Il n'était pas question d'ôter ses gants — la moindre surface de pierre gelée leur aurait arraché les paumes. Il fallait éviter aussi de boire un breuvage brûlant, l'émail des dents éclatant sous une trop grande différence de température. Lorsque les cavaliers remontaient enfin sur leur renne, le corps à peine délié, c'était avec au cœur un goût de défaite, de mort invincible : le froid ne les avait pas quittés.

D'autres fois, au contraire, le soleil s'abattait en rayons torrides. Chaque voyageur devait alors s'encapuchonner pour se protéger de la fournaise, comme en plein désert. La brûlure du vent devenait si dure, si vorace, qu'elle semblait inverser son propre mouvement, décoller l'épiderme du visage par fines pellicules calcinées. Puis, tout à coup, le disque aveuglant s'éclipsait et la montagne retrouvait sa profondeur funeste. Le froid revenait se verrouiller autour des os, à la manière d'un carcan de glace.

En début d'après-midi, ils accédèrent au col, à trois mille mètres d'altitude. Le paysage se métamorphosa. Sous les nuages, tout devint noir, lunaire, stérile. Les herbes se crispèrent en mousses et en lichens. Les arbres s'espacèrent, se décharnèrent, puis disparurent tout à fait, cédant la place à des rocs vert-de-gris, des gouffres de pierre, des flèches austères. Parfois le col traversait des marécages monotones, hérissés de quelques conifères. D'autres fois encore, le paysage semblait littéralement saigner, révélant des parterres de bruyère dont les fleurs violacées figuraient l'hémoglobine. La toundra, la terre aux entrailles gelées, inaccessible et oubliée, les enveloppait comme une malédiction.

Dans le ciel, Diane observait les oiseaux migrateurs, qui volaient dans la direction inverse — vers la chaleur. Elle les regardait s'éloigner avec une sourde fierté. Lèvres blanchies d'écran protecteur, lunettes closes sur les tempes, elle était plus que jamais résolue à remonter vers les montagnes. Elle encaissait chaque sensation, chaque souffrance, y puisant même une jouissance ambiguë. Elle voyait dans ce périple une sorte d'épreuve légitime. Il lui fallait affronter ce pays. Il lui fallait arpenter ces flancs de rocaille, supporter le froid, la fournaise, ce désert de granit et d'âpreté.

Parce qu'il s'agissait de la terre de Lucien.

Il lui semblait remonter aux origines de l'enfant. Les murailles qui l'entouraient, les obstacles qui se dressaient, les gerçures qui flétrissaient sa peau formaient les étapes nécessaires d'une sorte de mise au monde. Les liens qui l'unissaient à son fils adoptif se renforçaient dans ce couloir de granit. Ce voyage implacable, sans merci, c'était son accouchement à elle. Un accouchement de givre et de feu, qui allait s'ouvrir sur une union totale avec l'enfant — si elle survivait.

Elle réalisa soudain que le paysage se transmuait encore. Une douceur, un chuchotement atténuaient maintenant la dureté de l'environnement. Des flocons graciles planaient dans l'air et couvraient progressivement la toundra. Une blancheur immaculée saupoudrait les branches, atténuait les angles, modelait chaque forme, chaque contour comme une œuvre feutrée, intime. Diane sourit. Ils parvenaient au sommet du versant et touchaient maintenant au domaine sacré de la neige. Le convoi évoluait au sein d'une clarté de plus en plus fine, de plus en plus transparente, à l'exacte frontière de la terre, de l'eau et de l'air.

Insensiblement, le cortège ralentit, s'alanguissant au fil des pas silencieux des rennes. L'éleveur mongol se mit à hurler. Les bêtes épuisées bramèrent en retour, prirent une autre cadence, franchissant la frontière blanche et rejoignant, peu à peu, l'autre côté de la montagne. La terre s'aplanit, parut hésiter, se fondit en une pente d'abord douce, puis abrupte, qui dévala à travers les congères et les tapis de mousse. L'herbe réapparut, les arbres se multiplièrent. Tout à coup les cavaliers aboutirent au versant qui s'ouvrait, en contrebas, sur l'ultime vallée.

Les cimes des mélèzes se déployaient en brumes embrasées. Les feuillages des bouleaux ruisselaient d'ocre et de pourpre ou parfois, déjà secs, se tordaient en ciselures grises. Les sapins bouillonnaient d'ombre et de vert. Dessous, les pâturages ménageaient de tels éclats, de telles fraîcheurs, qu'ils suscitaient un sentiment entièrement neuf — un émerveillement enfantin, un renouvellement du sang. Surtout, au fond de cet immense berceau, il y avait le lac.

Tsagaan-Nuur.

Le lac Blanc.

Au-dessus des eaux immaculées, les montagnes de la chaîne Khoridol Saridag se dressaient, bleues et blanches, alors qu'en dessous, au creux de ces eaux absolument fixes, les mêmes cimes se déployaient, tête en bas, semblant se prosterner devant leurs modèles et, en même temps, les dépassant en pureté et en majesté. C'était une paix. Un amour. Scellé dans une étreinte bouleversante, là où les vraies montagnes et leurs racines d'eau s'unissaient en une ligne trouble et mystérieuse.

Le cortège s'arrêta, frappé d'éblouissement. Seuls résonnaient le cliquetis des étriers et la respiration rauque des rennes. Diane dut faire un effort pour demeurer en équilibre sur sa monture. Elle glissa son pouce sous ses verres pour essuyer les gouttelettes de condensation qui lui brouillaient la vue.

Mais elle n'y parvint pas.

Car c'étaient des larmes qui coulaient de ses paupières de gel.

324

59

Ce soir-là ils s'installèrent sur le rivage du lac. Ils plantèrent leurs tentes sous les ramages des sapins puis dînèrent à l'extérieur, malgré le froid. Après une prière aux esprits, les deux Mongols préparèrent leur menu traditionnel : mouton bouilli et thé parfumé à la graisse animale. Diane n'aurait pas cru qu'elle pourrait avaler de tels mets. Pourtant, ce soir-là, comme la veille, elle dévora sa part, sans un mot, blottie près du foyer.

Au-dessus d'eux, le ciel était d'une pureté absolue. Diane avait souvent admiré des ciels nocturnes, notamment dans les déserts d'Afrique, mais elle n'avait pas souvenir d'avoir contemplé un spectacle d'une netteté, d'une proximité aussi violentes. Elle éprouvait la sensation d'être située exactement au-dessous de l'explosion initiale. La Voie lactée déployait ses myriades d'étoiles en une sarabande sans limite. Parfois les concentrations stellaires étaient si intenses qu'elles foisonnaient de feux éblouissants. D'autres fois, elles s'étiolaient au contraire en brumes de nacre. Ailleurs encore, les bords extrêmes de la ronde se perdaient en chatoiements frémissants, comme près de s'évaporer dans l'immensité intersidérale.

Baissant les yeux, Diane s'aperçut que leurs guides, assis à quelques mètres, discutaient avec un nouveau venu, invisible dans l'ombre. Sans doute un éleveur solitaire, qui avait aperçu le feu et s'était glissé près d'eux pour partager leur nourriture. Elle tendit l'oreille. C'était la première fois qu'elle écoutait avec attention la langue mongole, une suite de syllabes rauques, bizarrement ponctuées de jotas espagnoles et de voyelles ondulées. Le nouvel arrivant tendait le bras vers le ciel.

— Giovanni ?

L'Italien, tassé au fond de son anorak, releva la bordure de son bonnet. Elle demanda :

— Vous savez qui c'est ?

Il replaça ses mains dans ses poches.

— Quelqu'un du coin, je suppose. Il a un accent pas possible.

— Vous comprenez ce qu'il dit ?

— Il raconte de vieilles légendes. Des histoires tsévènes.

Diane se redressa.

— Vous pensez qu'il est tseven ?

— Vous avez la tête dure : je vous dis et je vous répète que ce peuple n'existe plus !

— Mais s'il raconte des...

— Ça fait partie du folklore de la région. En franchissant le col, nous avons pénétré sur le territoire des ethnies turques. Ici, tout le monde a un peu de sang tseven. Ou du moins tout le monde connaît ces vieilles histoires. Ça ne signifie rien.

— Mais vous pouvez lui demander, non ?

L'Italien soupira en se redressant à son tour. Giovanni fit d'abord les présentations. Le visiteur s'appelait Gambokhuu. C'était un vieux masque à peau froissée. Son faciès, à la lueur des étoiles, abritait des ombres inquiétantes. L'ethnologue traduisait ses réponses :

— Il dit qu'il est mongol. Qu'il est pêcheur sur le lac Blanc.

— Il était déjà là quand le tokamak fonctionnait ?

Giovanni s'adressa au pêcheur puis articula :

— Il est né ici. Il se souvient parfaitement de l'anneau.

Diane sentait courir sous sa peau une fièvre nouvelle : pour la première fois elle se trouvait face à un homme qui avait approché le cercle de pierre en fonction. Elle poursuivit :

326

— Qu'est-ce qu'il sait sur les activités du tokamak ?

— Diane, vraiment, c'est un pêcheur. Il ne peut...

— Demandez-le-lui !

Giovanni s'exécuta. Le vent glacé agitait les sapins, distillant dans la nuit des parfums de résine si forts, si graves qu'ils prenaient à la gorge comme la fumée d'un feu. Diane se sentait encerclée, imprégnée par la texture de la taïga. Le vieux Mongol niait de la tête.

— Il ne veut pas en parler, expliqua l'Italien. Selon lui, le lieu était maudit.

— Pourquoi était-il maudit ? (Diane montait le ton.) Insistez : c'est très important pour moi !

L'ethnologue la regarda d'un air suspicieux. Diane reprit plus calmement :

— Giovanni, s'il vous plaît.

L'Italien continua son dialogue avec le pêcheur. En un geste, l'homme sortit une pipe, une sorte de clé coudée métallique, qu'il bourra patiemment de tabac. Après avoir allumé son minuscule cœur de braise, il consentit à parler. Giovanni effectua une traduction simultanée :

— Il évoque surtout le laboratoire de parapsychologie. Il se souvient des convois qui arrivaient par voie ferrée, de la frontière sibérienne. Des convois de chamans, qui étaient emmenés dans l'un des bâtiments de l'enceinte. Tout le monde parlait de ces arrivages. Aux yeux des ouvriers, il ne pouvait y avoir de profanation plus grave. Emprisonner des sorciers, c'était défier les esprits.

— Demandez-lui s'il sait ce qui se passait, exactement, dans le laboratoire.

Giovanni posa la question mais le visiteur ne bougeait plus. Sa pipe embrasée clignotait à la manière d'un phare lointain.

— Il ne veut pas répondre, conclut l'Italien. Il répète seulement que le lieu était maudit.

— Pourquoi ? A cause des expériences ?

Diane avait presque hurlé. Soudain la voix de vieille corde reprit la parole, entre deux pulsations de braise.

— Il prétend que le sang a coulé, expliqua l'ethnologue. Que les savants étaient fous, qu'ils pratiquaient des expériences horribles. Il ne sait rien d'autre. Il répète que le sang a coulé. Et que c'est pour ça que les esprits se sont vengés.

— Comment se sont-ils vengés ?

Gambokhuu paraissait maintenant décidé à aller jusqu'au bout. Il parlait sans attendre la traduction de Giovanni. L'ethnologue résuma son flux de paroles :

— Ils ont provoqué l'accident.

— Quel accident ?

Les traits de Giovanni se durcissaient dans la nuit. Il souffla :

— Au printemps 1972, l'anneau de pierre a explosé. Un éclair l'a traversé.

Il sembla à Diane que cet éclair la déchirait elle-même. Elle s'était toujours focalisée sur le laboratoire de parapsychologie, songeant que le drame originel était survenu lors des recherches sur les états frontières. Mais l'ultime tragédie avait en réalité jailli de la machine infernale. Elle demanda :

— Il y a eu des victimes ?

Giovanni interrogea l'homme et écouta la réponse, livide.

— Il parle de cent cinquante morts, au moins. Selon lui, tous les ouvriers étaient présents dans l'anneau quand la machine a explosé. Une opération de maintenance, je ne comprends pas bien. Le plasma a traversé le conduit et les a brûlés vifs.

Gambokhuu ne cessait à présent de répéter le même mot — un mot que Diane reconnaissait.

— Pourquoi parle-t-il des Tsevens ? demanda-t-elle.

— Tous les ouvriers étaient des Tsevens. Les derniers de la région.

Diane et Giovanni avaient donc tous deux raison. Le peuple solitaire avait d'abord été anéanti par l'oppression soviétique, mais certains de ses membres avaient survécu. Sédentarisés, prostrés dans un kolkhoze, ils étaient devenus des ouvriers asservis, voués à la mort nucléaire. L'ethnologue poursuivait :

— Il dit que certains survivants tenaient leurs intestins entre leurs mains, que des femmes refusaient de soigner leurs maris parce qu'elles ne les reconnaissaient pas. Il dit que des moribonds hurlaient, malgré leurs plaies, qu'ils avaient soif. Quand ils sont morts, leurs mâchoires se sont cassées comme du verre. Il y avait tellement de mouches sur les agonisants qu'on ne savait plus si c'étaient les brûlures ou les bestioles qui grouillaient sur leur corps...

Diane songeait aux autres survivants — à ceux qui avaient cru échapper à la brûlure. Elle ne connaissait pas les conséquences exactes de la radioactivité du tritium mais elle connaissait les séquelles de l'irradiation à l'uranium. Les rescapés d'Hiroshima avaient compris, durant les semaines qui avaient suivi l'explosion, que la notion même de survie n'appartenait pas au monde de l'atome. Ils avaient commencé par perdre leurs cheveux, puis avaient succombé à des diarrhées, des vomissements, des hémorragies internes. Alors les maladies irréversibles étaient apparues : cancers, leucémies, tumeurs... Les ouvriers tsevens avaient dû affronter ces mêmes tourments. Sans compter les femmes qui, des mois après l'explosion, avaient accouché de monstres, ou celles qui n'avaient plus jamais été enceintes, l'infection atomique détruisant les cellules séminales.

Diane scruta le ciel. Elle se refusait à toute

329

compassion. Elle ne devait pas s'effondrer ni s'apitoyer, mais conserver ses facultés de déduction afin d'arracher quelque lumière à ces faits nouveaux. Le souvenir d'Eugen Talikh jaillit dans sa mémoire : indirectement, le physicien avait jeté le malheur et la mort sur son propre peuple en organisant des essais nucléaires. Le scientifique génial, le grand héros tseven avait provoqué l'extinction de sa propre ethnie...

Mais une autre idée la saisit. En admettant qu'Eugen Talikh n'ait pas été directement impliqué dans l'essai fatal, en supposant que l'accident n'ait pas été de son fait, n'y avait-il pas là un irréductible motif de vengeance ? Diane forgea une nouvelle hypothèse. Et si, pour une raison qu'elle ignorait encore, c'étaient les chercheurs du laboratoire de parapsychologie qui avaient été les responsables de l'embrasement ? Talikh, le paisible transfuge, ne pouvait-il pas se transformer en un tueur féroce en apprenant que les chercheurs revenaient sur les lieux de leur crime ?

60

Aux premières lueurs du jour, Diane s'éveilla. Elle s'habilla, enfila un surpantalon étanche et endossa sa parka, avant de se glisser sous un poncho imperméable. Elle prépara son sac à dos : torche halogène, cordes, mousqueton, piles de rechange. Elle ne possédait aucune arme : pas même un couteau. Un bref instant, elle songea à dérober un fusil aux Mongols qui dormaient sous l'une des tentes voisines mais y renonça aussitôt : trop risqué. Elle zippa son sac et sortit dans l'aurore.

Tout était verglacé. L'herbe était blanche, parfois

traversée de flaques bleutées. Les gouttes de rosée étincelaient dans leur fixité de givre. Le long des frondaisons, de frêles stalactites s'accrochaient à leurs branches. Tous ces scintillements paraissaient plus vifs, plus lumineux à cause des brumes qui les cernaient, les cajolaient, les enveloppaient d'une opacité légère.

Au loin, elle devinait la présence des rennes. Elle entendait leurs sabots qui faisaient craquer les croûtes de glace, leur souffle grave creusant des zones de chaleur dans ce monde de froidure totale. Elle les imaginait, gris, invisibles dans le brouillard, cherchant le sel le long des pierres, des lichens, des fûts d'écorce. Plus loin encore, elle captait les clapotis réguliers du lac. Diane inhala l'air froid et observa le campement. Pas un mouvement, pas un bruit : tout le monde dormait. Elle plongea dans les taillis, s'efforçant de ne pas briser les buissons de cristal. Cent mètres plus loin, elle dut s'arrêter pour se soulager, s'insultant de ne pas y avoir pensé plus tôt, avant de se harnacher complètement.

Derrière les arbres, elle se dépêtra du mieux qu'elle put de son surpantalon et s'accroupit. Aussitôt, les rennes, sentant le sel contenu dans l'urine, se ruèrent dans sa direction, provoquant un boucan de harde parmi les branches gelées. Elle n'eut que le temps de se rhabiller et de détaler en vitesse. A bonne distance, elle ralentit et éclata de rire. Un rire nerveux, crispé, silencieux, mais qui la libéra. Elle coinça ses pouces sous les bretelles de son sac à dos et se mit en marche. Parvenue au bord du lac, elle scruta, sur sa droite, le versant de la colline au-delà de laquelle, selon les guides mongols, se situait le tokamak. Il y en avait pour deux kilomètres. Elle se glissa sous les mélèzes et commença son ascension.

Sa respiration devint bientôt douloureuse, son corps se trempa de sueur. Les gouttelettes de brouillard perlaient comme des joyaux sur son poncho. Son souffle retombait en pluie cristalline. Elle aperçut des creusées d'ombre parmi les herbes. Elle s'approcha. C'étaient les lits nocturnes de biches ou de daims, encore tièdes de leur présence. Diane ôta un gant et caressa leurs contours de ses doigts nus. Puis son regard s'attarda sur les racines brunes qui couraient entre ses pieds. Elle les toucha aussi, savourant leur rugosité.

Elle poursuivit sa montée. Alors seulement elle se remémora les paroles de Gambokhuu. La description de la catastrophe atomique et de l'agonie de ses victimes. Par contrecoup, ses conclusions de la veille s'approfondirent. Pour une raison qu'elle ignorait, les parapsychologues partageaient une responsabilité dans la défaillance du tokamak. D'une manière ou d'une autre, ils étaient liés à cet accident. Soudain, s'éveilla dans son esprit une succession de souvenirs. Elle revit la peau marquée de taches brunes de Hugo Jochum. L'épiderme rosâtre de Philippe Thomas, dont l'eczéma provoquait de véritables mues. Elle se souvint aussi, détail enfoui dans sa mémoire, de l'étrange atrophie de l'estomac de Rolf van Kaen, qui l'obligeait à ruminer des fruits rouges...

Comment n'y avait-elle pas pensé dès hier soir ?

Les parapsychologues avaient été, eux aussi, irradiés.

Chacun d'eux portait l'empreinte de la morsure atomique, qu'ils avaient dû subir à plus grande distance — et donc avec une moindre force. Les stigmates d'une irradiation pouvaient apparaître après des décennies, sous l'apparence de difformités ou de maladies. La bizarrerie des séquelles de ces hommes s'expliquait sans doute par la nouveauté de l'expérience. En vérité, personne n'avait jamais été exposé à une irradiation de tritium.

Diane développa son hypothèse : et si l'explosion

atomique, de la même façon qu'elle avait bouleversé le métabolisme de ces hommes, avait modifié quelque chose dans leur esprit ? L'atome pouvait peut-être amplifier la puissance supposée d'une conscience — développer des pouvoirs paranormaux ?

Dans une telle affaire, il était difficile de croire au hasard. Dès lors, pourquoi ne pas imaginer que les chercheurs s'étaient volontairement exposés aux radiations ? Qu'ils avaient remarqué, parallèlement à leurs propres expériences, des signes chez les ouvriers tsevens laissant penser que l'exposition au tritium provoquait des mutations mentales ? Alors les parapsychologues avaient déclenché l'éclair atomique dans le cadre d'une expérience extrême. Quelque chose avait failli, des hommes — un peuple — étaient morts, mais les apprentis sorciers avaient atteint le résultat escompté. Leurs pouvoirs s'étaient accrus sous l'effet de l'atome. Ces hommes étaient des mages. Des mages des temps nucléaires.

Marchant d'un pas résolu à travers la forêt, chauffant son sang au rythme de ses pas, Diane s'installait progressivement au cœur de cette vérité. Tout collait désormais. L'accident était fondé sur un sabotage organisé par une poignée de scientifiques. Voilà pourquoi Talikh les pourchassait aujourd'hui, les traitant, au seuil de la mort, comme des bêtes.

Et voilà pourquoi, sans doute, ces hommes revenaient dans l'anneau de pierre. Pour renouveler l'expérience : s'exposer à l'irradiation et régénérer leurs pouvoirs...

Diane s'arrêta. Parvenue au sommet de la colline, elle apercevait, à travers le brouillard, la dépression de la nouvelle vallée.

Et, au centre de cette clairière, l'immense couronne du tokamak.

61

Diane songea à une ville. Autour de l'anneau de pierre, un dédale de bâtiments, de structures rouillées se déployait sur plusieurs hectares, dont les hauteurs se perdaient dans les brumes. A droite, jouxtant la montagne, se dressaient les turbines de la centrale électrique qui avait alimenté le circuit thermonucléaire. Elle poursuivit sa descente. Elle discernait, au-delà des bâtiments, creusés entre les parois rocheuses, les sillons à demi effacés de routes et de chemins de fer. Grâce à ces infrastructures, les Soviétiques avaient transporté les équipes et le matériel nécessaires à la construction de l'ouvrage. Diane était prise d'un vertige : combien d'ingénieurs, d'ouvriers, de roubles avaient-ils été engloutis dans ce projet qui s'était achevé en une flambée meurtrière ?

Elle contourna la couronne par le flanc ouest. Sous ses pieds, les dalles de ciment remplaçaient peu à peu le sol herbu. Elle enjamba des éboulis, des morceaux de ferraille, puis pénétra dans le premier édifice. A l'intérieur, l'espace était compartimenté par des cloisons ajourées dont les vitres étaient brisées.

Au bout d'un couloir, Diane émergea dans un patio de ciment brut, fissuré de froid, dont le parterre était jonché de gravats et d'aiguilles de pin. A son approche, des sternes au bec rouge s'envolèrent. Le claquement de leurs ailes se répercuta sur les murs de béton, pourfendant d'un trait carmin les parois verdâtres. Elle n'éprouvait aucune peur. Ce lieu était si gigantesque, si abandonné, qu'il lui semblait irréel. S'engageant sur la gauche, elle pénétra dans un bloc dont les fenêtres laissaient pénétrer la lumière de l'aube. Elle avançait toujours, longeant des murs lézardés, où poussaient des bruyères et des airelles.

Elle croisa de nouvelles salles abritant des paillasses fêlées, des outillages colossaux, des machines obscures. Plus loin, elle repéra un escalier qui descendait vers un niveau inférieur. Elle alluma sa lampe. Au bas des marches, Diane fut stoppée par une rangée de barreaux verticaux. Elle poussa la grille, qui était ouverte. Maîtrisant son appréhension, elle plongea dans le sombre boyau. Il lui semblait que sa propre respiration emplissait tout l'espace.

A l'évidence, elle se trouvait dans des geôles. Le faisceau de sa torche accrochait des rangées de cellules, réparties de chaque côté de la salle. De simples compartiments, séparés par des murets, où des chaînes étaient encore scellées au parterre. Diane songeait aux chamans « importés » des prisons et des camps sibériens. Elle songeait aux asiles psychiatriques russes où avaient été « traités » des milliers de dissidents. Que s'était-il passé dans ce site secret ? La prison semblait encore résonner des cris, des gémissements des sorciers grelottants, effarés, attendant dans l'obscurité de connaître leur sort.

Dans le rayon de sa torche, elle aperçut tout à coup une inscription, creusée dans la paroi. Elle s'approcha. C'étaient des lettres cyrilliques qu'elle reconnut aussitôt pour les avoir contemplées dans les archives de l'institut Kurchatov. Elles formaient le nom de TALIKH. A côté, un mot était gravé, qu'elle ne comprenait pas, mais qui était suivi de chiffres : 1972. Dans la conscience de Diane un bruit blanc retentit, une sorte d'écho effrayé. Eugen Talikh, le grand patron du tokamak, avait été, lui aussi, emprisonné ici. Il avait partagé les souffrances des autres chamans.

Elle tenta d'envisager une explication. Au fond, ce fait résolvait plus de problèmes qu'il n'en posait. Si le TK 17 avait été le théâtre d'expériences sadiques à l'égard des sorciers, Eugen Talikh n'avait pu souscrire à de telles pratiques. Il avait dû au contraire s'insurger, menacer les tortionnaires d'en référer aux instances du Parti. Tout s'était alors inversé. Les parapsychologues, sans doute ligués aux militaires du site, avaient emprisonné le physicien sous un quelconque prétexte d'antipatriotisme. Après tout, un Tseven restait un Tseven. Et les soldats russes avaient dû se réjouir de pouvoir écraser l'orgueil de ce petit bridé. Diane passa ses doigts sur l'inscription. Il lui semblait sentir, incrustée dans la pierre, la colère du chercheur. Bien qu'elle fût incapable de déchiffrer ces pattes de mouches, elle était certaine que la date avoisinait celle de l'accident, au printemps 1972.

Ainsi, elle avait deviné juste : au moment de l'explosion, Talikh ne dirigeait plus le tokamak — il était en prison, comme un simple détenu politique.

Diane remonta les marches et reprit sa route au hasard, abasourdie par cette découverte. Elle mit quelque temps à remarquer que l'architecture gagnait en grandeur. Les embrasures de portes s'élevaient, les plafonds se hissaient à des hauteurs démesurées. Diane se rapprochait du tokamak.

Elle tomba enfin sur une porte plombée, cernée d'acier, équipée d'un volant d'ouverture, comme celle d'un sas sous-marin. Au-dessus du chambranle, un sigle rouge, à demi effacé, était peint : l'hélice qui annonce, dans tous les pays du monde, la proximité d'une source de radioactivité.

Diane plaça sa torche entre ses dents et serra ses mains gantées sur le volant. A force d'efforts, elle parvint à le débloquer. S'acharnant encore, elle le déverrouilla complètement puis tira vers elle, muscles tendus, déchirant les joints de lichen le long du chambranle. La paroi s'écarta d'un coup puis coulissa latéralement le long d'un rail. Elle était stupéfaite : l'épaisseur du bloc — composé pour moitié de béton, pour moitié de plomb — devait excéder un mètre.

Le seuil franchi, une surprise l'attendait : le couloir était éclairé. Des tubes fluorescents diffusaient une violente lumière blanche. Comment l'électricité pouvait-elle fonctionner dans ce lieu ? Elle songea aux autres membres du tokamak. Des hommes étaient-ils déjà parvenus dans la rotonde ? Elle ne se voyait pas reculer maintenant. Pas aussi près du but.

Avec prudence, elle pénétra dans le cercle de pierre.

62

Diane se trouvait dans un couloir circulaire de quinze mètres de largeur. Au centre de cette artère, un conduit cylindrique courait, cercle dans le cercle, englouti sous des agglomérats de fils, de bobines, d'aimants. Au-dessus de cet assemblage, des arceaux magnétiques s'élevaient et paraissaient offrir un parrainage d'acier à cet étrange pipe-line. Tout, ici, semblait avoir été conçu sous le signe du cercle, de la courbe, du tournant...

Elle s'approcha. Les câbles mêlés retombaient comme des lianes. Les bobines de cuivre s'égrenaient avec régularité le long du circuit. Elles luisaient d'une couleur rose vieilli qui distillait dans la bouche un goût de bonbon usé. Dessous, des géométries de métal noir soutenaient l'ensemble. Diane n'était qu'à quelques pas du conduit. Elle discernait, à travers la complexité des équipements, la coque d'acier lisse et noire, la chambre à vide, dans laquelle, jadis, le plasma avait approché la vitesse de la lumière, atteignant la température de fusion des étoiles.

Elle reprit sa marche prudente, s'efforçant de ne provoquer aucun bruit, aucun raclement parmi les gravats qui couvraient le sol. Elle ne s'était jamais sentie aussi minuscule, aussi misérable. Cette machine appartenait à une autre échelle, une autre logique. Diane éprouvait une angoisse confuse face à cet édifice entièrement forgé par la mégalomanie de l'homme — par cette volonté de violer les lois terrestres, de bouleverser la matière dans ses structures les plus profondes. Kamil avait évoqué Prométhée, le voleur de foudre. Gambokhuu avait parlé des esprits qui s'étaient vengés de l'audace des hommes. Quels qu'aient été les défis qui s'étaient joués dans cette rotonde, Diane comprenait que le tokamak avait été le théâtre d'une profanation, d'une bravade à l'égard de forces supérieures.

Elle marcha ainsi plusieurs minutes, suivant la courbe du couloir, puis songea à rebrousser chemin. Il n'y avait rien pour elle dans ce cercle. Ces délires technologiques ne lui offraient pas le moindre indice et... Le hurlement se déploya comme une vocifération de métal.

Elle plaqua ses mains sur ses oreilles. Aussitôt le cri se répéta avec plus de violence encore. C'était une onde aiguë, un tournoiement insoutenable. En état de choc, Diane comprit alors que la stridence n'était pas un hurlement mais un signal d'alarme : le tokamak était en train de se remettre en marche.

Telle une confirmation maléfique, une porte plombée qui creusait la paroi, sur sa droite, s'encastra violemment dans le mur et se verrouilla. Diane vit le volant tourner alors qu'un phare rouge s'allumait au-dessus du chambranle. Il lui semblait que l'anneau tout entier reprenait vie. En vérité, tous les sites à hauts risques fonctionnaient de la même façon : en cas d'alerte, la première mesure était d'isoler la zone dangereuse, de couper toutes les issues — quitte à sacrifier une présence humaine. C'était ainsi que les Tsevens avaient brûlé vifs. C'est ainsi qu'elle allait mourir.

Elle songea au sas qu'elle avait laissé ouvert. Elle tourna les talons et détala à toutes jambes. Elle courut, courut, courut, les yeux lacérés par les gyrophares, les oreilles violentées par l'alarme. Elle croisa plusieurs portes qui, à chaque fois, se bouclaient sur son passage. Avait-elle la moindre chance de courir plus vite que ce mécanisme de sécurité ?

Soudain un vrombissement frémit sous ses pieds : le circuit s'ébranlait. Les pensées s'affolèrent dans sa tête. Une onde électrique pouvait-elle se déclencher ? Restait-il des gaz de tritium dans la chambre à vide ? En combien de temps les atomes allaient-ils se transformer en un arc de plusieurs millions de degrés ? Elle courait toujours, le cœur en flammes, le long de l'anneau. Le grondement s'amplifiait. Le tremblement faisait osciller les parois, le sol, les câbles, se résolvant dans son corps en ondes de terreur. Enfin elle aperçut la porte par laquelle elle était entrée : elle était toujours ouverte. Au même instant, la paroi glissa sur son rail. Diane vit les poulies noires tournoyer, les gonds se déplacer latéralement, puis l'épaisseur de béton plombé se caler dans l'axe du chambranle.

Elle effectua un bond surhumain, passa dans l'entrebâillement et sentit l'angle de béton lui frôler les côtes. Elle buta contre le seuil d'acier, tomba, se blottit aussitôt contre la paroi qui venait de se verrouiller. A bout de souffle, à bout de pensées, elle ne cessait plus de hurler, trépignant des talons, frappant le sol de ses poings. La panique se libérait en elle — une panique qui venait de loin, de toutes les épreuves qu'elle avait déjà affrontées.

La secousse culmina et lui coupa la voix. Le mur parut tressauter sur son axe, à la manière d'une membrane d'enceinte sonore. Diane se recroquevilla encore, muscles noués, mâchoires serrées, sentant le sol se soulever en une vague puissante. Tout cela ne dura qu'un instant. Un fragment, un éclat de seconde. Puis le silence s'imposa, refoula la houle assourdissante de l'alerte. La sirène s'amenuisa. Le sol retrouva sa stabilité. Diane demeurait immobile, prostrée, les yeux fixes.

Lentement, des pensées se formèrent de nouveau dans son cerveau. Un fait, un murmure, montait, loin, très loin, du fond de sa conscience : tout était fini. La montée en régime du tokamak n'avait duré que quelques secondes. Les mécanismes de sécurité, vestiges d'une autre époque, avaient stoppé l'élan destructeur. Diane se rendit compte qu'elle envisageait le circuit thermonucléaire à la manière d'une entité autonome — bête ou volcan. La vérité était différente. Une main d'homme avait provoqué le nouvel arc électrique. Qui ? Et pourquoi ? Pour la tuer, elle ? Elle était trop lasse pour s'interroger davantage. Trop épuisée pour de nouvelles questions.

Elle s'arc-bouta et se releva. Elle remarqua alors que son poncho, sur le côté gauche, avait fondu. Elle l'arracha. Sa parka aussi était noircie, déchirée en une longue ouverture. Diane plongea sa main à l'intérieur de la faille et rencontra la laine polaire, les fibres de polyester. Brûlées elles aussi. D'un seul mouvement elle découvrit son flanc. De l'aine jusqu'à l'aisselle, sa peau croustillait encore des marques du feu. C'était un froissement rouge, qui striait sa chair et rappelait les gravures anatomiques d'écorchés. Diane ne comprenait pas. Et l'absence de douleur achevait de l'épouvanter.

Elle se baissa et scruta la paroi plombée, à la hauteur où elle était assise — d'infimes fissures verticales creusaient le matériau. Le gel des hivers, la brûlure des étés avaient fini par altérer l'étanchéité du plomb. Par ces interstices, le rayonnement atomique avait filtré et l'avait touchée, elle, jusque dans ses constituants les plus ultimes. Elle recula, sidérée.

Elle croyait avoir échappé à la mort. Elle avait tort. Tout à fait tort. Parce qu'elle n'était pas seulement brûlée.

Elle était irradiée.

Virtuellement morte.

63

Le soleil se levait sur la vallée. Les plaines verdoyantes montaient à l'assaut de l'horizon, encadrées, à droite, par les forêts de la colline, et, sur la gauche, par les contreforts de la montagne encore voilés de brouillard. Diane remarqua, à cent mètres de là, un point qui se détachait. En plissant les yeux, elle reconnut la silhouette de Giovanni, qui avançait vers elle, fusil en bandoulière. Les pâturages l'immergeaient jusqu'à mi-jambes, en de longs rouleaux lascifs.

— Qu'est-ce qui se passe ? hurla-t-il. J'ai senti une vibration et...

Une bourrasque avala la suite de ses paroles. Vacillante, Diane marcha à sa rencontre. Elle ne sentait pas la brûlure mais percevait avec précision les rafales de vent qui lui fouettaient la face, les caresses des herbes sur ses jambes, les parfums de fraîcheur qui montaient en colonnes jusqu'à son âme.

— Vous auriez pu m'attendre, gronda l'Italien lorsqu'il fut tout proche. Que s'est-il passé ?

— Le tokamak s'est mis en marche. Je ne sais pas ce que...

— Et vous ? s'enquit-il. Ça a l'air d'aller.

Diane sourit pour réfréner ses sanglots.

— Vous avez le sens de l'observation, dit-elle.

Elle noua ses doigts sur sa tignasse et tira, sans effort, une poignée de cheveux. L'irradiation jouait déjà à plein. Les milliards d'atomes qui la composaient étaient en train de se désintégrer, provoquant une réaction en chaîne qui ne cesserait plus jusqu'à sa décomposition totale. Pour combien de temps en avait-elle ? Quelques jours ? Quelques semaines ? Elle murmura :

— J'étais dans la machine, Giovanni. Je suis irradiée. Irradiée jusqu'à l'os.

L'ethnologue remarqua enfin la traînée noire qui fendait sa parka. De deux doigts il écarta les pans d'étoffe et découvrit la brûlure rougeâtre — la peau commençait à craquer, à se fendiller en lambeaux. Il balbutia :

— On... on va vous soigner, Diane. Surtout il ne faut pas s'affoler.

Elle n'écoutait pas. Elle ne souhaitait s'enliser ni dans l'espoir ni dans l'angoisse. Seul le sursis qui lui restait l'intéressait. Il fallait qu'elle vive assez longtemps pour démasquer les démons, dévoiler la vérité — et assurer une quiétude définitive à son fils adoptif.

— On va vous soigner, répétait obstinément l'Italien.

— Taisez-vous.

— Je vous assure qu'on va vous rapatrier rapidement et...

— Je vous dis de vous taire.

Giovanni s'arrêta. Diane reprit :

— Vous n'entendez pas ?

— Quoi ?

— La terre tremble.

Le tokamak se déclenchait-il de nouveau ? Elle imagina la vallée partant en flammes sous le souffle atomique. Puis elle comprit que la vibration ne provenait pas du site mais des antipodes de la vallée. Elle tendit son regard, droit devant elle, entre la colline et la falaise de pierre. Un immense nuage de poussière, une sorte de brouillard de terre et de brins d'herbe, emportait l'horizon.

Alors elle les vit.

Et elle les reconnut aussitôt.

Les Tsevens.

Non pas dix.

Non pas cent.

Mais des milliers.

Une myriade de cavaliers, surplombant un foisonnement de rennes dont les dos innombrables brillaient sous les miroirs des nuages — oscillation incessante d'échines et de reflets. Un flot sans limite dévalait les pentes, épousait la plaine, se déployait, éclatant de vigueur, de tumulte, de beauté. Il n'était plus question de couleurs : les hommes portaient exclusivement des deels noires et, autour d'eux, les rennes caracolaient, dans les blancs et les gris. Ils couraient, frottant leurs flancs poudreux et mouchetés, entrechoquant leurs bois de velours — tels des arbustes animés, des coraux fantastiques, des concrétions de vent et de vie.

Diane ne savait plus où porter son regard tant l'éblouissement la ravissait, la débordait, la suffoquait. Elle cherchait un point précis où focaliser son attention lorsque, tout à coup, elle le trouva. Si elle devait mourir à cet instant, ce serait avec cette vision gravée au creux des iris :

les femmes.

C'étaient elles, et elles seules, qui maîtrisaient, aux deux extrémités de la horde, les bêtes. La plupart d'entre elles montaient des chevaux. Elles hurlaient, les joues en feu, les talons plantés dans leurs étriers. Diane devinait les dessins sur leurs foulards, qui devaient représenter les transmutations magiques qu'elle avait aperçues dans l'avion-cargo. Maintenant, c'était comme si ces êtres de légende avaient

343

jailli de la soie pour talonner la terre, épuiser la clairière à force de mottes arrachées, d'herbes envolées.

Sur leurs montures elles tournaient, revenaient, repartaient, ventre et cuisses soudés au cheval, paraissant traverser le corps même de l'animal pour se propulser du sol, en un bond de rage, un saut de grâce — une explosion de vitalité qui montait jusqu'au ciel.

Couvrant le fracas du galop, Giovanni hurla :

— Qu'est-ce que c'est encore que ça ? Ils vont nous écraser !

Diane rétorqua, en écartant ses mèches virevoltantes :

— Non. Je crois... je crois qu'ils viennent nous chercher.

Alors elle s'avança parmi les hautes herbes. Face à elle, la ligne des rennes, neige et cendre, pourfendait les vagues végétales et ne cédait pas sur leur galop. Diane marchait toujours. Derrière les cavaliers, elle apercevait maintenant les enfants, en équilibre sur les selles de bois, au sommet de bêtes plus petites. Leurs visages pourpres apparaissaient de temps à autre, au hasard des ramifications de bois. Emmitouflés, impassibles, ils trônaient tels des princes sur leurs montures couleur d'orage.

La troupe n'était plus qu'à une centaine de mètres. Diane repéra un homme qui devançait les autres. Sa posture, son maintien possédaient un éclat spécifique, qui indiquait qu'il était le maître du cortège. Pourtant ce n'était qu'un jeune homme — presque un enfant — coiffé d'un large chapeau noir. Une conviction l'envahit : cet enfant roi était un Veilleur, un Veilleur devenu homme, vénéré par son peuple. Elle songea à Lucien. Confusément, elle vit défiler des événements chaotiques, des vols d'enfants, des signaux brûlant des chairs, des frontières franchies entre la vie et la mort, des meurtres, des tortures... tout cela finirait par s'assembler. Et, pour l'heure, elle s'en moquait. Car au fond de ce tourbillon, au fond de ce peuple jailli d'entre les morts, elle voyait une lumière resplendir.

Si ce peuple était encore vivant, alors, peut-être, un espoir existait pour elle...

Comme une mer freinée par la grève, toutes les montures stoppèrent en un seul mouvement. A vingt mètres de Diane. Elle avança. Les premiers rennes tendaient déjà leur cou pour chercher le sel le long de ses joues maculées de larmes. Epuisée, titubante, elle se demanda ce qu'elle pouvait dire, et dans quelle langue, pour établir le contact.

Mais ce fut inutile.

L'adolescent roi lui désignait déjà une bête harnachée, qui l'observait de ses grands yeux placides.

64

L'immense convoi prit aussitôt la direction des contreforts de la montagne. Le troupeau marchait maintenant au pas, avec docilité. Bientôt la horde recouvrit les pierrailles, s'insinuant à travers les sous-bois, glissant le long des taillis, contournant les derniers arbres jusqu'à atteindre le paysage livide de la toundra. Alors le cortège accéda à un vaste plateau couvert d'une herbe drue, bordé de blocs de granit qui ressemblaient à des garde-fous d'altitude. Des dizaines d'hommes et de femmes dressaient des tentes, plaquant sur de hautes pyramides de branches des toiles militaires.

Giovanni, qui escortait Diane, murmura :

— Des *urts*, les tentes tsévènes. Je n'aurais jamais cru en voir un jour.

D'autres groupes formaient des enclos, à l'aide de

troncs de bouleaux, alors que les rennes s'y groupaient déjà. Des crépines d'animaux, ces membranes organiques qui enveloppent les viscères, séchaient comme des draps sur des échalas de bois. Diane se laissait guider par sa monture. Sa peau s'électrisait de frissons, se durcissait en plaques exsangues, alors que la brûlure se précisait sous sa chair, se confondant dans son âpreté aux douleurs du froid.

Elle ne pouvait s'arracher à sa fascination. Elle contemplait ce peuple surgi de nulle part, qui avait sans doute échappé jusqu'ici à toute observation aérienne grâce aux brumes qui surplombaient ses montagnes. Leurs visages étaient larges, durs, fissurés. C'étaient des traits dévastés par le vent et le froid. Des gueules aiguisées, fortifiées par la rigueur du climat, mais aussi épuisées par les atavismes, la proximité du sang. Tous — hommes, femmes, enfants — portaient des deels sombres, aux nuances de violet ou d'indigo. Mais c'était surtout la diversité des coiffures qui signalait leur caractère unique : chapeau de gaucho, chapka de fourrure, bonnet phrygien, feutre mou, cagoule... une véritable sarabande, rebondissant sur les crânes au fil des cahots des montures.

Lorsqu'ils parvinrent au centre du campement, plusieurs femmes obligèrent Diane à mettre pied à terre. Elle n'opposa aucune résistance. Elle n'eut que le temps de murmurer à Giovanni : « Ne t'en fais pas. » Les femmes la guidèrent vers une tente isolée, à plus de cent mètres de là, près des rochers du pourtour. A l'intérieur, l'espace se déployait sur plusieurs mètres carrés. Sur le sol il n'y avait rien, à l'exception de l'herbe et de quelques rocs, croûtés de mousses. Diane leva les yeux : des morceaux de viande gelée étaient suspendus aux structures de l'urts. A sa droite, des objets rituels étaient accrochés ou déposés sur des tablettes d'écorce : des guirlandes de crin, des nids d'oiseaux, un chapelet de petites mâchoires qui avaient dû appartenir à des bébés rennes. Elle remarqua aussi des formes figées et noirâtres qui ressemblaient à des pattes et des pénis d'animaux séchés.

Deux de ses « suivantes » la déshabillèrent tandis que la troisième lançait dans l'âtre du poêle des crins de cheval et des gouttes de vodka. En quelques secondes, Diane se trouva nue, sur une paillasse de cuir plus dure qu'une plaque de fer. Elle grelottait, les yeux rivés sur son propre corps, qui paraissait démesuré, squelettique, blafard sur cette couche noire. Trois hommes pénétrèrent dans l'urts. Diane se recroquevilla. Mais les intrus ne lui jetèrent même pas un regard. Ils balancèrent leurs chapeaux — bonnet de ski, cagoule, feutre mou — et attrapèrent des tambours, placés près du sanctuaire. Le martèlement s'éleva aussitôt. Des coups durs, mats, sans résonance. Diane se souvint d'un détail évoqué par Giovanni : les tambours rituels, dans la taïga, étaient toujours sculptés dans le bois d'arbres foudroyés.

Une progression apparut dans le rythme : un râle de gorge s'insinuait entre les pulsations, tissant un murmure décalé, un écho assourdi face au front des tambours. Les hommes — trois faciès de roc —, vêtus de deels noires éreintées, se mirent à osciller d'un pied sur l'autre en dressant leurs battoirs. Ils ressemblaient à des ours maussades, encore barbouillés de forêt.

Les femmes forcèrent Diane à s'allonger. Elle eut un sursaut pour couvrir sa nudité mais s'aperçut que la fumée du poêle était devenue si dense que sa chair n'était plus visible. L'une des suivantes lui lança des traînées de talc sur le torse alors qu'une autre lui faisait boire un breuvage brûlant. Les sensations déferlaient en elle sans qu'aucune prenne le dessus : froid, panique, étouffement... Elle posa sa tête sur le cuir et comprit qu'il était trop tard pour reculer. Les yeux fermés, les mains palpitant sur ses épaules, elle se surprit à prier. A souhaiter que cela arrive, vraiment. Que la magie tsévène l'emporte et la sauve...

Les martèlements s'amplifièrent. En contrepoint, la forêt de souffles montait, jaillissant des lèvres fermées, produisant une pulsation obsédante. Malgré elle, Diane rouvrit les yeux. Elle ruisselait de sueur. Les hommes, ombres vagues dans l'épaisse fumée, se déplaçaient latéralement, fléchissant les jambes à chaque accent de tambour. Les femmes s'étaient assises sur leurs talons, autour de Diane. Paupières baissées, elles s'inclinaient, se redressaient, s'inclinaient encore, les mains posées en offrande sur leurs genoux. Un détail accrocha son regard : leurs pendants d'oreilles dessinaient des silhouettes d'oiseaux migrateurs.

Tout à coup le tissu de la cérémonie se déchira. Les femmes venaient de sortir des flûtes de leur manche et soufflaient à l'unisson dans ces tiges de corne. Les trilles étaient si aigus, si entêtés qu'ils semblaient près de vaincre les tambours sur le terrain du tumulte. Toujours assises, les musiciennes s'arcboutaient, tournoyaient sur elles-mêmes, telles des toupies de sons, de soie et de feu. Leurs lèvres paraissaient vissées sur leur instrument maléfique. Leurs joues gonflées ressemblaient à des encensoirs, couvant des braises sacrées.

Alors, du fond de ce fracas, à travers les vapeurs, elle apparut.

Un bonnet hérissé de plumes d'aigle s'épanchait sur son visage en franges de tissu. Sa silhouette minuscule était engloutie sous un manteau tapissé de lourdes pièces de métal. Recroquevillée comme un poing, elle avançait à petits pas cadencés, tenant serré entre ses mains un objet mystérieux. Une sorte de bourse revêtue de fourrure. Diane la vit s'approcher, tétanisée. Une stridence inouïe couvrit le rythme des tambours et les torsades des flûtes. Au bout de quelques secondes, elle comprit qu'il s'agissait d'un cri. Elle pensa d'abord à la sorcière, qui vociférait peut-être sous ses franges, puis saisit : ce n'était pas la chamane qui hurlait, mais la gourde de fourrure entre ses mains.

La chose était vivante.

Un rongeur à longs poils noirs se tordait d'effroi entre les poings de la vieille. Diane se terra au fond de la tente, acculée par ces images saccadées : les hommes balançant furieusement leur torse d'avant en arrière, les femmes, voûtées sur leurs fifres, et la magicienne, les bras dressés, auréolée de franges à la manière d'un oiseau, brandissant la gueule hurlante du mammifère.

Il fallait fuir ce cauchemar, oublier ce... Ses épaules furent violemment plaquées sur la paillasse. Les suivantes avaient lâché leur instrument pour l'immobiliser. Elle voulut hurler mais une bouffée de fumée s'engouffra dans sa bouche. Elle voulut se débattre mais la panique la terrassa : le visage des musiciennes avait changé. Leurs yeux étaient injectés de sang. Comme laqués de rouge. Diane comprit que la cérémonie livrait les corps au chaos originel, au débordement de la vie primitive. Chaque cœur s'affolait, chaque vaisseau sanguin éclatait.

La chamane était là, maintenant, toute proche. La bête entre ses poings hurlait toujours, dressant des crocs affûtés, véhéments. La vieille approcha le monstre de la brûlure. Diane baissa les yeux vers son ventre saupoudré de talc. Sous les traînées blanches, la peau s'était gonflée, gaufrée, craquant déjà par endroits sous la poussée irréversible de la putréfaction. En un ultime cambrement, elle voulut s'échapper mais la stupéfaction la paralysa.

La sorcière venait de plaquer l'animal sur sa plaie, écrasant le corps de fourrure sur les chairs purulentes. En un déclic, les yeux du rongeur se voilèrent d'une pellicule écarlate — un film de sang. La chamane passait et repassait la boule de poils sur la plaie avec acharnement, obstination — une espèce d'application forcenée.

Telle était l'obscure logique de l'intervention : la magicienne cherchait à effacer les stigmates de l'atome à l'aide du rongeur. Elle utilisait l'animal comme une éponge de souffrance, un aimant curateur qui allait balayer les marques du feu et aspirer la mort.

Tout à coup l'animal se mit à grésiller. Des étincelles jaillirent de sa fourrure. Diane ne pouvait y croire : le mammifère, au contact de ses brûlures, prenait feu. Son corps fumait entre les doigts crochetés de la sorcière.

Alors tout se déroula en quelques secondes.

La chamane brandit l'animal-brûlot vers les hauteurs de la tente. Elle pivota sur elle-même, provoquant un charivari de franges et de métal, puis écrasa la bête sur un roc, griffes en l'air. Dans le même mouvement, elle extirpa un coutelas de sa manche et trancha, du sexe à la gorge, le corps de l'animal. Diane vit le ventre ouvrir sa poche de viscères fumants. Elle vit les doigts tordus de la chamane fourrager dans les entrailles puis discerna, parmi les formes sombres des organes, un foisonnement plus noir, une génération de cellules malsaines qui suintaient des fibres et des tissus. Des grains de peur. Des indices de souffrance. Un caviar de mort.

Diane comprit la vérité avant de s'évanouir.

Le cancer.

Le cancer de l'atome était passé dans le corps de l'animal.

65

Quand Diane se réveilla, le jour consumait ses dernières heures. Elle s'étira, sentit ses muscles se dénouer jusqu'à leurs plus fines extrémités, puis elle savoura la chaleur du poêle qui ronronnait au centre de l'espace. Elle percevait au loin les rumeurs du campement. Tout était si doux, si familier...

Elle se trouvait sous une urts, occupée seulement par quelques selles de bois, un châssis à filer et les inévitables rochers gris, qui jouaient leur rôle de mobilier. Il n'y avait plus trace de chamanisme, à l'exception de figurines suspendues, aux robes cousues en peaux d'oreilles, et de colliers de museaux de petits rongeurs. En levant les yeux, elle aperçut le ciel à travers l'embrasure du toit. Elle se souvint des paroles de Giovanni : les tentes mongoles étaient toujours ouvertes vers le haut, afin que le foyer demeure en contact avec le cosmos.

Elle s'assit sur la paillasse et écarta la couverture de feutre. Elle était habillée de nouveaux sous-vêtements. Son jean et un pull à col roulé reposaient près d'elle, soigneusement pliés. Il y avait même, éclats de lumière parmi les herbes, ses lunettes, à portée de main. Elle les plaça machinalement sur son nez puis releva son tee-shirt afin d'observer sa brûlure. Ce qu'elle découvrit ne la surprit pas. Elle se sentit inondée de reconnaissance, traversée par une force d'amour comme une rivière par le soleil. Elle acheva de s'habiller puis sortit de l'urts.

L'installation du campement était achevée. Une quarantaine de tentes se disséminaient dans la clairière. Le paysage de la toundra, sous la lumière rasante du soir, paraissait plus lunaire que jamais. Chaque nomade vaquait à ses occupations. Sous les urts, les femmes préparaient la nourriture. Des hommes escortaient les derniers troupeaux jusqu'aux enclos. Des enfants couraient en tous sens, sillonnant les fumées, déchirant l'air grisâtre de leurs rires.

Un sourire monta aux lèvres de Diane lorsqu'elle repéra Giovanni, assis auprès d'un feu solitaire. Elle vint s'installer près de lui, parmi les selles et les paquetages. L'Italien lui tendit un gobelet de thé.

— Comment vous sentez-vous ?

Elle saisit le breuvage, huma sa fumée mais ne répondit pas. Il n'insista pas. Tassé dans sa parka, il tisonnait le feu à l'aide d'une branche morte. Enfin, Diane murmura :

— Nous ne serons plus jamais les mêmes, Giovanni.

L'Italien fit mine de ne pas entendre. Il insista :

— Comment vous sentez-vous ?

Diane poursuivit, les yeux orientés vers les flammes :

— En Occident, on pense que les connaissances chamaniques ne sont que des superstitions, des croyances naïves. On considère ces convictions comme des faiblesses. On a tort : cette foi est une force.

Par pure contenance, l'ethnologue se pencha pour souffler sur les braises. Les herbes embrasées s'enroulaient en filaments orangés, créant une minuscule sarabande d'incandescence. Elle répéta :

— C'est une force, Giovanni. Je l'ai compris aujourd'hui. Parce que, quand l'esprit croit, il accède, déjà, au pouvoir. Il est peut-être lui-même le pouvoir. Le versant humain d'une puissance que se partagent tous les éléments de l'univers.

L'Italien se redressa brutalement. Il était hirsute, comme embusqué derrière sa barbe.

— Diane, je comprends votre émotion, mais je ne crois pas à...

— Il n'y a plus à croire ou à ne pas croire.

Elle releva son pull et son tee-shirt, dénudant son ventre : sa peau était blanche, lisse, presque indemne. On discernait tout juste une rougeur, là où les chairs, quelques heures auparavant, étaient encore crevassées de feu. Giovanni resta bouche bée.

— La sorcière est parvenue à guérir ma brûlure, continua Diane. Elle a réussi à enrayer les effets de la radioactivité. Elle a arraché ce cancer à l'aide d'un rongeur enflammé. Appelle ça comme tu veux : sorcellerie, pouvoir psi, intervention des esprits. Mais la force spirituelle dont je parle est d'une pureté insoupçonnée. Et c'est cette force qui m'a sauvée.

Le tutoiement lui était venu spontanément. Ils n'évoluaient plus dans une dimension où on se disait « vous ». Giovanni entrouvrit les lèvres pour répondre, une lueur d'incrédulité dans les yeux, puis, soudain, capitula :

— D'accord. D'ailleurs, peu importe : je suis très heureux, Diane.

Il attrapa quelques copeaux d'écorce et les lança dans le foyer. La ronde des filaments reprit de plus belle.

— Maintenant, reprit-il, il va falloir tout me raconter. Et quand je dis « tout », ce n'est pas une façon de parler.

Diane but une gorgée de thé, prit un long moment pour regrouper ses idées, puis attaqua. Elle parla de l'adoption de Lucien, du piège du périphérique, de l'intervention de Rolf van Kaen. De l'origine de l'enfant et des hommes qui s'intéressaient à lui. Elle parla du tokamak, de son équipe, de l'unité parapsychologique. Elle raconta comment les Veilleurs avaient été chargés de livrer la date d'un rendez-vous énigmatique au bout de leurs doigts. Elle expliqua sa conviction selon laquelle les chercheurs du TK 17 avaient découvert un secret qui leur avait permis d'acquérir et de développer des pouvoirs psi. Et elle conclut

avec cette certitude : ces hommes revenaient aujour-
d'hui à cause de ce secret. Ils avaient rendez-vous
dans le tokamak, le 20 octobre 1999, c'est-à-dire dans
quelques heures, pour régénérer leurs propres facultés
mentales.

Giovanni ne l'avait pas interrompue. Il n'avait
marqué aucun signe d'étonnement, ébauché aucun
geste d'incrédulité. Il demanda simplement, au terme
du récit :

— Comment ces hommes ont-ils pu acquérir ces
pouvoirs ? Comment peuvent-ils développer des
facultés... impossibles ?

Diane sentait la morsure du feu sur son visage,
alors que, dans son dos, le froid du crépuscule l'as-
saillait. Elle imaginait son sang en pleine fusion. Elle
le voyait prendre la couleur orange d'une résine brûlante.

— Je ne sais pas exactement, murmura-t-elle. Ce
que je peux dire, c'est que, jusqu'ici, j'avais tout
faux.

— C'est-à-dire ?

Elle prit une nouvelle inspiration. La fumée âcre
emplit sa bouche à la manière d'une gorgée d'encens.
Elle songea à la cérémonie qui l'avait guérie et dit :

— Ma première supposition était que les parapsychologues avaient effectué, en étudiant les chamans venus de Sibérie, une découverte significative.

— Tout porte à croire que c'est ce qui est arrivé,
non ?

— Pas de la façon qu'on peut imaginer. Ce ne sont
pas ces recherches qui leur ont conféré leurs pouvoirs.

— Pourquoi pas ?

— Pour plusieurs raisons. D'abord, imagine ces
chamans épuisés, qui ont déjà passé des années dans
des camps, des prisons. Comment les scientifiques
auraient-ils découvert quoi que ce soit à leur sujet ?

Comment veux-tu qu'ils soient parvenus à susciter en eux des états mentaux privilégiés, comme des transes ou des sommeils éveillés ?

— Ils les ont peut-être simplement interrogés.

— Les sorciers n'auraient rien dit.

— Les Soviétiques possédaient des méthodes persuasives.

— C'est vrai, mais encore une fois, à mon avis, ces chamans étaient finis, vidés. Loin de leur culture, loin de leurs facultés, ils n'avaient rien à révéler aux parapsychologues. Même s'ils l'avaient voulu.

— Alors quoi ?

Diane but une gorgée de thé.

— Ce matin, j'ai imaginé une autre hypothèse. L'acquisition des pouvoirs avait peut-être été provoquée par un fait extérieur. Un événement qui n'avait rien à voir avec les travaux psi.

— Quel événement ?

— L'explosion du tokamak. Si la radioactivité peut transformer les structures du corps humain, pourquoi ne transformerait-elle pas les consciences, la force mentale ?

— Les chercheurs auraient été irradiés eux aussi ?

— Je n'en suis pas sûre. Mais ceux qui sont morts portaient des stigmates étranges. Des maladies de peau, des atrophies, des anomalies qui auraient pu être provoquées par les rayonnements. J'ai même pensé qu'ils avaient provoqué l'accident et s'étaient exposés volontairement.

— Et tu ne le crois plus ?

— Non. L'explosion du tokamak a joué un tout autre rôle. Un rôle de révélateur.

— Comprends pas.

Diane se pencha au-dessus des flammes et fixa Giovanni dans les yeux.

— L'accident de 1972 a révélé, indirectement, les pouvoirs stupéfiants qui régnaient dans cette vallée.

Elle contempla le campement et les Tsevens qui s'affairaient parmi les voiles de fumée qui s'unissaient à la nuit pour absoudre le paysage.

— Regarde ces hommes et ces femmes, Giovanni. D'où viennent-ils ? Comment un peuple a-t-il pu survivre en secret à l'oppression, à la collectivisation, à la famine ? Une chose est sûre : dans les années soixante-dix, il existait deux types de Tsevens. Ceux qui étaient parvenus à s'abriter dans les montagnes et ceux qui, restés dans la vallée, avaient été soumis, sédentarisés, acculturés. Ce sont ces derniers qui ont intégré le chantier du tokamak et accepté les boulots les plus dangereux. Ce sont eux qui, au printemps 1972, ont brûlé dans la couronne. Pourtant je peux imaginer ce qui s'est passé alors...

Giovanni grimaça.

— Pas moi.

— Fais un effort. Imagine ces ouvriers brûlés, irradiés, moribonds. Imagine leurs femmes désespérées, qui savaient pertinemment que les secours soviétiques ne viendraient jamais. Que crois-tu qu'elles ont fait ? Elles ont attelé leurs rennes et sont parties dans les montagnes chercher les chamans tsevens, les hommes qui possédaient encore de prodigieux pouvoirs de guérison.

— Tu plaisantes ?

— Pas du tout. Les Tsevens de la vallée ont toujours su qu'une partie de leur ethnie vivait en altitude, d'une manière traditionnelle, et conservait une relation profonde avec les esprits.

— Je crois que toute cette histoire t'a tapé sur...

— Ecoute-moi ! Les femmes ont rejoint les sommets. Elles ont expliqué la situation aux sorciers. Elles les ont implorés de descendre dans la vallée pour pratiquer une cérémonie et sauver ceux qui pouvaient l'être. Les chamans ont accepté. Ils ont pris le risque d'être repérés, arrêtés, mais ils ont organisé une séance chamanique pour soigner leurs frères. Une séance qui a parfaitement fonctionné, puisque la plupart des hommes brûlés ont guéri.

— Comment peux-tu en être si sûre ?

Diane afficha un large sourire, chargé de fièvre.

— Si j'ai survécu à l'irradiation aujourd'hui, cela signifie que tout s'est passé exactement de la même façon en 1972.

Les traits de l'ethnologue se fixèrent en une expression d'assentiment. Il commençait à être convaincu.

— A ton avis, qu'est-il arrivé ensuite ? interrogea-t-il.

— Le vrai cauchemar a débuté pour les Tsevens. D'une manière ou d'une autre, les parapsychologues ont dû se rendre compte du miracle des guérisons. Ils ont compris cette vérité extraordinaire : les facultés qu'ils cherchaient à capter depuis trois ans en étudiant des chamans venus des goulags existaient à quelques kilomètres de leur laboratoire. A portée de main. Et à un degré inimaginable ! Ils ont saisi alors qu'ils se trouvaient dans le berceau même des pouvoirs qu'ils convoitaient depuis si longtemps.

— Et ils ont arrêté les chamans ?

— Ils tenaient des virtuoses. Des perles rares. Ils ont repris leurs expériences avec ces hommes et, cette fois, ils ont réussi leur coup. Ils sont parvenus à leur arracher leur savoir chamanique.

— Comment ?

— C'est l'élément qui me manque. Mais ces chercheurs ont réussi à conquérir ces pouvoirs. Voilà pourquoi ils détiennent aujourd'hui des facultés hors du commun. Voilà pourquoi mon enquête a été jalonnée de phénomènes inexplicables. Et voilà pourquoi ils reviennent aujourd'hui : pour recommencer leur expérience — l'expérience qui leur a permis, à l'époque, d'acquérir ces facultés.

L'Italien déniait lentement de la tête.

— C'est trop dingue.

— On peut dire ça, oui. Je possède maintenant une dernière certitude : ce vol de secrets est le véritable mobile des meurtres. Eugen Talikh venge son peuple, mais pas au sens où je le croyais. Il ne venge pas, spécifiquement, le génocide des ouvriers de l'anneau, mais, plus généralement, le pillage de leur culture. Il venge une profanation. Ces salopards ont volé les dons des Tsevens. Et ils sont en train de le payer au prix fort.

— Pourquoi trente ans après ? Pourquoi attendre leur retour vers le tokamak ?

— La réponse doit appartenir à l'élément de l'histoire que nous ne possédons pas — à la technique qu'ils ont utilisée pour capter ces pouvoirs. A ce rendez-vous donné par les enfants aux doigts brûlés...

Elle se leva. L'ethnologue l'observait.

— Mais... maintenant ? Que va-t-il se passer ? Qu'allons-nous faire ?

Diane enfila sa parka. Elle se sentait ivre de vie, ivre de vérité.

— Je retourne sur le site. Je dois trouver leur laboratoire. C'est là que tout s'est joué.

66

La nuit tombait. Giovanni avait emporté deux lampes-tempête à acétylène, dotées de réflecteurs, qu'ils tenaient à bout de bras. Ainsi, ils ressemblaient à des mineurs d'un autre siècle, perdus dans un dédale de galeries oubliées. Lorsqu'ils changèrent leur cartouche de carbure, ils prirent conscience qu'ils déambulaient depuis plus de trois heures. Ils repartirent sans un mot, découvrant d'autres machines, d'autres réacteurs, d'autres couloirs. Mais toujours pas la moindre trace d'un lieu qui pouvait correspondre à ce qu'ils cherchaient.

Aux environs de minuit, ils s'arrêtèrent dans une salle aux murs nus, absolument vide. Le froid s'abattit sur eux, alors que la fatigue et la faim commençaient à leur donner des vertiges. Epuisée, Diane s'écroula sur un tas de gravats. Giovanni souffla :

— Il n'y a qu'une seule zone que nous n'avons pas fouillée.

Elle acquiesça. Sans autre commentaire, ils se remirent en marche et se dirigèrent vers le cercle de pierre. Après avoir emprunté de nouveaux couloirs, traversé de nouveaux patios, ils atteignirent une salle que Diane reconnut à l'instant : l'antichambre du tokamak. Sur la gauche, elle repéra une pièce qui ressemblait à un vestiaire. Elle y découvrit des houppelandes, comme celle que portait Bruner sur le périphérique. Elle trouva aussi des masques, des gants et des compteurs Geiger. Les deux compagnons endossèrent les équipements et attrapèrent des instruments de mesure.

Ils pénétrèrent dans la couronne. Cette fois, les néons ne s'allumèrent pas. Giovanni s'approcha d'un gros interrupteur et esquissa le geste de le déclencher. Diane lui saisit le bras et murmura, à travers son masque :

— Non. Seulement nos lampes.

Ils continuèrent à avancer, poing serré sur leur torche qui se balançait à la cadence de leurs pas, franchissant des brumes de poussière dans l'obscurité. Ils longeaient le mur courbe et lépreux, en quête d'un orifice, d'une ouverture qui révélerait un espace secret.

— Là.

Giovanni tendait sa main gantée vers une porte, encastrée dans la paroi interne du cercle. Ils durent se mettre à deux pour la déverrouiller. Diane eut une hésitation face à la bouche d'ombre qui s'ouvrit. L'ethnologue passa devant elle, portant sa torche en éclaireur. Après un temps, elle lui emboîta le pas et referma la paroi. Dans un nouveau sas, elle jeta un regard à son compteur : l'aiguille ne bougeait plus — la radioactivité était absorbée. Elle arracha son masque et découvrit un escalier en spirale que son complice descendait déjà. Les marches suivaient la courbe d'un énorme pylône de soutènement. Ils étaient en train de passer sous le plateau du tokamak, parmi les fondations de la machine.

Ils accédèrent à un double portail, non plus de fer ni de plomb, mais de cuivre. Jouant de l'épaule, Giovanni écarta les battants et se glissa à l'intérieur. Diane l'imita. Dans les halos croisés de leurs lampes-tempête, une salle circulaire apparut, où se dessinaient des instruments qui, enfin, possédaient une dimension humaine. Des machines à la fois brutales et complexes, qui pouvaient suggérer des travaux de psychologie expérimentale. D'instinct, Diane sut qu'ils avaient trouvé. Le cercle de l'esprit se tenait sous le cercle de l'atome. Là où personne n'aurait jamais songé à chercher le site : au-dessous de la rotonde infernale.

Ils ôtèrent leur houppelande et avancèrent. Le mur était couvert d'un lichen luminescent, qui révélait les ombres obliques de chaînes suspendues au plafond. Les maillons cliquetaient avec une régularité lugubre, dans un roulis de vaisseau fantôme. Giovanni chercha un interrupteur.

Diane le laissa faire : il n'était pas question de visiter un tel lieu dans les ténèbres. Après un grésillement hésitant, les néons s'allumèrent. La salle apparut dans toute son immensité. Le mur circulaire ne disposait d'aucune ouverture à l'exception du portail. Au plafond, entre des câbles à moitié décrochés, les tubes fluorescents étaient disposés en arc de cercle, abandonnant à l'ombre tout ce qui se situait hors de leur halo.

Rien ne semblait avoir été pillé, comme si les détrousseurs n'avaient osé entrer. Les premiers accessoires que Diane remarqua étaient des cages de Faraday. Des boîtes carrées, en cuivre, d'un mètre de côté, qui permettaient une totale isolation électrostatique. Elle s'agenouilla et scruta l'intérieur de l'une d'entre elles. Des électrodes traînaient sur le sol mordoré : on avait placé là-dedans des hommes. Elle se remit debout et découvrit, quelques mètres plus loin, des sièges à hauts dossiers, ressemblant à des stalles d'église, équipés de bracelets de fer et de sangles de cuir. A leurs côtés, des compteurs noirâtres étaient reliés à des ventouses, laissant présager des séances d'électrochocs musclées. Au sol, elle remarqua des touffes de cheveux, engluées parmi les champignons et la poussière — des crânes avaient été rasés, afin de mieux apposer les électrodes.

Quelques pas encore. Diane tomba sur des caissons d'isolation sensorielle — des sarcophages d'eau salée, d'environ deux mètres de long. Elle se pencha : des ossements flottaient à la surface. Des os de petite taille, vestiges d'hommes minuscules ou d'enfants. Elle songea à Lucien et se sentit défaillir — des éclipses traversaient sa conscience. Giovanni, derrière elle, déclara brutalement :

— J'en peux plus. Je ne peux pas rester là.

— Si, dit-elle avec autorité. On doit chercher encore. Comprendre ce qui s'est passé ici.

— Il n'y a rien à comprendre ! Des cinglés ont torturé des pauvres types, c'est tout !

Diana se passa la langue sur les lèvres. L'atmosphère était chargée de sel, comme saturée d'amertume. Elle repéra un autre espace au fond de la pièce, isolé à l'aide de paravents de métal. Elle obliqua dans cette direction et découvrit une table en acier inoxydable, des meubles de fer qui, tous, supportaient des bocaux éclatés par le gel. Elle s'avança. Ses pas crissaient sur les débris de verre. La buée jaillissait d'entre ses lèvres, créant autour d'elle un halo d'irréalité. Au fond des bocaux, il ne restait plus que des mares noirâtres, des organes brunis, embaumés par le froid et la solitude.

Elle commençait à saisir la logique de ce lieu. Chaque outil, chaque machine avait été pervertie de son but initial afin de pratiquer des séances de torture. Les salopards, n'obtenant aucun résultat par les méthodes traditionnelles d'étude, s'étaient transformés en bourreaux, tentant d'arracher des vérités par la souffrance, traquant au fond de la douleur et de la dissection une réalité qui leur échappait. Etait-ce ainsi qu'ils étaient parvenus à extirper les secrets des chamans tsevens ? Diane n'y croyait pas. Il était impossible que les parapsychologues aient acquis leurs facultés psi par des détours aussi violents, aussi absurdes. Même ici, il manquait un dernier maillon.

Elle repéra, près de la table d'opération, des blocs à roulettes, sur lesquels reposaient des pointes, des lames, des crochets. Ces objets oscillaient entre l'arme et l'instrument chirurgical. Leur manche, incurvé, était habillé de matériaux rares — ivoire, nacre, corne... — et travaillé de fines arabesques.

Diane s'immobilisa. On raconte que, parfois, lorsque la foudre frappe un homme, le phénomène est si rapide que la combustion n'a pas le temps de survenir. La victime ne brûle pas : elle est, littéralement, transie par le feu. Alors les fibres intimes de sa chair se souviennent à jamais de cette fulgurance, de cette possession. Diane se sentait exactement dans cet état. Autrefois, le tonnerre l'avait frappée, imprégnée d'une manière latente — voilà que l'arc de foudre se réveillait dans chaque interstice de son être.

Elle venait de reconnaître ces instruments ciselés. Ils appartenaient à son propre passé. Elle manqua s'évanouir et se rattrapa, in extremis, à la table. Giovanni se précipita :

— Ça ne va pas ?

Diane s'appuya, des deux mains, contre l'un des blocs de ferraille. Les outils acérés se répandirent sur le sol, parmi les débris de bocaux. Cliquetis de fer contre cliquetis de verre. Les scintillements dansèrent sous ses paupières battantes. Machinalement, l'Italien regarda les lames à terre et demanda :

— Qu'est-ce qu'il y a ?

— Je... je connais ces instruments, balbutia-t-elle.

— Quoi ! Que veux-tu dire ?

— On les a déjà utilisés sur moi.

Giovanni l'enveloppa d'un regard médusé et, en même temps, battu par l'épuisement. Diane hésita quelques secondes mais il était trop tard pour reculer.

— C'était en 1983, raconta-t-elle. Une nuit brûlante du mois de juin. J'allais avoir quatorze ans. Je rentrais d'un mariage, à pied, à travers les ruelles de Nogent-sur-Marne, dans la banlieue parisienne. Je marchais le long du fleuve quand on m'a agressée.

Elle s'arrêta et déglutit.

— Je n'ai presque rien vu, reprit-elle. Je me suis retrouvée sur le dos. Un homme cagoulé m'écrasait le visage, m'enfonçait des herbes dans la bouche, me déshabillait. J'étouffais, j'essayais de crier, je... je ne voyais que des saules, au loin, et les lumières de quelques maisons.

A bout de souffle, elle aspira profondément l'air empli de sel et asséchage plus encore sa gorge. Elle éprouvait pourtant un étrange soulagement. Jamais elle n'aurait cru que ces mots pouvaient franchir le seuil de ses lèvres. L'Italien se risqua à demander :

— Cet homme, qu'est-ce qu'il t'a fait ? Il t'a...

— Violée ?

Ses traits se brisèrent en un sourire.

— Non. Sur le coup, je n'ai senti qu'une intense brûlure. Quand j'ai relevé les yeux, il avait disparu. J'étais là, près du fleuve, en état de choc. Du sang inondait mes jambes... J'ai réussi à rentrer chez moi. J'ai désinfecté ma blessure. Je me suis pansée. Je n'ai pas appelé de médecin. Je n'ai rien dit à ma mère. Et j'ai cicatrisé. Beaucoup plus tard, en m'aidant de livres d'anatomie, j'ai compris ce que le salaud m'avait fait.

Elle s'arrêta. Elle mesurait maintenant l'atroce familiarité de ce souvenir. Malgré tous ses efforts, malgré toute sa rage à effacer l'horreur, elle avait vécu avec ce traumatisme chaque minute, chaque seconde de sa vie. Alors elle prononça les mots interdits — des galets chauffés à blanc dans sa bouche :

— Mon agresseur m'avait excisée.

Elle leva les yeux pour s'apercevoir que l'Italien était pétrifié, comme maintenu en joue par sa propre stupeur. Il prononça enfin :

— Mais... quel rapport peut-il y avoir avec le tokamak ? Avec ces instruments ?

Diane reprit d'une voix enrouée :

— Cette nuit-là, la seule chose que j'ai vue, c'est l'arme de mon agresseur, serrée dans sa main gantée. (Elle poussa du pied l'un des bistouris sur le sol.) C'était un de ces instruments : même manche d'ivoire, mêmes ciselures...

La raison de Giovanni parut se cabrer devant cette ultime énigme.

— C'est... c'est impossible, asséna-t-il.

— Tout est possible, au contraire. Et logique. Mon rôle dans cette affaire découle de cette première agression. A moins que ce ne soit le contraire : que mon agression n'ait été qu'un maillon de l'histoire, écrite sous le signe de cet anneau de pierre. Je suis née, en tant que femme, avec cette déchirure. Et c'est cette déchirure qui va peut-être nous révéler la clé de l'enquête.

Diane s'arrêta net.

Des applaudissements discrets venaient de retentir dans l'ombre de la salle.

67

L'homme qui apparut dans le halo de lumière n'affichait aucune trace de pilosité.

Sous une large chapka brune, ses tempes révélaient une absence totale de cheveux. Il ne possédait non plus ni cils ni sourcils. Seuls, sous la clarté des néons, brillaient les reliefs durs du visage. La proéminence des arcades, l'arête courbe du nez, et la peau intensément blanche. Le déclic de ces paupières nues rappelait le cillement implacable d'un rapace.

— J'admire votre puissance d'imagination, dit l'homme en français. Mais je crains que la vérité ne soit différente encore...

Le personnage tenait à la main un pistolet automatique, mi-noir, mi-chromé. Parmi toutes les raisons de s'étonner, Diane, pour l'instant, n'en retenait qu'une seule : la langue parlée par l'intrus, tout juste fléchie par un léger accent slave. Elle demanda :

— Qui êtes-vous ?

— Evgueneï Mavriski. Médecin. Psychiatre. Biologiste. (Il s'inclina avec ironie.) Diplômé de l'Académie des sciences de Novosibirsk.

Le Russe s'avança. Petit, tassé comme un stère de bois, il portait une vareuse grise à col de fourrure bouclé sur son cou épais. Il devait avoir la soixantaine mais son visage imberbe possédait une sorte d'intemporalité effrayante. Diane déclara — c'était à peine une question :

— Vous avez appartenu au laboratoire de parapsychologie ?

Mavriski opina de sa visière de fourrure.

— Je dirigeais le département consacré aux guérisseurs. L'influence de l'esprit sur la physiologie humaine. Ce que certains appellent aussi la bio-psychokinèse.

— Et vous étiez guérisseur vous-même ?

— A l'époque, je ne possédais que quelques maigres facultés, irrégulières, insaisissables. Comme chacun d'entre nous, d'ailleurs. En un sens, c'est ce qui a fait notre malheur...

Diane frémissait. Les questions battaient ses tempes.

— Comment êtes-vous parvenu à acquérir de vrais pouvoirs ?

En guise de réponse, d'autres crissements de verre retentirent. Une voix grave résonna :

— N'ayez crainte, Diane : vous méritez une explication détaillée.

Elle reconnut aussitôt l'homme qui franchissait l'orée de lumière : Paul Sacher, l'hypnologue du boulevard Saint-Germain.

— Comment allez-vous, jeune dame ?

Elle tentait désespérément d'ajuster ses pensées à la vitesse des événements. Mais, au fond, la présence de l'homme n'était pas si étonnante. Sacher avait le profil idéal pour appartenir au cercle des savants : tchèque, transfuge, spécialiste d'un versant occulte de la conscience humaine — l'hypnose. Elle comprenait aussi qu'il était celui qui l'avait précédée chez Irène Pandove, sans doute à la recherche d'Eugen Talikh. Quand la femme avait dit : « Les yeux... Je n'aurais pas pu leur résister... », elle évoquait le regard irrésistible de l'hypnologue.

Il vint se placer aux côtés de Mavriski. Il portait un bonnet blanc à mailles serrées, une parka bleu sombre et des gants en goretex. Il paraissait descendre des pistes de Val-d'Isère. Si ce n'est qu'il tenait, lui aussi, un pistolet-mitrailleur dans sa main droite.

Diane sentait ses tremblements revenir. La présence de Sacher lui évoquait irrésistiblement l'image de Charles Helikian. Son ancienne idée s'empara de son esprit. Le fumeur de cigares pouvait-il avoir appartenu à cette ronde infernale ? Avait-il effectué le voyage en quarante-huit heures ? Etait-il tout proche ? Ou déjà mort ?

Le médecin tchèque attaqua d'une voix neutre :

— Je me doute que vous connaissez maintenant les grandes lignes de notre histoire...

Diane éprouvait une étrange fierté à déployer ses connaissances. Elle raconta tout, certitudes et suppositions mêlées. Le site consacré à la parapsychologie initié par Talikh, en 1968. Le recrutement des spécialistes, à travers le bloc de l'Est, comprenant un ou plusieurs transfuges français. La perversion du laboratoire s'orientant peu à peu vers la torture et la souffrance. La rébellion de Talikh et son arrestation, effectuée avec la complicité des forces armées russes. Puis l'accident du tokamak, sans doute lié à l'absence de Talikh aux commandes. Alors le sauvetage des ouvriers par leurs frères avait révélé le secret de ces montagnes : la présence d'un peuple absolument pur, qui abritait dans ses rangs des chamans détenteurs d'une puissance supérieure.

Elle s'arrêta, à bout de souffle. Mavriski hochait lentement la tête, faisant scintiller sous les lumières sa face d'ivoire. Il ourla ses lèvres en signe d'admiration.

— Je vous félicite. Vous avez effectué un travail d'investigation... remarquable. A quelques détails près, les choses se sont passées ainsi.

— Quels détails ?

— L'accident du tokamak. Ce n'est pas de cette façon qu'il est survenu. Nos ingénieurs manquent de rigueur, c'est vrai, mais pas au point de déclencher par inadvertance une machine pareille. Même en URSS, les systèmes de sécurité étaient nombreux et fiables.

— Alors qui a mis l'engin en marche ?

— Moi. (Il désigna Sacher.) Nous. Notre équipe. Nous devions, absolument, nous débarrasser des ouvriers tsevens.

— Vous... vous avez fait ça ? Mais pourquoi ?

Sacher reprit la parole, d'un ton de censeur :

— Vous n'avez pas idée de la place qu'occupait Talikh dans le cœur de ces hommes. Il était leur maître. Leur dieu. Quand ils ont su que nous l'avions emprisonné, ils ont tout de suite projeté de le libérer par la force. Nous n'avions pas besoin d'une rébellion à ce moment-là. Comment vous expliquer ? Nous sentions la présence d'un pouvoir, ici, dans ce laboratoire. Nous nous sentions au bord d'une immense découverte. Nous devions, absolument, poursuivre nos recherches...

— Et vous avez eu peur de quelques ouvriers désarmés ?

Mavriski sourit.

— Je vais vous raconter une anecdote. En 1960, l'Armée russe a atteint les confins de la Mongolie et forcé chaque ethnie à la collectivisation. Vous le savez : plutôt que de livrer leurs bêtes, les Tsevens ont préféré les tuer eux-mêmes. Les officiers soviétiques étaient sidérés. Ils ont découvert un matin des milliers de rennes éventrés, jonchant la plaine. Quant aux Tsevens, ils avaient disparu. Les troupes ont mené des recherches, en pure perte. Ils ont conclu que les nomades avaient fui dans les montagnes. Autrement dit, qu'ils avaient choisi la mort. C'était l'hiver, nul n'aurait pu survivre dans la toundra à cette époque de l'année, sans viande ni bétail. Les soldats sont repartis, pensant que les montagnes serviraient de tombeau aux Tsevens. Ils se trompaient. Les nomades n'avaient pas fui. Ils s'étaient simplement cachés, sous leurs yeux.

Diane sentait son cœur s'accélérer.

— Où ?

— Dans les rennes. Dans le corps des rennes éventrés. Hommes, femmes, enfants s'étaient glissés parmi les viscères des bêtes, en attendant que les « Blancs » décampent. Croyez-moi, il y a tout à craindre d'un peuple capable de tels actes.

Chaque fait sonnait avec une justesse implacable. Diane songeait à la technique des meurtres : un bras plongé dans les entrailles de la victime. Tout était lié. Tout était dans tout. Elle saisissait une autre vérité.

— En 1972, clama-t-elle, vous avez utilisé le tokamak comme une machine meurtrière. Et vous avez recommencé, hier, pour m'éliminer, moi.

Le Russe hocha lentement la tête.

— Il suffisait d'ouvrir le barrage du torrent pour actionner les turbines et les alternateurs. Au moment où l'électricité a jailli, j'ai simplement libéré les résidus de tritium. La chambre était toujours sous vide : l'irradiation était assurée.

— Pourquoi ne pas m'avoir abattue simplement ?

— Notre histoire s'est écrite sous le signe du cercle. Nous avons tué grâce au tokamak. Il m'a semblé logique de l'utiliser une nouvelle fois.

— Vous n'êtes que des assassins.

Diane lança un bref regard à Giovanni. Il avait l'air abasourdi et, en même temps, captivé par cette déferlante d'informations. Tous deux le savaient : ils allaient mourir. Pourtant ils ne songeaient qu'à une chose : connaître la suite de l'histoire.

L'hypnologue reprit le fil du récit :

— Dès le lendemain de l'accident, nous avons verrouillé l'espace irradié et repris nos expériences. C'est alors qu'un prodige est survenu. Des soldats chargés de surveiller les entrepôts où avaient été placés les survivants ont constaté des guérisons miraculeuses.

Diane lui vola la parole :

— Vous avez alors compris qu'en provoquant cet accident vous aviez forcé des chamans tsevens à sortir de leur repaire. Que la vallée abritait des forces comme vous n'auriez jamais osé en espérer. Que les pouvoirs que vous traquiez, en important de vieux chamans des quatre coins de la Sibérie, se trouvaient là, à quelques pas de votre laboratoire, à un degré de pureté extraordinaire.

Sacher daigna sourire.

— C'est toute l'ironie de notre histoire. Nous avons pu arrêter les sorciers alors qu'ils remontaient dans leurs montagnes, avec leurs « patients ». Nous étions convaincus que, grâce à eux, nous allions enfin percer les secrets d'une autre réalité. Les secrets de l'univers psi.

Diane ferma les yeux. Elle était parvenue sur le seuil ultime.

— Comment avez-vous volé leurs pouvoirs ? demanda-t-elle

C'est la voix de Mavriski qui répondit, tremblante d'exaltation :

— Ce sont les deux Français.

Elle rouvrit les paupières. Elle ne s'attendait pas à cette réponse.

— Quels Français ?

Sacher reprit le flambeau, un ton plus bas :

— Maline et Sadko : c'étaient leurs patronymes

russes. Deux transfuges psychologues, qui partageaient nos idéaux. Jusqu'ici, ils nous avaient suivis dans nos travaux sanglants, mais d'une manière plutôt passive. Quand les sorciers tsevens sont arrivés, ils nous ont proposé une autre technique d'étude.

— Quelle technique ?

— C'était l'idée de Sadko : puisque le pouvoir de ces chamans était purement mental, il n'y avait qu'une seule façon de découvrir leurs secrets. Pénétrer dans leur esprit. Les étudier... de l'intérieur.

— Comment ?

Le Russe dodelina de la tête.

— Il nous fallait devenir chamans nous-mêmes.

Mavriski ressemblait à un marin dément qui aurait quitté les rives de la raison. Sacher enchaîna sur un ton plus apaisé :

— Telle était l'idée des Français : nous devions nous initier aux rites tsevens. Nous devions devenir sorciers, afin de passer de l'autre côté de la conscience. Sadko insistait. C'était le moment ou jamais de tenter le grand passage.

Diane était prête à assimiler cette folie. D'une certaine façon, c'était l'explication la plus plausible. Mais la logique des événements lui échappait encore. Elle interrogea :

— Comment pouviez-vous espérer être initiés par les chamans prisonniers ? Comment pouviez-vous espérer que ces hommes vous révéleraient leurs secrets ?

— Nous avions un intercesseur.

— Qui ?

— Eugen Talikh.

Diane éclata d'un rire dément.

— Talikh ? Que vous aviez emprisonné ? Dont vous aviez tué les frères ?

Mavriski avança encore. Il n'était plus qu'à

371

quelques centimètres — elle pouvait détailler le moindre relief de son faciès d'aigle.

— Vous avez raison, dit-il d'une voix tout à coup très calme. Ce salopard n'aurait jamais accepté de négocier avec nous. Nous avons dû utiliser une autre méthode.

— Quelle méthode ?

— La méthode douce.

— Quelle méthode douce ?

L'homme poursuivait son propre fil :

— Et c'est Sadko qui a assuré ce rôle.

— Qu'est-ce que vous racontez ? Comment Sadko aurait-il pu amadouer Talikh ?

Mavriski recula. Ses arcades se haussèrent brusquement en une expression de surprise. Il dit, d'un ton amusé :

— Je m'aperçois que j'ai omis de vous livrer un détail essentiel.

Diane hurla. Sa rage se débattait contre le froid, sa raison contre la démence.

— QUEL DÉTAIL ?

— Sadko était une femme.

Diane répéta, crucifiée de stupeur :

— Une... une... une femme ?

Des pas retentirent sur sa droite. Diane se tourna vers la zone d'ombre, au-delà des néons. Au fil de son aventure, elle avait démontré sa force, son intelligence, son sang-froid. Pourtant, en cet instant, elle redevint la grande fille voûtée, malhabile, hésitante, de son adolescence.

Elle demanda à l'intention de la silhouette qui se profilait dans la lumière :

— Maman ?

68

Elle ne lui avait jamais semblé aussi belle.

Elle portait une tenue blanche d'après-ski d'une grande marque italienne. Pas une ombre, pas un faux pli dans cette élégance acrylique. C'est à hauteur de visage que Diane repéra les failles. Sous son bonnet rouge, les mèches blondes de sa mère paraissaient presque blanches, vidées de couleur et de vie. Et ses yeux, toujours si clairs, si bleus, ressemblaient maintenant à des cloques de glace. Diane aurait aimé trouver une réplique à la hauteur de la situation mais elle ne put que répéter :

— Maman ? Qu'est-ce que tu fais là ?

Sybille Thiberge répondit d'un sourire :

— C'est l'histoire de toute ma vie, ma chérie.

Diane vit qu'elle braquait, comme les deux autres, un pistolet automatique. Elle reconnut le modèle : un Glock, comme celui qu'elle avait utilisé à la fondation Bruner. Inexplicablement, elle puisa dans ce détail de nouvelles forces. Elle ordonna :

— Raconte. Tu nous dois la vérité.

— Vraiment ?

— Oui. Pour la simple raison que nous sommes parvenus jusqu'ici pour l'écouter.

Sourire. Cette fêlure si lisse, si familière, que Diane exécrait depuis l'adolescence.

— C'est vrai, admit Sybille, mais je crains qu'on n'en ait pour un moment...

Diane embrassa la salle d'un seul regard : les chaînes, les sarcophages, la table chirurgicale.

— La nuit est à nous, non ? Je suppose que votre expérience ne commencera qu'au lever du jour.

Sybille acquiesça. Les deux Slaves l'entouraient maintenant. Leur haleine se résolvait en fines parcelles de cristal. La chapka brune de l'un et le bonnet blanc de l'autre scintillaient de givre. Le spectacle de ces deux hommes immobiles, entourant sa mère, atteignait une perfection effrayante. Mais ce n'était pas cela qui clouait Diane : c'était le regard d'adoration que les tortionnaires lui accordaient.

— Je ne suis pas sûre que tu comprennes l'essence de mon destin, reprit Sybille. Ses motivations. Ses raisons primordiales.

— Et pourquoi pas ?

Sybille jeta un regard distrait à Giovanni puis revint planter ses yeux dans ceux de sa fille.

— Parce qu'il s'agit d'une époque que tu ignores. D'un souffle dont tu n'as même pas idée. Votre génération n'est qu'une gangue vide, une souche morte. Pas de rêves, pas d'espoirs, pas même de regrets. Rien.

— Qu'est-ce que tu en sais ?

La mère continuait, comme pour elle seule :

— Vous vivez dans l'ère de la consommation, du matérialisme doré. Vous n'êtes plus obsédés que par votre petit nombril. (Elle soupira.) Après tout, vous tenez peut-être ce manque d'imagination de notre propre flamme. Nous avons été si passionnés, si exaltés, que nous vous avons tout pris...

Diane sentait monter en elle une colère familière.

— De quoi parles-tu ? Quel rêve avons-nous manqué ?

Il y eut un temps d'arrêt. Un silence empli d'étonnement, comme si sa mère mesurait un gouffre dans l'ignorance de sa fille. Puis elle articula, ses lèvres s'arrondissant en une courbe de respect :

— La révolution. Je te parle de la révolution. La fin des inégalités sociales. Le pouvoir du prolétariat. Les biens enfin rendus à ceux qui maîtrisent les moyens de production. La mort de l'exploitation de l'homme par l'homme !

Diane était frappée de stupeur. Ainsi, la clé de

voûte de l'édifice, le nombre d'or du cauchemar, tenait en quatre syllabes. Le débit de sa mère s'accéléra :

— Oui, ma petite fille. La révolution. Ce n'était pas une illusion. C'était une colère, une évidence. Il était possible de renverser le système qui structurait nos sociétés, qui aliénait nos esprits. Nous pouvions libérer l'homme de sa prison sociale et mentale. Créer un monde de justice, de générosité, de lucidité. Qui pourrait prétendre que ce rêve n'était pas le plus grand, le plus merveilleux de tous ?

Diane ne pouvait croire que c'était la bourgeoise du boulevard Suchet qui parlait. Elle tentait d'associer ces paroles à une réalité qu'elle aurait connue jadis. Mais jamais elle n'avait entendu sa mère parler de communisme, ni même de politique. Elle renonça à chercher. La réponse allait venir. La réponse était toute l'histoire :

— En 1967, j'avais vingt et un ans. Je suivais une licence de psychologie à la faculté de Nanterre. Je n'étais encore qu'une petite-bourgeoise, mais je me dévouais corps et âme à mon époque. J'étais passionnée par le communisme et par la psychologie expérimentale. J'espérais, avec la même ferveur, me rendre à Moscou pour m'imprégner des préceptes du socialisme et étudier sur le campus de Berkeley, aux Etats-Unis, où des chimistes plongeaient dans des zones inexplorées du cerveau grâce au LSD ou à la méditation.

»Mon héros s'appelait Philippe Thomas. Il était un des professeurs de psychologie les plus réputés de Nanterre mais aussi une figure marquante du parti communiste. Je suivais tous ses cours. Il me paraissait magnifique, immatériel, inaccessible...

»Lorsque j'ai appris qu'il cherchait des sujets pour passer des tests dans son laboratoire de psychologie, à l'hôpital de Villejuif, je me suis portée volontaire.

Thomas travaillait alors sur l'inconscient et l'émergence des facultés paranormales. Il avait initié une série d'études parapsychologiques, dans la lignée de celles que pratiquaient certains hôpitaux américains. Dès le début 68, j'ai commencé à me rendre à Villejuif. Cela a été une déception : les tests étaient fastidieux — il fallait deviner, pour l'essentiel, la couleur de cartes cachées — et Thomas ne venait jamais dans cette unité.

»Pourtant, plusieurs mois plus tard, le maître en personne m'a convoquée. Mes résultats étaient statistiquement significatifs. Thomas m'a proposé d'initier une série d'examens plus soutenus, avec lui-même dans le rôle de l'expérimentateur. Je ne sais, à ce moment, ce qui m'a causé le plus grand choc : le fait d'apprendre que j'étais une médium ou que j'allais passer des semaines dans l'intimité de mon idole.

»Je me suis lancée à fond dans ces travaux. Je savourais toutes ces heures vécues près de celui que j'appelais désormais Philippe. Pourtant son attitude m'inquiétait. J'avais l'impression qu'il traquait en moi une force, un phénomène qui le fascinait. Bientôt j'ai compris qu'il pensait posséder lui-même une faculté. Non un pouvoir de perception extrasensorielle, mais un pouvoir de psychokinèse. Il se croyait capable d'influencer la matière à distance — notamment les métaux. En fait, il avait dû parvenir, une fois ou deux, à ce résultat, mais il était incapable de provoquer cette faculté sur commande. Peu à peu, cette vérité m'est apparue : il était jaloux de mes dons.

»Les événements de mai 68 ont éclaté. Philippe et moi sommes devenus amants sur les barricades. J'éprouvais la sensation de caresser la chair d'un rêve, d'un idéal qui se révélait avoir un corps. Mais une houle de terreur s'est aussitôt levée entre nous. A la faveur d'un seul regard, durant les secondessiècles où il a joui en moi, j'ai vu dans ses yeux briller l'éclat de la haine.

»Je n'ai saisi que plus tard ce qui arrivait. Thomas était un être de théorie. Un personnage qui se rêvait lui-même comme un flux d'idées, d'aspirations supérieures, de forces spirituelles. Or, je l'avais rappelé à sa réalité ordinaire : il n'était qu'un homme, possédé par mon corps. A ses yeux, je devenais l'instrument de sa propre chute, de sa propre déchéance. Un objet de maléfice.

»Il n'a fallu que quelques semaines pour que l'insurrection s'achève. Les ouvriers ont repris leur travail et les étudiants sont rentrés dans le rang. Thomas a fait son deuil de toute action révolutionnaire en Europe. Certains de nos camarades, écœurés, ont abandonné le combat politique, d'autres au contraire sont entrés dans la lutte armée — le terrorisme. Philippe a conçu un autre projet : passer à l'Est. Rejoindre les terres communistes, éprouver le système qu'il avait si longtemps défendu. En réalité, il voulait surtout intégrer les laboratoires de parapsychologie russes. Il était persuadé qu'il parviendrait, là-bas, à susciter son propre pouvoir psychokinétique. Son problème était qu'il n'avait rien à offrir aux Soviétiques. Pour franchir le Rideau de fer, à cette époque, il fallait démontrer son utilité pour le système. Thomas a alors compris qu'il tenait une monnaie d'échange : moi.

»Sous prétexte d'un voyage officiel à Moscou, nous nous sommes rendus plusieurs fois à l'ambassade d'URSS. Thomas connaissait plusieurs responsables diplomatiques. C'est dans un de ces bureaux gris, aux voilages crasseux, que nous nous sommes livrés à des tests parapsychologiques. Thomas a échoué mais j'ai obtenu des résultats d'exception. Les Russes ont d'abord cherché à démasquer l'astuce, puis ils ont compris qu'ils se trouvaient devant le

377

sujet psi le plus puissant qu'ils aient jamais rencontré. Dès ce moment, les choses se sont précipitées.

»Il ne faisait aucun doute que je suivrais Philippe. Même si son état mental ne cessait de décliner. En une seule année, il avait dû séjourner deux fois en clinique. Il ne cessait d'osciller entre des phases maniaques et dépressives. Il était obsédé par la douleur, la violence, le sang. Malgré cela — peut-être même à cause de cela —, je l'aimais plus encore.

»En janvier 69, nous avons assisté à un congrès sur les sciences cognitives à Sofia, en Bulgarie. Des hommes du KGB nous ont contactés et nous ont donné des papiers d'identité soviétiques, aux noms de Maline et Sadko. C'était brutal, sombre, inquiétant : c'était tout ce que nous attendions. Quarante-huit heures plus tard, nous étions en URSS.

»Dès notre arrivée, la déception a été complète. Nous pensions être accueillis comme des héros : on nous traitait comme des espions. Nous avions rêvé d'un monde égalitaire. On ne découvrait ici qu'un univers d'injustice, de tricherie, d'oppression.

»La rancœur de Philippe s'est reportée sur moi. Il est devenu irascible, cruel. Plus que jamais il me désirait, et ce désir était pour lui une humiliation permanente. Le matin, quand je me réveillais, je découvrais des entailles sur ma peau. C'était Philippe lui-même qui me blessait, pendant mon sommeil, à l'aide des aiguilles et des lames qu'il utilisait pour ses expériences psychokinétiques.

»Je déclinais à vue d'œil. Les tortures de Thomas, le froid, la malnutrition, l'isolement — et les tests psi auxquels je devais me soumettre chaque jour dans des laboratoires malpropres : tout contribuait à me détruire. Je perdais la tête. Je perdais mon corps. Et je ne possédais même plus ce qui avait constitué jusqu'à ce jour mon identité de femme : je n'avais plus de sang. Depuis plusieurs semaines, je savais que j'étais enceinte.

»En mars 69, les hommes du Parti nous ont annoncé notre transfert dans un laboratoire situé à huit mille kilomètres de Moscou, quelque part en Mongolie. Cette nouvelle perspective m'a pétrifiée. Philippe, au contraire, a repris confiance. Quand je lui ai révélé que j'attendais un enfant, il m'a à peine écoutée. Il ne voyait qu'une chose : nous étions mutés dans l'institut le plus secret de l'Empire soviétique. Nous allions enfin pouvoir travailler sur les phénomènes paranormaux, profiter des connaissances des Russes dans ce domaine.

»Je savais que mon accouchement à Moscou ne serait pas un sommet de technologie, mais je ne m'attendais pas à ce degré de barbarie, de violence. J'étais trop épuisée pour accoucher normalement. Je ne parvenais pas à contracter les muscles de mon diaphragme, de mon abdomen. La dilatation du col utérin ne s'effectuait pas assez largement. Les infirmières, affolées, ont appelé le médecin de garde qui est arrivé complètement ivre. Son haleine chargée de vodka était plus forte que les effluves d'éther qui planaient dans la salle. Et cet ivrogne, avec ses gestes tremblants, a alors utilisé les forceps.

»Je sentais ses instruments de métal qui m'écartaient, m'écorchaient, me blessaient jusqu'au fond de mes entrailles. Je hurlais, je me débattais et lui replongeait dans mon ventre, avec ses crochets de fer. Il a enfin opté pour une césarienne. Mais l'anesthésie n'a eu aucun effet sur moi. Les produits étaient périmés.

»Il n'y avait plus qu'une solution : pratiquer l'opération à vif. Ils m'ont ouvert le ventre alors que j'étais toujours consciente. J'ai senti l'effroyable brûlure de la lame, puis j'ai vu mon sang éclabousser les blouses et les murs, je me suis évanouie. Quand je me suis réveillée, douze heures plus tard, tu reposais à côté de moi, dans un berceau en plastique. Je ne savais pas encore que l'opération m'avait rendue stérile, mais cette nouvelle m'aurait comblée de joie. A ce moment, si je n'avais pas été trop faible pour bouger, je t'aurais projetée de toutes mes forces contre le carrelage.

Le « tu » mortifia Diane. Telle avait donc été son entrée dans le monde. Par les portes du sang et de la haine. Voilà enfin une vérité qui la concernait : elle était la fille de deux monstres : Sybille Thiberge et Philippe Thomas. Elle ressentit une étrange chaleur, une sorte de bienfaisance. A travers ce chaos, elle ne voyait qu'une vérité : elle avait échappé à leur atavisme. Elle avait traversé le déterminisme génétique comme un voile léger, un rideau sans effet. Déséquilibrée, foldingue, bizarre, peut-être : mais en aucun cas elle ne ressemblait à ces deux bêtes sauvages.

Sa mère reprenait déjà :

— Nous sommes partis pour la Mongolie deux mois plus tard, durant l'automne 1969. J'ai découvert le froid absolu. J'ai découvert l'immensité du continent, qui pouvait déployer, durant vingt-quatre heures, la même forêt, sans que rien ni personne n'apparaisse jamais. Les gares lézardées par le gel ressemblaient à des camps militaires. Tout était kaki, hostile, jalonné de vareuses et de kalachnikovs. Tout semblait ligoté par les câbles télégraphiques ou les fils barbelés. J'avais l'impression de m'enfoncer dans un goulag sans fin.

»Je me souviens encore du bruit des wagons qui s'entrechoquaient, du claquement inlassable des rails. C'était comme une respiration d'acier, qui relayait mon propre souffle. Moi-même j'étais devenue une femme de métal, constituée d'un alliage implacable. Métal des instruments qui avaient fourragé dans mon ventre. Métal qu'utilisait Philippe pour me mortifier chaque nuit. Métal que je conservais toujours, maintenant, sur moi, pour me défendre de lui et des autres. Je n'éprouvais plus qu'un désir inextinguible de vengeance. Et je le savais — mon intuition psi me le soufflait : au bout de la taïga, je parviendrais à réaliser ma vengeance.

69

La chaleur des néons ne suffisait plus à contrecarrer la morsure du froid. Diane sentait ses membres s'engourdir, se paralyser. Allait-elle tenir jusqu'à la fin de l'histoire ? Jusqu'à l'aube ?

Mavriski et Sacher ne bougeaient pas. Ils écoutaient les paroles de Sybille Thiberge comme un véritable discours des origines. Leurs visages étaient empreints d'une gravité de statue. Seuls, leurs yeux scintillaient sous les crêtes de givre des chapeaux. Diane songeait à ces animaux de pierre qui surveillent le seuil des temples chinois.

La mère maudite reprit :

— Lorsque nous sommes arrivés dans le tokamak, les parapsychologues avaient déjà perverti leurs travaux. Thomas a tout de suite été séduit par la cruauté de ces manipulations. Moi j'y voyais simplement une nouvelle étape dans ma propre malédiction. Je vivais tout cela avec une froide indifférence.

»Pourtant, quand ils ont arrêté les chamans tsevens, j'ai décidé d'agir. En deux années, le rapport de force s'était totalement inversé entre les autres chercheurs et moi. Malgré leur folie, malgré leur cruauté, ils étaient tombés, l'un après l'autre, amoureux de moi. C'est moi qui leur ai appris le français.

Moi qui recueillais leurs confidences alcoolisées. Moi encore qui leur offrais quelques parcelles de tendresse. Ils m'adoraient, me vénéraient, et me respectaient plus que tout dans cet enfer.

Diane imaginait ces tortionnaires slaves. Sa mère lui apparut comme une Gorgone démente.

— Je les ai convaincus qu'ils ne parviendraient à rien avec leurs méthodes sanguinaires, que le seul moyen d'accéder à ces pouvoirs était de nous initier, à notre tour. Je savais comment persuader Talikh de nous aider...

Diane l'interrompit brutalement :

— Je n'y crois pas. Vous tuez des sorciers sibériens, vous mettez Talikh en taule, vous brûlez tous ses frères, et il suffirait que tu viennes lui faire les yeux doux dans sa cellule pour qu'il exécute tes ordres ? Ton histoire est bidon.

Les traits de Sybille se crispèrent.

— Tu sous-estimes mes charmes, ma chérie. Mais c'est vrai : j'avais tort. A ce moment, Eugen possédait déjà un autre plan.

— Quel plan ?

— Sois patiente. Respecte la chronologie de l'histoire.

Paul Sacher reprit la parole. Il était l'homme de la précision :

— A la fin du mois d'avril, nous avons libéré Talikh et les chamans tsevens. Ils étaient neuf. Nous nous sommes réunis ici même, dans cette salle. Je les revois encore. Leurs visages amaigris, leur peau dure comme l'écorce, leurs deels noires et usées. A nous tous, nous avons fermé le cercle. Le concile a pu commencer.

— Le concile ?

Sybille précisa :

— L'*iluk*, en langue tsévène. Un conseil religieux, comme les réunions des évêques du Vatican, sauf qu'ici il s'agissait de chamans. Les chamans les plus puissants de Mongolie et de Sibérie. Nous nous tenions dans une couronne de pierre : les Tsevens ont baptisé notre rencontre le « concile de pierre ».

L'ethnologue se réveilla en Giovanni, qui demanda :

— L'initiation, comment s'est-elle déroulée ?

Sybille enveloppa l'Italien d'un regard méprisant.

— Acquérir un secret, c'est passer de l'autre côté d'une ligne. Le révéler, c'est revenir en deçà. Nous avons été guidés par les chamans dans la forêt. Progressivement, nous avons quitté les habitudes des hommes, nous avons oublié la parole, nous nous sommes nourris de chair crue. La taïga nous a alors pénétrés, déchirés, détruits. L'expérience a été une véritable mort mais, au terme de l'épreuve, nous sommes revenus à la vie, les mains chargées du pouvoir.

Diane demanda :

— Quel pouvoir au juste ?

— L'initiation nous a permis d'approfondir le don que nous possédions déjà, jusqu'à son paroxysme.

Elle recommençait à trembler. Le froid et la vérité s'injectaient dans son sang. Elle savait qu'à ce stade physique le corps perd un degré toutes les trois minutes. Allaient-ils tous mourir de froid ? Elle questionna encore :

— Qu'avez-vous fait des chamans tsevens ?

Mavriski s'inclina, adoptant une expression de faux repentir.

— Nous les avons tués. Notre histoire était l'histoire de l'infamie. L'histoire d'un pouvoir et d'une ambition sans limites. Nous voulions être les seuls à posséder ces secrets.

— Et Talikh ? hurla Diane.

Sacher répliqua :

— Il n'était plus temps de nous battre entre nous. Les commissaires du Parti arrivaient, avec de nouvelles troupes, pour enquêter sur l'accident nucléaire. Seule Suyan, la sorcière qui t'a sauvée, nous a échappé.

Diane s'adressa à sa mère :

— Toi et Thomas : comment êtes-vous rentrés en France ?

— Le plus simplement du monde. Après nous être fait oublier quelque temps à Moscou, nous avons réussi à contacter l'ambassade de France. Il nous a suffi de jouer aux transfuges repentis.

— Et les Russes vous ont laissés partir ?

— Deux parapsychologues français, issus d'un laboratoire qui n'avait pas donné l'ombre d'un résultat. Dans l'URSS de Brejnev, il y avait d'autres chats à traquer.

Diane imagina la suite à haute voix :

— Alors vous êtes revenus dans votre pays d'origine, anonymes parmi les anonymes, comme van Kaen, Jochum, Mavriski, Sacher... Durant toutes ces années, vos facultés psi vous ont permis d'accéder au pouvoir, à la fortune.

Sybille ricana. Ses yeux paraissaient voilés de fièvre.

— Tu ne comprendras jamais ce que nous possédons, ce que nous abritons en nous-mêmes. La réalité matérielle n'a aucune importance à nos yeux. Nous ne nous sommes jamais intéressés qu'à nos propres facultés. Ces mécanismes merveilleux qui sont à l'œuvre dans notre esprit, que nous pouvons scruter, observer, manipuler selon notre volonté. Souviens-toi : il n'y a qu'une seule façon d'étudier les facultés psi — les posséder. Tu ne pourras jamais envisager de tels horizons.

Diane répondit avec lassitude :

— Au fond, peu importe. Mais il y a une dernière énigme.

— Laquelle ?

Elle ouvrit les mains. Les engelures commençaient à lui ronger l'extrémité des doigts. Elle comprit à ce signe que son cœur ralentissait déjà ses battements et n'irriguait plus sa peau et ses membres.

— Pourquoi revenez-vous ici, aujourd'hui ?

— A cause du duel.

— Le duel ?

La femme au bonnet rouge esquissa quelques pas. Elle semblait insensible au froid. Du bout de son gant, elle caressa l'un des instruments chirurgicaux, demeurés sur la table en fer, puis déclara :

— Le concile nous a légué des pouvoirs. En retour, nous devons suivre ses règles jusqu'au bout.

— Quelles règles ? Je ne comprends rien.

— Depuis des temps immémoriaux, les sorciers tsevens s'affrontent ici et mettent en jeu leurs pouvoirs. Le vainqueur de chaque affrontement remporte le pouvoir de l'autre. Nous avons toujours su qu'un jour nous serions obligés de nous battre, de miser nos pouvoirs dans cette vallée. Le signal a retenti. Nous sommes venus pour nous affronter.

Diane et Giovanni se regardèrent. Durant le voyage en cargo, l'ethnologue lui avait raconté : « Les chamans de chaque clan devaient se rendre dans des lieux secrets et s'affronter, sous la forme de leur animal fétiche... »

Eblouissement.

Effroi.

Ces initiés étaient des Faust.

Ils avaient pactisé avec les esprits et devaient maintenant payer le prix de leur initiation — se soumettre à la loi de la taïga. La loi du combat.

70

Si on admettait ce postulat, tout coïncidait. Si ces chamans s'apprêtaient à s'affronter sous la forme symbolique d'un animal, alors, d'une certaine façon, leur duel constituait une chasse. Tout devait donc se dérouler comme dans les anciennes chasses tsévènes.

Il fallait que ce duel soit annoncé et guidé par des Veilleurs.

Voilà pourquoi ces sorciers modernes avaient recueilli les enfants de la taïga. Voilà pourquoi ils avaient attendu que la date fatidique s'inscrive sur leurs doigts brûlés, à l'occasion d'une transe. Tel était le rite. Telle était la loi. Le Veilleur devait leur livrer le jour du duel, le jour du retour.

Un autre fait répondait parfaitement à la symbolique animale. Eugen Talikh tuait ses victimes en leur broyant le cœur, de l'intérieur. Il utilisait la méthode consacrée en Asie centrale pour tuer les bêtes.

Soudain, les pensées de Diane prirent un nouveau tour. Elle songeait aux particularités de comportement des initiés. Patrick Langlois lui avait révélé que Rolf van Kaen séduisait les femmes en chantant des airs d'opéra. Il avait même précisé que ce chant envoûtait tout le personnel féminin de l'hôpital. Diane se souvenait aussi de cette réflexion de Charles Helikian à propos de Paul Sacher : « Méfie-toi : c'est un dragueur. Quand il enseignait, il s'appropriait toujours la plus jolie fille de la classe. Les autres n'avaient le droit que de fermer leur gueule. Un vrai chef de meute. »

L'attitude face au sexe était un formidable révélateur de la psychologie profonde d'un homme. Ces apprentis sorciers ne faillaient pas à la règle. Diane venait d'acquérir cette certitude : ces hommes, dans leur possession, avaient adopté les comportements de certains animaux.

Et pas n'importe quels animaux.

Chez van Kaen, Diane l'éthologue reconnaissait la conduite spécifique des cervidés. Elle songeait au brame. Les cerfs, les rennes, les caribous étaient les seuls mammifères à pouvoir déclencher l'excitation sexuelle chez la femelle grâce à leur cri. Aussi hallucinant que cela puisse paraître, l'Allemand se comportait, en séduisant par le chant, comme un renne.

Quant à Sacher, Helikian avait livré la clé de son attitude : un chef de meute. Oui, un homme qui s'appropriait la plus belle créature de ses classes et qui dominait tous les autres pouvait être comparé à un loup. A un « alpha », comme on appelait le mâle dominateur de la harde, qui fécondait la femelle et n'admettait de la part des autres membres que respect et soumission.

Puis Diane songea au piège de Philippe Thomas. Un piège soigneusement préparé, fondé sur l'hypnose et la dissimulation, reposant sur une infinie patience et une intervention foudroyante. Une telle technique lui rappelait une autre espèce animale : les serpents, qui capturaient leurs proies, dressés sur leur queue, grâce à la fixité de leur regard aux paupières non mobiles.

Depuis leur initiation, depuis qu'ils étaient « morts » pour renaître à la vie sauvage, parrainés par l'esprit d'un animal fétiche, ces hommes chamans avaient adopté le comportement de leur « maître ». Ils étaient possédés par leur propre totem.

Le renne pour van Kaen.

Le loup pour Paul Sacher.

Le serpent pour Philippe Thomas.

Une nouvelle révélation explosa alors dans son esprit. Elle se rappelait tout à coup d'autres faits, d'autres détails. Des indices physiques qu'elle avait assimilés, par erreur, à des symptômes d'irradiation nucléaire, mais qu'elle pouvait maintenant analyser d'un tout autre point de vue.

Rolf van Kaen souffrait d'une atrophie de l'estomac qui le forçait à ruminer sa nourriture. Le policier avait présenté ce phénomène comme un handicap, une anomalie inexplicable. Diane supposait maintenant l'inverse : van Kaen s'était sans doute forcé, durant des années, à régurgiter ses aliments jusqu'au moment où sa morphologie s'était adaptée à cette habitude insensée. Alors son estomac s'était déformé. Son corps s'était modifié — et il s'était mis à ressembler, au sein même de ses entrailles, à son mentor sauvage : LE RENNE.

Diane conservait aussi un souvenir précis de la séance d'hypnose chez Paul Sacher. Dans la pénombre, elle avait surpris, au fond des yeux de l'homme, un reflet inattendu, pailleté — comme celui que décochent les rétines du loup, dotées de plaquettes qui amplifient la lumière. Comment expliquer cette particularité ? Des verres de contact ? Une déformation naturelle à force d'avoir scruté les ténèbres ? Sacher tenait là en tout cas son attribut, son point de ressemblance avec son totem : LE LOUP.

Philippe Thomas présentait un exemple plus évident encore. Elle n'avait pas oublié le corps pelucheux et ses peaux mortes, dans la salle de bains de bronze. Par sa seule force mentale, le conservateur avait réussi à contracter une maladie psychosomatique : un eczéma qui lui asséchait la peau au point de renouveler régulièrement son épiderme, à la manière d'une mue. A force de volonté, d'obsession, il était devenu LE SERPENT.

Sidérée, elle continuait à remonter cette logique. Elle revoyait maintenant le corps abominable d'Hugo Jochum, marqué d'innombrables taches brunes. Le vieux géologue avait dû provoquer cette maladie dermatologique en s'exposant régulièrement au soleil. Son but : obtenir le corps tacheté d'un fauve. Comme LE LÉOPARD.

Quelles étaient les idoles sauvages de Mavriski, de Talikh ? A qui s'efforçaient-ils de ressembler ? Un coup d'œil vers le Russe lui fournit la réponse. Le visage imberbe mettait en évidence son nez busqué, à la manière d'un bec. Ses paupières privées de cils accentuaient le déclic du cillement. En se rasant totalement le visage, cet homme avait flatté sa similitude naturelle avec un rapace. Evgueneï Mavriski était L'AIGLE.

Brusquement la voix de sa mère retentit :

— Je vois que ma petite Diane n'est plus avec nous. Tu rêves, ma chérie ?

Diane frissonnait, mais elle sentait son sang revenir dans ses membres. Elle parvint à balbutier :

— Vous... vous prenez pour des animaux.

Sybille brandit la lame à poignée de nacre et la fit briller à la lumière. Elle prit un ton de comptine d'enfant :

— Tu brûles, ma chérie, tu brûles. Mais si je suis un animal, as-tu deviné lequel ?

Diane s'aperçut que, malgré elle, elle avait exclu sa mère du cercle infernal. Elle appela les souvenirs qui concernaient la vie intime de Sybille. Elle ne voyait rien. Pas un geste, pas une manie, pas un signe physique qui pouvait lui rappeler, même de loin, un animal. Rien qui lui indiquât l'identité de l'idole, sauf...

Tout à coup, une série d'indices l'aveugla.

Sa mère léchant ses doigts maculés de miel.

Sa mère rangeant patiemment ses pots d'apiculteur.

Sa mère et ses fameuses pilules de gelée royale.

Le miel.

Elle avait le goût du miel dans le sang. Dans le corps. Dans le cœur.

Diane se souvenait aussi des étranges baisers qu'elle lui prodiguait lorsqu'elle était enfant. Des baisers où pointait toujours la langue, dure et rugueuse. En vérité, Sybille n'avait jamais embrassé sa fille — elle la léchait, selon une technique très spécifique à un animal. Diane affermit sa voix et dit :

— Toi, tu es L'OURS.

71

Les masques étaient tombés. Trois survivants. Trois animaux. Trois combattants. Elle lança un coup d'œil à sa montre : quatre heures du matin. Dans une heure, le jour se lèverait. Dans une heure, le duel commencerait. Sous quelle forme ? A mains nues ? Avec les armes aux manches d'ivoire ? Avec les pistolets automatiques ?

Diane songeait maintenant aux Lüü-Si-An. Elle pouvait imaginer comment ces hommes avaient enlevé les enfants aux Tsevens qui, désormais, les vénéraient comme leurs propres chamans. Elle pouvait entrevoir comment ils avaient soigneusement dispersé ces Veilleurs auprès des orphelinats qu'ils finançaient eux-mêmes. Elle comprenait même qu'ils avaient pris soin de le faire à la fin du mois d'août, au moment où les centres sont vidés par les parents adoptifs qui ont profité des vacances scolaires pour venir chercher un pupille.

Mais il lui manquait l'élément essentiel : comment ces hommes avaient-ils pu décider, au même moment, d'organiser ce réseau ? Comment avaient-ils pu savoir, au moins deux années auparavant, qu'il était temps de recueillir des Veilleurs et que la date inscrite sur leurs doigts correspondrait à l'automne 1999 ? Sacher répondit :

— Tout est venu par les rêves.

— Les rêves ?

— A partir de 1997, nous avons commencé à rêver au cercle de pierre. Au fil des nuits, le songe a gagné en précision. Le tokamak emplissait notre esprit. Nous avons compris le message : il nous fallait agir. Le duel approchait.

Comment admettre une telle explication ? Accepter l'idée que sept hommes, au même moment, aux quatre coins de l'Europe, avaient effectué le même rêve ? L'hypnologue poursuivit :

— Au printemps 1999, les rêves sont devenus d'une telle intensité que nous avons compris que le duel était imminent. Il était temps de recueillir les enfants élus, temps de découvrir la date précise sur leur corps...

— Pourquoi ne pas les avoir adoptés vous-mêmes ?

— Les Veilleurs sont tabous, répondit Sacher. Nous ne pouvons pas les toucher. A peine les regarder. Nous ne pouvions donc que guetter, discrètement, l'apparition du signe, au sein d'un foyer qui nous était proche.

Elle songea à sa mère, qui avait scruté, observé Lucien, mais qui ne l'avait jamais embrassé ni caressé. A l'hôpital, au fil de ses visites, elle attendait, simplement, l'émergence du signe. Diane s'approcha de Sybille.

— Pour adopter ton Veilleur, pourquoi as-tu pensé à moi ?

Sybille Thiberge sursauta. Son regard se posa avec indolence sur sa fille.

— Mais... parce que je t'ai toujours choisie.

— Tu veux dire que tu as toujours su que je jouerais ce rôle ?

— Depuis le moment où j'ai connu les règles du concile.

— Comment savais-tu que j'accepterais d'adopter un enfant ? Comment savais-tu que je ne serais pas en état d'en avoir moi-même, de...

Diane s'interrompit, terrassée. Elle venait de saisir l'ultime évidence. C'était sa mère qui l'avait agressée et mutilée, un soir de juin, sur les berges de la Marne. C'était sa mère qui avait brandi les instruments ciselés du tokamak. Elle tomba à genoux parmi les tessons de verre.

— Mon Dieu, maman, qu'est-ce que tu m'as fait ?

La chamane se pencha sur elle. Sa voix devint coupante comme une lame :

— Rien de plus que ce qu'on m'a fait jadis. Je n'ai jamais oublié les souffrances qui m'ont déchirée quand on essayait de t'arracher de mon ventre. Avec toi, j'ai fait d'une pierre deux coups. Je me suis vengée et je t'ai préparée pour l'avenir. Je devais m'assurer que tu n'aurais jamais d'amants. Que personne ne te féconderait. L'excision annule non seulement toute jouissance physique mais transforme tout rapport sexuel en une véritable torture, si l'infection a fermé les petites lèvres. Je t'ai charcutée en sorte d'obtenir ce résultat. J'espérais que ton traumatisme te détournerait à jamais des relations sexuelles. Je dois avouer que tu as réagi au-delà de mes espérances, ma belle.

Diane sanglotait, sans larmes. A ce moment, la voix de Mavriski s'éleva :

— Il est temps.

Diane leva les yeux, hébétée : les deux hommes, armes en main, reculaient vers la porte de pierre. Elle hurla :

— Non ! Attendez !

Les sorciers la regardèrent. Sa mère n'avait pas bougé. Elle cria :

— Je veux comprendre les derniers détails. Vous me devez ça !

Sybille posa les yeux sur sa fille.

— Que veux-tu savoir encore ?

Elle s'efforça, une dernière fois, de se concentrer sur la chronologie des faits. C'était la seule façon de ne pas voler en éclats. Elle dit :

— Quand les Lüü-Si-An sont arrivés en Europe, rien ne s'est passé comme prévu.

La mère dénaturée ricana :

— C'est le moins qu'on puisse dire.

— Thomas a tenté de t'exclure du duel en détruisant ton Lüü-Si-An.

— Thomas était un lâche. Seule la lâcheté peut expliquer une telle violation. Il a voulu rompre le cercle.

— Après l'accident, quand tu as compris qu'il n'y avait plus aucune chance de sauver Lucien, tu as appelé van Kaen. Tu l'as contacté par télépathie : voilà pourquoi on n'a jamais retrouvé trace du moindre appel.

— C'est le moins que je pouvais faire.

— Alors Talikh est entré dans la course, enchaîna Diane. Il a décidé de vous éliminer l'un après l'autre...

La voix de Sybille frémit de colère :

— Talikh nous a toujours manipulés, depuis le premier jour. Il savait que nous tuerions les autres chamans. Il savait que la seule chance de sauver sa culture, qui est exclusivement orale, était de nous initier. Durant toutes ces années, nous sommes devenus les garants, les réceptacles de la magie tsévène. Talikh n'avait plus qu'à attendre le jour du duel sacré, pour nous vaincre et reprendre ces pouvoirs.

Concentrée sur elle-même, Diane éprouva une

intense satisfaction : elle tenait enfin le mobile de Talikh, l'homme qui avait voulu sauver son peuple. Mais un grain de sable enrayait la machine. Elle déclara :

— Un fait ne cadre pas. Talikh n'a pas attendu le duel, puisqu'il a tué van Kaen et Thomas à Paris, et Jochum à Ulan Bator. Pourquoi ?

Il y eut un silence puis la sorcière souffla :

— La réponse est simple : ce n'est pas Talikh qui a tué les chamans.

— Qui d'autre ?

— Moi.

Diane hurla :

— Tu mens ! Il est impossible que tu aies tué Hugo Jochum.

— Pourquoi ?

— J'étais là, dans le couloir du monastère. J'ai surpris le tueur quand il sortait de la chambre de Jochum.

— Et alors ?

— Et alors j'étais en train de te parler au téléphone, à Paris !

— Qui te dit que j'étais à Paris ? Ce sont les petits miracles de la technologie, ma chérie. J'étais seulement à quelques mètres de toi, dans la chambre de Jochum.

Diane reçut un coup de foudre. La voix essoufflée de sa mère. Le bruit de la circulation, qui coïncidait avec celle d'Ulan Bator : tout simplement les mêmes voitures. Il y avait eu ensuite cette impression confuse, sur le toit, d'avoir déjà vécu cette scène. Et pour cause : la même femme, à seize années d'intervalle, l'avait agressée une nouvelle fois. Elle dit d'une voix brisée :

— C'est... c'est toi qui as tué Langlois ?

— Il avait découvert l'existence des Veilleurs de van Kaen et de Thomas. Il avait fouiné dans le passé de Thomas et trouvé une « Sybille Thiberge » parmi ses anciens élèves. Il m'a aussitôt convoquée. Dans son bureau, je lui ai tranché la gorge et volé son dossier.

— Mais... et les pouvoirs ? En tuant les autres, tu ne pouvais récupérer leurs...

— Je me moque des pouvoirs. Ma clairvoyance me suffit. Je veux rester vivante et les savoir morts. C'est tout. Aujourd'hui, nous ne sommes plus que trois dans le cercle — et la taïga décidera du vainqueur absolu.

— Il est temps.

Mavriski ouvrit la porte de plomb — un rai de lumière provenait des escaliers : le jour du dehors. Diane cria encore :

— Talikh, où est-il ?

— Talikh est mort.

— Quand ?

— Talikh a eu la même idée que Thomas, mais plus tôt. Parmi tous les adversaires du concile, il n'en redoutait réellement qu'un seul : moi. Il a voulu m'éliminer du cercle, m'extraire du combat. Il a tenté de m'attaquer par surprise, durant le mois d'août, aux alentours de notre maison du Lubéron. J'ai senti sa présence avant même qu'il ne s'approche. J'ai lu en lui, mentalement, comme dans un livre ouvert. Et j'ai joué de mon arme intime. (Un sourire s'insinua dans son visage.) Tu sais de quoi je parle...

Diane revoyait la lame glissée sous la langue de sa mère. Elle songeait à ses baisers d'ours — ces petits lapements qu'elle lui prodiguait lorsqu'elle était enfant et qui portaient déjà en eux une charge meurtrière. Tout était déjà écrit. Mavriski se glissa vers les escaliers et se retourna sur le seuil crissant.

— Il est temps.

— Non !

Diane suppliait maintenant. Elle s'adressa à sa mère :

— Il y a une chose... La chose la plus importante à mes yeux. (Elle braqua ses iris sur la fine silhouette à bonnet rouge.) Qui a brûlé les doigts des enfants ? Qui vous a donné rendez-vous ici ?

Sybille parut surprise :

— Mais... personne.

— Il y a bien quelqu'un qui a inscrit la date sur leurs empreintes, non ?

— Personne n'a touché aux doigts des enfants. Ils sont sacrés.

Un dernier abîme s'ouvrait sous ses pas. Elle insista :

— Qui a décidé de la date du duel ?

Sa mère fit un geste de dénégation :

— Tu n'as rien compris à notre histoire. Nous avons pactisé avec des forces supérieures.

— Quelles forces ?

— Les esprits de la taïga. Les forces qui maîtrisent notre univers.

— Je ne comprends pas.

— C'est le secret de notre initiation. L'esprit préexiste à la matière. L'esprit habite chaque atome, chaque particule. L'esprit est la partition de l'univers. La force immatérielle qui forge la réalité concrète.

— Je ne comprends pas.

La voix de sa mère devint plus douce :

— Songe aux doigts des Veilleurs. Songe aux anomalies physiques de van Kaen, de Thomas, de Jochum... Songe au cancer qui a jailli de ton ventre pour rejoindre celui de l'animal...

Diane voyait tout trembler devant ses yeux. Elle revoyait les stigmates des chercheurs, leurs corps atrophiés qu'elle avait crus dominés par une obsession, une volonté malsaine. Elle savait maintenant qu'elle s'était trompée. Sa mère répétait :

— L'esprit contrôle la chair. Telle est notre malédiction : nous nous tenons en deçà de la matière. Et nous sommes revenus pour l'ultime transmutation.

— Quelle... transmutation ?

L'éclat de rire de la femme retentit dans l'anneau grandiose :

— Tu n'as pas compris la loi du concile, mon enfant ? Tu n'as pas compris que *tout* est vrai ?

72

Les hautes herbes semblaient caresser le vent gris de leurs extrémités ténues, alors que l'aube, lentement, les embrasait à la manière d'une sève écarlate. Les trois chamans s'avancèrent dans la clairière, l'*alaa*, et se reculèrent les uns des autres, ne se lâchant plus du regard, ne se déplaçant plus qu'avec une méfiance frémissante, dessinant peu à peu, par leurs seules silhouettes, les trois points d'un triangle parfait. Diane était demeurée, avec Giovanni, sur l'un des tertres de ciment du tokamak. Les adversaires les avaient abandonnés là, ne se souciant plus que de leur propre combat.

Diane tentait de discerner chaque personnage à la surface de la plaine, mais elle ne voyait que les tiges inclinées, les hampes verdoyantes qui paraissaient peu à peu les boire, les absorber, les dissoudre. Lorsqu'ils furent à plus de cent mètres l'un de l'autre, il y eut une immobilité, une fixité de pierre. Une sorte de suspens dans la chair de l'aurore.

Les trois chamans se déshabillèrent. Diane aperçut des chairs pâles, des extrémités osseuses. D'instinct, elle se concentra sur sa mère. Elle vit ses épaules, rondes et musclées, qui se mêlaient à la houle végétale. Elle vit ses mèches blanches qui oscillaient dans le vent. Puis elle saisit que c'était la femme tout entière qui vacillait dans le mouvement de la clairière. Sa mère était en train de s'endormir. Elle glissait dans cet état voilé, intermédiaire, crucial, qui dresse une passerelle spirituelle avec les esprits...

Diane refusait encore de comprendre la vérité quand l'impossible se produisit.

Une ombre l'effleura. Elle leva les yeux. A dix mètres de hauteur, un aigle gigantesque la survolait. Une vaste croix de plumes, comme posée sur le ciel, dans une parfaite posture d'affût. La seconde suivante, un rugissement d'entrailles retentit, dont les notes graves paraissaient soulever les profondeurs de la terre. Diane braqua son regard vers le point de vacillement qu'avait creusé sa mère en sombrant dans le sommeil.

Un ours colossal se dressait parmi les lacis végétaux. Un ours brun — un grizzli — dont le corps dépassait deux mètres de hauteur. Son pelage brun chatoyait de mille reflets. La bosse de son dos ressemblait à un contrefort de puissance et sa gueule noire, morne, souveraine, percée de deux yeux plus noirs encore, était indéchiffrable. « Une femelle », pensa Diane sans hésitation. L'animal se cambra et hurla, comme si le moindre élément de la taïga devait désormais compter avec sa colère.

Diane n'éprouvait aucune peur, aucune panique. Elle se situait au-delà de ces sentiments. Elle se tourna vers le troisième pôle : là où Paul Sacher avait disparu parmi les herbages. Elle ne cherchait plus le vieux dandy mais l'échine hérissée du loup, le *canis lupus campestris* spécifique de la taïga sibérienne.

Elle ne vit rien mais sentit, comme cela lui était souvent arrivé lors de ses expéditions, une qualité particulière de l'air. L'odeur de la chasse, saturée de faim et de tension, semblait emplir la moindre parcelle d'instant. Un bruissement jaillit sur sa gauche. Diane perçut tout à la fois : le buste blanc et noir, lancé à toute vitesse, le museau effilé, tranchant les herbes, et les yeux, ces yeux ourlés de noir, brillants d'ivresse, qui semblaient posséder déjà un temps d'avance sur l'attaque.

Diane attrapa Giovanni par le bras et l'entraîna dans sa course. Ils longèrent la clairière, en s'éloignant des bâtiments du laboratoire. Tout à coup le sol se déroba sous leurs pas. Ils chutèrent le long d'une pente abrupte, se blessèrent contre des arêtes de pierre, puis s'écrasèrent dans la terre meuble. Aussitôt Diane palpa la zone qui l'entourait : elle avait perdu ses lunettes. A quelques mètres de là, Giovanni était dans la même position. Ce simple détail l'anéantit : deux pauvres humains, bigleux, poussiéreux, vulnérables, face à des animaux surpuissants. Pourtant, quand ses mains attrapèrent sa monture, elle s'aperçut que le loup avait disparu. Le chasseur renonçait, pour l'instant. Giovanni balbutiait, fixant ses propres verres sur son nez :

— Mais que se passe-t-il ? Que se passe-t-il ?

Diane évaluait déjà la distance qui les séparait de l'aire où sa mère avait franchi le seuil ultime. A priori, quatre cents mètres, plein ouest. C'était risqué mais il n'y avait pas d'autre solution. « Attends-moi là », ordonna-t-elle. Elle s'arc-bouta le long de la pente, attrapant des racines pour s'aider dans son ascension. « Pas question », rétorqua Giovanni en lui emboîtant le pas.

Ils remontèrent ensemble et plongèrent de nouveau dans les vagues végétales. Diane ne possédait pas un sens de l'orientation très sûr mais le souvenir de l'ours brûlait dans sa mémoire. Ils rampèrent, parmi les herbes, jusqu'à l'emplacement de la transmutation. Diane trouva les vêtements de sa mère. Elle fouilla et débusqua sans difficulté le Glock. Un calibre 45. Elle extirpa le chargeur de la crosse et compta : quinze balles, plus une dans la culasse. Elle songea aux armes des deux autres adversaires. Cela valait-il le coup d'aller les récupérer ? Non : trop dangereux. Sans un bruit, sans un effleurement, ils revinrent sur leurs pas et descendirent de nouveau le versant de terre.

Diane s'efforça d'analyser la situation. Ils étaient trois. Trois prédateurs guidés par leur pur instinct de chasseurs. Trois animaux de puissance et de destruction. Des bêtes intuitives, sensitives, dotées de capteurs omniscients. Des combattants parfaitement réglés, parfaitement adaptés à leur environnement. Cette idée même était inexacte : ils n'étaient pas adaptés à la nature, ils *étaient* la nature. Ils en partageaient les lois, les forces, les rythmes. Cette vibration même était leur raison d'être. Elle était leur « être ».

Elle se tourna vers son compagnon :

— Giovanni, écoute-moi attentivement. La seule chance de nous en sortir, c'est de ne plus appréhender notre environnement comme le ferait un être humain, tu comprends ?

— Non.

— Il n'existe pas une forêt unique, continua-t-elle, mais autant de forêts que d'espèces animales. Chaque bête perçoit, découpe, analyse l'espace en fonction de ses besoins et de ses perceptions. Chaque animal construit son propre monde et ne voit rien au-delà. C'est ce qu'on appelle, en éthologie, l'*Umwelt*. Si nous voulons sauver notre peau, nous devons absolument prendre en compte le point de vue de nos ennemis. L'Umwelt de l'ours, du loup, de l'aigle. Parce que tels sont nos véritables terrains de combat, et non ce paysage que nous captons avec nos cinq sens humains. Pigé ?

400

— Mais... mais... on sait rien de...

Diane ne put retenir un sourire de fierté. Depuis combien de temps étudiait-elle ces mécanismes ? Jusqu'à quel degré avait-elle pénétré ces systèmes de perception, ces stratégies d'affrontement ? Dans la brûlure glacée du vent, elle prit le temps de décrire le profil de chaque adversaire.

L'AIGLE : l'oiseau voyait tout. Son œil, de forme tubulaire, lui permettait d'effectuer des agrandissements prodigieux. Survolant la forêt à cent mètres de hauteur, il était capable de focaliser son attention sur un minuscule rongeur au point que ce dernier occupât totalement la surface de sa rétine. A cet instant, il pouvait réaliser un autre miracle : appliquer son acuité visuelle dans deux directions différentes. Tout en se concentrant sur sa cible, située droit devant lui, il pouvait simultanément faire le point au-dessous de lui, dans l'axe de ses serres, afin de préparer son mouvement de capture.

Alors l'amplitude de ses ailes — trois mètres environ — jouait à plein. L'aigle fondait sur sa proie à une vitesse de quatre-vingts kilomètres à l'heure mais, parvenu près d'elle, ralentissait, en quelques fractions de seconde, à la vitesse d'un homme au pas, dans le plus parfait silence. La victime ne se sentait même pas mourir. Bec et serres s'enfonçaient dans son échine avant même qu'elle n'ait sursauté.

La seule faille du rapace était sa dépendance à la lumière. L'extrême profondeur de son œil assombrissait son champ de vision et ne lui permettait de voir qu'en toute clarté. Le rapace attaquerait donc de jour. Aux premiers instants du crépuscule, le combat serait terminé pour lui. C'était une faible consolation. Parce que, d'ici là, rien ni personne n'échapperait à l'acuité de son regard.

LE LOUP : la nuit constituait au contraire son espace de force, son territoire privilégié. Les yeux du loup ne disposaient que d'une vision monochrome, mais possédaient un autre atout : un tissu particulier sur la rétine, le *tapetum lusidum*, qui lui conférait une vision parfaite, même dans l'obscurité totale. Il possédait aussi une perception du mouvement extraordinaire. Capable de détecter, à plus d'un kilomètre, le déplacement d'une main, il pouvait même en capter le degré de nervosité. La moindre trace d'anxiété, de faiblesse, déclenchait alors son réflexe d'attaque. Sans compter qu'à la même seconde son odorat lui permettait d'analyser les molécules olfactives propres à la transpiration, et, plus profondément, à la peur.

Oui : le loup attendrait la nuit pour passer à l'assaut. C'était ce que Diane se répétait, afin de s'octroyer, mentalement, un certain répit. En réalité, elle n'était sûre de rien. Car l'animal les avait déjà poursuivis, détectant leur vulnérabilité. Cette première fulgurance démontrait que le spécimen était un alpha, un chef de meute, qui n'hésiterait pas à attaquer de nouveau, au moindre signe de peur, de fatigue — ou à la moindre blessure. Diane observait Giovanni, qui tremblait de la tête aux pieds, et saisissait que le *canis lupus campestris* allait les suivre à travers la forêt comme un sillon d'évidence.

L'OURS : il ne voyait rien, ou presque, et son ouïe n'était pas exceptionnelle. Mais son sens olfactif était sans équivalent. La surface de la muqueuse par laquelle il captait les odeurs était cent fois plus grande que celle de l'homme. Le grizzli était capable de retrouver son chemin à plus de trois cents kilomètres, en se repérant seulement à l'odorat, ou encore de suivre une infime fragrance, portée par le vent, alors même qu'il nageait dans un torrent.

Mais le principal danger de l'ours venait d'ailleurs : tout simplement de sa force. Le grizzli était l'animal le plus puissant du monde. Capable de briser la colonne vertébrale d'un élan d'un coup de patte, ou de faire craquer les membres d'un caribou avec ses mâchoires, l'ours était l'ennemi à éviter entre tous. Une bête solitaire, si peu habituée aux comportements sociaux que sa gueule ne trahissait jamais son état d'esprit. Un animal puissant, cruel, implacable, habitué à régner sur son territoire, qui ne craignait aucun autre rival que ses propres congénères. Les femelles en savaient quelque chose. A chaque printemps elles devaient se battre contre leur mâle afin qu'il ne dévore pas leurs petits.

Giovanni écoutait le discours de Diane. Il était livide, comme broyé par la panique. Pourtant, au terme de ces explications, il n'eut qu'une seule question, un seul étonnement :

— Comment sais-tu tout ça ?

Diane avait la gorge sèche, le palais voilé de terre.

— Je suis éthologue. Les prédateurs constituent ma spécialité depuis douze années.

L'Italien la regardait toujours, les yeux fixes. Elle se pencha vers lui.

— Ecoute-moi bien, Giovanni. Il n'existe pas dix personnes au monde qui pourraient se sortir d'un tel merdier. Alors souris : parce que tu es avec une de ces dix personnes.

— Mais... et les Tsevens, ils... ne vont pas nous aider ?

— Personne ne nous aidera. Et surtout pas les Tsevens. C'est un combat sacré, tu comprends ? Dans cette clairière, il n'y a que deux parasites : nous. Et les animaux vont chercher en priorité à nous éliminer. Le temps de notre destruction, ils resteront alliés. Ensuite seulement, ils s'affronteront, dans l'espace purifié.

Elle ferma sa parka et se releva :

— Je dois trouver une rivière. Vérifier quelque chose.

La pente rejoignait, plus bas, un nouveau versant de la forêt. Ils se glissèrent jusqu'aux premiers taillis puis s'enfoncèrent parmi les arbres. Quelques minutes plus tard, ils atteignirent un torrent qui moussait d'écume blanche. Diane s'agenouilla. Dans les eaux vives, elle distinguait les flammes rose-argent des saumons. L'Italien demanda :

— Qu'est-ce que tu cherches ?

— Je dois connaître le sens de la migration des saumons.

— Pourquoi ?

— D'instinct, l'ours va remonter dans cette direction. Remonter là où les poissons foisonnent.

— Tu es sûre ?

— Non. Jamais personne ne peut prévoir la réaction d'un animal.

« Surtout avec ces bêtes, pensa Diane, d'une espèce si particulière. » Quelle était leur part d'instinct animal ? Leur part d'instinct humain ? Quelle était la résonance du chaman au sein même de la bête ? Elle chuchota, en se retournant :

— Giovanni, tu...

La stupeur lui trancha le cœur. L'homme était arc-bouté sur lui-même, le visage exsangue, le torse ruisselant de rouge. L'aigle l'enveloppait de ses ailes immenses. Ses serres enfoncées dans ses épaules, son bec crochetait déjà sa nuque avec voracité. Diane dégaina. L'Italien et l'oiseau pivotèrent. Une des ailes balaya sa main. Son arme vola à plusieurs mètres. Elle se précipita sur le 45. Quand elle visa de nouveau, l'homme chancelait au bord de l'eau, battant des bras. Elle chercha un axe de tir, puis hurla d'une manière absurde :

— Baisse les bras !

Giovanni tomba, tête en avant. L'oiseau ne le lâchait pas. Soudain, il arracha de son bec un lambeau de chair. La plaie s'ouvrit en un flux écarlate. Diane ne voyait plus que le dos du volatile. Impossible de tirer.

Elle plongea dans la lutte. Elle se glissa sous l'aile du rapace, se nicha sous ses plumes, parvenant à insérer son bras près du torse palpitant de la bête. Alors, elle retourna son poing armé et tira. L'oiseau se cambra. Giovanni hurla. Diane appuya une nouvelle fois sur la détente.

Tout s'arrêta. Le silence s'épancha. Les rémiges noires planèrent avec lenteur. Elle tira encore, deux fois, sentant sa main s'enfoncer dans la chaleur de la blessure. Enfin l'aigle s'affaissa, entraînant dans sa chute Diane et Giovanni. Les trois corps roulèrent jusqu'à l'extrémité de la berge. Lorsqu'elle entendit une des ailes s'abattre lourdement dans la rivière, Diane comprit que tout était fini.

L'œil rond du rapace la fixait. Une mire de mort au cœur d'une cible. Mais ses serres étaient toujours plantées dans le dos de l'Italien. L'oiseau commençait à être entraîné par le courant. Diane glissa son arme dans sa ceinture et s'appliqua à extraire les crochets de corne. Giovanni ne réagissait plus. Lorsqu'elle eut fini, elle découvrit que ces entailles étaient moins profondes qu'elle ne l'aurait cru. En revanche, la blessure à la nuque était mortelle. Le sang coulait à flots, en lentes pulsations. Diane était suffoquée de chagrin, de dégoût. Mais elle se redressa et tendit de nouveau ses muscles. Seul le combat devait occuper son esprit.

Une nouvelle urgence la préoccupait. L'odeur du sang, marque de faiblesse entre toutes, allait attirer le loup. Il fallait étouffer cette source. A vingt mètres en amont, elle aperçut une surface de bois, en rupture avec le relief de la rive. Elle réajusta ses lunettes et se dirigea vers la plaque sombre : c'était une cavité, longue de trois mètres, couverte par cinq madriers noirs.

Elle parvint à soulever l'une des poutres. La fosse possédait une profondeur d'environ un mètre. Elle était tapissée d'un treillis de branches serrées. Les pêcheurs du lac Blanc devaient sécher là-dedans leurs poissons. C'était un refuge parfait. Diane retourna près de l'Italien. Elle l'attrapa sous les aisselles et tira. Giovanni hurla. Les traits voilés de sueur, il se mit à psalmodier des litanies précipitées. Un bref instant elle crut qu'il priait, en latin. Elle se trompait : l'ethnologue gémissait seulement dans sa langue natale. Elle le traîna jusqu'à la cache en s'efforçant de ne pas entendre ses cris. Insensiblement, elle se forgeait elle-même un Umwelt. Un monde de perceptions, de réflexes appliqués à la situation immédiate, entièrement focalisés sur ce seul but : survivre.

Elle souleva un autre madrier, pénétra dans l'excavation puis attira le corps. Elle referma le toit au-dessus de leur tête. L'obscurité les enveloppa. Seuls, les interstices très étroits entre les poutres livraient quelque lumière. C'était l'endroit idéal pour attendre. Attendre quoi : Diane n'en savait rien. Du moins pouvait-elle ici concevoir une nouvelle stratégie. Elle s'allongea près de Giovanni, passa son bras sous sa nuque, puis le serra contre elle, comme elle aurait fait avec un enfant. De son autre main, elle lui caressa le visage, l'enlaça, le cajola — c'était la première fois qu'elle touchait volontairement la peau d'un homme. Et il n'y avait plus de place dans son cœur pour ses hantises ordinaires. Elle ne cessait de chuchoter à son oreille :

— Ça va aller, ça va aller...

Tout à coup, des pas légers résonnèrent au-dessus d'eux, entrecoupés d'un souffle haletant. L'alpha était là. Il marchait sur le bois, écrasant sa truffe le long des rainures, s'emplissant les muqueuses des effluves de sang.

Diane étreignit au plus près Giovanni. Elle ne cessait plus de lui parler en langage bébé, cherchant à couvrir les pas du loup, de plus en plus rapides, de plus en plus frénétiques. Il écorchait maintenant l'écorce à coups de griffes, à quelques centimètres de leur visage.

Soudain, elle aperçut, entre les madriers, sa gueule blanche et noire, tendue, attentive, avide. Elle discerna l'éclat de ses pupilles vertes. Giovanni balbutia : « C'est quoi ? » Diane continua à murmurer des petits mots gentils tout en réfléchissant à la résistance des poutres : combien de temps s'écoulerait-il avant que la bête ne se frayât un passage ? « C'est quoi ? » Les tremblements secouaient le corps de l'Italien. Elle le serra de toutes ses forces, engluée dans son sang. De l'autre main, elle attrapa son Glock.

Il était impossible de tirer. Les lattes de bois étaient trop épaisses pour que les balles les traversent. Les projectiles risquaient au contraire de ricocher et de leur trouer la peau. Un nouveau bruit retentit. Un raclement régulier, à l'autre bout de l'excavation. Diane tendit son regard. Le loup grattait la terre, cherchant à s'insinuer au fond du terrier. Dans quelques secondes, il serait là. Son corps souple se glisserait dans la trappe et ses crocs déchireraient leurs chairs.

Soudain, un trou de lumière éclaboussa la fosse. Les griffes de l'animal jaillirent, fourrageant avec frénésie. « Diane, qu'est-ce qui se passe ? » Giovanni tenta de relever la tête, mais elle le retint, d'une main sur le front. Un baiser, une caresse, puis elle groupa son corps et rampa jusqu'à l'extrémité de la cavité, là où le loup avançait toujours. Elle n'était plus qu'à cinquante centimètres de l'adversaire. Elle discernait ses pattes mouchetées de blanc, ses griffes qui creusaient, creusaient, creusaient. Elle respirait son odeur, prégnante, lourde, menaçante. Jamais une exhalaison ne lui avait paru plus éloignée de l'homme, plus étrangère à sa propre odeur.

A trente centimètres de la trouée, les coudes en appui, Diane noua ses poings sur le 45 et releva, des deux pouces, le chien de l'arme.

Deux mondes allaient s'affronter.

Umwelt contre Umwelt.

Le loup écartait les mottes, totalement à découvert, n'esquissant pas même un recul prudent. L'odeur du sang le rendait fou. Quand Diane vit poindre le museau croûté de terre, elle ferma les yeux et écrasa la détente. Elle sentit une giclée tiède. Elle rouvrit les paupières par réflexe et discerna, à contre-jour, la gueule écorchée. Elle visa un œil, détourna la tête et tira encore, sentant la douille rebondir sur son visage.

Elle s'attendait à recevoir un coup de griffes, une déchirure de crocs. Il ne se passa rien. De nouveau, elle risqua un regard. Les fumées des gaz se dissipaient. Dans l'axe de lumière, le corps se matérialisa, pattes postérieures tendues, comme dans un geste d'étirement. La bête était inerte. Décapitée.

Diane la repoussa, reboucha le trou, puis recula de nouveau jusqu'au visage de Giovanni. Elle l'embrassa, en lui soufflant : « On l'a eu, on l'a eu, on l'a eu... » Elle pleurait et riait à la fois, tout en éjectant le chargeur de la crosse, afin de compter les balles qui lui restaient. Elle répétait toujours : « On l'a eu, on l'a eu... » et songeait que, jusqu'ici, ce n'étaient pas vraiment ses connaissances en éthologie qui les avaient sauvés.

C'est alors que le soleil jaillit.

Tout apparut en bloc. Le ciel. La lumière. Le froid. Et les ombres obliques des madriers qui, un à un, étaient arrachés de leur position. Diane hurla, lâchant pistolet et chargeur. Mais ses cris n'étaient rien face aux rugissements de l'ours, dressé de toute sa hauteur au-dessus de la cavité, balayant les dernières poutres comme s'il s'agissait de simples allumettes. L'animal se voûta vers la fosse, tendit sa gueule noire et poussa un nouveau grognement, ébouriffant sa fourrure brun mordoré, creusant le vent de sa colère.

Diane et Giovanni se serraient à l'autre bout du trou. La bête se penchait toujours, fouettant l'air de ses griffes. Dos à la paroi, Giovanni parvint à se relever dans une cambrure. Elle lui jeta un regard sidéré. Il l'attrapa par le col et lui dit :

— Tire-toi. Tire-toi ! Pour moi, c'est foutu.

L'instant suivant il chancelait sur le treillis, en direction du monstre. Diane était effarée. Il lui fallut quelques secondes pour saisir que Giovanni, l'ethnologue débonnaire, le jeune homme au physique de sucre d'orge, se sacrifiait pour elle.

Elle le vit tituber face à l'animal alors qu'elle-même, les deux mains en appui, se hissait à la surface. Le temps qu'elle effectue ce geste, elle entendit un nouveau rugissement. Elle releva les yeux. A l'autre bout de l'excavation, la patte de l'ours propulsa l'homme à deux mètres de là. Recroquevillée sur le rebord de la fosse, Diane ne parvenait pas à fuir. D'un nouvel arc de fureur, le grizzli déchira le torse de sa victime. Elle vit, en images convulsives, le bouillon de sang jaillir des lèvres de son ami.

Et ce fut son tour de hurler : « NON ! »

Elle sauta de nouveau dans l'excavation, attrapa le Glock, enclencha le chargeur dans la crosse. L'ours dévorait le visage de l'Italien. Elle traversa la tranchée. Prit un dernier élan et s'appuya, des deux pieds joints, sur les mailles de bois pour rebondir au niveau de l'animal.

L'ours se redressa en tenant entre ses crocs le masque de chair. Elle s'agrippa à lui, de face, les deux jambes écartées, et se cramponna à sa nuque de la main gauche. De la droite, elle enfonça l'arme dans sa gueule, sentant le gouffre brûlant du palais mêlé aux lambeaux du faciès humain. Elle pressa la détente. Elle vit le sommet du crâne exploser en débris sanglants. Elle tira de nouveau. La cervelle éclaboussa le ciel. Elle tira, tira, tira et continua à appuyer sur la détente alors que son geste ne produisait rien d'autre que des déclics absorbés par les grognements du monstre. Et il lui sembla qu'elle tirait encore quand l'ours mort lui arracha le bras et l'entraîna dans sa chute jusqu'au plus profond de la rivière.

Epilogue

Le soleil se répandait dans la pièce comme du lait chaud.

Les boiseries du bureau lançaient des reflets couleur chocolat alors que les parquets déployaient des scintillements mordorés, comme s'ils avaient été peints avec du thé. Un vrai décor de petit déjeuner, où planait encore cet attendrissement du matin, nourri de rêves et d'émotions vagues.

— Je ne comprends pas, répéta la femme. Vous voulez changer le prénom de votre fils, c'est ça ?

Diane se contenta d'acquiescer. Elle se trouvait dans les bureaux de l'état civil de la mairie du cinquième arrondissement. L'employée reprit :

— Ce n'est pas une démarche très courante.

La fonctionnaire ne cessait de regarder le bras pansé de son interlocutrice, ses cicatrices au visage. Elle marmonna en ouvrant un dossier :

— Je ne sais même pas si c'est possible...

— Laissez tomber.

— Pardon ?

Diane se leva en un mouvement.

— Je vous dis de laisser tomber. Je ne suis plus sûre. Je vous rappellerai.

Sur le seuil du bâtiment, elle s'arrêta, respirant l'air glacé du mois de décembre. Elle contempla les légères guirlandes de lumières qui s'ourlaient au-dessus de la place du Panthéon. Elle aimait cette fragilité désuète des décorations de Noël face à la grandeur du tombeau.

Elle descendit la rue Soufflot et reprit le fil de ses pensées. Depuis plusieurs jours, elle vivait avec cette obsession : donner à Lucien les prénoms des deux hommes qui étaient morts dans l'affaire du concile du pierre. Pourtant, face à l'employée de la mairie, elle avait saisi l'absurdité de son projet.

Lucien n'était pas une plaque de marbre sur laquelle on gravait les noms de héros défunts. Et, pour être sincère, elle n'aimait pas ces prénoms — ni Patrick ni Giovanni. Surtout, elle n'avait pas besoin d'actes symboliques pour se souvenir des amis qu'elle avait perdus dans la tourmente. Ils resteraient à jamais présents dans sa mémoire comme les seules victimes innocentes, avec Irène Pandove, de l'histoire du tokamak.

A son retour à Paris, Diane n'avait eu aucun mal à se disculper du meurtre de Patrick Langlois. En fait, elle n'avait jamais été soupçonnée de cet acte criminel, pas plus qu'elle n'avait été suspectée du massacre de la fondation Bruner ou du « suicide » d'Irène Pandove. On fut seulement étonné qu'elle soit partie se réfugier en Italie, comme elle l'avait prétendu. Aujourd'hui, l'affaire était classée. Le juge d'instruction avait bouclé son dossier sur l'hypothèse confuse d'un règlement de comptes entre transfuges communistes, sur fond de recherche nucléaire.

Nul n'avait discerné, malgré sa disparition, le rôle central de Sybille Thiberge dans l'intrigue. Charles Helikian s'était d'abord inquiété puis avait supposé que son épouse s'était enfuie avec un amant. Diane le voyait de temps à autre. Ensemble, ils évoquaient le départ mystérieux de sa mère. Elle soutenait alors la thèse d'une existence cachée. Ces théories plongeaient l'homme dans des abîmes de désespoir —

mais, aux yeux de Diane, c'était un moindre mal : elle connaissait d'autres abîmes, d'autres vérités qu'elle ne lui aurait avouées pour rien au monde.

Elle traversa la place Edmond-Rostand et pénétra dans les jardins du Luxembourg. Elle longea les parapets du bassin central puis gagna les marches qui mènent à l'aire du théâtre de Guignol, de la buvette, des balançoires. Elle repéra un cercle de pierre, sous les branches nues des marronniers. Elle songea au tokamak, au laboratoire circulaire, aux sept chamans qui avaient conclu un pacte avec les esprits et l'avaient payé de leur âme. Mais il ne s'agissait que d'un bac à sable, où s'ébrouaient des enfants encapuchonnés. Soudain, elle l'aperçut, coiffé de son bonnet de laine polaire, concentré sur ses constructions de sable — digue, douves et forteresse.

Elle se recula derrière un arbre et, à travers la buée de sa propre respiration, le contempla, pour son seul plaisir. Aux premiers jours de novembre, Lucien s'était réveillé. Le 22 novembre, il était sorti de l'hôpital Necker. Dès les deux premières semaines de décembre, il avait repris ses jeux préférés. Le 14 décembre, il avait prononcé, pour la première fois, les deux syllabes, à la fois redoutées et espérées : « maman ». Diane avait compris qu'elle était définitivement à l'abri du passé.

Elle s'était juré de ne plus penser aux vertiges de cruauté qu'elle avait dû affronter, aux expériences inconcevables qu'elle avait découvertes — à ces gonds de l'univers qu'elle avait vus sauter, sous ses propres yeux. A mesure que les semaines passaient, une nouvelle conviction s'était forgée en elle. Une idée qui lui apportait un réconfort intime. Elle songeait à Eugen Talikh, l'homme qui avait voulu reconquérir les pouvoirs de son peuple. Diane considérait qu'elle avait instauré une sorte de continuité spirituelle avec lui. Elle bénéficiait en retour d'une clarté, d'une connaissance diffuses. Malgré le sang, malgré la folie, l'épreuve du cercle l'avait initiée. Grâce à cela, elle allait devenir la meilleure des mères pour Lucien. Elle avait pris contact avec les foyers qui avaient adopté les autres Veilleurs — dont la famille d'Irène Pandove, qui avait recueilli l'enfant du lac. Elle s'était juré de les conseiller, de leur venir en aide si la croissance des enfants était marquée par l'émergence de pouvoirs étranges.

Elle sortit de sa cachette et marcha vers le bac à sable. Lucien était de nouveau gardé par la jeune fille thaïe de l'institut France-Asie. Il l'aperçut et courut au-devant d'elle. Elle réprima un cri lorsqu'il s'appuya de tout son poids sur son bras suturé, mais chercha aussitôt la fraîcheur de ses joues. Diane ne possédait qu'une seule certitude : elle était en convalescence et il n'existait pas de meilleur filtre pour guérir que celui de cette proximité enfantine, un tamis aux mailles tissées par les désirs insouciants de Lucien. Chaque détail la purifiait. Même la taille de ses mains, de ses pieds, de ses vêtements constituait pour elle une nouvelle texture, une quintessence particulière, diaphane et légère.

Tout à coup, elle éclata de rire et tournoya avec son enfant, sous les cimes du parc. Oui, elle n'avait plus aujourd'hui qu'une seule mission : s'ajuster à cette clairière d'innocence, à ce versant de tendresse qui constituait l'unique cercle de son destin. Elle ferma les yeux et ne vit que des particules de lumière.

Composition réalisée par NORD COMPO

IMPRIMÉ EN ALLEMAGNE PAR ELSNERDRUCK
Dépôt légal Édit. 18088 – 02/2002.
LIBRAIRIE GÉNÉRALE FRANÇAISE - 43, quai de Grenelle - 75015 Paris

ISBN : 2 - 253 - 17216 - 2   ◈ 31/7216/0